破碎的星球

I

The Broken Earth

第五季

[美] N. K. 杰米辛 —— 著
N. K. Jemisin
雒城 —— 译

天地出版社 | TIANDI PRESS

图书在版编目（CIP）数据

第五季 /（美）N. K. 杰米辛著；雒城译. —成都：天地出版社，2018.3
ISBN 978-7-5455-3267-8

Ⅰ. ①第… Ⅱ. ①N… ②雒… Ⅲ. ①科学幻想小说—美国—现代 Ⅳ. ①I712.45

中国版本图书馆CIP数据核字（2017）第248415号

著作权登记号 图字：21-2017-538

第五季

出品人	杨 政
著 者	[美] N. K.杰米辛
译 者	雒 城
责任编辑	杨永龙 聂俊珍
封面设计	思想工社
电脑制作	尚上文化
责任印制	葛红梅
出版发行	天地出版社 （成都市槐树街2号 邮政编码：610014）
网 址	http://www.tiandiph.com http://www.天地出版社.com
电子邮箱	tiandicbs@vip.163.com
经 销	新华文轩出版传媒股份有限公司
印 刷	三河市华业印务有限公司
版 次	2018年3月第1版
印 次	2018年3月第1次印刷
成品尺寸	145mm×210mm 1/32
印 张	13
字 数	325千字
定 价	36.00元
书 号	ISBN 978-7-5455-3267-8

咨询电话：（028）87734639（总编室）
购书热线：（010）67693207（市场部）

写给那些不得不靠斗争来获得尊重的人，

而其他人生来就能得到这份尊重。

目录

CONTENTS

序　幕

你在此地

我们还是从世界末日开始吧，有何不可？赶紧讲完末日，再讲其他更有趣的事。

首先，是某人生活中的一次终结。在未来一段时期里，她会不断反刍这段经历。她将回想起儿子的死，在天然就毫无意义的变故中寻求意义。她将会用一张毯子裹紧小仔纤小的、残破的躯体——脸要露出来，因为他怕黑。然后她会麻木地坐在尸体旁边，不闻不问，不去理会外面行将终结的世界。她的内心世界已完全毁灭。两种末日都已经不是第一次发生。时至今日，她成了应对末日的老手。

她当时想到、事后也一直在想的，只是：至少，他一生都自由。

对这个几乎是疑问的结论提出质疑的，是她本人——痛苦又疲惫的母亲，每当她惊魂略定，能够回答时：

他并没有。那不是真正的自由。但现在，他自由了。

但读者需要背景。我们试着重新讲一次末日吧，放大视角到整个大陆。

这是一片大陆。

它普普通通，跟其他陆地没有什么两样。有山地、平原和峡谷，还有三角洲，寻常地貌。很普通，只有它的规模和移动方式特别。这片大陆动得很多。像个睡不安稳的老头儿一样，它扭身又叹气，皱眉又放屁，伸懒腰还咽口水。毫无意外，大陆居民称之为“安宁洲”。这片土地上的人们，普遍都有冷幽默气质。

安宁洲曾有过其他名称。它的前身是几片互相独立的大陆，尽管目前是一整块，它将来还是要破碎的。

实际上，这事很快就将发生。

当前时代的终结，肇始于一座城市：也是这片大陆有人居住的城市中最古老、最巨大、最壮观的那一座城。这城市被称作尤迈尼斯，曾是一大帝国的心脏。它现在仍是众多事物的核心，尽管帝国在早期的繁荣之后，已经凋敝了几分，这也是帝国常见的命运。

尤迈尼斯并不只以规模见长。这颗星球的这片区域有很多大城市，呈带状，环绕在赤道附近的大陆上。而在星球表面的其他地方，村落甚至很少能发展成小镇。小镇也很少成长为城市，因为在大地动辄要把它们吞噬的情况下，居住社区总是难以存续太久……尤迈尼斯在长达二十七个世纪的生涯中，却大致保持了稳定。

尤迈尼斯独一无二，因为只有在这里，人类建造城市时所追求的才不是安全，不是舒适，甚至也不是为了美，而是为了展示勇气。这里的城墙就是一件杰作，满是精美的镶嵌画，呈现城中居民漫长血腥的历史。城中密集的建筑群中，时不时有巨大壮观的高塔耸立，形如巨石砌成的手指；这里还有人工铸造的街灯，用水电这种现代奇迹照明，更有线条优美的拱桥，将玻璃制造技术和大胆的创意熔铸为一体。有一种被称为“阳台”的建筑结构，它们如此简单，但又愚蠢得让人窒息，在有文字记载的历史中前所未见。（但历史的很大一部分并无文字记录。请记住这点。）街道也不是用易于取代的卵石铺成，而使用了一种平滑、坚硬，充满魔幻色彩的物质，本地人称为柏油。就连尤迈尼斯的简陋棚屋也非常大胆，因为它们只是用薄板搭建的箱笼，一阵大风就足以让它们垮塌，更不要说地震。但它们傲然屹立，挺过数代人的时间。

城市中心有好多高大的建筑，所以，可能并不会让人感觉意外的是——其中有一座建筑，要比其他建筑加起来更为巨大，也更为大胆：那是一座巨型复合体，基部是一座星形金字塔，用切割精准的黑曜岩砖块筑成。金字塔是最为稳定的建筑结构，而这个星形塔，更是五座金字塔连缀而成。有何不可？因为这是尤迈尼斯，金字塔顶端还支撑着一个规模巨大的圆球，看上去也就勉强能静止在那儿——尽管实际上，整个建筑群的目的就是支撑它。它只是看起来很危险：这才是最重要的建造目标。

黑暗之星，这是帝国要人讨论军国要事的地方。皇帝就被权贵们安置在琥珀色圆球里。他生活安逸，看似容光焕发；其实却整天带着一份高贵的绝望在华美的厅堂中徘徊。他只是权贵集团的傀儡，总在担心主子们改变主意，认定公主装饰效果更好，他自己被舍弃的那一天。

顺便说下，这些地方和这些人，它们都不重要。我指出来，只为给你一些故事背景而已。

但下面这个人，极为重要。

暂时呢，你可以自己想象一下他长什么样。你也可以设想一下他脑子里的想法。你当然可能想错，毕竟只是乱猜，但应该还是能命中一些什么。根据他随后做出的事情，在这个瞬间，他脑子里的想法也不外乎那么几种。

他站在一座山丘上，离黑暗之星的黑曜石围墙不远。从他所在的位置，可以看到城市的大部分，嗅到它的气息，沉浸在它的喧嚣里。

下方，有一帮年轻女人沿着柏油路散步；这小山位于广受市民喜爱的一座城市公园中。(《石经》有云：城墙之中，应有绿地。但在大部分社区，这绿地会轮播各种庄稼——豆类，或者其他增强土壤肥力的类型。只有在尤迈尼斯，绿地才被雕琢得很美。）女人们一起欢笑，因为其中一个人说了些什么，那笑声随风传到山丘上的男子耳边。他闭上双眼，欣赏她们嗓音的轻微颤动，她们的脚步带来更轻柔的律动，一如蝴蝶振翼，刺激他的隐知盘。告诉你啊，他并不能隐知整个城市里七百万居民的全部动静。他很强，但还没有那么强。不过大多数人，都可以被他感知，他们都在场。在此地。他深呼吸，与大地融为一体。所有人类都在他的神经末梢上面活动；他们的话语声刺激他的毛发；人类的气息扰动他吸入肺腑的空气。他们围绕在他周围，他们在他体内。

但他知道：无论现在，还是将来，他本人都不是这些人中间的一员。

“你知道吗？”他随口发问，“最早的《石经》，真的是刻在石头上的。就是为了让它免于遭受篡改，不必去适应时代和政治诉求。也为了让它万古长存。”

“知道。”他的同伴说。

“哈。是啊，经文刻录的时候，你们很可能就在现场，我都忘记了。”他叹气，目送那些人类女子走出视线。“爱上你还算安全。你不会让我失望。你不会死。而且我提前知道这份爱的代价。”

他的同伴没有回答。他实际上也没有期待答复，尽管有过那么一点儿希望。他一直都如此孤单。希望是无足轻重的东西，正如那么多其他类型的感情。于他而言，反思只能带来绝望。他已经花了足够多的时间考虑这种事。如今已非优柔寡断之时。

“有条戒律，”那人张开双臂宣称，“也早就刻定在石头上。”

想象他脸部肌肉抽痛，因为笑了太多。他已经持续微笑了好几小时，上下牙齿相抵，双唇向后咧开，两眼微微眯起，让鸦脚纹显现。微笑有一套诀窍，遵照执行才能让人相信你的真诚。永远都要特别注意自己的眼睛；要不然，别人就会看出你对他们的痛恨。

“刻出的字迹不容变更。”

他并没有特别针对任何人说话，但在那名男子身旁，的确站了一个女人——至少像是女人。她对人类性别的模拟仅止于表面，只是礼节。与之类似，她身披的宽松袍服也并非人类衣装。她只是让身体表层的坚硬物质变了形，让周围这些脆弱、速朽的生物更容易适应。从远处看，这些幻象的确足以让她看起来很像静立不动的人类女性，至少能伪装一小段时间。但是凑近了看，任何假定在场的旁观者都会发觉她的皮肤是白色陶瓷——这句话不是比喻。作为雕像，她应该算是美丽的，尽管以当地人的艺术鉴赏品味而言，线条过于大胆写实。多数尤迈尼斯人更喜欢礼貌的抽象艺术，胜过粗俗的现实主义风格。

随后她转身朝向那名男子——动作很慢。食岩人在地面之上总是行动迟缓，只有在地下才迅捷灵活——这个转身动作，让她富有艺术感的美妙躯体完全走了样。

男子已经习惯了这样的情形，但还是没有朝她的方向看。他不想让自己的反感破坏了当前的氛围。

“你们打算怎么做？”他问那女子，“等这事完成。你的族群会不会从废墟中崛起，取代我们接管世界？”

“不会。”她说。

“为什么？”

“我们很少有人对那种事感兴趣。无论如何，汝等还会在此间存续。”那男人明白，对方说的“汝等”是复数。你们的族群。人类。

她常常把他视作整个人类的代表。他也同样对待她。“你听起来很确信。”

她没有理会这句话。食岩人很少愿意说废话。他很满意，因为她说话的声音反正也会让他烦；这话语声并不会像人类的声线一样震动空气。他并不知道这些异类怎样发声。他也不想知道，但他的确想要对方安静。

他想要一切都安静。

“终结，”他说，“拜托啦。”

然后，他启用自己全部的精细控制能力——这个世界通过愚弄、欺诈和暴力教会了他的能力——出击；动用他的师长们传递给他的全部官能——来自一代代的凌虐、哄骗、邪恶遗传选择过程的官能。他十指张开，微微颤动，在自己的感官地图中找到若干震颤着的小点：那是跟他一样的奴隶们。

他无法释放他们，至少在现实意义上不能。他此前曾经尝试，并且失败。但是，他毕竟可以让这些奴隶的苦难服务于更加伟大的目的，而不只是把一座城市变成废墟，让一个帝国陷入恐惧。于是他深入地底，紧握那嗡嗡振鸣的一整座城市——它全部的嗡鸣、来往、震荡和波动，以及更深处那更为平静的岩床，还有岩床以下翻滚的热浪和压力。然后他探入更大范围，握住滑动拼板一样的地壳，整座大陆扎根的地方。

最后，他抬手向上，汲取空中的力量。

他摄取这一切——地壳，地幔，所有人类的力量，全部握在他想象的双手之中。一切。都在他的掌握中。他并非独自一人。大地与他同在。

然后，他让一切碎裂开来。

这里是安宁洲，就算是它最安定的时候，也算不得安宁。

现在它波动、战栗，天翻地覆。现在它表面出现一条断裂带，大致呈东西走向，过于平直，过于规整，不自然之处显而易见。它贯穿大陆腰线。而裂谷的起点就是尤迈尼斯城。

断裂带又深又陡，像是切断了行星的血脉。

岩浆从它底部涌出，新鲜的血红岩浆。大地很善于给自己疗伤。以地质尺度而论，这道伤口很快就将结痂；然后，治愈一切的海水就将涌入，将安宁洲截断成两片大陆。不过在此之前，伤口中冒出的将不只有热力，更有带毒气体和油腻的黑灰，在几周内就足以覆盖安宁洲表面大部分空间。一切植物都将死亡，以植物为食的动物将饿死，肉食动物也会随后饿死。冬季将提前到来，极冷，持续时间将很长、很长。它当然还将过去，像每一个冬季一样；然后，这世界依然故我。

最终会的。

最终。

安宁洲的人们，永远都在准备应对各种灾难。他们早已建起高墙，挖掘深井，收藏好了食物，即便在没有太阳的世界上，他们也能轻易撑过五年，十年，甚至二十五年。

但这次的*最终*，意味着*几千年以后*。

看啊，那尘云已经开始扩散。

当我们在大陆层面、*行星层面*讨论问题，就理应考虑那些方尖碑，它们飘浮在一切混乱之上。

这些方尖碑曾经有过其他名称，在它们刚刚被建造、配置、使用的初期，但现在已经没有人记得那些名称，也无人知晓它们的用途。在安宁洲，记忆跟书写用的石板一样脆弱。事实上，现在根本没有多少人注意这些东西，尽管它们巨大 、美丽，还有一点儿瘆人：巨大的晶体状石块飘浮在云层之间，缓缓转动，沿着几乎无法理解的路线，时不时变得模糊，就好像它们不完全真实，只是某种光线假象（它们不是）。显然，空中的方尖碑也不是自然现象。

同样明显的是，它们无关紧要。令人敬畏，却毫无用处：只是又一种文明留下的墓碑，它们被不知疲倦的大地成功摧毁。

整个星球上还有很多其他乱石堆：上千座城市废墟，上百万的纪念碑，献给无人铭记的英雄和神明，数十座没有彼岸的桥梁。安宁洲当前的共识是：人们不必膜拜这些事物。

建造这些旧物的人都很孱弱，也像所有弱者一样已经灭绝。更值得藐视的是他们的*失败*。建造方尖碑的人们，只不过比其他人输得更惨。

但方尖碑们还在，而且它们在世界的这次灭绝中扮演了角色，所以值得一提。

回到个人经历。我们不能总是天马行空。哈，哈。

我提到过的那个女人，死了儿子的那个。她不在尤迈尼斯，还好啦，否则这个故事会很短。你也将不会存在。

她在一座小镇，镇子名叫特雷诺。在安宁洲这个地方，小镇也是人类社群——或者说社区的一种。但是跟其他社群比起来，特雷诺小得几乎不值一提。它坐落在同名山谷里，山谷又在特里玛斯山山脚下。最近处的水体是一条季节河，本地人把它叫作小特雷卡河。在一种不复存在、只剩下古老残迹的语言里，伊特雷的意思是“幽静”。特雷诺距离赤道线上那些华丽、稳固的城市很远，所以这儿的人盖房子，都会考虑到不可避免的地震。这儿没有什么富有艺术气息的高塔和飞檐，墙体只用木料，加上本地烧制的廉价棕色砖块，下面是粗石块垒成的地基。没有什么柏油路面，只有长满青草的山坡被泥土路分割；只有一部分路面铺过木板或者卵石。这是个平静的地方，尽管尤迈尼斯城开始的剧变很快就将带来强震，一路向南，把整个区域夷为平地。

在这座小镇有座普普通通的房子。这房子，也在一条斜坡上，只不过是个挖入地底的洞，边缘用砖块和泥浆加固过，以免进水，然后用木板和切割来的草皮搭建了顶棚。尤迈尼斯城里的那些聪明人（在世时）会嘲笑如此原始的地窖——当他们（在世期间）屑于提及这些卑俗事物时。但对特雷诺的居民而言，住在地窖里的选择合理又简单。冬暖夏凉，能防地震，又能挡风雨。

这女人的名字叫伊松。四十二岁。长相跟其他中纬度的女人类似：站立时很高，腰杆子挺直，颈子修长，臀部轻易就能生两个小孩，胸部轻易就能喂大他们，两手宽阔、灵活。看上去很壮实，肌肉发达。这些特色，在安宁洲都被人推崇。她的头发垂在面部周围，结成散乱的绳辫，每一根都有小指那么粗，黑发在辫梢渐变成棕色。她的肤色，按某些标准来说过深，偏向棕赭色，不好看；按另外一些人的标准，又过浅，偏向苍白的橄榄色，也不讨人喜欢。中纬度杂种，尤迈尼斯人（生前）这么称呼她这样的人——有足够的桑泽人血统，能显现出某些特征，但又不足以断定为桑泽人的正统后裔。

那男孩是她的儿子。生前名叫小仔，快要满三岁了。跟同龄人相比，他个头儿偏小，大眼睛，扁鼻头，鬼灵精，笑起来很可爱。人类理智觉醒以来，父母能从孩童身上感知的可爱之处，他一点儿也不缺乏。

他健康，聪明，理应还活在世上。

这间房就是他们的家。它舒适，宁静，这间小房子本可以让家人相聚，聊天儿，吃饭，玩闹，抱在一起，或者互相呵痒。她曾很喜欢在这儿照料小仔。她觉得那孩子应该也是在这里受孕的。

他父亲也是在这里把他打死的。

现在，我们来讲最后一点背景：一天后，在环绕特雷诺镇的那条峡谷中。到这时，大灾变的第一波冲击已经过去，但随后还将有余震。

这条山谷的最北端一片狼藉：树木断裂，山崖坍塌，灰土遮天蔽日，久久悬滞于硫黄味的死寂空气中。第一道冲击波途经之处，再没有耸立的建筑：这种强震会撕裂一切，再把废墟筛成瓦砾。现场也有尸体：没能逃走的小动物、鹿和其他逃跑途中跌倒的大型动物，被砖石砸得筋断骨折。后一类包括人类，他们不幸选择了错误的日期走上这条商路。

特雷诺的探子们来过这边，察看破坏情况，但没有攀越废墟；他们只是站在残留的路面上，用远望镜观察。他们惊奇地发现：山谷的其他地方，特雷诺镇中心附近的区域，有一个半径数英里的地带没有被波及，几乎是正圆形。那个，这么说吧，惊奇这个词并不准确。他们不安地对视。因为每个人都知道，这种表面的好运意味着什么。务必提防圆心。《石经》上有这样的警告。有个基贼，就在特雷诺镇的某个地方。

这想法很可怕，但更可怕的，是北方的各种迹象，还有特雷诺镇长的命令，让他们返程时尽可能收集较为新鲜的动物尸体。尚未腐烂的肉可以风干，皮毛可以剥下来揉制。以防万一。

探子们最终离开灾难现场，满脑子都是以防万一。如果他们不是那么担心，很可能就会注意到某一道新形成的断崖根部有东西。它毫无遮挡地卡在一棵瘤节突出的冷杉树和乱石之间。那东西的个头儿和形状都比较惹眼：腰子形的长椭圆，由熔融后凝结的玉髓组成，深灰绿色，跟它周围掉落的浅色砂岩明显不同。如果探子们站在它旁边，会发现它的高度到人胸口，长度跟人类身体接近。如果触摸它，会为它表面的密实程度感到吃惊。它看起来很沉，带着一股类似铁器的味，让人想起锈迹和鲜血。表面的温热程度也会让他们感到惊讶。

但相反，现场没有人，当那东西发出微弱的呻吟声，然后开裂，沿着长轴出现规整裂痕，像被锯开一样。在此期间，有响亮的蒸汽嘶鸣声，炙热的高压气体逃逸出来，让周边幸存的林中生物纷纷逃离。在几乎转瞬即逝的一次闪光期间，裂缝里透出光亮，有点儿像火焰，也有点儿像液体，在那神秘物体基部周围的地面上，留下一些熏黑的玻璃状碎块。然后那东西安静了好半天，渐渐冷却。

几天时间过去。

在此之后，某物从内部把那东西推开成两半；新生之物爬出几尺，随后倒地。又过去一天。

现在，椭圆物已经冷却，裂开，成了不规则晶体组成的壳，有些晶体是烟白色，有些艳红如毒血，排布在它的内侧表面。每一半硬壳的底部，都有浅白色的液体积聚，尽管这晶体球中的大部分液体，已经渗入下方地面。

晶体球中爬出来的那个东西，身体像是人。他脸朝下俯卧在乱石间，全身赤裸，肌肉干燥，但仍有起伏，看似疲惫不堪。不过渐渐地，他就能撑起身体站直。每个动作都很小心，而且非常非常慢。这花了他很长时间。直立以后，他蹒跚着，很慢地，走向晶体球，扶住外壳支撑身体。这样稳住之后，他弯腰，还是很慢，手伸进半球里面。他突然用力，敲掉一块红色晶体尖端。很小一块，也许只有葡萄那么大，像碎玻璃一样棱角分明。

那男孩（因为他看起来就像个男孩）把它放进嘴里嚼。这动作的声音也很大：研磨声、崩裂声，在空地里回响。这样嚼了一会儿，他吞咽。然后他的身体开始发抖，很剧烈。他两臂环抱身体，过了一会儿，发出轻柔的呻吟声，像是突然发觉自己赤身裸体，觉得冷，而这是很可怕的事。

男孩吃力地重新控制住自己。他伸手到晶体球内部（现在动作更快了一些）扳下更多晶体。他把晶体堆在石壳上面，成一小堆。那粗壮的晶体在他手里崩断，像是糖做成的，尽管事实上，这些东西的硬度要比糖晶大很多。但他实际上并不是小孩，所以这事对他来讲很容易。

最后他站起来，身体摇晃，两臂下夹满了奶白色和血红色晶石。有一会儿风力加大，他的皮肤感到刺痛。这让他抽搐起来，这一次的动作较快，有如痉挛，感觉像发条玩偶。然后他低头，皱眉，审视自己的身体。随着他的注意力渐渐集中，动作也更加流畅，频率更为均匀。*更像人类*。就好像要强调这一点，他自顾自地点头，也许是表示满意。

这时男孩转身，开始向特雷诺方向行进。

· ✻ ·

你必须牢记：一个故事的结束，只是另一个故事的开始。毕竟这一切，以前都曾经发生过。人会死，旧秩序会终结。新的社会也将诞生。我们说的“世界末日”通常都是个谎言，因为这星球本身安然无恙。

但这次，是真正的世界末日。

这次是真正的世界末日。

这次是真正的世界末日。

最终末日。

第一章

你，在末日

你就是她。她就是你。你是伊松。可还记得？就是那个死了儿子的女人。

你是个原基人，过去十年一直住在特雷诺这个不起眼的小镇。只有三个人了解你的真实身份，而且其中两个是你生的。

好吧，到现在，有个知情人已经不在人世。

过去十年，你过着平常得不能再平常的生活。你从别处来到特雷诺；村里人并不真正在乎你来自哪里，为何而来。因为你显然受过良好教育，你成了本地童园里的老师，负责教十到十三岁的孩子。你不是最好的老师，也不是最差的；孩子们离校之后就会把你忘掉，但又能学到些什么。镇上的屠夫知道你的名字，很可能因为他喜欢和你调情。面包师不知道你的姓名，因为你很安静，也因为他跟镇上其他人一样，只把你看作杰嘎的妻子。杰嘎是个土生土长的特雷诺人，一名石匠，属于抗灾者职阶。所有人都认识并且爱戴他，这份好感也延伸到你身上。在你俩的共同生活画面上，他是前景，你是背景。你喜欢这样的安排。

你是两个孩子的母亲，但现在一个已死，另一个失踪。也许她也死了。你有一天从工作的地方回到家，发现生活已经变成了这副模样。房子是空的，过于安静，小男孩小小的身体沾满血迹，伤痕遍体，就在穴屋地板上。

然后你……懵了。你并不想这样。这就是太过分，是吧？太过分。你曾经历过很多，你的意志力很强，但即便是你，承受力也还是有限。

两天过去了，才有人来找你。

那两天，你一直在房子里，守着死去的儿子。你曾站起身，上过厕所，还从冷存窖拿过些东西吃，喝掉了水管里滴出的最后一点儿水。这些事情你不用动脑，呆板地去做就好。做完之后，你就回到小仔身旁。

（某次起身时，你给他拿来一条毯子。把他盖起来，直到血肉模糊的下巴。是习惯。蒸汽管已经不再摇动；房间里很冷。他可能会染病。）

第二天晚些时候。有人敲响房子的前门。你没动，没去应门。这件事会要求你动脑、去想来人是谁，该不该让他们进来。想到这些事，还会让你想起毯子下面你儿子的尸体，你为什么要去想呢？于是你无视敲门声。

有人捶响前厅窗户，很固执。你依然无视。

最后，有人敲碎了房子后门的玻璃。你听到脚步声从走廊里传来，那儿一侧是小仔的房间，另一侧的房间属于奈松，你的女儿。

（奈松，你的女儿。）

脚步声到客厅门口停下："伊松？"

你认得这个声音。年轻，男性。熟悉，带着一份熟悉的关切。是勒拿，玛肯巴家的男孩，就住在同一条街上，他离家数年，回来以后成了大夫。他已经不再是男孩，有好几年了，于是你再次提醒自己，要开始把他想成男人。

唔，想。小心，你不该去想，你要停止思考才行。

他深吸一口气，你的皮肤能感应到他的恐惧，当他步步靠近，足以看到小仔。值得一提的是，他没有喊叫。也没有碰你，尽管他移动到小仔身体的另一边，凝视着你。是想看出你的内心活动吗？*我什么都没想，什么都没。*然后，他把毯子掀开，细看小仔的身体。*什么都没想，什么都没。*他把毯子重新盖好，这一次，盖上了你儿子的脸。

“他不喜欢这样。”你说。这是你两天来第一次说话，感觉有点儿怪异。“他怕黑。”

一阵沉默后，勒拿把毯子向下拉，露出小仔的眼睛。

“谢谢。”你说。

勒拿点头：“你睡过觉吗？”

“没有。”

于是勒拿绕过尸体，扶起你的手臂，拉你站起来。他态度温柔，但两手又很坚定，最开始你不肯动弹时，他也没有放弃。只是更用力，不屈不挠，直到你不得不站起，或者就只能倒地。他只给了那么一点点选择空间。你站起来。他用同样温柔又坚定的态度，引领你走向前门。“你可以到我家休息。”他说。

你不愿思考，所以没有反驳说，自己的床就很好，谢了，不必。你也没有宣称自己没事，不需要他的帮助，这并非实情。他带你到外面，沿街前行，始终扶着你的胳膊。外面街上聚集了一些其他人。有几个向你俩靠近，对勒拿说了些什么，他随即回答；你什么都没听清。他们的谈话声只是模糊的声响，你的头脑不肯解读。勒拿替你回答询问，如果你能让自己在意的话，你会为此感谢他。

他带你到了他家，这里弥漫着草药、化学物品和书籍的味道，他让你躺在一张宽大的床上，盖好被褥，床上趴着一只肥硕的灰猫。猫让开足够的空间给你躺下，到你安静下来之后，就倚靠在你身旁。你本来可以从这件事上得到安慰，假如这份温暖和重量没能让你想起小仔，他平常在你身边睡觉时的样子。

是过去睡觉时的样子。不，改变时态也需要思考的。

平常睡觉时。

“睡吧。”勒拿说，当时很容易服从。

你睡了很久，其间一度醒来。勒拿在床边放了一托盘食物：清汤、水果片，还有一杯茶，早就凉到室温。你吃喝完毕，然后去了洗手间。便池无法冲水。旁边有个小桶里装满了水，一定是勒拿为了冲厕所准备的。你略想了一下，然后就感觉到思维的重负，不得不挣扎，挣扎，挣扎着想要停留在温暖的死寂里，拒绝思考。你往便池里倒了些水，盖上马桶盖，回到床上躺倒。

睡梦里，你回到了那个房间，杰嘎正在做那件事。他和小仔都是你上次见到的模样：杰嘎在欢笑，抱小仔坐在一侧膝盖上，跟他玩“地震”游戏，男孩咯咯笑，随着他膝盖震颤的节律拍手，扭动两臂保持平衡。随后杰嘎突然止住笑声，站起来，把小仔丢在地板上，开始踢打他。你知道当时的场景肯定不是这样。你看到了杰嘎拳头留下的印迹，四条平行的青紫印，遍及小仔的腹部和脸部。梦里的杰嘎是用脚踢，因为梦境它不合逻辑。

小仔还在继续笑，还在挥舞双臂，就像父亲还在跟他做游戏，即便在他满脸是血的时候。

你尖叫着醒来，叫声减弱成了啜泣，但你停不下来。勒拿进来，想说些什么，想拥抱你，但最终他叫你喝下一杯很难闻的浓茶。你又一次昏睡。

···

“遥远的北方，一定是出了什么事。”勒拿告诉你。

你坐在床沿上。他坐对面的椅子。你正在喝更多苦涩的茶；你的头比宿醉时更痛。现在并非夜间，但这个房间很暗。勒拿只点了一半的灯。你头一次察觉空气中的那股子怪味，跟油灯的烟味区别不大：硫黄味，刺鼻，辛辣。这股味一整天都在，越来越严重。勒拿在外面时，气味最冲。

“镇子外面的路拥挤两天了，全是那个方向逃来的人。”勒拿叹了口气，揉搓自己的脸。他比你年轻十五岁，但已经看不出那么大年龄差。他天生灰发，跟很多切拜基人一样，最让他显老的，是脸上新出现的皱纹，还有黑眼圈。“发生过某种地震。很严重那种，就在几天前。我们这儿什么感觉都没有，但在苏姆镇——”苏姆镇在邻近的峡谷中，骑马只要一天路程。“整个城镇全都……”他摇摇头。

你点头，但这些不用别人告诉，你早就知道，或者至少可以猜到。两天前，就在你坐在自家穴屋，呆望孩子的遗体时，有某种东西朝城镇袭来：大地在经历一场灾变，极其剧烈。这么严重的情况，你以前从未隐知过。用“地震”来称呼它，已经不够了。不管它算什么，其威力都足以让房子坍塌在小仔身上，于是你放了些东西挡住它的去路——类似堤坝，用你集中起来的意志力，加上从那东西本身摄取到的一些动能。做这件事并不需要思考；新生婴儿也能做到，尽管可能不像你做得这么漂亮。地震波分了叉，绕过这条山谷，继续向前移动。

勒拿舔舔嘴唇。抬头看你，然后望向别处。他是另外一名知情者，除了你的孩子们之外，只有他知道你的底细。他已经知道了有一段时间，但这是他第一次实际面对相关考验。你也无法真正用心去思考这件事。

“拉什克现在禁止任何人进出城镇。”拉什克的全名是：特雷诺的创新者拉什克，小镇公选出来的镇长。“这还不是完全封锁，他说，暂时不是。我本来要去苏姆镇，看看能不能帮上忙。但拉什克不允许，然后他派那些可恶的矿工上城墙，帮壮工们巡逻，同时派出探子。还特别叮嘱他们要看住我，不许出门。”勒拿攥起拳头，表情痛苦。“帝国大道上有很多人。其中有不少患病、受伤，那个可恶的混蛋却不允许我去救人。”

“紧守大门，此为第一要务。”你轻声说。嗓子是哑的。梦到杰嘎之后，你尖叫过好久。

“什么？”

你喝了更多茶水，来缓解咽喉酸痛：“《石经》。”

勒拿盯着你看。他也记得同样的段落。所有小孩都要学这些，在童园里。每个人都在营火边听到的传说中长大，知道曾有些睿智的讲经人和聪明的测地学者警告心存犹疑的人们，在特定迹象刚开始出现，别人还没有察觉时，就让大家做好准备；最后，事实总会证明《石经》正确，众人得救。

“这么说，你觉得情况已经严重到如此地步？”他沉重地说，“地下的烈火啊，伊松，你一定不是认真的。”

你很认真。情况就这么严重。但你知道，即便是努力解释，他也不会相信，所以你只是摇头。沉痛的，让人窒息的寂静。过了好久，勒拿小心翼翼地说：“我把小仔也带来了这边。他现在在病房，那个，冷箱里。我会安排，嗯，后事。”你缓缓点头。

他犹豫了一下：“是杰嘎吗？”

你又一次点头。

“你，你亲眼看到他——”

“我从童园回来才看到。”

“哦。”又一段尴尬的沉默。“人说在地震之前，你有一整天没去童园。他们不得不让孩子们回家，因为找不到人顶替。没人知道你是不是病倒在家，或者怎样了。”是啊，好吧。你很可能已经被开除。勒拿深吸一口气，嘘出。有了这个作为预警，你几乎准备好了应对。“地震没有袭击我们，伊松。它绕过了这座城镇。只是放倒了几棵树，导致溪边一道石崖坍塌。”那条溪流在山谷北端，没有人注意到玉髓结晶球出现的那个地方，尽管它那么大，还冒着蒸汽。“但是，城镇和周围的一切都安全。安全区几乎是正圆形。完美的圆。”

以往，你会掩饰。那时你还有隐藏的理由，要保护一个人的生命安全。

“是我干的。”你说。

勒拿下颌抽动，但随后点头。“我没有告诉过任何人。”他犹豫了一下，“没说过你是……呃，原基人。”

他还真是礼数周到。你听过所有那些恶毒的蔑称，对你们这类人。他也一样，但他总是不愿意说那种话。杰嘎也一样。每当有人在他周围说起“基贼”之类的词，他总会说，我可不想让孩子们听到那种话——

这重击突如其来。你突然欠身，干呕不止。勒拿一惊，跳起来从旁边抓过一件什么——是个便盆，你没用到的东西。但你没有从肚里吐出任何东西，过了一会儿，你不再干呕。勒拿沉默着递过一杯水。你本想挥手让他拿开，然后改变主意接了过来。你嘴里感觉特别苦涩。

“不是因为我。”你最后说。他困惑地皱眉，你才意识到，他以为你还在讲地震的事。“杰嘎。他并没有发现我的身份。”你是这样想的。但你本来不应该想任何事。“我不知道是怎么回事，发生了什么，但小仔——他太小，还没有多少控制力。小仔一定是做了什么，让杰嘎看出——”

看出你的孩子们跟你一样。这是你第一次完整讲出这个想法。

勒拿闭上双眼，长出一口气：“原来如此。”

没有什么原来如此。这点事，本不应该让一个父亲杀害自己的孩子。没有任何事，理应引发那种恶行。

他舔舔嘴唇：“你想看看小仔吗？”

为什么要看？你已经看了他两天：“不想。”

勒拿叹口气，站起身，一只手还抚在头发上。“要告诉拉什克吗？”你问。勒拿转头看你的表情，让你觉得自己恶俗不堪。他很生气。他一直是个那么安静、有爱心的男孩；你都不知道他也会生气。

“我不会告诉拉什克任何事。”他冷冷地说，“这么久以来，我什么都没透露过，以后也不会说。”

“那你要——”

“我要去找埃朗。”埃朗是抗灾者职阶的女性发言人。勒拿出生在壮工家庭，等他学到医术返回特雷诺时，抗灾者们接纳了他；小镇已经有了足够多的壮工，而创新者们输掉了掷石裁决。此外，你之前也声称自己是抗灾者。“我会告诉她，你现在安然无恙，让她把这件事转告拉什克。你自己需要继续休息。”

“要是他问杰嘎为什么——”

勒拿摇头。“每个人都已经猜到了，伊松。他们能看懂地图的。事实像钻石一样透亮，那个圆形的中心就在我们这里。得知杰嘎的行为，每个人都很容易断定其原因。其实时间顺序完全不对，但没有人想那么远。”当你瞪视他，渐渐明白过来，勒拿的嘴唇扭成苦笑。“他们有一半人被吓到，但另一半很高兴杰嘎那样做。因为，当然啦，一个三岁孩子会有能力在千里之外的尤迈尼斯发动地震！”

你摇头，一半是为勒拿的怒火吃惊，一半是无法把你聪明爱笑的小儿子跟人们的臆想统一起来，无法想象他有能力、会愿意发动灾难——但话说回来，杰嘎也是那样想的。

你再次感到恶心。

勒拿再次深呼吸。你们谈话期间，他总在这样做；之前你也曾留意到他的这个习惯，这是他让自己保持镇静的方式。“留在这儿，好好休息。我很快就回来。”

他离开房间。你听到他在房门口活动，故意发出声音。过了一会儿，他离开，去见计划中的人。你考虑过要不要休息，决定不要。相反，你起了床，走进勒拿的浴室，你在那儿洗脸，然后突然停下，因为出水口乱喷了几下，然后热水变成红棕色，气味刺鼻，再之后就减缓成细流。某处有管道破裂。北边出事了。勒拿说过的。

孩童将开启我们的毁灭之途。某人曾这样对你说过，在很久以前。

“奈松。”你对镜子里的自己轻声说。镜子里那双眼睛跟你女儿的一样，她眼睛像你，灰如岩石，略显迷离。“他把小仔丢在了家里，把你放在了哪儿？”

没有回答。你关掉出水管，然后无对象地轻声说：“我必须马上走。”因为事实如此。你需要找到杰嘎，而且反正你也知道，此地无法久留。镇上的人很快就要来对付你了。

地震必有回响。前浪必有后浪。山川低吟，必以咆哮相继。

——经板一，《生存经》，第五节

第二章

达玛亚，冬日往昔

稻草那么暖，达玛亚不想从里面钻出来。跟一条毯子似的，她在半梦半醒的迷蒙中想着；就像太婆以前用军装布料给她缝的毯子。很多年之前，老人还在世的时候。太婆为布雷瓦的民兵当缝衣工期间，把修补旧军装余下的布头都存了起来。她给达玛亚做的毯子色彩斑驳，整体偏暗，海军的深蓝色、陆军的暗褐色，还有各种灰色和绿色布条，组成弯曲的彩带，像一列行进的士兵，但这是太婆亲手做的，所以达玛亚不在乎它难看。那条毯子闻起来总是发甜，色泽灰暗，还带一点儿霉味，所以很容易把稻草想象成它——稻草有露水味、干粪臭味，但也有一份类似水果的菌香。那条毯子本身还在达玛亚的房间里，在她离开的那张床上。这之后，她再也没睡过那张床。

现在，她能听见稻草堆外面的对话声：妈妈和某个陌生人，边谈话边靠近。谷仓门被打开，有轻微的金属撞击声和嘎吱声，然后他们进门。随后是关门的声响。之后妈妈提高嗓门儿叫起来："达玛达玛？"

达玛亚蜷缩得更紧一些，咬紧牙关。她痛恨这个愚蠢的别名。她痛恨妈妈说这个名字的语调，那么轻浮甜腻，就像这名字真的在表达亲密，而不是一个谎言。

见达玛亚不回答，妈妈说："她不可能从这里出去的。我丈夫亲自检查过谷仓所有的锁。”

“可是，她这类人是不会被锁头挡住的。”那声音是个男人，不是她父亲，也不是哥哥或者社群头领，不是她认识的任何人。这男人声音低沉，口音是她从没听到过的：听起来尖厉沉重，“喔”和“啊”音拖得特别长，词头词尾咬得很准。听起来很精明。他走路时发出轻微的叮当声，女孩怀疑他是否带了一大串钥匙。还是衣兜里装了很多钱？她听说在世界的某些地方，人们是用金属钱币的。

想到钥匙和钱币，让达玛亚更加畏缩起来，因为她当然听童园里的孩子们说过，在远方那些斜切石料建造的城市里，有专门卖小孩的市场。这世界上，并非所有地方都像北中纬地区一样文明。她当时还嘲笑这些传言，但现在，一切都不同了。

“这里，”那男人的声音说，现在距离已经不远，“这是新鲜粪便吧，我觉得。”

妈妈发出厌弃的声音。达玛亚羞得脸上发烧，意识到他们发现了自己当成厕所使用的角落。那里味道很难闻，虽然她每次都丢些稻草覆盖一下。“像个畜生一样蹲地上就拉，我可不是这样教她的。”

“这里面有厕所吗？”买小孩的人问，带着一份出于礼貌的好奇，“你们有没有给她便桶用呢？”

妈妈无言以对，静默在持续，达玛亚很迟钝地意识到：那人客气的询问，实际上也是在责备妈妈。这不是达玛亚习惯见到的责备。那人没有提高声音，也没有污言秽语。但妈妈呆站在那里，一脸震惊，就像那人说完之后又扇了她一记耳光。

达玛亚感到想笑，气息已经从喉咙里上涌，她马上把拳头塞进嘴里，以免让自己发声。他们会听见达玛亚因为妈妈丢了脸哈哈大笑，然后买小孩的人就会知道她有多差劲。这算坏事吗？也许这样一来，她的父母出卖她时，就会拿到更少的钱。这想法几乎让她把笑声释放出来，因为达玛亚恨她的父母。她痛恨他们，只要能让他们受罪的事，都会让她开心。

然后她咬住自己的手，很用力，开始恨自己。因为妈妈和爸爸当然得卖掉达玛亚，如果她脑子里只有这种想法。

近处的脚步声。“这儿真冷啊。”那人说。

“要是这里冷得足以结冰，我们当然会把她关在房子里的。”妈妈说。达玛亚又一次险些笑出声，因为她的声音闷闷不乐，像在辩解。

但是，买小孩的人无视母亲。他的脚步声更加靠近，而且它们……很奇怪。达玛亚能够隐知人的脚步声。多数人都不能；他们能隐知更大的事情，地震之类的，但不能隐知脚步声这样轻微的东西。（她几乎是从出生以来就知道自己与众不同，但直到最近，才知道这是一种警告。）当她不能直接接触地面时，感知的难度更大，所有信息都要透过谷仓的木板墙，还有把它们钉在一起的钉子来传导——但即便在一层楼上，她也知道自己应该能隐知到什么。“嗒嗒”，先是脚步声，然后是它在地层深处的回响。“嗒嗒”“嗒嗒”，但这个买小孩的人，他的脚步声不会传到任何地方，也没有地下深处的回响。达玛亚只能用耳朵听到声音，却无法隐知它们。这种事以前从来没发生过。

现在他正爬上楼梯，到她躲在稻草下面的阁楼上。

“啊，”他到了上面，说道，“这里还暖和一些。”

“达玛达玛！”妈妈现在听起来气急败坏，“你给我下来。”

达玛亚在稻草下面缩得更紧，不肯出声。而买小孩的那个人，他均匀的脚步声更加接近。

“你不必害怕。”他平仄分明的声音在说。更近了。她能感知到此人的话语声引发震动，通过木料传来，深入地底，进入岩层，又反射回来。更近了。“我是来帮你的，壮工的女儿达玛亚。”

这又是一个她痛恨的东西，她的职阶名。她根本就不是强壮有力的类型，妈妈也不是。“壮工”的全部含义，只是说她的女性先祖足够幸运，有资格加入一个社群，但又太普通，得不到更安稳的位置。如果时局艰难，壮工也会被抛弃，跟无社群者一样。她的哥哥查加曾有一次这样对她说，当时是逗她。然后他就傻笑，就像这很可笑似的。就像这不是真的。当然，查加是抗灾者，跟父亲一样。不管时局多艰难，所有的社群都欢迎他们那种人，以应对疾病、饥馑之类的打击。

那人的脚步声停住，就在稻草堆外面。“你不必害怕。”他又说了一遍，这次更温和。妈妈还在地面层，很可能听不到他说的话。“我不会让你妈妈伤害你的。”

达玛亚吸了一口气。

她不傻。这人是买小孩的，买小孩的人会做很可怕的事。但因为他毕竟说了这些话，也因为达玛亚已经受够了担惊受怕、一肚子怨气的日子，她放松了身体。推开温暖又松软的稻草，达玛亚坐了起来，视线透过卷曲的头发和肮脏的稻草窥视来人。

他的样子跟嗓音一样怪异，肯定不是佩雷拉村附近地方的人。他的皮肤几乎纯白，惨白如纸；如果阳光太强，他的身体一定会冒烟卷曲吧。他有长而平整的直发，加上肤色，本应该能表明他是极地人，尽管那发色（浓重的深黑，像古老火山口附近的黑色土壤）又不像极地人。而且他块头很大，比父亲更高，肩膀也更宽。但是，父亲宽大的肩膀下面，是宽厚的胸膛和鼓起的肚腹，这个人的身体却像在收缩。陌生人整个显得精壮又强干。让人无法判定他属于哪个人种。

但最让达玛亚吃惊的，是买小孩人的那双眼睛。它们是白色的，或者说接近白色。她看到那人的眼白，然后里面就是一个银灰色的圆形色块，跟眼白勉强有那么一点点区别，即便是靠近了看也一样。在昏暗的谷仓里，他瞳孔张大，在荒漠一样单调的眼睛中间显得特别醒目。她听说过这样的眼睛，在故事和《石经》里，这种被称作冰白之眼。它们很少见，而且总是预示着不幸。

但随后，买小孩的人冲着达玛亚微笑，她想都没想，就报以微笑。她马上就开始相信这个人。达玛亚明知自己不应该这样，还是情不自禁。

“你在这里啊。”他说，声音还是很轻，确保妈妈听不到，“我猜，你就是壮工达玛达玛吧？”

“叫我达玛亚就好。”她下意识地回应。

他的头优雅地侧向一边，向她伸出一只手：“我记住了。你愿意加入我们吗，达玛亚？”

达玛亚没有动弹，对方也没有来抓她。他就停在原处，像石头一样耐心，手伸出来，但毫无胁迫之意。十次呼吸过去。二十次。达玛亚知道，她将不得不跟这人走，别无选择；但她又喜欢他处理这件事的方式，感觉就像她能选择似的。于是最终，她握住那男子的手，让他把自己拉起来。达玛亚尽可能掸掉稻草，那人一直不松不紧地握着她的手，待她忙完，才稍稍拉近一点点。“稍等。”

“嗯？”但那个买小孩的人，已经把另一只手伸到她脑后，两根手指压在她颅腔底部，动作轻快又灵活，她甚至来不及吃惊。有一会儿，那人闭上双眼，身体微微战栗，然后长出一口气，放开了她。

“职责优先。”他莫测高深地说。达玛亚抚摩了一下自己的后脑，有点儿困惑，还能体会到那人手指按压后遗留的感觉。“现在，我们下楼去吧。”

“你刚刚做过什么？”

“只是某种小小的常规程序。靠这个，会比较容易找到你，即便是在你走丢的情况下。”她想不出这话会是什么意思。“现在跟我来，我需要告诉你妈妈，你要跟我一起走。”

原来这就是真的。达玛亚咬着嘴唇，见那人转身走向楼梯，就跟在一两步之后。

“好了，完事了。”他们到了地面层，站到妈妈面前。（妈妈看到她就叹气，也许是感到绝望。）“只要您能给她收拾一份行囊——一两套替换衣服，您能提供的任何旅行食品，加上一件大衣，我们就可以走了。”

妈妈吃惊地退缩：“我们把她的大衣送人了。”

“送人了？在冬天？”

他语调温和，但妈妈突然显得很不安。

“她有个堂妹需要那件衣服。我们不是所有人都有大衣柜，里面装满多余的好衣裳的。再说了——”她妈妈犹豫着，扫了一眼达玛亚。达玛亚望着别处。她不想看母亲有没有显得羞愧，因为把她的大衣送人。她尤其不想看到母亲一点儿都不羞愧的样子。

“你曾听别人说过，原基人不会像其他人一样感觉到寒冷。”那人疲惫地叹了口气说，“那传闻不对。我相信，你应该也见过自己的女儿感冒着凉。”

“哦，我……”妈妈看起来有些慌张，“是的，但我以为……”

以为那是达玛亚装的。那个，正是第一天她对达玛亚说过的话，在她从童园返回，他们把她安置在谷仓里的时候。妈妈当时非常愤怒，脸上带着泪痕，而爸爸只是呆坐在那儿，默不作声，口唇发白。达玛亚一直都在欺骗他们，妈妈说，说女儿隐瞒了一切，自己明明是个妖孽，却装作是个小孩，真的是妖性难改。她一直都知道达玛亚不对劲，她一直都是个骗人精——

那男子摇摇头：“无论怎样，她还是需要些东西阻挡风寒。我们逐渐接近赤道的过程中，天气会转暖，但路上要走好几个星期。”

妈妈的下巴抽动了几下：“那么，你真的要带她去尤迈尼斯喽。”

“我当然是——”那人瞪了她一眼，“啊。”然后他扫了一眼达玛亚。两人都在盯着达玛亚看，那眼神让她浑身不自在。女孩很不安。“这么说，即便以为我是来杀死你女儿的，你还是让社群头领叫我来。”

妈妈紧张起来：“不。不是那样，我没有……”她两手在身边盲目摆动。然后低下头，像是感觉到羞耻，达玛亚知道这是假的。妈妈才不会因为她做过的任何事惭愧。如果惭愧，当初又何必要做？

“普通人无力照顾……她那样的孩子。”妈妈说，声音很小。她的眼瞥向达玛亚，只一眼，然后迅速移开视线。“她在学校里险些杀死一个男孩。我们家还有一个孩子，周围还有邻居，而且……”她突然就挺胸抬头，“而且这是任何民众都应该尽到的职责，不是吗？”

“的确，的确，完全正确。您的牺牲将令整个世界变得更美好。”这句词显然是套话，用于恭维。而语调却毫无恭维之意。达玛亚再次打量此人。她现在觉得困惑，因为买小孩的人绝不会杀死小孩。那样花钱就没有意义了。而且赤道地区又是怎么回事？那些地方，也太靠南了吧。

买小孩的人扫了一眼达玛亚，不知怎么，就明白了她的困惑。他的面容和缓下来，长着那种可怕眼眸的人，本不应该这样和气的。

“去尤迈尼斯，”那人告诉妈妈，也告诉达玛亚，“是的，她还足够年轻，所以我要带她去支点学院。她将在那里受训，学习使用她受诅咒的天赋。她的牺牲，也将让世界变得更美好。”

达玛亚瞪着这个紧盯她的人，意识到自己之前错得多离谱。妈妈并没有卖掉达玛亚。妈妈和爸爸是把达玛亚送人了。而妈妈也不是痛恨自己；实际上，她是害怕达玛亚。这有区别吗？也许有。达玛亚只是不知道该如何面对这些真相。

而这个男人，也根本不是什么买小孩的人。他是——

“你是个守护者吗？”她问，虽然事到如今，她已经确定事实如此。他再次微笑。达玛亚之前可不认为守护者会是这样。在她的脑子里，那种人都高大、冷酷、全副武装，洞悉不为人知的奥秘。他，至少很高。

“我是。”他说，然后握起她的一只手。他一定很喜欢跟人身体接触，女孩想。“我现在是你的守护者。”

妈妈叹了口气：“我可以给你一条毯子，给她用。”

“那就够了，谢谢你。”然后那男子沉默下来，等着。几次呼吸之后，妈妈才意识到他在等自己去拿毯子。她突兀地点头，然后离开，走出谷仓之前，她一直觉得后背僵直。然后，这儿就只剩下达玛亚和那名男子。

“这个给你。”他说，一面伸手到自己肩上。他穿的应该是一套制服：宽肩长袖，四肢线条僵硬，暗红色布料显然结实又有几分粗糙。像太婆缝的小毯子。这制服配了一条短斗篷，装饰效果大于实用，但现在，他把斗篷解下来，裹在达玛亚身上。对她来说，已经可以当长裙了，还带着他的体温。

“谢谢你。”她说，“你叫什么呀？”

“我的名字，是沃伦的守护者沙法。”

女孩从来没听说过沃伦这个地方，但它一定存在，要不然这个社群名称就没有意义了。“‘守护者’也是个职阶名称吗？”

“它专指守——护——者。”他把这个词拖长了说，女孩尴尬得两颊发热，“毕竟，我们对任何社群都没有多大用处，我是说在平常时期。”

达玛亚困惑地皱起小眉头：“什么？就是说，当灾季来临时，你们就会被别人踢出去吗？但是……”她从故事里得知，守护者多才多艺：他们是了不起的战士和猎人，有人还能搞暗杀。当时局艰险，社群会需要这样的人。

沙法耸耸肩，走到一旁，坐在一捆放了很长时间的干草上。达玛亚身后也有一捆，但她继续站着，因为她喜欢跟那人保持在同一高度。即便是坐下来，那男子还是更高，但至少不会高出那么多。

“支点学院的原基人服务全世界。”他说，“从现在开始，你不再有职阶名称，因为你的用处就在于你自身的能力，而不是某种家族传统。从出生时起，一个原基人小孩就有能力制止地震；就算不接受训练，你也是原基人。不管是在社群之内，还是在社群之外，你都是原基人。不过，受训之后，在支点学院其他技艺高超的原基人的指导下，你就可以不只是造福一个社群，而是能够服务于整个安宁洲。”他摊开双手。“作为守护者，通过我所负责的多个原基人，我也在尽到相似的责任，同声相应，同气相求。因而，我理所当然应该跟我负责的人肩负同样的责任。”

达玛亚太好奇，有太多问题，以至于不知道应该先问哪一个。“你们那儿有没有——”她顿住了，说不出那个概念，那个词，仍然未能接受自己的身份。“其他，嗯，像我一样的人……”然后她就说不下去了。

沙法笑起来，就像能感受到她的急切，并且为此觉得开心。“我现在是六个人的守护者，”他说着，一面侧着脸，让达玛亚知道，这才是正确的表述方式和思考方式，“包括你在内。”

“而且你把他们全都带到了尤迈尼斯？以前你也是这样找到了他们，像找我一样——”

“不完全一样。有些人是我接管的，他们在支点学院内部出生，或者曾有过其他守护者。有些是我自己找到的，在我被派来北中纬地区巡行之后。”他摊开双手。“在你的父母向佩雷拉村村长报告，说他们有个孩子是原基人之后，村长拍了电报到布雷瓦，后者又把电报转给泽多，然后又被泽多转达给尤迈尼斯——而那里的人再给我发电报。”他叹了口气，“仅仅是因为运气好，我在消息到达之后的第二天正好去布雷瓦附近的联络站。要不然，我就得再过两星期才能得到消息。”

达玛亚知道布雷瓦，但对她而言，尤迈尼斯只是个传说，而沙法提到的其他地方，只是童园课本里见过的词，并没有任何实际意义。布雷瓦是离佩雷拉最近的城镇，而且要大很多。那里是每年播种季节开始时，父母去变卖农产品的地方。然后她开始理解对方的言外之意。如果在这座谷仓再待两个星期，冷得要死，还只能在屋角拉屎……她也很高兴沙法在布雷瓦收到了消息。

“你很幸运。”他说，也许是读懂了她的表情。他自己的表情变得沉重起来。“并不是所有的父母都会做出正确选择。有时候他们不会把孩子隔离起来，像支点学院和我们这些守护者建议的那样。有时候他们隔离了孩子，但我们收到消息的时间太迟，等到有守护者到达时，暴民已经把孩子带走，把她打死了。请不要对你的父母有什么不好的想法，达玛。你目前至少还安全地活着，这可不是轻易就能做到的。”

达玛亚有点儿纠结，并不想接受这个结论。沙法叹了口气。“还有些时候，”他继续说，“有些原基人的父母会试图把孩子藏起来。养着她，不接受训练，也没有守护者。那样做，总是没有好结果。”

这正是过去两周以来她一直在烦恼的事，在学校发生那件事之后。如果她的父母爱她，他们就不会把她锁在谷仓里，也不会叫来这个人。妈妈也不应该说那么差劲的话。

“他们为什么就不能——”她冲口说出这半句，然后才意识到对方刚才说的话是有用意的。就是要知道她是否想过“他们为什么不能把我藏起来，让我继续在这儿生活”——现在，他已经洞悉真相。达玛亚紧握斗篷的两手抱紧自己的身体，但沙法只是微微点头。

“首先，这是因为他们还有另外一个孩子，而且任何暗中窝藏原基人的社群成员，最轻的惩罚也是被逐出村镇。”达玛亚知道这个，尽管她不愿接受事实。如果父母在意她，就会为她冒险，是吧？“你的父母肯定也不愿意失去他们的家园，他们的生计，以及两个孩子。他们选择了给自己留下一些东西，而不是失去一切。但目前最大的危险，仍是你的本性，达玛。这跟你的性别一样无法掩饰，跟你年轻又机敏的头脑一样明显。”她脸红了，不知道这算不算夸奖。沙法微笑，让她知道这确实是赞誉。

他继续说：“每当大地在悸动，你都将听到它的呼唤。在每个危险的瞬间，你都会本能地探寻最近处的热源和动点。对你来说，做到这些事的能力就像强壮的人有一双重拳。当危险临近，你当然会做出必要反应来自保。而当你这样做，就有人会死。”

达玛亚畏缩了一下。沙法又一次微笑，他一直都是那样和善。然后达玛亚想起那一天的情形。

那是午饭后，在操场。她吃完了自己的豆包，像平时一样，跟莉米和桑塔尔一起坐在水塘边，其他小孩有的在玩，有的在用小块食物砸小伙伴。还有些孩子扎堆蹲在操场一角，在土里寻找着什么，一面唧唧哝哝说话；他们当天下午有一场测地学考试。然后扎布来到仨女孩面前，尽管他说话时看的是达玛亚。“下午考试，让我抄你们的吧。”

莉米咯咯笑起来。她以为扎布是喜欢上了达玛亚。但是达玛亚并不喜欢他，因为他很差劲，总是欺负达玛亚，辱骂她，有时候用手指戳她，直到女孩大声叫起来，让他住手；然后她又会因为这个被老师批评。于是她对扎布说：“就为你，我才不会给自己惹麻烦呢。”

他当时说：“要是方法得当，你就不会有麻烦。只要把试卷向我这边挪一点儿——”

“不要，”她又一次拒绝，“我不要什么方法得当。我根本就不会做这种事。你走开。”她转脸去看桑塔尔，扎布打岔之前，她正在说话。

下一个瞬间，达玛亚已经栽倒在地。扎布两手并用，把她从石头上推了下去。她真的摔了个倒栽葱，后背着地，非常痛。后来（她在谷仓里，有两周时间回想那件事）她能回想起男孩脸上震惊的表情，就像他也没料到达玛亚会那么容易被推下去。地上很是泥泞。她整个后背又冷，又湿，又臭。全身都是烂泥和青草味，泥巴已经浸到了她的头发这是她最好的一件校服妈妈一定会很生气她当时也很生气于是她抓起周围的空气就——

达玛亚打了个寒噤。就有人会死。沙法点头，像是听到了她的想法。

“你就是火山岩里的美丽晶石，达玛。”他说这句话时，声音非常轻柔，“你是大地的赠礼——但永远不要忘记，大地父亲痛恨我们人类，他的礼物代价高昂，而且极为危险。如果我们把你拣选出来，打磨锋利，给你应得的关爱和尊重，你就会变得更有价值。但如果我们只是任由你置身荒野，你就会严重伤害第一个招惹你的人。或者，更可怕的情况，你会崩溃，然后伤害很多人。”

达玛亚想起扎布脸上的表情。空气变冷只有一瞬间，在她身体周围喷射而出，有如气球爆裂。那已经足够让她脸下的青草结上一层寒霜，让扎布皮肤表面的汗珠变成坚硬的冰。他们两个都定在了原地，四肢抽搐，愕然相对。

她还记得男孩那张脸。你差点儿杀死我，她眼里，对方的表情在说。

沙法一直在密切关注着她，并始终保持微笑。

“这不是你的错。”他说，“外人对原基人的闲话大多都是假的。你生来如此，不是因为犯过任何罪孽，也不怪你父母。不要怨恨他们，也不要埋怨自己。”

她开始哭，因为他是对的。全都对，每一句，全都是实话。她一直恨妈妈把她关在这里，还一直恨爸爸和查加，他们放任妈妈这样对待自己。她痛恨自己生成这副样子，让他们所有人都大失所望。而现在，沙法却像是完全了解她内心的阴暗和虚弱。

“嘘。”他说着，站起来，到她面前。然后跪在地上握起她的两只手，她哭得更加厉害。但沙法用力捏她的手，足够让她感到疼痛，她吃了一惊，深深吸气，眨巴着泪光迷蒙的双眼看他。“你绝不能这样做，小东西。你妈妈很快就要回来了。永远不要在别人能看到的时候哭泣。”

“什——什么？”

他看起来那么难过——是因为达玛亚吗？他抬起双手，捧起她的脸颊。“这样不安全。”

达玛亚完全不懂这是什么意思。

不管怎样，她还是停止了哭泣。等她自己擦过脸颊之后，沙法帮她拭去一颗被漏掉的泪珠，迅速察看一番之后点头。“你妈妈很可能还是可以看出来，但对其他所有人来说，这样可能就够了。”

谷仓门响，妈妈回来，这次还拉上了爸爸。爸爸紧闭着嘴巴，也不肯看达玛亚，尽管从妈妈把她关进谷仓以来，父女俩都没有见过面。两人把注意力集中在沙法身上，后者站起来，稍微移动身体，挡在达玛亚前面。他接过折叠起来的毯子和麻绳捆起的小包裹，点头致谢。

“我们已经帮你饮过马。”爸爸态度生硬地说，“你需要路上用的饲料吗？”

“不用。”沙法说，“如果沿途顺利。我们入夜时分就能到达布雷瓦。”

父亲皱起眉头：“那要马不停蹄啊。”

“是的。但是在布雷瓦，不会再有这个村里的某些人突发奇想，在路边等着我们，用粗暴的方式给达玛亚送别。”

达玛亚花了一点儿时间才明白，然后她意识到：佩雷拉村的人们想要杀死达玛亚。但这一定是搞错了，是吧？他们不可能真的有这种想法，不是吗？她想起所有那些她认识的人。童园里的老师，其他小孩，还有路边客栈的老太太，太婆生前的那些朋友。

父亲也是这样想；她能从他的表情里看出来，所以他皱眉，想要开口说达玛亚想到的话：他们才不会做出这种事。但他欲言又止。他瞥了一眼达玛亚，只一眼，脸上满是折磨，然后才想起应该看别处。

“这个给你。”沙法说着，把毯子递向达玛亚。这是太婆那条。她盯着毯子，然后看妈妈，妈妈却在回避她的视线。

哭，不安全。即便在她解下沙法的斗篷，裹上毯子，感觉到那份熟悉的霉味、刺痒感和完美的暖意时，她也让自己的面容保持绝对平静。沙法的眼睛闪向她，极轻微地点了一下头，表示赞许。然后他拉起达玛亚的手，带她走向谷仓门口。

妈妈和爸爸在后面跟着，但他们什么都没说。达玛亚也没说一句话。她的确向那座房子扫了一眼，看到有人躲在窗帘的窄缝后面，然后那帘子被迅速合上。查加，她的大哥哥，教过她读书，教过她骑毛驴，还有怎样往池塘上面丢石头，让它蛙跳。他甚至没有挥手告别……但这并不是因为哥哥痛恨她。她能看出来。

沙法把达玛亚举起来坐到一匹大马上，比她见过的任何马都高大，一匹强壮的、毛发油亮的栗色马，脖子很长，然后沙法坐到她身后的马鞍上，用毯子裹住她的双腿和鞋子，以免她磨伤或者长冻疮，然后他们就出发了。

“不要回头看。”沙法建议，“这样会更容易一点儿。”所以达玛亚没有回头看，她将来会知道，这件事情他又说对了。不过，到了很久以后，她又会希望自己当初曾经回头。

[前文佚失]冰白之眼，灰吹之发，滤尘之鼻，尖利之牙，离盐之舌。

——第二板，《真理经，残篇》，第八节

第三章

你踏上征程

你还打不定主意，不知自己应该是谁。你的近期身份已经毫无意义；那个女人跟小仔一起死了。她没用，她那么不起眼，那么安静，那么平凡。现在出了这么大的事，那种角色没用了。

但你还不知道奈松被埋在哪儿——假如杰嘎花了时间埋葬她。在跟自己女儿告别之前，你不得不继续做她爱过的妈妈。

所以你决定了，不能坐以待毙。

死神肯定已经盯上了你——也许不是马上来，但会很快。尽管从北方来的大地震错过了特雷诺，但每个人都知道，它本应该重创小镇。隐知盘不会撒谎，至少在这样天翻地覆、令人发狂的情况下，它的感知不会错。每个人，从新生儿到耄耋老者，全都感觉到了这场巨震来袭。到现在，已经有那么多难民，来自不那么幸运的小镇和村庄，他们都在向南逃走，特雷诺人很快就将听到各种流言。他们将察觉风中的硫黄味。他们将会仰望越来越怪异的天空，看到种种变化——全都是不幸的预兆。（事实也的确不幸。）也许，拉什克镇长终于也派人去察看了苏姆镇，下一条山谷中的小城。大多数特雷诺人都有亲戚住在那里，两座城镇世代通商通婚。虽然社群高于一切，但只要没有饿死，亲人和家族就仍有意义。拉什克暂时还能慷慨大度一点儿，也许。

而一旦探子们回来，报告苏姆镇遭到的重创，你早已知道的那些情况，还有你明知他们不会发现的幸存者（至少不可能找到太多），到时候，大家就不可能无视真相。人们心里将只剩恐惧。而恐惧主宰下的人们，就会找寻替罪羔羊。

所以你迫使自己吃饭，这次很小心，不去想过去跟杰嘎和孩子们一起吃过的饭。（失控的泪水，要比控制不住的呕吐强。但是，嘿，你选择不了自己伤心时的反应。）然后，你让自己悄悄走出勒拿后院的门，回到自己家。外面没有人。他们一定都在拉什克家，等着听新消息或者分派任务。

在家里，地毯下面那个储藏室里有全家人的逃生包。你坐在房间的地板上，小仔被活活打死的位置，就在那儿整理逃生包，取出你不会用到的东西。奈松那套老旧舒适的旅行装太小了；你和杰嘎是在小仔出生以前准备的逃生包裹，之后你们都没上心，也没有更新过它。包里有块干果脯，已经发霉，长了细细的白毛；它或许还能吃，但你还没有绝望到那种程度。（暂时。）包里还有些证明文件，表明你和杰嘎拥有自家房产，另有文件表明你们缴纳过全部地方税款，两人都是特雷诺社群成员，属于抗灾者职阶。你把这些也都丢下，它们是过去十年间你全部的财务和法务证明，如今都跟发霉的果脯一起，丢成了一小堆。

用防水墙纸包裹的那一沓钱（纸币，因为数目挺多）……很快就会没用的，一旦人们意识到形势有多么严重，但在那之前，它们还有价值。等到失效，也很适合用来引火。还有杰嘎坚持准备的黑曜石剥皮刀，你不太可能用到这东西，你有更好、更天然的武器，但你还是留下了它。可以用来交换，或至少当成肉眼可见的警示。杰嘎的靴子也能用来交换，因为它们还很新。他再不会穿这双靴子了，因为你很快就会找到他，然后干掉他。

你停顿了一下。修正刚才的想法，让它更适合你要成为的女人。更好的版本：你将会找到他，问他为什么做出那种事。他怎么能下得了手。然后你会问他那个最重要的问题，你们的女儿在哪里。

重新装好逃生包之后，你把它放进杰嘎用来送货的一个篮子里面。你带这篮子在城里走，任何人都不会特别留意，因为直到几天之前，你经常这样做，帮着杰嘎经营他的制陶和工具制造生意。最终也许会有人纳闷儿，在镇长很可能就要宣布灾季法案时，你为什么还要按约定给人送货。但大多数第一反应不会是这个，这才是最重要的。

你离开时，经过小仔躺了好几天的地方。勒拿取走尸体，但留下了那条毯子，血迹已经看不到。不过，你还是不看那个方向。

你家在小镇一角，周围还有几座房舍，都在南墙和公共绿地之间。在你跟杰嘎决定买下它的时候，你之所以挑选它，是因为它坐落在一条独立的林荫路旁边。它还正对着市镇中心，只隔一片绿地，杰嘎一直都喜欢这一点。有件事一直是你俩争吵的焦点：除非必要，你都不喜欢跟人来往，而杰嘎这人好热闹，不安分，家里一安静他就烦——

一波炽烈的、虐心的、让人抓狂的怒火突如其来攫住了你。你不得不在自家门廊上止步，手扶门框深深吸气，来抑制住想开始尖叫的冲动，或许也是为了让自己不会用那把该死的剥皮刀捅死什么人（你自己？）。或者更糟的，让温度下降。

好吧。之前是你搞错了。在伤痛引发的各种反应里面，相对来说，恶心呕吐还没有那么糟糕。

但你没有时间做这些，没有力气那样做。所以你集中精力在其他事物上。任何其他事物。门槛上的木料，你的手正按在上面。空气，你察觉到它，因为你已经在室外。感觉硫黄味并没有加重，至少暂时还没有，这或许是好事。你隐知到附近没有开裂的岩浆口——也就是说，气味是从北方传来，从伤口所在的位置——那道化脓的裂痕，从大陆一侧海岸直到另一侧海岸，你知道它就在那里，尽管迄今为止，帝国大道上的难民都只听过相关的传闻。你希望硫分集中的程度不要过高，因为那样一来，人们就会开始呕吐、窒息，到下次下雨时，溪水里的鱼就会死，土壤也会酸化……

是的。当前情况还好。过了一会儿，你终于能够离开那座房子。你那层冷静的伪装终于能够回复常态。

外面没有太多人活动，拉什克一定是宣布了大家期待的官方封锁决定。封锁期间，社群大门紧闭——你从附近城墙哨塔旁移动的人群判断，估计他也在关键位置派驻了守卫。这种事，本应该是到宣告灾季来临时才会做；你暗中诅咒拉什克的谨慎。希望他没做出更多其他安排，让你难以悄悄离开。

市场已经被关闭，至少暂时如此，以免有人哄抬物价或恶意囤积。傍晚时即将开始宵禁，任何与城镇安全和补给无关的生意都被要求停业。所有人都清楚这种事该怎么办。每个人都有指定的义务，但很多只是室内事务：编织存储筐，风干并保存家中所有易腐坏的食物，改造旧衣物和工具。一切必须高效，遵循《石经》内容，有章可循，有条不紊，一方面实用，另一方面也是为了让大群焦虑的人有事可做。以防万一。

不过，当你走过绿地边缘的小路（封锁期间，没人敢随意斜穿绿地，不是因为任何规章，而是大家知道，这里将是庄稼地，而不是一大片赏心悦目的三叶草和鲜花）。你注意到另外一些特雷诺居民还在外面活动。多数都是壮工。有一组人在建造围场和畜棚，以便隔出绿地一角，给牲畜们使用。这活儿很累，毕竟是建造东西，干活儿的人很专心，没空理会挎篮子的独行女人。你一面走，一面在恍惚中认出几张脸，你在市场上见过他们，或者是因为杰嘎的生意打过交道。他们也看过你几次，但都是一瞥而过。他们对你足够熟悉，知道你不是“生人”。暂时他们太忙，没空考虑你可能还是一名基贼的母亲。

或者去想，你那个死掉的基贼孩子，到底是从父母中的哪一边继承到他的噩运。

城镇中心有更多人。在这儿，你努力不引人注意，跟别人采用同样的步幅，有人点头，你就点头回应，努力让脑子放空，脸上一副百无聊赖、心不在焉的样子。镇长办公室周围很是繁忙，街区首领和职阶代言人纷纷赶来，报告他们已经完成封锁任务，然后回去组织更多此类活动。其他人四处乱转，显然是想了解苏姆镇和其他地方都发生了什么——但即便在这里，也没有人在意你。他们又何必在意？空气里弥漫着大地破碎的臭味，二十英里半径之外的地方全都成了一片废墟，起因是活人从未见过的一场严重地震。人们有更重要的事情需要担心。

但这局面很快就可能改变的。你没有放松警惕。

拉什克的办公室实际上是一座小房子，坐落在屋顶倾斜的谷仓和马车作坊之间。你踮起脚尖从人们头顶上看去，并不意外地发现奥伊马尔——拉什克的副手，站在小屋门廊上，跟一对满身泥水的男女讲话。他们很可能是在加固水井；这是《石经》里的震后建议之一，帝国颁布的封锁规程也有倡导。如果奥伊马尔在这里，那么拉什克很可能在别处忙碌，或者在睡觉（你了解拉什克这个人），事件发生以来这三天，他一定已经累坏了。他不会在自己家，人们太容易在那儿找到他。但因为勒拿话多，你早知道拉什克不想被人打扰的时候会在哪儿。

特雷诺的图书馆令人尴尬。它存在的唯一原因，就是某位前任女镇长的老公的祖父偶尔有段时间抽风，给方镇长官写了好多请愿信，直到长官出资兴建了这座小型图书馆，就为了让他闭嘴。老头儿死后，那里少有人光顾，尽管每次全社群开大会，都有人建议关闭它，但不知为什么，总也得不到足够的赞成票来执行。所以它就死样活气继续存在：一座破破烂烂的旧棚子，甚至比你家还小，里面几乎塞满了成架的图书和卷轴。要是瘦弱点儿的小孩，还能在书架间行走，不必被挤瘪。你既不是小孩，也不瘦弱，所以要侧过身体，螃蟹一样横向移动。这儿是不可能带篮子的，你把它放在了门口。但这并不重要，因为这里没有人会窥探里面的内容——除了拉什克，他目前蜷在书架深处一张小小的草垫子上，这里有副书架最短，余出来的空间刚好能容下他的身体。

你终于挤到书架深处，鼾声中的拉什克突然惊醒，眨巴着眼睛仰望你。他已经开始皱眉，不喜欢有人打扰。然后他开始*思考*，因为他是个冷静又理智的人，所以特雷诺人选他当镇长。你从他脸上的表情就可以看出，自己从杰嘎的老婆变成小仔的妈妈，然后是*基贼*的妈妈，然后，哦，我的天！你自己也是个基贼呢。

这挺好。事情变简单了。

“我不会伤害任何人。”你很快说，因为他可能畏缩，尖叫，或者在紧张之余做出其他什么事来。让你自己吃惊的是，拉什克听到这句话，眨眨眼睛，又开始*思考*。他脸上的惊惶渐渐褪去。他坐起来，背靠木质墙面，若有所思地打量了你好半天。

“我猜想，你来到这里，应该不只是想告诉我那句话吧。”他说。

你现在舔舔嘴唇，想要蹲下来。这很难做到，因为地方太狭小。你的屁股不得不紧靠书架，膝盖也侵占了太多拉什克的空间。他见你如此局促，显出一丝笑意，然后想起你的身份，笑容完全消失。再然后他又对自己皱眉，似乎对这两种反应都不满意。

你说：“你知道杰嘎可能会去哪里吗？”

拉什克面部肌肉抽动。他老得足够做你父亲了，大概刚好，但他是你见过最不老气横秋的人。你一直都想找个地方，坐下来跟他喝点儿啤酒，尽管那种事不太符合你一直以来营造的平庸、内敛的伪装。镇里多数人，对他都是这种感觉，尽管据你所知，他平时并不喝酒。这一瞬间他脸上的那种表情，让你第一次觉得他应该能做个好父亲，假如他有孩子的话。

“那么真相就清楚了，”他说，嗓音里还带着睡意，“是他杀死了小孩吧？好多人都那样想，但勒拿说，他并不确定。”

你点头，之前，你也没办法跟勒拿说一定是。

拉什克的眼睛在你脸上搜寻：“而那个孩子的确是……”

你再次点头，拉什克叹气。你注意到，他并没有问你是不是某种人。

“没有人看清杰嘎去了哪里。”他说，一面移动身体，两膝屈起，一只胳膊放在膝盖上。“人们一直在谈——那次——凶杀，因为这更容易，胜过谈论——”他无助地抬起双手，又放下。“很多流言蜚语，我是说，其中很多都是烂泥巴话，不是石头一样的事实。有人看到过杰嘎套上你家的马车，跟奈松一起走了。”

你的思绪开始混乱：“他带着奈松？”

“是啊。带着她呢。这有什么——”然后拉什克明白了过来，“喔，可恶。她也是吗？”

你极力止住颤抖。你确实紧握双拳来抑制这种冲动，你脚下的大地临时感觉接近了好多，身体周围的空气也在冷却，然后你才控制住自己的绝望和欣喜及恐惧及狂怒。

“我之前不知道她还活着。”你只是这样说，然后，感觉是很长时间的一段沉默。

“哦。”拉什克眨眨眼，脸上又恢复了同情的样子。“那个，是的。反正他们走的时候，女孩还在。当时没有人知道已经出了事，也没人起疑心。多数人都以为，当爹的是想教长女学学自己的手艺，或者就是带无聊的孩子散散心，免得她闹腾，稀松平常。然后就出了北边来的祸事，所有人都忘记了他们的事，直到勒拿说他发现了你和……你的小儿子。”他说到这里停住，下巴抽动一下，“从来没想过杰嘎会是这种人。他平时打你吗？”

你摇头：“从不。”要是之前杰嘎有过暴力行为，这事或许还更容易接受一些。然后你就可以埋怨自己有眼无珠，或者过度纵容，而不是只能悔恨不该繁衍后代。

拉什克缓缓地深吸一口气。“可恶。真是……可恶。”他摇头，一只手抚过灰白色的乱发。他不像勒拿等人那样，天生有所谓灰吹之发；你还记得他头发是棕色的时候。“你是要去找他吗？”他的眼神扫过来又移开。也不能说是抱着希望，但你明白他狡猾到不肯明说的愿望。*拜托你赶紧离开我的城镇。*

你点头，乐于从命：“我需要你给我一份通行大门的许可。”

“行。”他停顿了一下，“你知道，你不能再回来了。”

“我知道。”你勉强露出笑容，“实际上我也不想回来。”

“我不怪你。”他叹口气，然后又挪动一下身体，很是不安，“我……我姐……”

你以前都不知道拉什克有姐姐，然后你明白了。“她后来怎样了？”

他耸耸肩。“跟别人一样。我们当时住在苏姆。有人发现了她的身份，告诉另外一帮人，然后他们深夜闯来把她抓走。我记得的不多了。当时我才六岁。那件事之后，我的家人带我搬来这里。”他嘴角抽动，似笑非笑，“这是我自己一直都不肯要孩子的原因。”

你也微笑：“其实，我也不想要的。”但杰嘎想要。

“这死烂的大地啊。”他闭上双眼，停顿了一会儿，然后突然站起身来。你也站立起来，因为要是继续蹲着，你的脸就会特别靠近他脏兮兮的旧裤子。“如果你现在就走，我可以带你去大门口。”

这让你觉得意外：“我是想现在就走。但你不必跟我去的。”事实上，你觉得此举未必明智。这样可能会招来更多关注，你不喜欢。但拉什克摇摇头，下巴显得严肃又凝重。

“我必须去。走吧。”

“拉什克——”

他看着你，这次轮到你心里打鼓了。这已经不再是你个人的事。如果当初他是个成年男人，抓走了他姐姐的那些乱民是不可能得手的。

但或许，那帮人会把他一起杀掉。

他帮你挎篮子，你们一起走过七季大街，这是小镇的主要街道，你们沿路一直走到大门。你心神不定，努力做出信心满满、宁静从容的样子，心里却完全不是那样。要依着你，就不走这条道，周围有那么多人看着。一开始，拉什克吸引了全部的注意力，好多人向他挥手，大声打招呼，凑上来问他有没有新的消息……然后他们就发现了你。人们不再挥手。他们也不再靠近，而是戛然止住——在一段距离之外，三三两两——冷眼观望。有的人还会尾随。这也没什么，只能算是小镇居民好奇心过于旺盛，至少表面如此。但你看出，那些人也在交头接耳，你感觉到他们不友好的注视，而这种动作让你神经紧张，全是最不好的预感。

你们靠近大门，拉什克向那些守门人打招呼。那儿有十几名壮工，平时应该都是矿工或者农夫之类，现在只是在门口乱走，看上去也没有什么严密的组织结构。有两个人在墙顶高竿上的瞭望哨位里，他们可以俯瞰大门；还有两个在地面，靠近大门窥探孔的位置。其他人也就是在场，一脸无趣，一起闲聊或者互相开玩笑。拉什克选择这些人的依据，很可能是因为他们有威慑力，因为所有人都是桑泽裔外形——体形雄壮，就算不带玻钢刀和十字弩，也有足够膂力自卫。

那个上前迎接拉什克的，实际上还是这帮人里块头最小的——你对他有印象，只是不记得他叫什么。他的孩子们在小镇童园上学时，碰巧就在你班上。他也记得你。你能看出来，因为他看你的时候，眼睛渐渐眯起来。

拉什克停步，放下篮子，打开来，把逃生包递给你。"凯拉，"他对你认得的那个人说，"你这儿没啥事吧？"

"现在之前都没事。"凯拉说，眼睛还是盯着你。他看你的方式，让你的皮肤紧绷起来。另外还有几名壮工也在看着，一会儿看凯拉，一会儿看拉什克，等着遵从某个人的号令。其中一名妇女肆无忌惮地一直瞪着你，但其他满足于偶尔瞪你一眼，然后就看别处。

"那挺好。"拉什克说。你见他微微皱了一下眉，也许他也读到了你察觉到的信号。"告诉你的人把门开一下，好吧？"

凯拉的眼睛继续死盯着你："拉什克，你觉得这样做合适吗？"

拉什克眉头紧皱，迅速上前一步逼近凯拉，正对着他的面庞。拉什克不是个健壮的男人。他是创新者，不是壮工，当然这些都不那么重要，现在他也不需要体力。"是的。"拉什克说，他的声音那么低沉，那么紧张，以至于凯拉身体一绷，终于吃惊地把视线转向他。"我确信。把门打开，要是你不反对的话。要是你他妈的不是很忙的话。"

你想起《石经》里的一行。《构造经》，第三节。身体终将衰朽。能长期执政的领导者，必须要仰赖更多。

凯拉下巴抽动，但稍后就点头同意。你试图装出一副很专心的样子，背上逃生包。背带有些松。杰嘎是上一个尝试它的人。

凯拉和其他看门人开始行动，摆弄帮助开启大门的滑轮系统。特雷诺小镇的大部分围墙都是木质。它不是那种富裕社群，没有足够的资源买入优质石料，也无钱雇用足够数量的石匠，尽管他们要比那些管理不善的社群好一些，也远远胜过没有围墙的新社群。不过这座大门却是石砌的，因为在每个社群的围墙上，大门都是最薄弱的一环。他们只要开启一点点，就够让你出去。于是，经过一段漫长又煎熬的等待，拖动滑轮的人对瞭望手喊叫过一番之后，他们住了手。

拉什克转身面对你，显然有些紧张。“我为……为杰嘎的事表示难过。”他说。不是为小仔难过，但或许这样最好。你需要让自己头脑保持冷静。“为这所有的一切表示难过，可恶。希望你能找到那个杂种。”

你只是摇摇头。你觉得喉结发紧。特雷诺是你住了十年的家园。你是到了小仔出生前后，才刚开始把它看作这个（家），但这也已经超过你的预期。你记得在小仔刚学会跑的时候，追着他穿过小镇中的绿地。你记得杰嘎帮奈松做过一个风筝拿去放，飞得很糟；那风筝的残骸，眼下还在镇子东面的一棵树上挂着。

但离开它的难度，也没有你预想的那么大。现在离开并不难，尤其是当你的前邻居们恶毒的眼神滑过你的皮肤表面，感觉像是恶臭的黑油。

“谢谢你。”你咕哝说，这句话概括了很多内容，因为拉什克并没有必要帮助你。他这样做，自己也蒙受了损害。看门人现在已经不再那样崇敬他，而且他们将来一定会说闲话。很快，所有人都会知道他同情基贼，这是很危险的。当灾季来临时，镇长们可不能有这样的缺陷。但暂时，对你来说最重要的，就是这个别人向你公开表示友好的时刻，它出于善意，是一份荣幸，你从来没指望过能够得到它。你也不确定该做何反应。

他点点头，自己也有些不自在，当你起步走向大门窄缝时，他转身看别处。也许，他就是没看到凯拉向另外一名看门人点头示意，也许他真的没有留意到那个接到暗示的女人把武器举上肩头对准你。也许，你事后会这样想，拉什克本来会制止那女人，或者想出其他办法阻止事态恶化，假如他当时能看见。

但你看到了她，主要是用眼角余光察觉。然后一切都发生得太快，无法思考。而且因为你没有思考，因为你一直都试图不去思考，这意味着你只是做出习惯反应，因为思考就意味着回想起你有家人死亡而且一切幸福现在都成了谎言想到那些你就会崩溃并且开始尖叫和尖叫和尖叫

还因为一段时期之前并且在另一段生活里你学会了用一种非常特别的方式应对突然来临的威胁，你探入周围的空气抽取力量并且

两脚抠紧脚下的大地，像固定一根钢锚并且集中注意力并且

当那女人击发十字弩，弩箭模糊的影子向你疾飞。就在箭支命中之前，它爆裂成了上百万颗闪亮的冰冻碎片。

（淘气啊，淘气，你脑子里有个声音在责备你。这是你良知的声音，低沉的男声。你几乎马上就忘记了这个念头。那声音来自另外一个人生。）

人生。你看着那个刚刚想要杀死你的女人。

“什么——可恶！”凯拉瞪着你，似乎对你拒绝倒地身亡的行为表示震惊。他身体下蹲，两手握拳，气得几乎上下蹦跳。“再射她！杀了她！射啊，大地诅咒的东西，要不我就——”

“我×，你们在干什么？”拉什克终于察觉到事态发展，转身回来干涉。但已经太晚了。

在你脚下，和所有其他人的脚下，一场地震开始了。

最开始，还很难辨识。当时没有一刹那刺耳的杂音作为警示，那种情况，是当地震来自大地时才有。这就是这些人惧怕你们这类人的

原因，因为你们让人无法理解，也防不胜防。你们是一种意外惊吓，像突然产生的牙痛，像心脏病发作。你正在做的事激发震荡，渐次加强，速度极快，变成令人心悸的轰鸣声，人们的耳朵、双脚和皮肤都能感应到，即便他们不会用隐知盘，但到这时，就已经晚了。

凯拉皱眉，看着脚下的地面。十字弩女人装填新弩箭的中途停下，两眼渐渐瞪大，盯着自己武器颤动的弦。

你站在原地，全身被飞旋的雪花和破碎的弩箭碎片包裹。在你两脚周围，有个半径两英尺的圆圈，白霜凝结在硬实的大地上。你的发卷在渐起的微风里轻轻飘浮。

“你不能。”拉什克声音很轻，他的两眼越瞪越大，被你脸上的表情吓到。（你不知道自己现在看起来是什么样子，但一定很糟。）他摇头，像是只要他拒绝相信，就能阻止这一切，他一步一步后退。“伊松。”

“是你们杀死了他。”你对拉什克说。这不是什么能用理智对待的事，你指的是复数形式的“你们”，尽管你讲话的对象是单独一个你。拉什克并没有试图杀死你本人，也跟小仔的死没有直接关系。但试图谋害你的行为，激发了某种原始的、狂暴的、冷酷的东西。*你们这群懦夫。你们这帮畜生，看到一个小孩，也当作猎物去残害。*杰嘎要对小仔的死负责，你脑子里还有这个念头，但杰嘎是在特雷诺这里成长的。那份能让一个男人杀死亲生儿子的仇恨从何而来？它就来自你周围每一个人。

拉什克深吸一口气：“伊松——”

然后，山谷地面开裂了。

这最初一波震荡就足以让所有站立的人倒地，并撼动特雷诺镇里的每一座房子。然后那些房子咯咯作响着摇摆，地震缓解，成了稳定持续的颤动。赛德尔的修车铺第一个倒塌，那幢老旧的木质建筑框架侧向滑下台基。里面传来尖叫声，有个女人设法在门框向内解体之前逃出。在城镇东侧边缘，最靠近谷地两侧山脉的地方，发生了一次岩石滑坡。社群东墙的一部分，连同三座房子一起，被突然碎裂的泥石和树木掩埋起来。在地下很深处，除你之外无人可以察知的地方，给小镇水井供水的地下储水库遭到破坏。水库开始流失。他们还要几个星期之后才会发现，你在这个瞬间就已经杀死了整个小镇；但将来，他们一定会记得水井枯竭的那一天。

不管怎样，接下来的那一小段时间之后幸存的人会记住的。从你两脚开始，那冰霜圆环和飞旋的雪花都开始扩大范围。速度很快。

它首先抓住了拉什克。当你的聚力螺旋滚动逼近时，他试过逃跑，但他就是距离太近。冰面在跑步中途抓到他，让他两脚成冰，双足凝固，然后沿着脊柱向上冷冻，直到，在一次呼吸之内，他就倒在地上，石头一样僵硬，全身肌肉都变成了头发那样的铁灰色。下一个被冰圈吞噬的是凯拉，他还在大叫着让人杀死你。那喊叫声消逝在他喉咙里，他被急冻之后也倒下，最后一丝温热的气息从咬紧的牙齿之间嘘出，落地成霜，热力都被你窃取。

当然，你不只是在杀死同村的人类。附近一道篱笆上面有只鸟停留，它被冻僵之后也掉到地上。绿草萎死，地面变硬，空气发出嘶鸣和叹息，其温度和密度都在被抽取……但人类总不会为虫豸伤悲。

很快。整条七季大街冷风吹拂，令树叶沙沙作响，附近所有人都惊惶大叫，他们意识到发生了什么。地震还没有停息，你跟地面一起摇摆，但因为你了解它的节律，很容易相应地调整重心。你做这事不用动脑筋，因为现在，你脑子里只能容纳一件事。

是这些人杀死了小仔。他们的恨，他们的恐惧，他们无端的暴力。他们。

（他。）

杀死了你的儿子。

（杰嘎杀死了你的儿子。）

人们纷纷跑到街道上，尖叫着，不知道为什么这场地震毫无预兆，而你杀死了所有足够愚蠢或足够慌乱因而靠得过近的人。

杰嘎。他们都是杰嘎。整个该死的小镇都是杰嘎。

但有两个因素救了整个社群，或者说至少挽救了大部分。首先是大部分建筑都没有倒塌，特雷诺的确穷到无法用石料建房，但镇上多数建筑工人都有足够的德行和收入，能够只使用《石经》推荐的技术；这道山谷的断层线（你正在用一个意念扳断的地方）其实是在西面几英里之外。因为这两件事，大多数特雷诺人都活过了这一劫，至少能熬到水井枯竭。

因为上面这些原因。也因为有个小男孩吓坏了一直尖叫，声音震耳，他父亲刚从剧烈摇晃的房子里面逃出来。

你马上把注意力转向那声音，出于习惯，用人母的耳朵确定了声音来源。那男人两臂张开紧抱男孩。他甚至都没带逃生包；他花时间抓住的第一件、也是唯一的“东西”就是他的儿子。那男孩长的一点儿都不像小仔。但你还是盯着他看，见那孩子跳着脚，伸手向那座危房，索要那名男子丢下的东西（他心爱的玩具？男孩的妈妈？），然后突然，你终于开始思考。

然后你就住了手。

因为，哦冷酷的大地啊。看看你都做了些什么。

地震平息。空气再次发出嘶鸣，这次是更温暖、更湿润的气流涌入你周围的空间。地面和你的皮肤马上就变得湿漉漉，因为凝结了水珠。山谷轰鸣声止息，只剩下人们的尖叫声、木屋倒塌的咯吱声，还有颤抖的警报声，它响得太晚，只能失落地发出哀鸣。

你闭上眼睛，痛楚中战栗着思索，不要。是我杀死了小仔。因为我成了他的妈妈。你脸上有泪。而你还以为自己不会再哭。

但现在，已经没有人挡在你和大门之间。那些本来可以挡道的看门人，都已经逃走，除了拉什克和凯拉之处，还有几个动作慢，没能逃掉的。你挎上逃生包，走向大门开口，用一只手抹脸。不过你也在微笑，而这是一副苦涩的、心痛的表情。你只是情不自禁地意识到整件事的讽刺性。你不想等着死神来找到你。对吧。

愚蠢啊，愚蠢的女人。死神始终都在。你就是死神。

永远不要忘记你是谁。

——第一板，《生存经》，第十节

第四章

茜奈特，如琢如磨

这他妈就是鬼扯，茜奈特心里这样想着，脸上还是用微笑遮掩。

她不会让反感显现在面目中。坐在椅子里的身躯也纹丝不动。她的双手（有四根手指戴了戒指，分别是光玉髓、乳色蛋白石、黄金和缟玛瑙质地）自然地搭在膝盖上。从长石太太的角度看，两手都隐藏在桌沿后面。就算她攥紧双拳，长石太太也不会看见。但她没有。

“珊瑚礁还是很难应付的，你要知道。”长石太太自己的两只手捧着大木杯，里面是安全茶，笑容绽放在杯沿上。她完全清楚，茜奈特的笑容后面隐藏的是何种情绪。“它们不像普通的岩石。珊瑚礁内部多孔，质地柔软易变形。在不引发海啸的情况下击碎它们，需要很精细的控制力，这境界并不容易达到。”

茜因在睡梦里都可以做到。两戒使者都能完成。就连料石生都可以——不过她承认，这会带来相当巨大的破坏。茜因伸手拿过自己那杯安全茶，用手指缓缓转动圆润的木杯，以免它晃动，然后小嘬一口。“元老，我很感激您为我指定了一位导师。”

“不，你并不感激。”长石太太也微笑着，嘬一口她的安全茶，戴戒指的小拇指翘在空中。这就好像她俩在暗中较劲，比拼虚伪的礼节，看谁在吃屎的同时笑容更甜美。“没有人会因此看低你，如果这也算安慰。”

因为每个人都知道真实情况如何。这并不会抹去那份侮辱，但的确让茜因感到一丝安慰。至少，她的新导师是一位十戒高手。那个，也算是份安慰，他们居然把自己看那么高。她只能尽最大努力，在这番尴尬里面给自己挽回些颜面。

“他最近刚完成一次南中纬地区的巡行。”长石太太轻声说。这次谈话的主题本来毫无温情之处，但茜因感谢老女人做出的努力。“通常来说，我们给他更多时间休息，然后才会再派他上路，但那位方镇长官坚持让我们尽快行动，解决埃利亚城港口的堵塞问题。实际工作将由你完成；他只是到现场进行督导。到达该处需要一个月的旅程，假如你们不抄很多近路，并保持行程轻松——你们实际上也不必着急，考虑到珊瑚礁并不算什么突发问题。”

说到这个，长石太太有很小一会儿显出了真实的烦躁。埃利亚方镇的行政长官，或者也可能是埃利亚城的领导者，一定是相当让人厌烦。自从长石太太被指定为她的主管元老以来，茜因从未见过这位较年长的女人显出任何负面情绪，除了略显虚弱的微笑。她们俩都懂得规矩：支点学院的原基人（或者说帝国原基人，黑衫客，不管人们叫他们什么，你很可能都不愿去杀死的那种人）必须始终保持礼貌和专业态度。学院原基人必须在所有公共场合给人自信而且专业的印象。学院原基人必须抑制愤怒，因为这种情绪会让哑炮们紧张。不过，长石太太也从来不会使用哑炮这样的俗语——但这正是长石太太能充任元老，可以督导其他人的原因，而茜奈特只能独自磨砺自己的锋芒。如果她想得到长石太太的工作，就必须展现出更多职业素养。除此之外，她还必须做到另外几件事。

“我什么时候可以去见他？”茜奈特问。她喝了一小口安全茶，让这个问题显得随意一点儿。只是老友之间的闲谈。

“任何你喜欢的时间都可以。”长石太太耸耸肩，“他住在元老区。我们的确给他发过一份简报，并要求他出席这次会见的……”她又一次显出被冒犯的样子。这整件事一定让她很为难，绝对很难。“……但他的确有可能只是没收到通知，因为如我所说，他还在上次巡游后的休整期间。独自在莱克斯山区旅行，的确很难。”

“独自一人？”

“五戒及以上高手在支点学院以外旅行时，不再需要有合作人或守护者同行。”长石太太缓缓饮用她的安全茶，无视茜奈特的惊诧。“到那个阶段，我们被认为已经足够稳定，对原基力有了娴熟的掌控，可以得到有限的自主权。”

五戒。她现在有四枚。说什么原基力水平，都是胡扯淡；但如果守护者对原基人遵守规则的意愿有所怀疑，那人连第一枚戒指都得不到，更不要说第五枚。但是……“这么说来，整个任务就只有他跟我。”

“是的。我们发现，在这类问题上，这样的安排最为有效。”

当然啦。

长石太太继续说：“你会在**显赫雕楼**里找到他。”那组建筑是支点学院大部分元老和高手们的住所。“主楼，最高一层。最高级的原基人并没有专用居住区，因为人数太少——他是目前唯一的十戒高手，但我们至少可以让他在顶层有些额外空间。”

“谢谢你。”茜因说，又一次转动她的杯子，“这次会面结束后，我就会去找他。”

长石太太停顿了好久，相比平时，她的面容更加貌似和蔼，也更让人捉摸不透，而这引起了茜奈特的警觉。然后长石太太说：“作为十戒高手，他有权拒绝任何任务，只要不是在特别紧急的状况下。你应该事先知道这一点。”

等等。茜因的手指不再转动杯子，视线上挑，跟年长的女人相对。长石所说，真的是字面意思吗？不可能。茜因两眼收紧，不再试图掩饰她的猜疑。即便如此。长石太太还是给了她一条脱身之策。为什么？

长石太太浅笑："我已经生过六个孩子。"

啊。

那就没什么可说的了。茜因又嘬了一口茶，努力不显出苦相，尽管杯底的东西带着一股石灰样的苦涩。安全茶很有营养，但并非人人爱喝。它由某种植物的萃取液酿造而成，遇到任何污染物都会变色，甚至包括唾液。它被献给客人，还用在特定的会谈场合，因为——是啦，它安全。是个礼貌的姿态，等于在说：我不是要给你下毒哦。至少现在不。

这之后，茜因离开了长石太太，然后走出主楼，这是管理层办公的地方。主楼坐落在一簇较小的建筑中间，位于宽大又曲折，一半像荒郊的戒者花园旁边。花园宽处有好多公顷，呈宽大的带状围绕支点学院，长达数英里。支点学院就是这么巨大，是一座城中之城，自身又被尤迈尼斯巨城环绕，就像……算啦。茜奈特本来可能会继续想着，像孩子在女人肚子里，但这个比喻放在今天，会显得特别怪异。

她一路上向认出来的年轻人点头致意。他们中有些人或站或坐，只是三五成群地闲聊，另外也有人在花草间漫步，或读书，或调情，或睡觉。已获得戒指的学院成员生活轻松，只有到院外执行任务时例外，但这种事不常有，时间也短暂。有一些料石生大步走过曲折的卵石路，所有人排成整齐的队列，由年轻的执戒人带领——这些人是志愿充当教导员的，但料石生还没有在公园休憩的权利；这种特权，只给那些已经通过第一次授戒测试，并且得到守护者认可的学院成员。

就好像一想到守护者，就把他们召唤出来了一样，茜因发现几个暗红色制服的身影，聚在一起，站在花园里常见的池塘水边。水塘另一端还有另外一名守护者，站在玫瑰花环绕的小园里，看似在礼貌地倾听一名年轻学员清唱，附近有少数几位坐着的听众。也许那位守护者就是在礼貌地倾听；有时候他们会做这种事。他们有时也需要休息的。但茜因注意到，这名守护者的眼睛特别留意其中一名听众：一位清瘦、白皙的年轻人，他像是没有特别注意歌者。相反，他在看自己的双手，两手互握，放在膝头。他有两根手指上缠着绷带，让它们被绑在一起，直挺着。

茜因继续前行。

她先是在弯盾区停留了一下，这是数百名初级原基人的居所群落之一。她的室友们不在，所以也不会看到她从箱子里取用若干必要物品，她对此痛切感激。很快，这些人就会从流言系统中了解到她新接受的任务。取完东西，她再次出发，最终到达显赫雕楼。这座塔是支点学院较为古旧的建筑之一，外形低矮宽阔，用厚重的白色大理石砌成，其冷硬的建筑线条，跟尤迈尼斯典型的狂野曼妙风格大相径庭。巨大的双层门后，是宽阔又典雅的门厅，墙壁和地面上有桑泽历史上著名时刻的画面。她保持不紧不慢的步调，看见元老就点头致意，不论是否认得——毕竟，她的确很想要长石太太的工作。她在宽阔的楼梯间缓行，时不时停下来，欣赏窄窗投下的、富有艺术气息的光影。其实她也说不出那些图案特别在哪里，但每个人都说这些东西艺术水准很高，所以她需要别人看到自己在欣赏它们。

在最顶层，覆盖整个走廊的长毛绒地毯上洒了一层鲱骨状的阳光，她停下来喘息，并欣赏自己真心喜欢的一样东西：寂静。孤独。这儿的走廊空无一人，甚至没有低级新手们执行打扫或跑腿任务。她早就听过传言，现在终于能亲眼确定：十戒高手的确可以独占一层楼。

那么，这个就是出类拔萃的真正回报了：私密空间。还有自由选择。茜因闭上眼睛，渴望得能感觉到心痛，然后她沿着走廊向前，到了唯一有脚垫的那道门前。

不过，到了那个瞬间，她犹豫了。她对这个男人一无所知。只知道他赢得了他们这类人里的最高级别，也就是说，只要不过分张扬，就算他做出些尴尬事来，也不会有人真心想管。而且他还是个此生大部分时间任人摆布的家伙，只是最近才有了自主权，能够高人一等。如果他有些怪癖，或者虐待了什么人，不会有人来责骂他。尤其是，当他的受害者只是另一个原基人。

想这些都没用。*她本人*并没有选择。茜奈特叹口气，敲门。

因为在她的预期里，此行需要面对的*只是一次考验*，而不是*某个活生生的人*，所以她实际上还真有些吃惊，当听到房间里有人没好气地斥问。“*什么事？*”

她还在想着该怎样回答，就听到脚步声踏响在石板上（很急促，这么单调的声音居然也能传递出厌烦情绪），然后房门被一把扯开。那个站到门口、对她怒目而视的男子，身穿一件皱巴巴的长睡袍，一侧头发被压平，织物上的线条给他的脸颊印上乱糟糟的痕迹。他要比茜因预料的更年轻。也不算*很年轻了*；年龄几乎有她本人两倍，至少也有四十岁。但她本来以为……算了。见过那么多六戒或者七戒高手，年龄都到了五六十岁，所以她认定十戒高手一定更老迈。而且应该更冷静，更威严，更注重形象。反正总要有点儿高人范儿。但这人，他甚至没戴自己的戒指，不过她还是在有些手指上看出了颜色较浅的痕迹，在他做出各种愤怒手势期间。

“*什么事？*快说！我以每场两分钟长震的名义要求你！”看到茜因只是愣愣看着他，他改用了另外一种方言，这种她从来没有听到过，只觉得略微有些沿海地区的味，语调那是绝对的怒气冲天。然后他用一只手抓搔头发，茜因险些大笑。他的头发很浓密，自然的小卷毛，这种发型必须好好打理，才能显得时尚帅气，而他这样乱抓，只会让头发更乱而已。

“我早跟长石老婆子说过，”他说，这次回到了流利度完美的桑泽语，只是……他显然没有多少耐心，“也告诉过元老议会那些叽叽呱呱无事生非的老东西，让他们别来烦我。我才刚巡视回来，过去一年里边，连两小时的私人时间都没有，不是要骑马，就是要跟某个陌生人在一起。你要是来给我下达更多命令，我就把你冷冻在原地。”

她很确定这是空言恫吓。也是他不应该用的空言恫吓；支点学院的原基人不会在某些事情上开玩笑。这是不言自明的规则之一……但或许十戒高手已经不必受此约束。“严格来说，不算命令。”她支支吾吾地说，对方的脸色变得更难看。

“那么我就不想听你要说的话。快他妈滚蛋。”然后他试图把门摔在她面前。

她一开始都不敢相信。这算什么——当真吗？这还真是侮辱上边又加一重侮辱。不得不做这么尴尬的事已经很糟糕，中间还要被人如此轻贱？

她抢在门加速关闭之前，伸脚卡住了它的路线，探身靠近说：“我是茜奈特。”

这句话对他毫无意义，她从这男人目前暴怒的眼神里就能看出。他吸气，准备大叫。她不知道对方会喊叫些什么，但反正不想听，于是抢在他出声之前厉声说：“我是来 × 你的，地火烧的破事。这个，值得耽误你的美容觉吗？”

她也有点儿被自己的措辞惊到了，同样还意外于自己的怒火。但剩下的感觉就是得意，因为这番话让对方立刻闭了嘴。

他放她进了门。

接下来可就尴尬了。茜因坐在他套房的小桌旁（一个套房，他有一整套带家具的房子，好几个房间，只给他一个人独享），看他的各种小动作。他现在坐在房间里的一条长沙发上，几乎是勉强搭在座位边缘。她注意到那是远端，就好像他不敢坐得离她太近似的。

“我没料到，这么快就又有这种事。”他说，一面看着自己的双手，两手在身前互握。“我的意思是说，他们一直跟我说会有这类需求，但那是……我没想到……”他叹了口气。

“也就是说，这对你来讲不是第一次。”茜奈特说。他只是在等到第十枚戒指之后，才有了拒绝的权利。

“不，的确不是，但……”他深吸一口气，“我不是一直都明白的。”

“你不明白什么？”

他的表情很痛苦：“最早那几个女人……我本来以为她们真的对我有兴趣。”

“你——”然后她明白了。拒绝的可能性当然一直都在。就连长石太太，也从来没有直话直说，要求说：你的任务，就是在一年之内跟这个男人生出一个小孩。不承认那份强制性，可能就是为了在某种程度上降低难度。她一直都不明白这种事：为什么要把局面伪装成它不是的样子？但现在她知道了，对他来说，这一切都不是伪装。这让她震惊，因为，好啦。他能有多天真啊？他扫了她一眼，表情变得十分痛苦：“是的，现在我明白了。”

她摇摇头：“我知道了。”这都无关紧要。不是他智力上有任何缺陷。她站起来，解开制服腰带。

他瞪大眼睛看着：“这就要开始？我甚至都不认识你。”

“你不需要认识。”

“我不喜欢你。”

这印象是相互的，但茜因忍住了，没挑明这个显而易见的事实。

“我是一周前月经结束的。现在时间很合适。如果你愿意，可以躺着不动，我自己来处理全过程。”她也没有那么丰富的经验，但这又不是地质构造学。她把制服外套脱掉，然后从衣兜里取出一件东西给他看：一瓶润滑剂，几乎还是满的。他看上去隐约有些害怕。“事实上，你要是不动的话，可能还更好一些。目前的状况已经很尴尬。”

他也站起来，实际上是在退开。脸上那份焦灼还真是——好吧，也不能说滑稽，并没有特别可笑。但茜奈特见到他的反应，还是不由自主地感觉到一丝宽慰。不，不只是宽慰。在此地，他是弱势的一方，尽管他有十枚戒指。是她不得不怀上自己不想要的孩子，这件事可能让她送命，即便幸存，也将永远改变她的身体状况，如果不是永远改变她的生活。但此时此地，至少，她才是那个拥有全部力量的人。这种背景让这件事变得……嗯，还是不正当。但好了点儿，在某种意义上，因为是她掌控局面。

“我们不是必须这样做。”他脱口而出，“我可以拒绝。”他面露难色。“我知道你拒绝不了，但我可以啊。所以——”

“不要拒绝。”她皱起眉头说。

“为什么？为什么不拒绝？”

“你刚刚说了：我必须做这件事。你不必。如果不是你，还是会有其他人。”六个孩子，长石太太生过六个。但长石太太从来都不是个前途特别看好的原基人。茜奈特却是。如果茜因不小心，如果她惹错了人，如果她让自己被打上桀骜不驯的标签，他们就会终结她的职业生涯，把她永久禁闭在支点学院，从此再没有其他事情可做，只能躺平了，把男人哼唧、放屁的丑行变成婴儿降生。如果落到那步田地，她只生六个都算是幸运了。

他直勾勾地看着，貌似不懂，尽管她明知对方懂得。她说：“我想让这事快点结束。”

然后对方让她意外了一下。她以为还会有更多支支吾吾的抗辩。相反，他一只手抓住身体侧面。视线转向别处，下巴上有块肌肉在抽搐。他的样子还是有些滑稽，那样的睡袍，那样歪斜的头发，但他脸上的表情……他简直像是得到了承受酷刑折磨的命令。她自知相貌并不可人，至少够不上赤道地区的美人标准。有太多中纬度地区的混血特征。但话说回来，他也显然不是什么名门出身：那头发，还有那黑到几乎变蓝的肤色，而且他身材矮小。她本人倒是比较高，就是说，不管跟男人还是女人比，都算高的——他却很瘦削，一点儿都不健壮，没有体力上的威胁性。如果他的祖先里有任何桑泽人，也一定是很久远的时代，没有给他遗传任何身体方面的优势。

“早点结束。”他咕哝着，“好吧。”他下巴上那块肌肉几乎是在上下跳动了，他牙咬得太用力。还有，哇哦！他居然不肯看着她，这突然就让她开心了起来。因为那是仇恨啊，就写在他脸上。她在其他原基人脸上也看出过这个——×，她自己也感觉到过的，当她能奢侈地享受孤独，并且可以完全坦诚——但她本人从来都不会让这种情绪如此明显地表露出来。然后他抬眼看她，她努力不畏缩。

“你不是在这里出生的。”他说，现在语调冷淡。她晚了几拍才明白，刚刚这句，是个问题。

“的确不是。”她不愿意充当被盘问的人，“你是吗？”

“哦，是的。我是按照别人的命令繁育出来的。”他微笑。好奇怪啊，看到微笑的后面挡着那么多仇恨。“甚至不像我们的孩子这么杂乱。我是支点学院两个最古老、最有潜力的血脉融合的结果，至少别人这样跟我说。我几乎是一出生，就得到了一名守护者。”他把手伸进皱巴巴的睡袍里。“你是个野种。”

这词突如其来地出现。茜因真的花了一秒钟考虑，这个是不是基贼的另外一种说法，然后才意识到他真正的用意。哦，这个真是越界了。“听着，我才不管你有多少枚戒指——”

“我的意思是说，他们会那样称呼你。”他再次微笑，那份苦涩跟她自己的怨愤如此同调，足以让她困惑地沉默下来。“如果你此前都不知道。野种们——来自学院以外的原基人——通常都不知道这称呼，也不关心。但当一名原基人出生在父母都不是原基人的家庭，来自从未显现过这种诅咒的家族，他们就会把你归入这一类。一个来自荒野的变异体，有别于我这样圈养的纯血统后裔。一个意外，而不是我这样的计划内产品。”他大摇其头，这番话让他声音颤抖，“这个词的真实含义是，他们无法预料你的出现，你本身就是个活生生的证明，表明他们永远无法理解原基力；证明它不是科学，而是另外某种东西。而事实上，他们也永远都无法控制我们，无法真正控制。无法完全控制。”

茜因不能确定自己该说什么。她原本就不知道野种之类的说法，也不知道自己有这样的特殊性——尽管现在回想起来，她认识的多数原基人的确都是支点学院繁育出来的。而且——是的，她早就发觉了别人看她的怪异眼神。原来她只以为，那些人来自赤道，自己来自北中纬区，或者她比别人得到第一枚戒指的时间更早。但现在，既然他说到这些……野种的身份算是坏事吗？

一定是坏事，如果问题在于野种无法被预料……嗯，原基人必须证明他们自己可靠。支点学院要维护它的名誉；这是需要考虑的因素之一。所以才会有训练，有统一制服，还有没完没了他们必须遵守的规矩，但繁育计划也是学院策略的一部分，要不然她为什么在这儿？

这多少让她有些得意，想到她尽管身为野种，那些人却还是想让她的一些特质融入繁育血脉。然后她开始想，为什么她会费心在这样的侮辱中寻找虚荣。

她过于沉溺于自己的思绪，以至于被他吓到，在他发出疲惫的投降信号时。

“你说的对。”他紧张地说，现在完全是公事公办的态度。因为，是啊，这事只有一个解决办法。而保持公事公办的态度，至少能让两人都保留几分表面的尊严。“抱歉，你在……可恶的大地啊。好吧，我们快点完事吧。”

于是你们进入他的卧室，他脱光了躺倒，花了点时间让自己提起开干的兴致，但结果并不理想。不得不跟老男人做这种事，难免会碰到这类问题，茜因当时断言——不过说真的，更接近事实的，应该是勉强进行的做爱通常都不顺利。她保持不冷不热的表情，坐到他身旁，把他的两手拨开，免得碍事。他看上去很尴尬，而她心里暗骂，因为要是他过于心虚，这事可能要耗上一整天。

不过，一旦等她接手，他的状态就有好转，也许因为他可以闭上眼睛，想象她的手属于任何他想要的人。于是她咬紧牙关，跨上这男人的身体，然后骑到自己大腿疼痛，两乳颠簸到酸麻。润滑剂仅仅起到了一点儿作用。他那玩意儿于她没有任何快感。不过，他的幻想一定是足够了，因为过了一会儿，他发出一阵紧张的哀号，然后就完事了。

她已经在穿靴子，男人叹息，坐起，用那种迷茫的小眼神看着她，让她隐约有点儿惭愧，因为刚刚对他做过的事。

“之前你说自己叫什么名字来着？”

“茜奈特。”

“这是你父母给你起的名字吗？”当她严厉地瞪着对方时，他嘴角抽动，显然不能算是微笑。“抱歉。只是有点儿嫉妒。”

“嫉妒？”

“我是支点学院繁育的，记得吗？我这辈子只有一个名字。”

哦。

他犹豫着。这显然让他很为难："你，呃，你可以叫我——"

她打断了他，因为早就知道对方的名字，而且她反正也不想用其他词称呼对方，除了你，这词应该足够把他跟他们的马区分开来："长石太太说，我们明天就要出发前往埃利亚。"她穿上自己第二只靴子，站起来，把靴跟踢到位。

"又一个任务？现在？"他叹了口气，"我早该料到。"

是的，他是应该料到："你要担任我的导师，帮我清除一座港口里的珊瑚礁。"

"是哦。"他也知道这是个扯淡的任务。那些人派他去做这种小事，真实目的只有一个。"他们昨天给过我一份简报资料。看来我还是抽时间看看它吧。明天中午在马厩碰头行吗？"

"你才是十戒高手啊。"

他两手搓脸。她有一点儿惭愧，但也仅仅一点点。

"好吧。"他说，这次又成了完全公事公办，"那就定在中午碰头。"

于是她出门，满身酸痛，还很烦，因为身上有些他的体味，而且累。也许只是压力让她感到疲惫——想到要有一个月赶路，跟一个她受不了的男人同行，做她不想做的事，代表她越来越藐视的一帮人。

但这就是做文明人的含义——执行她的上级颁布的任务，打着服务大众的旗号。而且她本人也不会白忙：一年左右的身体不适，然后生出个自己不用养的孩子，因为他一出生就会被交给低龄童园，还能完成一项广受关注的任务，由一位强大的元老级人物指导。有了这份经验，加上声望提升，她会更接近第五枚戒指。那将意味着她自己的公寓；再不用有室友。更好的任务，更长的假期，对自己生活更大的自主权。这是值得的。地狱火级别的必做。因为值得。

她返回自己房间的路上，一直在跟自己讲这些。然后她收拾行装准备出发，顺便整理私人物品，以便返回时一切整齐有序，之后又洗了澡，有条不紊地揉搓全身每一寸肌肤，直到皮肤灼痛。

“告诉他们，说他们将来能成为伟人，跟我们一样。告诉他们，他们属于我们这个世界，不管我们如何对待他们。告诉他们，他们必须赢得尊重，而不是像其他人那样，生来就能得到尊重。告诉他们，被社会接纳有个客观的标准，而那个标准就是完美。杀死那些嘲笑这些谬论的人，告诉其他人，那些死者理应被毁灭，因为他们孱弱又多疑。然后他们就会拼死命地追求，却永远也不可能达成目标。”

——厄尔塞特，赤道区桑泽联盟第二十三任皇帝，獠牙季第十三年。评论记录于某次聚会现场，支点学院成立前夕。

第五章

你不再独行

夜幕已经降临，你坐在黑暗的山脚下，背风的地方。

你特别累。杀了那么多人，也让你身受其苦。因为你还放过了很多人，这让你感觉更糟。原基力是一种奇特的平衡结构。你从周边环境中汲取运动、热力和生命，将其加强，利用某种未确知的意志力、催化过程，或者说某种基本可预测的概率，再让这些运动、热力和生命从地底涌出。有动力输入，也有动力输出。但要把已经集聚起来的力量留在体内，不把山谷中的储水泡变成喷射泉，不让地面开裂，那就特别费力，会让你的牙齿和眼底感到剧痛。你走了很长时间的路，只为消耗掉你摄入的部分能量，但直到全身疲惫，两脚酸痛，那能量还是满满的几乎溢出。你本身就是一件力可移山的武器。仅仅靠走路，是不可能把能量耗尽的。

但你还是走到天完全黑，然后又走了一段，现在你到达此地，独自蜷缩在一片撂荒的休耕地旁边。你不敢生火，尽管天已经开始变冷。没有火，你看不到太多，但也没有别的东西会看见你：一个单身女人，背了个满满的包裹，只带了一把小刀防身。（你并不是无力反抗，但攻击者不会知道，除非为时已晚，而你今天已经不想再杀人。）在远处，你能看见一条大路黑暗的弧线，像个肿块一样突出在平原上。大路上平时是有电灯的，这是桑泽文明的馈赠，但你并不因为这条路是黑的而感到意外：就算北方的地震没有发生过，灾季的标准程序也是关闭所有不必要的水电和地热电厂，无论怎样，那条路太远，不值得绕过去。

你穿了一件厚外套，这片荒地里除了田鼠之外，其他也没什么可怕的。不生火睡觉死不了人。尽管没有火也没有灯，你还是能看得很清楚。水波状的几抹浮云飘在天上，看上去很像你从前种植的菜园里翻耕过的土壤。它们很容易被看清，因为北方有某种东西从下面照射云彩，画出道道红霞和暗影。当你朝那个方向远望，能在北方地平线上看到起伏不定的山脊，还有远处蓝灰色方尖碑的闪光，它下侧尖端从一团云中显露，但这些东西不能告诉你任何信息。更近处有阴影闪过，可能是一群蝙蝠晚上出来觅食。对蝙蝠来说，这时间有点儿晚，但第五季中，万物皆变，《石经》上早有这样的警告。所有生物都会竭尽所能准备，力求生存。

闪光的来源在群山之后，就像落日跑错了方向，卡在了那个地方。你知道是什么导致了这种闪光。如果靠近了看，那景象一定蔚为壮观，那道巨大又可怕的裂谷，仍在向天喷火，只不过你永远都不想要看到它。

而且你实际也不会看到，因为你在朝南走。即便杰嘎一开始并非朝南，在北方来的地震经过之后，他肯定也会折向南方。那里是唯一理智的方向选择。

当然，一个会把自己孩子打死的人，或许已经不能被称为理智。而一个发现了那孩子，就停止思考三天之久的女人……唔，你也不理智，同样的。不过你别无选择，只能追随自己的疯狂念头。

你从背包里取了些东西来吃：面包干，抹了咸味阿卡巴酱，来自你亲手装的小罐，感觉像是上辈子装好的，那时你还有家人。阿卡巴酱开罐之后也能保存较久，但不是永远，现在你已经把它打开，未来几顿饭就得继续吃它，直到吃完。这没什么，因为你喜欢吃。你喝了水壶里的水，那是在几英里前的驿站压水井口装满的。那里当时有人，好几十个，有些就在驿站小屋旁边扎营，还有些只是稍作停留。所有人都带着一副表情，你渐渐开始辨认出，那是缓缓加剧的恐慌。因为每个人都终于开始意识到地震、红霞和云天意味着什么，而在这样的时代身处社群大门之外，长远来说就等于死刑判决，除了极少数愿意变得足够暴力、足够无耻的人，不择手段谋取生存。即便是那些人，也只是有一点点机会活下去而已。

驿站旁的所有人都不愿承认他们的心事，你环顾周围时，就能看清一切，评估面孔、衣着、体形和潜在威胁。他们中没有人看起来像是狂热的生存主义者，或将来的匪帮头目。你在那座驿站看到的只是普通人，有些还一身泥污，他们是从泥石流或者房屋废墟下挣脱出来的幸存者，有些还在流血，伤口只是胡乱地草草包扎过，或者完全没有得到处置。被困中途的旅行者；还有无家可归的幸存者。你看到过一个老头儿，还穿着一件半边扯破、熏黑的睡衣，跟一个只穿一件长衬衫，身有血污的少年坐在一起，两人都是眼神空洞，一派哀戚。你看到过两个女人互相搂抱，身体来回摇晃以寻求安慰。你看到过一个跟你年龄相仿的男人，像是壮工模样，他总是看自己手指粗大的双手，可能是想知道自己是否足够强壮，足够年轻，能在别处得到一个位置。

《石经》能讲给你们备灾的，无非就是那些无用的故事，尽管它们也是悲剧。《石经》里面可没有丈夫杀死儿子之类的事情。

你正倚靠着一根年代久远的柱子，那是某个人竖立在山脚下的，也许是一条至此为止的篱笆残留的部分，你渐渐入睡，两手插在外衣口袋里，膝盖在胸前收起。然后，渐渐地，你察觉到某种东西在起变化。当时没有声音警告你，只能听到风声，还有荒草轻微的窸窣声。

也没有特别的气味能盖过你已经习惯的硫黄味。但当时还是有些变化，另外某种东西。就在附近。

另外某个人。

你的双眼蓦地睁开，你有一半注意力深入地底，准备杀戮。另外一部分头脑凝固了起来，因为就在几英尺之处，盘腿坐在草地上看着你的，是一个小男孩。

你最开始没有意识到他是个男孩。当时天很黑，他也黑。你想知道他是否来自东方海岸边的社群。但当风儿再次轻轻吹起，他的头发动了一点儿，你能看出部分毛发是直的，跟你身旁的草叶一个样。那么，是西海岸人吗？剩下的头发像是被粘住了……润发香脂之类的东西吧。不，你是个妈妈，所以知道。那是泥巴。他浑身都是泥巴。

比小仔大，又比奈松小，所以是六七岁。你其实不确定他是男孩，这个要等以后再搞清楚。暂时，你只是需要个临时结论。他弓腰驼背坐着，如果是成年人，会很不雅，但如果是没有人教过坐相的小孩，则完全正常。你盯着他看了一会儿。他也盯着你看。你能看到他眼白的微弱闪光。

“你好。”他说。是男孩的声音，高亢，阳光。好迹象。

“你好。”你回答，之前停顿好久。世上有很多恐怖故事就是这样开篇，一开始是一帮没有社群的野孩子出现，结果他们全是吃人的。不过，现在出现那种事，未免有些过早。灾季才刚刚开始而已。“你从哪里来的？”

他耸耸肩。不知道，也可能是不关心：“你叫什么名字？我叫霍亚。”

这是个短小又奇怪的名字，但这世界本来就是个巨大又怪异的地方。更奇怪的，可能是你只说出了一个名字。他年龄足够小，倒是有可能还没有社群名，但他一定从父亲那里继承了职阶名。“只是霍亚？”

“嗯哼。”他点头，扭身侧向，放下一个包裹样子的东西，还拍了拍它，像是为了确认它安全。“我能在这里睡觉吗？”

你环顾自己，用隐知力探察，然后倾听。只有荒草在动，周围除了这男孩再没有其他人。这并不能解释他是如何神不知鬼不觉靠近了你——但话说回来，他还很小，你通过亲身经验知道，小孩子要是想安静，还是可以非常安静的。不过这时候，他们通常都有某种企图：“还有人跟你一起吗，霍亚？”

“没有人。”

天太黑，他应该看不到你眼睛收缩，但不知怎么，他还是对此做出了反应，探身上前。“我说真的！只有我一个。我在路边看到过其他人，但我不喜欢他们。我躲开了他们。”一次停顿。“我喜欢你。”

好棒。

你叹着气，两手放回外衣兜，停止了自己随时动用地震袭击的待命状态。男孩放松了一点儿（你至少能看出这么多），准备直接躺在地面上。

“等一下。”你说，伸手拿过自己的背包。然后你丢给他那个铺盖卷儿。他接住，愣了一会儿，然后明白过来。他开心地展开它，然后蜷缩在上面，像只猫。你没心思纠正他躺着的姿势。

也许他是在说谎。也许他是个威胁。你明天一早就会叫他离开，因为不需要一个小孩来拖后腿。他会减缓你的行程。而且一定有人在找他。某位母亲，在某个地方，她的孩子还没死。

不过今晚，你还可以设法做个正常人类。于是你背靠着木柱，闭上眼睛睡觉。

第二天早上，灰尘开始飘落。

你要知道，那些都是很深奥的东西，是像炼金术一样的玄学。也像原基力，如果原基力可以用来操控物质的极细微结构，而不是山峰那样巨大的对象。显然，他们跟人类存在某种亲缘关系，他们选择用雕像一样的外形来显示这一点，这是我们最经常看到的模样。但这也就意味着他们也能显示为其他外形。我们永远都搞不清。

——埃利亚城的创新者昂比，《论非人类感情生物》，第六大学，帝国纪元2323年，酸季第二年

第六章

达玛亚，生命的急停

跟沙法一起赶路的前几天都很平静。但并不无聊。当然，也有些容易无聊的部分，比如当他们骑马经过帝国大道，穿过没完没了的克嘎田或者赛米瑟田；又或者当田野变成幽暗森林，那么安静，又那么近，达玛亚几乎都不敢说话，怕惹恼了那些树。（故事里，树木总是怒气冲冲。）但即便这些，也都有新鲜感，因为达玛亚从未走出过佩雷拉小村范围，甚至在赶集时，她也没跟父亲和查加一起去过布雷瓦。她努力不显得像个彻头彻尾的白痴，避免大张着嘴巴看沿途的各种东西，有时候却又忍不住，甚至当她感觉到沙法在背后轻笑时也一样。她不能让自己在意他的嘲笑。

布雷瓦建筑拥挤，街道窄小，房舍的高度也是她从未见过的，于是当他们骑马进入小镇时，她在鞍前仰身观望，看路两旁高耸的建筑，担心它们会不会塌下来，把路人砸死。除她之外，似乎没有人注意到那些楼高得要死，而且那么拥挤，所以，它们一定是故意被建成那样子的。尽管太阳已经落山，周围还是能看到几十个人，在她看来，所有人都应该准备上床睡觉了才对。

实际上却没人去睡。他们经过一座建筑，里面的油灯那么亮，笑声那样响，让她好奇得必须问问这是什么。“酒店吧，勉强算。”沙法回答，然后他又轻笑一声，就好像她问出了脑子里的问题一样。“但我们不会住在那里的。”

“那儿是挺吵的。”她表示同意，极力装出很懂的样子。

“唔，是的，那个也是原因之一。但更大的问题，是那儿不适合带小孩住。”她等着听，但沙法没有细说，“我们去另外一个地方，我以前在那儿住过几次。食物很好，床铺干净，我们的东西也不太可能在天亮之前自己跑掉。”

就这样，他们开始了达玛亚今生第一个旅店之夜。她全程各种震惊：在满是陌生人的房间里吃饭，吃到的食物味道特别，跟父母和查加做过的任何东西都不一样；在巨大的陶瓷盆里泡澡，下面还有火加热，而不是在厨房用半盆油晃晃的冷水擦洗身体；睡在一张巨大的床上，比她自己和查加的床加起来都大。沙法的床还要更大些，因为他很壮，这还算合适，但当他把床拖进旅店房门时，还是让她大吃一惊。（这个，至少还有点儿熟悉；爸爸有时也会这么做，当有传言说村子周围有无社群分子游荡时。）他显然是为那张更大的床多付了钱。“我睡觉跟地震似的。”他说，一面微笑着，就像在开玩笑，“如果床太窄，我会掉下来。”

起初，她完全不懂对方是什么意思，直到那天半夜，她被沙法的呻吟声和挣扎声惊醒。如果那是噩梦，一定是很可怕的梦，有一会儿，她不知道自己是否应该起来，试着叫醒他。她自己就痛恨噩梦。但沙法已经是个成年人，而成年人需要睡觉。这是她和查加每次把父亲吵醒时，父亲一定会强调的事。父亲被吵醒时，每次都生气，而她不希望沙法生自己的气。沙法现在是全世界唯一关心她的人。于是她躺在那里，焦急又忐忑，直到他真的大叫起来，内容含混不清，但听起来，他像是快要死了。

“你醒着吗？”她很小声地说，因为他显然没醒——但她刚一开口说话，他就醒了。

“怎么了？”他听起来嗓音沙哑。

“你刚才……”她不知道该怎样说。在做噩梦，听起来像是妈妈对她自己说的话。她能对沙法这样五大三粗的成年人如此说话吗？“发出过一些声音。”她最后说。

“是在打呼噜吗？”他在黑暗中疲惫地长叹，“对不起。”然后他翻了个身，整晚剩余的时间都很安静。

第二天早上，达玛亚已经忘记了这件事，至少是很久都没有回想起来。他们起了床，吃了些留在他们门口篮子里的食物，带上剩余的那些，继续向尤迈尼斯方向赶路。在黎明刚过的微光里，布雷瓦显得不再那样怪异可怕，也许因为现在她能看见街沟里的马粪堆，还有小孩抗着钓鱼竿，马夫们打着哈欠搬运木箱或成捆的干草。有些年轻女人用手推车运送成桶的清水到当地公共浴室，以便加热，年轻人赤裸上身，在高大建筑后面的工棚里搅拌黄油或者舂米。所有这一切都很熟悉，这让她看出：布雷瓦也不过是大了一点儿的小村庄而已。这里的居民，跟太婆和查加没什么两样——而对这里的居民来说，布雷瓦可能也是个特别熟悉而且无聊的地方，就跟她印象中的佩雷拉一个样。

他们骑马走了半天，停下来休息一次，然后又继续赶路，直到布雷瓦被远远丢下，周围只剩下乱石遍布、丑陋崎岖的荒野，几英里内都没有人烟。附近有个活跃的地质断层，沙法解释说，数十年来，那里不断再造出新的土地，所以在有些地方，地面显得有点儿向上隆起，而且寸草不生。“这些岩石，在短短十年之前还不存在。”他说，一面指向一大堆碎裂的灰绿色石块，它们看起来边角锋利，还有点儿潮湿。“但随后就发生了一场严重的地震，有九级。至少我听说是这样。我当时在别的方镇巡视。不过，看看这个，我就信了。”

达玛亚点头。在这里，大地老爷子的确感觉更靠近，比在佩雷拉时感觉近多了——或者说，不是更靠近，这个词不准确，但她又不知道哪个词更适当。更容易触碰到，也许是，如果她想要那样做。还有，还有……它感觉起来……更脆弱，有那么一点儿，周围所有的土地都这样。像是某种蛋壳，里面有脉络状的细线，勉强能看见，但对蛋壳里的小鸡来说，蛋壳仍然可以是致命的东西。

沙法用一条腿碰了她一下："不要。"

达玛亚一愣，没想到要撒谎："我什么都没做啊。"

"你在倾听大地的声音。这已经算是在做什么了。"

沙法是怎么知道的？她在马鞍上略微弓身，不确定是否应该道歉。她有些慌乱，两手放在马鞍前桥上，这感觉有点儿怪，因为马鞍非常巨大，像其他属于沙法的东西一样。（除了她自己。）但她需要做点儿什么，才能让自己分神，不继续倾听。这样过了一会儿，沙法叹了口气。

"我觉得，自己也不能指望情况更好。"他说，而他语调里透出的失望马上就让她感到不快，"这不是你的错，没有受过训练的你，本身就像是……干柴；而现在，我们正在烈火近旁穿过，周围火星飞溅。"他看似在思考。"我讲个故事，会有帮助吗？"

讲故事当然是极好的。她点头，努力不显得过于急切。"好吧，"沙法说，"你有没有听说过赛姆希娜？"

"谁？"

他摇头："地火啊，这些小小的中纬社群。你们那些童园什么都没教过你吗？我猜，可能只讲《石经》和算数吧，而且后者只够能算出播种日期的程度，大致如此。"

"我们也没时间学更多东西啊。"达玛亚说，突然有一种怪异的、想要为佩雷拉辩护的冲动，"赤道区社群的小孩们，可能不用帮大人收获庄稼——"

“我知道，我知道。但这还是很可耻。”他移动下身体，在马鞍上坐得更舒服一点儿。“好啦。我并不是讲经人，但还是要给你讲讲赛姆希娜的故事。很久以前，在獠牙季，那个是，嗯，桑泽帝国建立之后的第三次灾季，大约是一千两百年前吧？有个原基人名叫米撒勒，他决心要刺杀皇帝。请注意，这是在皇帝真正需要做事的年代，并且在支点学院成立之前很多年。那时候，多数原基人都没有经过严格的训练。跟你一样，他们的行为完全受情绪和本能的支配，也只有少数情况下才能活着熬过童年。米撒勒想方设法，不只是活了下来，还自学成才。他有非常高超的控制力，也许达到了四戒到五戒水准——”

“什么？”

他再次碰了下她的腿：“那是支点学院使用的等级体系。别再打断我。”达玛亚红了脸，乖乖听话。

“他有强大的控制力，”沙法继续说，“而米撒勒很快就用它杀死了几座大小城镇中的所有居民，甚至包括几个非社群的野人巢穴。总共害死了几千人。”

达玛亚深吸一口气，被吓到了。她以前从来没想过，基贼们——她强制自己停住。她——*她自己*就是个基贼。突然之间，她不再喜欢这个词，尽管有生以来她一直在听人说起它。这算是脏话，她不该说的那种词，尽管成年人总是随意提及，现在，它突然显现出超越以往程度的丑陋。

那就用，原基人。这很可怕，知道原基人可以杀死那么多人，又那样轻易。但话说回来，可能正因为如此，人们才如此惧怕他们。

她自己。正因为如此，人们才如此惧怕*她*自己。

“他为什么要那样做呢？”她问，已经忘了自己不该打断。

“是啊，为什么？也许他有一点儿疯狂吧。”沙法探身俯视，以便让她看见他的脸，然后突然做出斗鸡眼模样，还让眉毛灵活地挑动起来。这样子太滑稽，也太意外，达玛亚咯咯笑起来，沙法也给了她一个心照不宣的微笑。“也许米撒勒就是个坏人。无论怎样，当他逼近尤迈尼斯，他事先放出话来，说如果城里的人不让皇帝来见他，并且受死，他就灭杀全城的人。当皇帝宣布同意米撒勒的条件时，全城人民都很难过——但他们也松了一口气，因为大家还能怎么办呢？他们完全不知道该如何对抗如此强大的原基人。”他叹了口气，“但当皇帝到达时，他并非独自一人：跟他同行的还有一名女子。皇帝的保镖，赛姆希娜。”

达玛亚身体扭动了一下，很兴奋：“她一定相当厉害，既然能做皇帝的保镖。”

“哦，她是很厉害——一位闻名遐迩的优秀战士，拥有最高贵的桑泽血统。此外，她还属于创新者职阶，此前就研究过原基力，对其威力的作用机制有些了解。所以，在米撒勒到达之前，她就已经让尤迈尼斯城所有的居民离开城区。带走了一切牲畜，收割了所有庄稼。他们甚至还砍掉了所有乔木和灌木，烧得罄尽，还烧毁了全部房屋，然后浇熄火焰，只剩湿漉漉的灰烬。要知道，这就是你们力量的本性：以感官能力催化，实现动力的转移。单纯靠意志力，是无法移动山峦的。”

“什么是——”

“不，不要问。”沙法温和地打断她，“我还有很多东西要留到以后教你，小东西，但那个部分，你到了支点学院就可以学了。先让我讲完。”达玛亚不情愿地闭了嘴。

“我可以先说一点儿。你需要的一部分力量，等你最终学会了运用自身实力之后，会来自你的体内。”沙法碰了下她的后脑，跟那次在谷仓碰到时一样，两根手指，正好放在她发际线以上，她吓一跳，因为他这样做的时候有火花迸出，就像是有静电。“但大部分力量，都必须来自别处。如果大地已经在移动，如果地下的烈火到达或者接近表面，你也可以运用它的力量。你生来就适合运用那种力量。当大地父亲在移动，他释放出如此丰沛的原始威力，如果你只是取走其中一点儿，不会伤害到你自己或者其他任何人。”

“那么空气就不会变冷了吗？”达玛亚很努力，真的很努力在克制自己的好奇心，但这故事太好了。而且那种用安全方式使用原基力，不造成损失的方法，对她也有太强大的吸引力。“没人会死？”

她感觉到沙法在点头：“如果你使用大地的力量，没人会死。但当然，大地父亲可不是随便一个人想让他移动的时候就会动。当周围没有来自大地的力量，原基人仍然可以让大地移动，但只能从他周边的事物中汲取撼动大地的力量，吸引热量、动能和惯性力。来源可以是任何会动的有热量的东西——营火、水、空气，甚至岩石。而且，当然也可以利用活物。赛姆希娜无法取走大地和空气，但她当然能够，也的确移走了其他所有东西。当她和皇帝在尤迈尼斯城的黑曜石城门见到米撒勒，他们是城中仅有的活物，而整座城市也已经空无一物，只剩城墙。”

达玛亚敬畏地吸气，试图想象佩雷拉村变空，连一根灌木、后院的一只山羊都找不着，却没能做到。“而所有人就真的……走了？因为她一句话？”

“那个，主要还是皇帝下了命令，但的确是的。那个时代，尤迈尼斯要更小很多，那么多人撤离，还是一件大事。但是如果不那样做，这些人就要听任一个恶魔摆布。”沙法耸耸肩，“米撒勒声称他无心取代皇帝统治全境，但谁又会相信这种话？一个愿意威胁全城人生命，来达到自己目的的家伙，恐怕什么事情都做得出。”

有道理。“在他到达尤迈尼斯之前，不知道赛姆希娜做过的那些准备吗？”

“不，他不知道。他到达时，烧城的事已经完成，人们也四散离开。所以，当米撒勒面对皇帝和赛姆希娜时，他开始搜寻能够摧毁整个城市的力量——却几乎什么都没找到。没有力量，也没有城市供他摧毁。在那个瞬间，当米撒勒大为震惊，试图从土壤和空气中汲取有限的一点儿热力时，赛姆希娜掷出一把玻钢刀，刺入他的力量螺旋面。那一刀没能杀死他，却转移了足够的注意力，让他运使原基力的过程被打断。而赛姆希娜用另一把刀解决了剩下的问题。旧桑泽帝国，不，抱歉，是赤道区桑泽联盟最严重的威胁就是这样被解除的。”

达玛亚兴奋得身体发颤。她很久没听到过这么好听的故事了。而且这还是真的？那就更棒了。她羞涩地对着沙法微笑：“我喜欢这个故事。”而且他也很擅长讲故事。沙法的嗓音低沉又柔美。在他的讲述过程中，她可以在脑子里再现所有的场景。

“我料到你可能会喜欢。你知道吗，这就是守护者的起源。因为支点学院是个原基人的组织，我们就是监督支点学院的组织，因为我知道，就像赛姆希娜做到的那样，尽管拥有强大的力量，你们却并非不可战胜。你们可以被击败。”

她拍拍达玛亚按在鞍桥上的两只手，而她不再躁动，也不再那样喜欢刚才的故事。在沙法讲述的过程中，她想象自己是赛姆希娜，勇敢地面对可怕的敌人，用智慧和技巧战胜了他。而沙法所说的每一个你们、你们的，都让她开始明白：他并没有把她看作未来的赛姆希娜。

“所以我们守护者勤于训练。”他继续说，也许还没有发觉她的身体已经静止。他们现在深入那片破碎之地；到处是裸露的、尖利的岩石面，高得像布雷瓦镇的建筑，布满道路两旁，只到视线能及的最远处。不管是谁建造了这条道路，它一定是硬凿出来的，用了某种办法，从大地上开凿而成。“我们的训练，”沙法继续说，“就像赛姆希娜做过的那样。我们学习原基力运作的方式，寻求用来对付你们的知识。我们监视你们，找出将来有可能变成米撒勒的人，然后消灭他们。其他人由我们照顾。”他又一次探过身来对她微笑，但达玛亚这次没有回应他的笑容。“我现在是你的守护者了，我的职责就是确保你一直有用，绝不为害。”

当他挺直身体，沉默下去，达玛亚没有请沙法再讲一个，她本应该这样做的。但她不喜欢他刚讲完的那一个，不再喜欢。而且不知怎么，她突然开始确信：沙法本来就*没想*让她喜欢那故事。

沉默一直持续，乱石地渐渐变得平缓，然后成了线条柔和的绿色山坡。这里什么都没有：没有农庄，没有牧场，没有树林，也没有城镇。但有曾经有人居住的迹象：她看到远处一堆将要破败的、长满苔藓的东西，可能是座倒掉的仓库，如果仓库可以修成大山一样的规模。还有其他建筑残留，太规整，过于棱角分明，不可能是自然物，但又太破败、太怪异，让她辨认不出。是废墟，她意识到，一定是来自很多很多个灾季之前的城市，因为现在只剩下那么少的一部分。而在比废墟更遥远的地方，在云雾升腾的地平线，隐约有一座雨云色的方尖碑，在缓缓转动中发出闪光。

桑泽是唯一曾经熬过第五季幸存的国家——不止一次，而是好几次。她在童园就学到过这个。曾有过七个时代，大地在某处开裂，将灰烬或致命气体喷向天空，导致暗无天日的严冬，持续数年乃至数十年之久，而不是仅仅几个月。个别社群经常能够熬过灾季，如果它们准备充足。如果它们还够幸运。达玛亚了解《石经》，即便在佩雷拉这样偏僻的地方，每个孩子也都会学习它。*首先守住城门*。保持储存库洁净干燥。遵从《石经》教导，做出痛苦的抉择，也许等到灾季结束，还能有人记得文明社会该如何运作。

但在已知历史上，仅有一个国家，让*众多*社群同心协力，整体存活下来。甚至繁荣起来，一遍又一遍，每次天翻地覆的磨难，都让它变得更为强大，疆土更加辽阔。因为桑泽人要比其他任何人更强壮，也更聪明。

达玛亚遥望远方那时隐时现的方尖碑，心里想，比建造那东西的人更聪明吗？

他们一定是的。桑泽帝国还在，而方尖碑却只是又一个已灭绝文明的遗迹而已。

“你现在很安静啊。”过了一段时间之后，沙法说，一面拍拍她放在鞍桥上的手，让她摆脱沉思。他的手要比女孩的手大两倍以上，巨大，温暖，又令人感到舒心。“还在回想那个故事吗？”

她一直在努力不去回想，但当然，她是想过的。“一点点吧。”

“你不喜欢让米撒勒做这里面的坏人。因为你本人跟米撒勒比较像：也是个潜在的威胁，如果没有一个赛姆希娜来控制你的话。”他把这些当成客观事实来陈述，并不是当作问题提出。

达玛亚浑身不自在。他怎么好像总是能猜出自己的想法？“我不想当一个威胁。”她小声说，然后，很大胆地补充，“但我也不想被……控制。我想要——”她搜寻着合适的语句，然后想起哥哥曾对她说过的，关于长大成人的一段话。“负起责任。为我自己负责。”

“值得钦佩的愿望。”沙法说，“但当前有个显而易见的事实，达玛亚，你就是无力控制自己。这不符合你的天性。你们是闪电，如果不能用导线捕捉，就非常危险。你们是火焰，在寒冷黑暗的夜里当然可以提供温暖和光明，但也可以是肆意蔓延的野火，可以毁灭沿途的一切——”

“我才不会毁灭任何人呢！我才没有那么坏！”突然之间，她无法再忍受。达玛亚试图回头看他，尽管这样会让她失去平衡，让她从马鞍上滑落下去。沙法马上推她后背，让她保持朝前的姿势，那动作中隐含的态度不言自明：必须给我坐好。达玛亚照办，失望地握紧鞍桥。然后，因为她又累，又气，马背上待了三天之后屁股又痛，也因为她的整个生活都乱了套，她突然之间就想，以后再也不做什么正常人，她说出了超出自己意图，更夸张的话。“反正呢，我才不要你控制我。我能控制自己的！”

沙法勒住喷着响鼻的马。

达玛亚害怕得全身紧绷。她顶撞了他。在家里干了这种事，总是要被老妈打头的。沙法现在会痛打她吗？但沙法开口说话时，语调还是一如既往地和气：“你真的可以吗？”

“什么？”

“控制你自己。这是个重要的问题。事实上，这是最重要的问题。你能做到吗？”

达玛亚很小声地说：“我……我不确定……”

沙法一只手按在她两手上方，在它们搭在鞍桥上面的地方。她以为对方是要下马，于是开始放手，以便让他有地方抓。他捏住女孩的右手，让它留在原处，但放开了左手。“他们是怎么发现你的？”

她不用问，也知道对方具体指什么。“在童园里，”她小声说，“午饭时间。我当时……有个男孩推了我一把。”

“你当时很痛吗？你有没有感到害怕，或者生气？”

她努力回想。这事感觉像很久以前，那天，在学校院子里。“有生气。”但不只是生气，对吧？扎布块头比她大。他总是纠缠她。而且当时也的确痛，有一点儿吧，被推下去的时候。“也有害怕。”

“是的。原基力跟本能密切相关，来自致命威胁下生存的需求。这就是它的危险之处。面对欺凌时的恐惧，对一座火山的恐惧；你体内的力量并不会区分它们。它不能感知程度差异。”

沙法说话的同时，按着她手的那只手变重，变紧。

“你的力量会做出同样的反应来保护你自己，不管你感知到的威胁多么强大，或多么微不足道。你应该知道的，达玛亚，你自己有多么幸运：原基人发现自己身份的方式，通常是杀死了一名家庭成员或朋友。毕竟，那些我们爱着的人，才会伤害我们最深。”

他一定是很生气，她开始这么想。也许他想到了什么可怕的事——比如让他半夜呻吟和挣扎的那些事。是不是有人杀死了他的家庭成员或者朋友？所以他才那么用力压住她的手？“沙——沙法。”她说。她突然感到害怕，但自己也说不清为什么。

“嘘。”他说着，调整手指位置，让它们跟女孩的手指完全对齐。然后他更加用力地下压，让他手上的重量完全压在她的手掌上。他是故意这样做的。

“沙法！”这样很痛的。他*明知道*这样很痛。但他还是不住手。

“好了，好了——安静，小东西。乖，乖。”然后达玛亚呻吟起来，想要把手抽开——*真痛啊*，他的手总那么碾压，下面又是鞍桥坚硬冰冷的金属，她自己的骨骼也在挤压肌肉——沙法叹了口气，用他空闲的那只手揽住达玛亚的腰。“安静，勇敢。我现在要拧断你的手了。”

“什——”

沙法做了些什么，导致他的两腿因为用力而紧绷，胸口鼓胀，把她的身体顶向前方，但她几乎都没有感觉到这些变化。达玛亚全部的知觉都集中在自己那只手上，还有沙法的那只手，还有那声可怕的、湿漉漉的啵声，以及之前从未移动过的部位推挤皮肉的感觉，那痛楚极为强烈，急剧，痛切到让她*尖叫*。她用自由的那只手撕扯他的那只手，绝望，没有思想，只是在乱抓。他把她那只自由的手拿开，按在她自己的大腿上，让她只能抓到自己的身体。

然后透过那阵剧痛，她突然感知到马蹄下面那清凉的、令人安心的地下岩层。

压力消失了。沙法举起她骨折的手，调整握持角度，以便让她看清损伤。她还在继续尖叫，主要是出于纯粹的恐惧，看到她自己的手以不应该出现的方式弯折，皮肤有三处鼓起，变紫，像是又多了一套关节，手指痛得抽搐，如今已经开始变僵。

岩石在召唤。在它的深处有温暖和力量，足以帮助她忘记疼痛。她几乎要寻求那份得到解脱的承诺。然后她犹豫了。

你能控制自己吗?

“你可以杀了我的。”沙法在她耳边说，她还是克制住种种状况，静下来听他说，“只要搜寻地下的烈火，或者从你周围的一切汲取力量。我坐在你的力面以内。”这句话对她毫无意义。“这个地方并不适合使用原基力，考虑到你还没有受过训练，只要一步走错，你就会移动我们脚下的断层线，触发一场强震。那可能会要了你的命。但如果你设法活下去，就将得到自由。到某个地方找到一个社群，求人收留你，或者加入一帮无社群者，尽可能适应那种生活。你可以隐藏自己的真实身份，如果足够聪明。能藏一段时间。但永远都无法长久，你会有一段日子以为自己完全正常，那只是假象。我知道你最想觉得自己正常。”

达玛亚几乎听不到这番话了。疼痛仍在波动，贯穿她的那只手，她的胳膊，她的牙齿，抹掉了所有精细的感知。当他住口不再说话，她发出些声响，又一次想要挣脱。他的手指马上收紧，作为警告，她瞬间安静了。

“很好。”他说，“你忍住了疼痛，并一直能控制自己。多数原基人，不经过训练都做不到这么多。下面是真正的考验了。”他调整握姿，大手包裹着她的小手。达玛亚畏缩着，但这次动作很轻。暂时是的。“你的手至少有三处骨折，我猜。如果伤处只是断裂，如果你日后小心，它很可能会恢复，不留下永久创伤。但如果我把骨骼捏碎的话——”

她无法呼吸。恐惧填满了她的肺叶。她把喉咙里仅剩的气息放出，只喊出一个词：“不！”

“永远不要向我说不。”他说。每个词都灼热地喷在她的皮肤上。他已经弯下腰，在她耳边轻声说出它们。“原基人无权说不。我是你的守护者。如果我觉得有必要，如果是为了维护整个世界安全、免受你的威胁，我会捏碎你手上的每一块骨头，我会捏碎你全身的每一块骨头。”

他不会捏碎她的手。为什么？他就是不会。在她默默发抖的同时，沙法的拇指拂过她手背上开始隆起的肿块。这个姿势带着一点儿深思的感觉，有那么一点点古怪。达玛亚看不下去了。她闭上自己的双眼，感觉眼泪哗哗流过睫毛。她感觉浑身汗湿，冷。自己的脉搏声回荡在耳鼓中。

“为、为什么？”她声音断续。现在吸气都感觉费力。看起来根本不可能会发生这种事，在不知名的某地，旅程中途，一个阳光灿烂的平静午后。她不明白。她的家人已经向她表明，爱就是一个谎言。它远不是坚如磐石。相反，它会被扭曲、腐蚀，像容易生锈的金属。但她还一直以为沙法喜欢她。

沙法继续抚摩她受伤的手。“我爱你。”他说。

达玛亚畏缩，而他继续在她耳边发出温柔的呢喃声，安抚她；拇指继续爱抚他自己捏到骨折的那只手。“永远不要质疑我的爱，小东西。被锁在谷仓里的小可怜，那么害怕她自己，以至于几乎不敢说话。但在你心里也有智慧的火花，除了地火之外，而我情不自禁会欣赏两者，不管后者可以多么邪恶。”他摇头叹息，“我痛恨这样对待你。我痛恨这件事的必要性。但也请你理解：我今天伤害了你，是为了将来你不会伤害任何其他人。”

她的手还在剧痛。她的心在狂跳，痛感也在跟心跳一起悸动，**烧啊**烧啊，**烧啊**烧啊，**烧啊**烧啊。如果能让那份灼热的痛感冷却，感觉一定特别美妙，脚下的岩石轻声告诉她。不过，那将意味着杀死沙法，世界上最后一个爱她的人。

沙法点头，像是对他自己点头：“你需要知道，我永远都不会对你撒谎，达玛亚。看看你胳膊下面。”

达玛亚似乎需要很久很久的努力，才能睁开眼睛，并把她另外一只胳膊移开。不过，在做到之后，她看到对方空闲的那只手里，握了一把修长的、斜角形的、黑玻钢质地的匕首。尖端抵在她的上衣外面，就在肋骨之下，对准了她的心脏。

“抑制本能反应是一回事。抑制理性的抉择又是另外一回事，人们有时会有计划地想要杀死另外一个人，出于自保或其他原因。”像是为了说明这种欲望似的，沙法用玻钢匕首轻刺她的身体侧面。匕首尖极为锋利，即便是隔了衣服，也能感到刺痛。“但是看起来，你的确像自己说的那样，能控制住自己。”

说完这些，沙法把匕首从她身边拿开，娴熟地在指尖旋转了几下，看都不看，准确地插回腰间剑鞘，然后他两手握住她受伤的那只手。“准备好。”

达玛亚无法准备，因为她不知道对方打算做什么。他温柔的言语和残酷的举动之间过于分裂，让她脑子太乱。然后她再次尖叫，沙法开始有条不紊地修正她手上的骨骼位置。这过程只花了几秒钟，但感觉上要漫长很多倍。

当她瘫软在他身上，头晕脑涨，全身颤抖，身体虚弱，沙法再次催马向前，这次是快速小跑。达玛亚这时已经痛得麻木，几乎感觉不到沙法把自己的伤手握在手中，这次是为了让手贴紧她的身体，尽可能减少意外的拉扯。她并没有为此感到困惑。她什么都不想，什么都不做，也什么都不说。她再也没的任何话想说。

葱绿的群山落到了他们后面，地面再次变得平坦。她没留意，只顾看天空，还有远处那块烟灰色的方尖碑，虽然他们已经走出好多英里，方尖碑的位置却像是从未改变。在它周围，天空变得更加湛蓝，然后渐渐变暗，成为黑色，直到方尖碑隐没在初现的星丛之间，变成模糊的一团暗影。最后，当阳光彻底消逝，夜幕完全降临，沙法把马停在路边，开始扎营。他把达玛亚抱离马背放下，她就站在被他放置的地方，而他清理地面，把小石头踢成圆圈形，生起火。这里没有木柴，但他从包裹里取出几块什么东西，用它们点了火。煤炭吧，从臭味判断的话，或者就是干燥的泥炭土。她并没有真的特别留意。她只是干站着，当他取下马背上的鞍子，照料那牲畜，当他展开铺盖卷儿，并在火上放了一个小罐。火焰的油臭味中间，很快又增加了烹制食品的香味。

“我想回家。”达玛亚脱口而出。她还把那只手捧在胸前。

正在做饭的沙法中途停下。然后抬眼看她。在跃动的火焰中，他那双冰白色的眼眸像在舞动。“你已经无家可归了，达玛亚。但你将来会有另外一个家，很快，在尤迈尼斯。你在那里会有老师，还有朋友们。全新的生活。”他微笑。

自从被他正骨之后，她那只手几乎完全是麻木的，但隐约还有抽痛感。达玛亚闭上双眼，希望这一切可以消失。全部消失。痛感。她的手。这世界。某种食物的香气飘来，她却没有食欲。“我不想要新生活。”

有一会儿，达玛亚得到的回应只有沉默，然后沙法叹了口气，站起身，走过来。她哆嗦着想要避开他，但他双膝跪倒在她面前，两手放在她双肩上。

“你害怕我吗？”他问。

有一会儿，她心里涌起了撒谎的欲望。她觉得如果说实话，对方一定会不高兴。但她受伤太重，当时头脑也过于麻木，因为害怕，因为想说谎，或者因为想讨好对方。于是她说了实话：“是的。”

“很好。你应该怕我。我并不因为自己让你承受的痛苦感到抱歉，小东西，因为你需要那些痛苦来学到教训。你现在对我有哪些了解呢？”

她摇摇头，然后迫使自己回答，因为当然最重要的就是回答问题：“我必须按你说的做，不然你就会伤害我。”

“还有呢？”

达玛亚把眼睛闭得更紧。在梦里，这样就可以让大怪物走开的。

“还有，”她说，“就算我听话，你还是会伤害我。如果你觉得你应该那样做。”

“是的。”她真的可以从对方的语调里听出笑意。沙法从女孩脸颊上拨开一绺散开的头发，让他的指背拂过她的皮肤。“我做的事并不是任性随机的，达玛亚。最重要就是控制自己。不要让我有理由怀疑你的控制力，我就再也不会伤害你。你明白吗？”

她并不想听懂这番话。但她又的确听懂了，尽管并不情愿。而且情不自禁地，她发现自己放松了一些。她并没有给出回答，于是他说：“看着我。”

达玛亚睁开眼睛。背对着火光，他的头部只是个黑色剪影，周边围绕着更黑暗的头发。她转头看别处。

他扳住她的脸，用力扭转回来：“你明白吗？”

这当然是个警告。

“我明白。”她说。

他满意了，放开了她。然后他把女孩拉到火堆旁，示意让她坐在一块他早就挪过来的石头上，达玛亚照办。当他给她一个小金属盘，里面装满小扁豆粥，她开始笨拙地吃起来，因为她不是左撇子。她用对方递过来的水壶喝水。她想要小便时也很困难；她远离火堆，磕磕绊绊摸黑走过崎岖不平的荒地，这让她那只手又开始痛，但她设法解决了这事。因为只有一套寝具，她在对方示意的位置躺下，就在他身旁。当他告诉她睡觉，她就再次闭上双眼，不过很久都没睡着。

但当她睡着时，梦里充斥着剧痛、涌动的大地和一个白亮刺眼的巨大洞穴，想要把她吞噬掉，感觉刚睡一会儿，沙法就把她摇醒。当时还是半夜，尽管星星已经挪动了位置。她一开始不记得对方扭断过自己的手，在那个瞬间，她还无知无觉地对他微笑。他眨眼，然后用真正开心的微笑回应她。

"你刚才出声了。"他说。

她舔舔自己的嘴唇，不再微笑，因为她已经记起前事，也因为她不想告诉沙法那些梦有多让她害怕。还有醒来时面对的这个世界。

"我是在打呼噜吗？"她问，"我哥说，我经常打呼噜。"

他静静打量了她一会儿，微笑渐渐淡去。她开始讨厌这人动不动沉默一会儿的习惯。这些并不是谈话中的简单停顿，或者他整理思路所需的时间；全都是考验别人的套路，尽管她不能确定在考验什么。他一直都在考验她。

"打呼噜，"他终于说，"是的。不过别担心。我不会像你哥哥那样嘲笑你的。"然后沙法笑起来，就像这事真的很好笑。那个她已经永远失去的哥哥。那些吞噬了她生活的噩梦。

他已经是这个世界上她唯一能爱的人，于是她点头，再次闭上眼睛，在他身旁放松。"晚安，沙法。"

"晚安，小东西。愿你一直做平静的梦。"

沸腾季：帝国纪元1842—1845

泰卡里斯湖底的一个熔岩点爆发，导致足够大量的水蒸气和颗粒物进入大气，引发酸雨和锢囚锋现象，影响波及南中纬地区、南极地区和东部沿海各社群。但受益于有利的风向和洋流条件，赤道地区和北纬地区未受损失。于是历史学家中间仍存在争论，不知这一次能否算得上“真正的”灾季。

——《桑泽灾季志》，童园十二岁组课本

第七章

你加一等于二

你在清早起来，继续前进，那男孩跟你同行。你们两人一路向南，穿过山野和飘落的火山灰。

那孩子马上就带来了麻烦。其中之一，就是他很脏。前天夜里太暗，你还看不出来，但他身上真的全是泥巴，有的干掉了，有的还没干，中间夹杂着枯枝残叶，还有地神才知道的其他东西。很可能是被泥石流埋住过吧。如果是那样，他活着就算是幸运——但当他醒来，伸展腰身时，你看到他在你寝具上留下的污迹和泥土，还是脸色很难看。你过了二十分钟才意识到，在那层脏东西下面，他其实什么都没穿。

当你问起他这件事（或者任何其他事）他的嘴巴都很严。他年龄还小，按理说不应该有能力守口如瓶，但他就是能做到。他不知道自己来自哪个社群，也不知道生父母的名字，他的家族人数显然“不太多”。他说没有父母。他也不知道自己的职阶名——这一点，你确信他是在当面撒谎。就算他妈妈不知道孩子的父亲是谁，他也会继承母亲的职阶。他年纪还小，或许是个孤儿，但没有年幼到不懂得自己在这个世界里的位置。比他小很多的孩子都会懂得这类事情。小仔只有三岁，但也知道他跟父亲一样，是个创新者[①]，所以他的玩具才都是

① 此处应该是作者笔误，前后文中，杰嘎的职阶都是抗灾者。——译者注

工具啊、图书啊，还有可以用来建造东西的原材料。而且他也懂得，世上有些事情不能跟任何人谈，除了他的妈妈，就算跟妈妈，也只能在没有外人的时候谈。关于大地父亲和他的窃窃私语，小仔管他们叫好深地方的事——

但你还没准备好去想那个。

于是你开始思考霍亚身上的未解之谜，因为还有那么多空白信息可以填补。他是个矮壮的小东西，你是在他站起来时注意到的，也就刚刚四英尺高。他的行为举止大概像十岁孩子，所以，他要么是身量比年龄小，要么就是气质比身体老。你觉得应该是后者，尽管你也不确定自己为什么这样想。你看不出他的其他特色，除了他的皮肤很可能是浅色。他身上泥土掉落的地方，是灰白色的脏，而不是暗棕色的脏。所以他可能来自南极附近，或者就是西海岸地区，那儿的人皮肤苍白。

而现在，他却出现在这里，数千英里之外的东北方向，南中纬地区，独自一人，一丝不挂。好吧。

嗯，也许他的家人遭遇了什么。也许他们更换过社群。世上有很多这样做的人，他们离开出生地，旅行数月乃至数年之久，跨越大陆加入另外一个遥远的社群，在新的居住地，他们会像微暗的草丛里一朵浅白色小花那样显眼。

也许是。

行吧。

反正没关系。

霍亚还有一双冰白色眼眸。真实正宗的冰白色。你早上刚醒来，他看你的时候，着实有些吓到了你：那么多黑泥巴中间，围着两颗光芒灼人的银蓝色亮点。他看起来不是很像人类，但话说回来，冰白眼眸的人很少像人。你曾听说过，在尤迈尼斯，繁育者职阶里面，冰白眼眸（曾经）特别受欢迎。桑泽人喜欢冰白眼的威慑力和那几分诡异。它们是这样没错。但霍亚的诡异之处还不止这些。

举个例子，他情绪好得不像话。加入你之后第二天你刚起，他就已经醒来，在那儿玩你的打火匣。草地上没有可以引着火的东西——除了大片野草，就算你能收集到足够多的干草，也只要几秒钟就能烧完，还很可能在此过程中引发野火——所以前一天晚上，你并没有把打火匣从包裹里拿出来。但他已经握在手里，一面哼着歌，一面在手里摆弄燧石，这就意味着他翻过你的包。这并不会让你当天的心情变好。那场景却印在了你的脑子里：一个显然经历过某种磨难的孩子，赤裸身体坐在一片草地中间，周围都是灰烬在坠落——但，在玩耍。甚至还哼着歌。而当他看到你醒来，他还微笑了。

这一笑，就是你决定带他跟自己同行的原因，尽管你觉得他应该是在说谎，关于不知道身世起源这件事。因为。好啦。他就是个孩子。

所以当你背上包裹，你看看他，他也回望你。他把前天晚上你瞥见过的小包袱抱在胸前——你只能看出那是一块破布，里面有某种东西。他挤到包裹时，会有轻微的碰撞声。你看得出他紧张；他那双眼睛啊，真是什么都藏不住。他的眼仁特别大。他有点儿手足无措，重心移动到一只脚上，用另一只脚去蹭自己的小腿。

“走吧。”你说，然后转身，朝着返回帝国大道的方向行进。你努力不去理会他轻轻嘘出一口气的声响，还有他稍后一路小跑跟随你的脚步声。

你们再次上路时，周围还有些人，三五成群，断断续续走在大路上，几乎所有人都在赶往南方。他们的双脚踢进灰尘，目前还是轻巧的粉末状。雪花状飞灰：暂时还不需要口罩，对那些记得带上口罩的人来讲。有个男人走在一辆破旧的马车旁，马一瘸一拐，车上满是财物和老人。尽管步行的男子也已经算不上年轻。你从山坡后出现时，所有人都盯着你看。有一组六个女人，显然是出于安全目的结伴同行的，看到你之后就开始窃窃私语——然后其中一个大声对一名同伴说：“可恶的大地啊，你看看她，绝对不行！”显然你看起来很危险。或者不讨人喜欢，又或者两者兼有。

也或许，是霍亚的样子惹她们不快，于是你转身面对那男孩。他见你停步，也停了下来。看上去又有些担心，你突然觉得惭愧，因为任由他这副模样到处乱跑，虽然你也没有要求某个怪小孩跟着你当拖油瓶。

你四下察看。路对面有条小溪。还要多久才能到达下一座驿站，现在说不好。帝国大道近旁，本应该每隔二十五英里有一座驿站的，但北方来的地震说不定已经把下一座毁掉。周围现在有了更多树木——你们正在离开大平原，但还没有稠密到足以提供有效的遮蔽，而且在北方来的地震过后，好多树木都折断了。飞灰倒是有一点儿隐蔽效果；你看不到一英里之外。不过你还是能看出，路两旁的平原渐渐被更为崎岖的地形取代。你从地图和传言中得知，特里马斯山脉下面有一道古老的、很可能已经闭合的断层线，上次灾季以来，这里长起一长条的新生林地，然后再过一百英里左右，平原就将变成盐碱平原。更远处是沙漠，那里社群稀少，互相之间距离遥远，而且它们往往要比更富庶地区的社群防卫严密。

（杰嘎不可能跑到沙漠那么远的地方。那太愚蠢了，那里谁会接纳他呀？）

从这里到盐碱平原之间一定还有些社群，你可以确信。如果你让这孩子模样更体面一点儿，也许会有某个社群愿意接纳他。

“跟我来。”你对孩子说，然后离开大路。他跟你走下卵石斜坡；你注意到其中一些石块特别尖利，把一双好靴子添加到了要给他准备的物品清单里。他这次倒没有划破脚掌，谢天谢地——尽管他的确在卵石上面滑倒过一次，严重到足以顺斜坡滚下去。你等他停下时快步赶过去，但他已经坐起来，看上去有些烦，因为他直接掉到了溪水边的泥洼里。“来。”你说，伸手要拉他起来。

他看着你的那只手，有一会儿，你意外地在他脸上看到一种类似不安的表情。“我没事。”随后他说，无视你的手，自己爬了起来。他这样做的时候，脚下的泥水咯吱作响。然后他与你擦身走过，去拿他的小布包，他在掉落中途丢掉了它。

行啊。没事。你这忘恩负义的小坏蛋。

“你想要让我洗澡。”他说，疑问语气。

“好棒，你怎么猜到的？”

他看似没有察觉你的讽刺。只是把小包放在岸边卵石上，向前走入溪水里，直到水漫过他的腰，然后他蹲下来，试图洗净身体。你想起些什么，于是在背包里搜寻，直到找到那块肥皂。他听到你的口哨声，回头来看，你把肥皂丢向他。见他完全没有抓到，你吃了一惊，但他马上钻到水底，然后两手捧着肥皂重新出水。你大笑，因为他看着肥皂的表情，就像一辈子都没见过它一样。

“试着往身上打一下好吗？”你做出打肥皂的样子：这次又是调侃。但他挺直身体，微笑，像是这些动作真的为他解除了疑问，然后他按你的建议做了。

“头发也洗洗。”你说，又去翻包裹，一面挪动身体，留意大路方向的动静。路上经过的有些人俯视你们，眼光里有好奇或者不屑，但多数人连看都懒得看。你更喜欢被无视。

你在找自己那件备用的衬衣。对男孩来说，它可以当成长外套来穿，所以你从背包里的麻绳上剪下来一段，他可以用这根绳子系在腰间，箍在衬衣的外面，这样更得体一点儿，也能给他的躯干保持更多热力。长期来说当然不能这样。讲经人说，第五季来临时，天气很快就会冷起来。你不得不到下一个途经的小镇上碰碰运气，看能不能买到衣物和其他补给，如果他们还没有开始执行灾季法。

然后，那男孩从水里出来，你盯了他一会儿。

好吧。这还真是改头换面。

洗掉泥巴之后，他的头发是灰吹式——密集蓬乱，桑泽人一贯都如此推崇的完美保暖发质，现在已经开始变干变硬，越干燥就越能支棱起来。它至少长到能让他后背暖和。但它是白色的，而不是常见的灰色。而且他的皮肤也是白色，不只是苍白而已。甚至连南极洲一带的居民，也不会是这种纯白肤色，至少你见到的不是那样。他的眉毛也是白色，配着他冰白的双眸。白，白，白。他走起路来，简直可以隐身在白色飞灰里。

白化病吗？有可能。他脸上也有些不对劲。你想了下到底哪里不对，然后想到答案：他身上没有任何桑泽血统的迹象，除了头发的质地。他的颧骨显宽，下巴和眼睛轮廓棱角分明，这在你眼里显得特别反常。他嘴唇肥厚，但口型偏窄，窄得让你觉得他可能会进食困难，尽管这显然不是真的，因为如果吃不了东西，他肯定活不到这年龄。他矮小的身量也透着怪异。他不只是矮，而且壮实，就像他的族人发展出了另一种形式的强壮，跟古桑泽人花费数百万年培养的理想体形完全不同。也许他的族人全都这么白吧，话说，且不管他们是些什么人。

但这些毫无道理。现时代，世上所有人都有些桑泽血脉。他们的确已经控制安宁洲数百年之久，还在很多方面持续着他们的统治权。而且，他们并不是任何时候都只用和平手段，所以不论多么孤立的社群，如今都有些桑泽印记，不管他们的祖先是否乐于接受。每个人的体貌特征都可以用他们跟标准桑泽体形的差异来衡量。这男孩的族人，不管他们是什么人，显然是设法置身于潮流之外了。

“地下烈火啊，你到底是什么怪东西？”你情不自禁地问，还没想到这样说可能伤害他的感情。几天的惊吓之后，你已经完全忘记了该怎样照料小孩。

那男孩却只是看起来有些意外——然后他就笑起来：“地下烈火？你还真是古怪啊。我洗得够干净吗？”

他突然说你古怪，让你很是意外，直到好半天之后，你才意识到他回避了你的问题。

你对自己摇头，然后伸出一只手要肥皂，他递还给你：“好吧。这个拿去。”你举起衬衣，帮他把两臂和头套进去。他做这个的时候显得有些笨拙，就像他不习惯被别人帮忙穿衣。不过，这还是要比让小仔穿衣服更容易一点儿，至少这孩子没有扭个不停——

你止住思绪。

你愣了一会儿。

等你回过神来，天空已经更明亮，霍亚伸展四肢躺在附近的浅草上。至少过去了一小时，或许更长时间。

你舔舔自己的嘴唇，不安地打量他，等他说些什么，关于你的……魂不守舍。他看你回过神来，只是抬头看看，然后站起来，静静等着。

那么，好吧。你和他或许还能愉快相处。

这之后你们回到大路上。男孩没有穿鞋，路却走得不错。你时常注意他有没有瘸腿或者疲惫的迹象，停下来休息的次数，也比你一人赶路时更多一些。他看似对休息的机会心怀感激，但除此而外，似乎毫无问题。一个真正强悍的小士兵啊。

“你不能一直跟着我。”不过，在你们有一次歇脚时，你还是这样说。最好不要让他有太高奢望。“我会尝试给你找个社群；我们沿途会在几个社群停留，如果他们肯开门做生意的话。但我自己必须继续赶路，即便是在给你找到了社群之后。我在找人。”

“找你的女儿。”男孩说，你身体僵住。过了一会儿。男孩无视你的震惊，一面哼着歌，一面轻拍他的小包裹，就像它是个小宠物似的。

“你怎么知道的？”你轻声问。

“她很强大。当然，我并不确定那个就是她。”男孩回看你，面带微笑，无视你的瞠目结舌，“那个方向，有一帮跟你一样的人。这样总会更难分辨些。”

现在，你脑子里理应想到很多东西。但你现在只能集中精神说出其中一个想法：“你知道我女儿在哪里。”

他又在哼歌，心不在焉。你确信他心里清楚，这一切都疯狂到了何种程度。你确信他一定在狂笑不止，在那张一脸无辜的面具后面。

“怎么做到的？”

他耸耸肩：“我就是知道。”

“你怎么可能知道？”他不是原基人。你会认出自己的同类。即便他是，原基人也不能像小狗一样追踪同类，从一段距离之外确定方位，就像原基力是一种气味似的。只有守护者能做这种事，而且只有目标基贼足够无知或者愚蠢，让他们有机可乘。

他抬头看你，你试图顶住他的视线不畏缩。“我就是知道，好吧？这是我天生就会做的事。”他望向别处，“这是我与生俱来的能力。”

你不太相信。但是，奈松。

要是能帮你找到女儿，你愿意接受很多奇谈怪论。

“好吧，你说。”你语速很慢，因为这一切都很疯狂。你现在已经疯了，但目前你发现，这男孩很可能也是疯的，而这意味着你必须小心行事。但假如，在他实际上没有发疯的小概率情况下，或者，如果他的疯狂真是像他说的那样起作用……

“她……她离这儿有多远？”

“很多天的路程。她现在赶路的速度比你快。”

因为杰嘎带走了马车和马。“奈松还活着。”你说完这句话不得不停顿。太多感触，太多需要抑制住的情绪。拉什克曾告诉你，杰嘎离开特雷诺的时候带了她同行，但你一直都不敢让自己想象她现在还活着。尽管你心里也有几分相信，杰嘎不会狠毒到杀死自己的女儿，但另外一部分念头，却不止相信他能那样做，甚至还在某种程度上预期他会那样做。一个旧习惯，让自己准备好迎接新痛苦。

男孩点头，看着你。他的小脸现在带着一份古怪的肃穆。其实，这孩子身上没有多少童趣，你心不在焉地想到，太晚才察觉。

但如果他能帮你找到女儿，就算他是邪恶大地本身幻化而成，你都会毫不在意。

于是你在背包里摸索，找到你的水壶，水干净的那个，你在溪水边灌满另一个水壶，但需要先把水煮沸。不过，在你自己喝了一气之后，你把水壶给了他。他喝完之后，你给了他一把葡萄干。他摇摇头，把食物交还给你。“我不饿。”

“但你一直没吃东西啊。”

“我吃得很少。”他拿起自己的小包。也许那里面有他自己的食物储备。不重要。说到底，你并不真正关心。他不是你的孩子，他只是知道你的孩子在哪里。

你们拔营上路，继续前往南方的旅程，这一次男孩走在你身旁。实际引领前进的方向。

听啊，听，侧耳静听。

灾季之前有另一个时代，当时生命和大地——生命之父，和谐共荣。（生命还有一个母亲。她已惨遭不幸。）大地，我们的父亲知道，他将需要聪明的生物，于是他利用灾季，让我们从动物群里脱颖而出：我们有灵巧的双手，可以制作诸般器具，聪敏的头脑，能够解决各种困惑，还有聪辩的舌头，用来实现协作，聪明的隐知盘，用来警告各种危险。人类成了大地父亲所需要的生物。然后我们背叛了他，而他也从此对我们抱持烈火一样的仇恨。

记住，记住啊，我所吟唱的一切。

——讲经人的书文，《三族源起》，第一部分

第八章

茜奈特在征途

最终，茜奈特还是不得不询问了新导师的名字，埃勒巴斯特，他这样告诉她，而她感觉这个名字起得很有讽刺意味[①]。她需要特别频繁使用这个名字，因为一路上，他经常会在漫长一日的乘马赶路中途睡着，这就让她不得不承担起找路的任务，并且时刻保持警惕，应对沿途的一切可能危险，以及让自己有事可干。她叫对方名字的时候，他倒是能够很快醒来；最开始，这让她怀疑对方在装睡，只为了避免跟她聊天儿。但当她这样说，他看上去很烦，并且说："我当然是真的在睡觉。要是想让晚上的我有点儿用处的话，你就必须得*让*我睡觉。"

这让她很是光火，因为事实上，并不是*他*要怀上小婴儿，给帝国和大地养育一个定制的后代。而且在做爱活动里边，他也总是不肯出力。尽管他们之间的这事本来就短暂又无趣。

但在上路之后一星期左右，她终于察觉到他在每天骑马的过程中，甚至是在深夜里（当他们一身疲惫，满身黏湿，躺在同一个睡袋里），都一直在忙些什么了。她觉得，自己此前没有察觉也应该原谅，因为这是一件持续不断的事情，就像在一屋子人聊天儿的环境

---

① 这个词本身的意思是雪花白石，纯白的一种石料，而使用这个名字的人呢，肤色却特别黑。——译者注

下，很容易错过一个人的低声嘟囔——但他的确是在平息附近的地震。所有的地震，不只是人们能感知到的那种。大地所有细微的、小得不能更小的抽动和调整，有些是在积累能量，酝酿一场更大的活动，有些只是随机发生：她和埃勒巴斯特所到之处，这些活动都会静止一段时间。在尤迈尼斯，地震活动平息的状况十分常见，但在这种位置偏远、维护网点十分稀疏的情况下，本来是不会出现的。

茜奈特发现这点之后，感觉到……困惑。因为平息微小地震并没有意义，而且事实上，这样做过之后，下次强震来临时的状况甚至可能更糟。当她还是个料石生，学习地理学和地震学入门课程时，教她的人都特意强调过：大地不喜欢被约束。原基人的目标是引导和调向，而不是压制地震。

她考虑这个问题好几天，其间他们一直行走在尤迈尼斯—埃利亚大道上，在一座旋转的空中方尖碑下方，那东西大的像一座山，阳光照耀下，足够实在的部分发出电气石一样的光彩。帝国大道是两个政区首府之间最快捷的通道，它尽可能被修建得笔直，用了只有古桑泽帝国才敢动用的方式：跨过宽阔的峡谷，修建漫长的石桥，有时甚至会凿穿无法翻越的高山，这意味着前往海边的行程只需几个星期，如果他们不特别急于赶路的话，如果沿较低等级的路途前往，会多花一倍的时间。

但是，恶臭的死鬼大地啊，公路旅行可真是无聊。多数人以为这里沿途都是死亡陷阱，随时可能被触发，而实际上，大道要比小路更安全很多。所有的帝国大道都由最好的工程师跟原基人一起修建而成，特意选择在被认为永久稳定的地点。有些道路存续过好几个灾季。所以经常连续好几天，茜奈特和埃勒巴斯特遇见的只有急于赶路的商人货车、邮务骑手，还有本地方镇派出的巡逻兵——所有人察觉茜奈特和埃勒巴斯特的支点学院制服之后，都用审慎的眼神看他们，但不肯与他们交谈。大道沿途社群稀少，几乎没有商店能买到补给，尽管大路本身配建了若干平整区域，有些可以倚靠的支柱和遮挡物，便于扎营。茜因每晚都只能蹲在火堆旁，拍打各类昆虫消磨时光，无事可做，只能对埃勒巴斯特怒目而视，然后跟他做爱，但这事，也只能消磨掉几分钟时间而已。

但这个新发现，有点儿意思。“你为什么做那个？”茜奈特终于问，那时她已经发现对方平息微震三天了。他现在刚刚又做过这事，在他们等着吃晚饭的期间——夹牛肉干的面包干正在被加热，还有泡发的葡萄干，嗯，好吃。他一面做，一面打哈欠，显然这件事是要消耗些精力的。原基力总是要付出些代价。

“做什么？”他一面反问，一面平息了一场地下余震，同时装作很无聊的样子拨弄火堆。她想打他。

“那个！”

他双眉扬起：“哦。你能感觉到啊。”

“我当然能感觉到！你一直不停地在做！”

“好吧，你以前反正也没说过。”

“因为我搞不明白你到底在干什么。”

他看起来有些不理解：“那么，你该早点儿问我啊。”

她真想杀了他。这情绪一定是穿透沉默传递过去了一点点，因为他苦笑了一下，终于开始解释：“我在给站点维护者一个喘息的机会。我平息的每一次微震，都能让他们的负担减轻一点儿。”

茜因当然听说过站点维护者。就像帝国大道网络将古帝国的附庸国联系在一起那样，抑震网点将偏远地区连接到支点学院，尽可能扩大它的保护范围。在大陆各地——任何一个原基人元老认定最适合操控邻近断层线或岩浆热点的地点，都建有哨站。哨站中驻有一名经过学院训练的原基人，其唯一的任务就是维护当地区域稳定。在赤道地区，各哨站的保护区域互相重叠，所以出现意外的概率极小。这个，加上支点学院居中协调的作用，就是尤迈尼斯可以像那样建造的原因。不过，在赤道区域之外，保护区之间的距离却比较大，为了尽可能保护最大人口数量，而且保护网本身有很多漏洞。至少在支点学院的元老们看来，不值得把偏远地区所有的农业和矿业社群全部纳入保护。那些地方的人，只有自行努力，自求多福。

茜因本人不认得任何被派去承担如此无聊工作的可怜虫，但她非常非常满意的一点，就是从来没有人提出过让她去干这个。这种任务，他们都会指定给永远无法得到四枚戒指的原基人——那些人有很多蛮力，却不懂得控制自己。至少他们还可以拯救人命，虽然自身比较倒霉，不得不活在相对孤独和闭塞的环境里。

“也许你应该让站点维护者自己去平息那微震。”茜奈特建议。食物已经足够热。她用一根棍子把它们从火中推出。不由自主地舌底生津。这天过得还真是漫长。“大地为证，他们很可能需要一点儿什么事情做，以免被无聊死。”

她现在一心只顾吃，没有发觉埃勒巴斯特的沉默，直到把他的食物递过去。然后她皱紧眉头，因为对方脸上又是那副臭表情。那份仇恨。而这一回，至少有一小部分针对她本人。

“你从来没去过维护站点吧，我猜。”

什么破烂情况啊？“没。我为什么要去那种地方？”

“因为你应该去。所有基贼都该去。”

茜奈特有点儿拱火，就一点点，因为他刚才说了基贼。支点学院会处罚任何一个说出这个词的人，所以她没听过几次——只有骑马经过他们身旁的人们低声嘟囔，或者料石生在教导员不在时虚张声势时才说。这个词太丑陋了，尖刻，而且还难听；听到这词，感觉就像被打了个耳光。但埃勒巴斯特说这个词的方式，跟别人说原基人一个样。

他继续说，还是同样冷淡的语调:“而且，既然你能感觉到我在做事，你也可以这样做的。”

这让茜因更加惊诧，也更加生气。“以地火的名义，我为什么要平息什么微震？那我就会——”然后她管住了自己，因为她本来想说的是像你一样疲软无用，而这个实在有点儿过分。但随后她就想起，对方的确一直那样疲软而且无用，也许就是因为他一直在做这个。

如果这事重要到让他一直不辞辛劳，她或许不应该这样一口回绝。毕竟，原基人必须要互相帮助的。她叹了口气:“好吧。我猜我可以帮助某些可怜虫，他们被困在底层，没有任何事情可做，只能维持大地稳定。”至少这样也可以消磨时间哦。

他放松了些，只有一点点吧，而且她意外地发现他在微笑。他几乎从来不这样的。但……不对，他下巴上那块小肌肉还在不停地抽、抽、抽。他还在担心些什么。“从这儿骑马大约两天距离，就有一个站点，从下一个岔路口出去即可到达。”

茜因等着他说下文，但埃勒巴斯特已经开始吃东西，一面满足地发出细微声响，这主要是因为他饿了，而不是这食物特别美味。她也饿，所以茜奈特同样开始大吃——然后她皱起眉头。“等等。你是打算去这个站点？你刚刚是这个意思吗？”

“我们要一起去，是的。”埃勒巴斯特抬眼看她，脸上闪过一份威严，突然之间，她对这男人的恨达到了前所未有的最高点。

这种反应完全不理性，她对他的反应。埃勒巴斯特的级别比她高了六枚戒指，要是戒指数量能超过十，两人的差距很可能还会更大。她听过关于他技艺的传说。如果两人真要对抗，他完全可以翻转她的聚力螺旋，一秒之内把她速冻成冰雕。只为这个，她也应该以礼相待；考虑到他的好感可能带来的益处，还有她本人在支点学院等级体系中上升的个人目标，她甚至应该尝试真的喜欢他。

她已经试过对他讲礼貌，还有讨好，结果都不管用。他一直在装傻，或者就是恶语相向，直到她放弃为止。她试过各种表示尊重的小姿态，支点学院其他元老们通常愿意从年轻同行那里得到的那些，却只会招致他的反感。这让她自己很生气——奇怪的是，她的气急败坏，反而像是对方最享受的状态。

所以，尽管她绝对不会用类似的方式对待其他元老，当时却没好气地说了句："好的，大人。"然后就任由整个晚上过去，两人之间保持着互相反感、暗藏危机的沉默。

他们躺下歇息，而她像平时一样伸手要抱他，但这次他翻身避开，用后背对着她。"如果还要做这种事，那就明天早上再说。你怎么还不来月经啊？"

这让茜奈特感觉自己是全世界最无趣的女人。他痛恨这样的做爱，跟她自己一样，这本身并不是问题。但糟糕的是，他一直在等着喘息的机会，而她自己居然没有数日子。她现在开始数，有点儿笨拙，因为她不记得上次月经开始的准确日期，而且——他是对的，她的月经已经晚了。

在她吃惊沉默时，他叹口气，听起来已经半睡。"如果你的月经晚了，也说明不了任何问题。旅行对人的身体消耗很大。"他打个哈欠，"那就明早再做吧。"

第二天早上他们交配。她脑子里想不出更合适的词来描述这种行为——淫秽的词并不适用，因为太无聊；而且也无须使用隐语来掩饰亲密关系，因为两人一点儿都不亲密。这完全是例行公事，像某种锻炼，像她每天早上骑马之前伸展身体的热身动作。这次可能更有活力一点儿，因为他在此前休息过；她几乎算是乐在其中了，他在高潮之前还发出了一些声音。但也仅此而已。等俩人完事了，他躺在那儿，看她起身，在火边用水盆迅速清洗了一下身体。她已经很习惯这样的情形，当他突然开口时，甚至还吓了一跳。“你为什么恨我？”

茜奈特愣了一下，有一会儿考虑过撒谎。如果这是在支点学院里，她会撒谎的。如果他是随便哪位其他元老，痴迷于特权，强调原基人任何时候都要举止得体的那种人，她也会撒谎。不过这段时间，他已经清楚地表明自己更喜欢诚实，不管多么突兀。于是她叹了口气：“我就是恨你。”

他翻个身，躺着，仰面看天，她以为这段对话已经结束，然后又听到他说：“我觉得，你恨我是因为……我是个你能够痛恨的人。我在你身旁，恨起来很方便。但你真正痛恨的，其实是这世界。”

听到这话，茜因把她的内衣丢进洗澡水盆，瞪了他一眼：“这世界才不会说你刚才这种疯话。”

“我没兴趣指导任何马屁精。我希望你跟我在一起的时候保持率直。而当你率直时，你几乎没办法跟我说一句有礼貌的话，不管我对你多客气。”

听他这么说，她感觉有些内疚：“那么，你刚才说我痛恨这世界，又是什么意思呢？”

“你痛恨我们的生活方式。这世界迫使我们生活的方式。我们要么被支点学院支配，要么就只能躲藏起来，一旦被发现，就像野狗一样被猎杀。或者我们会变成怪物，试图杀死一切活物。即便在学院内部，我们也一直要去考虑他们想让我们怎样做。我们总是无法……正常生活。”他叹气，闭上眼睛，“本应该有更好的活法的。”

“并没有。”

“一定有。桑泽不可能是第一个成功活过几次第五季的帝国。我们可以看到其他生活方式存在过的证据，其他人种变强大的证据。”埃勒巴斯特向大路之外的地方示意，朝向他们周围的广阔山河。他们当时接近东部大森林；目力所及之处，只有树海像巨毯一样波动起伏。但是——

但是，就在地平线边缘，她发现某个像是金属手骨框架的东西，从树丛里探出来。又一座废墟，它一定是相当巨大，既然她从这里也能看到。

“我们只顾传承《石经》。”埃勒巴斯特说着坐起来，“却从不尝试记住前人做过的尝试，还有什么其他办法可能管用。”

“因为那些办法实际上*没有*用。那些人都死掉了。我们却还活着。我们的方法对，他们的不对。”

埃勒巴斯特甩给她一张臭脸，大致可以解读为*你很蠢，但我没空告诉你*，尽管他很可能并不是这个意思。他说的没错：她就是不喜欢他。“我知道，你只接受过支点学院给你的教育，但麻烦你动动脑筋，好吗？活下去，并不意味着*正确*。我现在也能当场杀死你，但这并不能证明我就比你更棒。”

也许是的，但对她来说，这就不再重要了。而且她很反感对方随意假设自己弱小的态度，尽管他这个断言完全没错。“好吧。”她站起来，开始穿衣服，动作很快地套上衣衫。“那就请你告诉我，还有哪些方式可选呢？”

有一会儿，埃勒巴斯特什么都没说。当茜因终于转身去看他，他显得有些不安。“这个嘛……”他小心翼翼地憋出一句，“我们也许可以试着让原基人当家作主。”

她差点儿笑出声：“那样大概能持续十分钟，然后安宁洲所有的守护者就会冒出来，把我们全部公开处死，然后全大陆一半居民追随他们，旁观并且欢呼。”

“他们杀害我们，因为他们有那么多《石经》传说，不断重复说我们生来邪恶——说我们是大地父亲的党羽，我们是怪物，几乎不能算是人。”

“是啊，但是你又改变不了《石经》。”

“《石经》一直都在变的，茜奈特。”他也不常称呼她的名字。这引起了她的注意。“每个文明都在增加经文内容；对特定时代的人们没有意义的部分会被遗忘。第二板被损坏是有原因的：某些人，在过去的某个时代，认定它不重要，或者是错误的，于是不再费心保管它。或者，他们甚至可能有意让它被人遗忘，所以才会有那么多早期复制品遭受完全相同的破坏。复古学家们在塔皮塔高原的一座城市废墟里发现一些古老的拓件——那座城里的人也抄录了他们的《石经》，据说是为了传承给后代。但那些拓件上的内容，却跟我们在各类学校里学到的不同，大不相同。据我们所知，不得篡改《石经》的禁令本身，也是近代才添加的规矩。”

她以前都不知道这些。这让她皱起眉头。也让她不愿相信他，或者这只是她对这人的反感又一次抬头。但是……《石经》像人类智慧本身一样古老。只是依靠着它，才让人类有机会熬过一个又一个第五季，当他们蜷缩在一起，外面的世界变得阴冷黑暗。讲经人讲过各种故事，当有些人（政坛领袖、哲学家、善良的好事者，或者随便哪种类型）尝试改变《石经》，无一例外都以灾难告终。

所以她不信：“你从哪儿听到塔皮塔城拓件传言的？”

“我承担学院外任务长达二十年时间了。我在外面有些朋友。”

愿意跟原基人聊天儿的朋友？还谈论有关历史学的异端邪说？这听起来很荒谬。但话说回来……好吧。“那么，你要怎么来篡改《石经》，才能保证……”

她没有注意到那泛出微光的地壳构造，因为这场争论吸引她的程度已经超过了她愿意承认的水平。不过他呢，貌似在他们谈话的同时，仍在平息地震。加上他是一名十戒大师，所以看起来还挺合适的。然后他突然吸气，迅速站起，身体像被线提起来一样，转向西面的地平线。茜因皱眉，沿着他的视线方向看去。大路那一侧的森林有些稀稀落落，因为砍伐，另外还有两条低等级道路从那里岔开，穿过树林。那边又有一座死去文明的废墟，一座穹顶建筑，现在更像一堆乱石，远非完整的本相，废墟很远，她能看到三四座有围墙的小型社群，分布在此地跟那座废墟之间的树海中。但她无法判定是什么引发了他的反应——

——然后她就隐知到了。邪恶的大地，这是个大家伙！足足八级到九级。不，更大。大约二百英里外有个岩浆热点，就在一座名为梅伊、有围墙的小镇外面……但是，她一定是搞错了，梅伊在赤道区边缘，也就是说，完全坐落在保护网络范围之内，为什么却会——

“为什么”不重要。尤其是在茜因能够看到这场地震让大路周围的土地摇晃不息，所有的树木都在抽搐。出了某种变故，防震网没能发挥作用，而梅伊附近的岩浆热点正向地面涌动。即便在这里，先兆前震也强烈到让她口中涌出古老金属的苦涩味，让她手指甲根部发痒。即便是隐知盘最迟钝的“哑炮”也能感觉到这种躁动，稳定又持续的地震波摇动他们的餐具，让老人惊慌气喘，握紧床帮，小孩子突然放声哭泣，如果没有任何力量阻止这次岩浆上涌，哑炮们还会感觉到更多——当火山就在他们脚下喷发时。

“什么——”茜奈特准备询问埃勒巴斯特，然后却震惊地闭了嘴，因为他已经用手和膝盖撑地，对着大地怒吼。

片刻之后她自己也感觉到了，一股由原基力生成的冲击波，从大道的基石出发向外、向下传播。这并非实实在在的力量，而只是埃勒巴斯特的意志力，以及他用作燃料的力量，她却情不自禁在两种层面上关注他的力量冲击——快到她自己永远达不到的程度，朝向远方那座放着光芒的、翻滚的岩浆池。

茜因还没来得及搞清楚状况，埃勒巴斯特就已经强行控制住了她，用一种她从未经历过的方式。她能感觉到自己跟大地之间的纽带，她自己原基力带来的感知，突然之间被另外一个人控制，与之协作，而她一点儿都不喜欢这种感觉。但当她想要夺回自主控制权时，就感觉到燥热异常，像是摩擦力过强，而在真实世界中，她惨叫着双膝跪倒，完全不知道周围发生了什么。埃勒巴斯特用了某种手段，把两人强行绑定在一起。用她的力量来放大自身力量，而她却毫无任何办法可想。

然后两人一起，一前一后冲入地底，旋转着穿过巨大的、沸腾的死亡之井，就是那个熔岩活跃点。它特别巨大，足有几英里宽，比一座山还大。埃勒巴斯特做了些什么，某种东西发射出去，茜奈特突然感觉到极度痛苦，叫出了声，但痛楚随即消失。被引开了。他又做了一次，这回她意识到对方在做什么：给她布置缓冲带，以免受到活跃点的高热、压力和岩浆威胁。这些对他本人都无所谓，因为他已经化作热力、压力和怒火，他让自己完全适应了周围的环境，而以前的茜因，只能在基本稳定的小型地下热泡里做类似的调整——跟这片烈焰相比，那不过是营火边的小火星而已。她体内没有任何东西能与这样强大的实力相比。所以说，他利用了她的力量，但也为她挡走了她无法应对的外力，在它们压垮她的脑力之前，把那些压力引向别处，然后……然后……实际上，她现在并不清楚然后会发生什么。支点学院教导所有的原基人，不要超越他们自己力量的上限行事。但从未提及那些真正越界的人会有什么结果。

而在茜奈特想完这些事之前，她还没来得及下定决心，既然摆脱不了他，就干脆帮助他一下。埃勒巴斯特就又做了件什么事。一记重拳。有某种东西被刺穿，在某个地方。突然之间，喷涌的岩浆向上的压力马上开始平息。他带两人一起返回，远离火海，进入仍在战栗中的大地，这种时候她知道该怎样做，因为这不过是寻常地震，而不是大地父亲狂怒的化身。突然之间发生了某种变化，他的力量现在可以任由她来使用。力量如此丰沛。地神啊，他简直是怪物。但随后，任务开始变简单，轻易就能平息波动，封闭断层，加厚被撕裂的岩层，以免在这个大地承受过压力、地壳被弱化的地方形成新的断层。她可以隐知到多条擦痕，延伸在大地表面，清晰到前所未见。她抹平这些伤痕，绷紧大地的皮肤，带着一份外科手术式的精准，这也是她此前从未达到过的。而当岩浆热点蜕变成又一个隐藏地底的遥远威胁，眼前的危机过去，她回到自己身体里，发现埃勒巴斯特身体蜷成一个球，就在她面前，两人周围布满的、伤疤一样的冰霜，如今在慢慢化为蒸汽。

她四肢着地，浑身颤抖。当她试图移动，要费很大力气才能避免栽倒。她的手臂关节总是容易脱力。但她逼着自己坚持下去，爬了一两英尺距离，到达埃勒巴斯特身旁，因为他看起来像是死了。她触摸他的胳膊，发现制服下面的肌肉僵硬、紧绷，蓄满力量，而不是软瘫着。她觉得这是个好现象。她轻轻拉扯对方，靠得更近些，发现他两眼睁开，瞪得好大，而且紧盯着她，不是死者那种空白，而是带着纯粹的惊讶。

“这情形跟赫西奥奈特说的一模一样。”他突然小声说，她吓了一跳，因为她觉得对方应该已经失去了意识。

好极了。她在某个鸟不拉屎的地方，荒野中的大路旁，身体半死，因为之前有人强行动用了她的原基力，周围没有其他帮手，只有这个脑子生锈，却又强大得不像话的混球，就是他招致了全部的麻烦。现在只能竭力打起精神，在刚刚经历了……经历了……

事实上，她并不清楚刚刚发生过什么，一点儿概念都没有。这完全没有道理。地震不可能就那样突然发生。平静了亿万年的岩浆热点不可能突然爆发。某种东西触发了它的活动：某处的岩层移动，另外某个地方的火山喷发，某个十戒大师突然发飙，某个特别事件。因为这事动静那么大，她本应该隐知到那个触发事件。除了埃勒巴斯特的惊诧之外，本应该也接收到其他警示信号的。

而且，这个混蛋埃勒巴斯特到底又做过什么？她的脑子完全想不通这件事。原基人是不能互相协作的。这已经被证明过；当两名原基人一起尝试对某个地震学现象进行干预，控制力和精细度更强的那个人将会优先发挥效力。较弱的那个人可以一直尝试，最后就会油尽灯枯，自取灭亡——或者更强的人可以冲破他的聚力螺旋，把他跟其他东西一起冻死了事。这就是元老级原基人控制支点学院的原因，他们不只是经验更加丰富，还有能力杀死任何胆敢招惹自己的人，虽然他们不被允许这样做。这也是十戒大师有选择权的原因：没有人能威逼他们做任何事。当然，守护者是例外。

埃勒巴斯特刚刚的做法，尽管难以理解，却实实在在发生过。

这一切都好烦。茜奈特转换成坐姿，然后开始头晕。整个世界丑陋地旋转着，她两臂撑在屈起的膝盖上，垂头休息了一会儿。他们今天哪儿都没去，也不会再去任何地方。茜因已经无力骑马，而埃勒巴斯特看上去连爬到睡袋的力气都没有。他甚至一直没有穿过衣服。他就只能光着屁股蛋儿蜷在那儿哆嗦，完全无用。

所以最后还是茜因爬起来，在他们的包裹里翻找，找到几颗德敏特硬皮瓜，这种小瓜有坚硬的壳，灾季的时候可以钻入地下继续生长，至少地理学家们是这样说的。她把这些瓜滚进残余的火堆里，很高兴火还没有完全熄灭。他们已经没有了引火物和燃料，但剩余的煤炭应该足够把瓜烤熟，几小时后就有饭吃了。她从行李堆里拉出一袋草料，让两匹马一起吃。又倒了一些水在帆布桶里给它们喝，看到马拉出几堆粪便，她想着把它们清理到路基下面去，这样就不必闻臭味了。

然后她爬回睡袋，最近结过冰之后，好在它还是干的。她瘫倒在埃勒巴斯特背后，睡意蒙眬。她没能真的睡着。热点褪去之后，大地仍在微微抽搐，不断刺激她的隐知盘，让她无法彻底放松。不过，单纯躺下休息，就已经让她恢复了一些体力，她的头脑也渐渐安静，直到变冷的空气让她清醒过来。日落。她眨眨眼。发觉自己从背后搂抱着埃勒巴斯特。他还是蜷缩成球形，但这回，他眼睛闭上了，身体也放松下来。当她坐起时，他身体抽动一下，也坐了起来。

“我们必须赶到那座维护站。”他哑着嗓子焦急地说，这还真是一点儿都没有让她感到意外。

“不行。”她说，累到顾不上生气，也终于彻底放弃了对礼貌的追求。“我可不擅长筋疲力尽的时候骑着马夜间赶路。我们的草炭已经用完，其他所有补给品也都剩余不多。我们需要去一个社群，买到更多补给。如果你想要命令我改道去哪个荒凉得要死的狗屁维护站，还是干脆直接告我抗命不遵得了。”她以前从未违抗过任何上级命令，所以她对抗命的后果并不清楚。实际上，她已经累得对此漠不关心。

埃勒巴斯特呻吟一声，用掌根按压额头，像是要驱除头痛，或者把头痛压得更深入些。然后他又用她听过的那种古怪语言咒骂。她还是没听懂，但更加确信这是某种沿海地区的土著语——这很奇怪，考虑到他自称生于支点学院，也在那里长大成人。话说回来，进入料石生队伍之前，也的确需要什么人把他养大。她以前听说过，很多东海岸居民都像他一样皮肤黝黑，所以，等他们到达埃利亚，说不定会听到当地人说这种语言呢。

“如果你不跟我去，我就自己去。”他冷冷地说，终于用了桑泽标准语。然后他站起来，摸索着捡起他的衣物，吃力地穿上，就像他是认真想走似的。茜奈特盯着他做这些，因为他哆嗦得太厉害，几乎无法站直身体。如果他在这种状况下骑上马背，只能摔下来而已。

“嘿，”她说，而他继续自己狂热的准备，就跟听不到她说话一样。“嘿！”他身子一震，怒气冲冲回头看，她这才意识到，刚刚他是真的没听见。他始终都在倾听另外一种声音——地啊，他自己内心疯狂的呢喃，谁知道呢。“你这样只会害自己丧命。”

“我不管。”

“你这是——”她站起来，来到他面前，在他正要伸手抓马鞍时握住他的胳膊。“这太愚蠢了，你根本没能力——”

“不许你跟我说我做不到。”他的胳膊像紧绷的绳子似的，身体倾斜过来，把这句话吼在她脸上。茜因差点儿就本能地退开了……但靠得如此之近，她能看清对方充血的眼白、疯狂的眼神，还有他瞳孔里的绝望。他一定是有什么不对劲。“你不是守护者，你无权对我下命令。”

“你是不是疯了？”自从两人见面以来，她第一次感觉到……不安。他那么轻易就能征用她的原基力，而她完全不清楚对方怎样做到的。他瘦得如此皮包骨，她很可能毫不费力就能把他打得晕头转向，但在第一下袭击之后，应该就会被对方冻成冰块吧。

他并不愚蠢。她必须让他明白过来。“我愿意跟你一起去。”她坚决地说，他看起来是那样感激，以至于她开始为之前不那么正面的想法感到惭愧。“明天一破晓，我们就取道间关峡，去下道，速度能多快就多快，只要不跑断马腿，不折断脖子就好。行吗？”

他的脸痛苦地扭曲：“那样耽搁太久了——”

“我们已经睡过了一整天。而上次你提起这件事，说过骑马两天才能到达。如果我们失去了马，又要花多少天呢？”

这番话制止了埃勒巴斯特。他眨眨眼，咕哝着，踉跄后退，好在远离了马鞍。落日下一片嫣红。他身后的远方有座岩石结构，高而且直的圆柱体，茜奈特一眼就能看出并非天然；它或者是被原基力推拉出来，或者就是又一座古代遗迹，比大多数遗址伪装得更好些。在这样的背景下，埃勒巴斯特站在那里看天，就像他随时准备张口号叫。他的双手一会儿握起，一会儿放松，握起，又放松。

“维护站。”他终于开口说。

“怎—样—呢？”她拉长这几个字，努力不让他听出“跟疯子说疯话”的调子。

他犹豫，然后深呼吸。又一次深呼吸，让自己冷静：“你知道的，地震和岩浆喷发，都不会像刚才那样凭空突然发生。这次的触发因素——破坏了岩浆热点平衡状况的岩层移动，就来自那座维护站。”

“你怎么能——”他当然能看出。他是个十戒大师。然后她听出了他的言外之意。“等等，你的意思，是那个维护站点里的原基人触发了刚才的灾难？”

“我就是在这样说。”他转身面对她，两手又紧握成拳。“现在你知道我为什么想赶去那里了？”

她点头，但心里一片空白。她明白了。因为一名突然制造出岩浆喷发灾害的原基人，必然会创造出城镇大小的聚力螺旋。她情不自禁地把视线投向森林，朝站点方向望去。在这里什么都看不见，但在远方某处，一名来自支点学院的原基人，已经杀死了方圆几英里内的全部生灵。

然后，还有那个很可能更为重要的问题：为什么？

“好吧，”埃勒巴斯特突然含糊地说，“我们明天一早就出发，用最快的速度赶路。我们轻松行进，是要两天时间，但如果我们催马疾行——”见她张嘴想说话，他加快了自己的语速，像个被迷了心窍的人一样无视她的反对。“如果我们催马疾行，如果我们在天亮之前出发，就可以在天黑时赶到。”

这很可能是她能从对方那里得到的最好安排了。“那就黎明。”茜因搔搔自己的头发，头皮黏黏的，沾满路上的风尘；她已经三天没机会好好洗澡了。他们明天本来是要穿过埃迪亚高岗的，那是个中等大小的社群，她本来有机会争取住旅店……但他说的没错。他们必须赶往维护站。“不过，我们下次经过河边或者驿站时需要停一下。给马喝的水剩余不多了。”

他不耐烦地哼唧，对生物肉体的各种需求表示不满。然后他说：“行吧。”

这之后，他躬身坐在火堆旁边，取出一颗已经凉了的硬皮瓜，砸开，用手指挖着吃，不紧不慢地咀嚼。她怀疑这人应该尝不出味道。只当能量来源。她也加入，吃另外一颗甜瓜，晚上其他时间在静默中度过，尽管两人都没能放松。

第二天，或者实际上，是当夜更晚些时候——他们装好鞍辔，开始小心地向间关峡大路方向前进，从那里将离开公路，前往山下低处的土地。等他们到达山脚下，太阳也已经升起，到那时，埃勒巴斯特在前引路，并让马全速奔驰，时不时慢下来走一会儿，让它们稍作休息。茜因还挺佩服这一点，她以为这人既然已经鬼迷心窍，肯定会让马一直疯跑，累死完事呢。他至少并不愚蠢。也不残忍。

于是用这样的速度，他们在旅人更多、岔路也更多的低级道路上行进，有时会遇上驾驶轻便马车的人，还有表情轻松的旅人，外加几支当地民兵小队——一看到茜因和埃勒巴斯特进入视野，这些人全都匆忙地给他们让路。这几乎有些讽刺，她心里想：任何其他时间，他们的黑色制服都会让别人避开，那是因为没人喜欢原基人。但现在，每个人都一定是察觉到了岩浆热点险些爆发的事。他们现在是急于让路，脸上还显出感谢和解脱的表情。支点学院来救灾了。茜因想要笑他们所有人。

他们停下来过夜，睡了几小时，又在天亮之前出发，但等到维护站出现，还是已经将近黄昏，站点在一条曲曲弯弯的山路尽头，高处，两座小丘之间。那条路不过是条泥土铺成的乡间野路，表层洒了些皴裂的柏油，作为对文明世界的敷衍。站点本身是另一种面貌。他们赶来的路上见过几十个社群，每一个都有多种多样的建筑风格——不管本地有什么特色材质，富裕的社群成员碰巧痴迷于怎样的建筑潮流，往往都是尤迈尼斯建筑风格的廉价模仿。不过，维护站本身纯粹是旧帝国时期风貌：宽厚高大的围墙，用深红色矿渣烧成的砖块砌成；中间是一组建筑群，三座小金字塔，中间围着一座更大型的金字塔。大门是某种钢铁色泽的金属，这让茜因的脸色变得不太好看。没有人会在想要真正确保安全的地方使用金属大门。但这座建筑里面并没有什么贵重物品，只有在这里生活的原基人，和那些为他或者她提供支持的人们。维护站甚至没有储藏库，而是依靠附近社群定期派来的补给车得到物资。很少有人会想要偷窃这里面的物品。

他们距离大门还很远，茜因突然发觉埃勒巴斯特已经拉紧缰绳停住马匹，眯起眼来观察维护站。“怎么了？”

“没人出来。”他说，几乎是在自言自语，“门后也没有动静。我听不到里面传来的任何声响。你能吗？”

她能听到的也只有一片寂静：“这个地方应该有多少人？站点维护员，一名守护者，还有谁……”

“站点维护者不需要守护者。通常这种地方会有一小队六到十名士兵，帝国军人，驻扎在维护站，保护维护员。厨师之类的人物来照料他们。还至少要有一名大夫。”

这短短一番话，有太多让人搔头的疑点。原基人，却不需要守护者？站点维护者都是四戒以下；低级别持戒人没有守护者或元老陪同，是不得离开支点学院的。士兵的存在她能理解，有时候，迷信的当地人并不认为学院训练过的原基人跟普通原基人有什么区别。但为什么要安排大夫呢?

不重要。“他们很可能全都死了。”她说。但即便在讲这句话的同时，她也在对自己的思路失去信心。他们周围的森林也应该全部死掉的，几英里之内，树木、动物、土壤，本来就应该被急冻起来，解冻后变成糊状。所有在他们身后道路上旅行的人都应该已经死了。要不然站点维护员从哪里得到那么多能量来扰动岩浆热点啊?但从这里看去，一切都像是平安无事，除了站点周围的一片死寂。

突然之间，埃勒巴斯特催马前行，再没时间问更多问题。他们驱马上山，靠近那座上锁关闭的大门，茜因想不出任何开门的办法，如果里面没能给他们开门的话。然后埃勒巴斯特低吼一声，身体前倾，有一瞬间，一个狭窄的、突如其来的环形力面闪现出来，没有环绕他们，而是绕着那座大门。她之前从未见过别人这样做，把聚力螺旋丢到别处，但显然十戒高手能做到。她的马紧张地短嘶一声，因为面前突然出现冷锋和冰雪，于是她止住马，它又自行多退开几步。下一个瞬间，某种东西发出哀鸣声，门后还有断裂声传来。埃勒巴斯特消除了聚力螺旋，一扇钢铁大门缓缓荡开，他已经在下马。

“等等，给它点儿时间回暖啊。”茜因开口说，但他没理她，只顾走向大门，甚至没有费心留意踩在结冰柏油路上的双脚。

可恶的地火啊。于是茜因也下了马，把两匹马的缰绳缠绕在一棵歪斜的小树上。经过一整天艰难的骑行之后，她必须让马先冷静下来，才能给它们喂食喂水，而且她至少还应该刷一下马，但不知为何，这座高大、威严又静默的建筑让她感觉紧张。她不确定原因何在。于是她没有摘掉马鞍。以防万一。然后她跟在埃勒巴斯特身后进入。

院落里面一片寂静，而且很黑。这么偏僻的地方没有电力，只有油灯，还已经熄灭。金属大门的后面，紧接着就是一座露天庭院，内墙上有脚手架，附近建筑旁边也有，任何访客都能轻易被狙击手包围。其实任何一座防卫严密的社群入口都是这样的，只不过程度上略有区别，还真是超级“友好”呢！但这座院子里空无一人，尽管茜因在一侧发现了一张桌子和几把椅子，站岗的人平时一定会在那儿打牌吃零食，不久之前还这样做过。整个建筑群一片死寂。地面铺了红石地砖，多年磨损后凹凸不平，因为有太多人来回走动，但现在，这里毫无脚步声。院子一侧还有座马棚。槽位都关着，一片寂静。靠近大门的墙边放着些粘了干泥巴的靴子。有人把它们丢在那儿，或者堆积起来，并没有摆放整齐。如果埃勒巴斯特说的情况属实，这儿的确有帝国士兵驻扎，他们肯定不是那种军纪严明，随时可以接受检阅的类型。正常；被派来驻扎在这种地方，很可能算不上奖赏。

茜因摇头。然后闻到一股动物臭味，从马棚方向传来，这让她感到紧张。她闻到了马身上的气味，却看不到它们。她一点点挨近（两手握拳，后来才迫使自己摊开手掌），从第一个槽位矮门的上方往里看，然后逐个察看所有位置。

三匹死马，侧躺在稻草上。尸体还没有涨大，很可能因为这些动物只有四肢和头部已经融化。每具马尸上都有冰和凝结的水珠，肌体大部分还在冻结状态。融化时间两天，她猜想。

院落正中有一座小型的红砖金字塔，有它自己石质的内门——尽管现在是敞开的。茜奈特看不到埃勒巴斯特的去向，但她猜，他应该是在这座金字塔里，因为那是站点维护者待的地方。

她爬上一把椅子，用附近的一块火石点燃油灯，然后自己也进去——现在她行动速度加快，因为知道自己将看到什么。而且果然，在金字塔幽暗的走廊里，她看到了那些曾居住于此的士兵和职员们：有些人在奔跑中途扑地跌倒，有些靠在墙上，有些躺着，两臂伸向建筑物中央。他们中有些人想要逃避即将发生的灾祸，有些想赶到发源地阻止它。都失败了。

然后茜因找到了站点主厅。

这儿一定就是了。它在建筑正中央，穿过一道优雅的拱门，用浅玫瑰色大理石筑成，还有树根样的浮雕图案。后面的厅室较高，穹顶构造，光线昏暗，但周围都是空的，除了中央，那里有个巨大的……怪东西。她无法称之为椅子，因为它纯粹只用电线和绳索做成，看起来不是很舒服，只是里面的人像是较放松的半躺姿势。反正呢，站点维护者就坐在上面，所以这一定是——

哦。哦！

可恶，熊熊燃烧的地火啊。

埃勒巴斯特站在那座放置线绳椅的平台上，低头看站点维护员的尸体。她靠近时，他也没有抬头看。他的表情貌似平静。不是伤心，也不是难过。只是一张面具。

“即便是我们中间最弱小的成员，也可以为公众的利益出力。”他说，语调里并没有嘲讽。

站点维护员座位上的身体很小，全身赤裸。特别瘦，四肢都已经萎缩。没有毛发。周围有些东西，粗细不同的管子，还有其他一些东西，她都叫不上名字——连接到细如柴棒的胳膊上，伸入肿大的喉咙里，刺穿狭窄的胯骨。尸体肚子上还有个可伸缩的袋子，用某种方式接入他的腹部。里面全都是——呃，这袋子该换了。

茜因集中精力看所有这些，这些小小细节，因为它们有帮助。因为她心里有个声音在喋喋不休，而唯一能让那个声音留在心里不出声的办法，就是集中精力在她看见的事物上。挺有创意的，真的，他们做的这些事。她以前都不知道还能让人的身体这样活着：不能移动，没有意志，没有个性。于是她集中精力，想搞清楚这些人是如何做到的。那个线绳框架尤其称得上是神来之笔；附近有一副转盘配有手柄，所以整个设备可以翻转，以便清洁。线绳最大限度降低了褥疮风险，也许吧。空气中有一股病态的馊臭味，但附近就有一整架的瓶装药酒和药丸；可以理解，因为这里显然需要更有效的抗菌药，远不是普通社群制造的盘尼西林能够应付。也许其中一根管子就是用来给站点维护员喂药用的。然后这根用来推入食物，那根用于导出尿液，哦，那个布片，应该就是用来擦掉口水的。

但她还是看清了整体，尽管她尽可能只关心细节。这名站点维护员：一个小孩，在这种情况下被圈养，可能有几个月，甚至几年。一个孩子，他的皮肤几乎像埃勒巴斯特一样黑，如果他的脸不是那样皮包骨，可能跟他非常相像。

“这是什么。”她只能说出这一句。

“有时候，某个基贼学不会控制自己。”现在她明白，他是故意用这个俗语的。这是个骂人的词，适用于那些被逼成了怪物的生灵。它有用。埃勒巴斯特语调一如平时，也不带任何情绪，但这个措辞就已经说明了一切。“有时候守护者抓到一名年龄太大、无法受训的野种，但又还足够年轻，杀戮可算是一种浪费。也有时，他们会在料石生中间察觉某个人——某个感应力特别强的人，看上去似乎无法学会自制。支点学院会花点儿时间尝试教育他们，但如果这孩子没有达到守护者认为理想的进步幅度，桑泽母亲总是可以给他们找到其他用途。”

“就像——”茜因无法把眼睛从那具尸体上移开，那男孩的尸体，他的脸。他两眼睁开，棕色眼眸，但已经被死神变得迷茫又冷淡。她隐约有些奇怪，自己为什么还没开始呕吐。“就像这个？地下的烈火啊，埃勒巴斯特，我认识有些被带到维护站点的孩子。我不知道……这可不是……”

埃勒巴斯特的身体微动。她之前都没发觉他此前僵到纹丝不动，直到他弯腰，到了足够伸出一只手放在男孩颈子下方，抬起他显得太大的头部，翻转一点点。“你应该看看这个。”

她并不想看，但还是看了。那儿，就在那孩子剃光毛发的后脑上，有一道长长的，弯曲的，结了痂的伤疤，上面连接着好多长形开关接入点。伤疤就在头颅和脊柱的连接部。

“基贼的隐知盘，要比平常人更大更复杂。”等她看够了，埃勒巴斯特放开那孩子的头。它砰然落回它的线绳摇篮里，那份寂寥和冷漠吓了她一跳。“手术相对简单，只要在特定的某些位置施加人为损伤，就能完全破坏掉基贼的自控能力，而仍旧保留隐知盘的本能反应。假设基贼可以活着撑到手术结束。”

精明。是的。即便是刚出生的原基人也能阻止地震。这是与生俱来的能力，甚至比小孩的吮吸能力更可靠——而且正是这种能力，让更多的原基人孩子遭到危害，超过其他任何原因。他们中最优秀的那些人，早在懂得人世凶险之前就已经暴露。

但要让一个孩子退化到仅剩这份本能，别无其他，只剩下平息地震的反应能力……

她真的应该在呕吐了。

“在那之后，就容易了。”埃勒巴斯特叹口气，就像他在支点学院里刚讲完一堂格外无聊的课程。“用药控制好感染风险之类，让他有足够的生命力发挥作用，你就得到了连支点学院都无法提供的东西：一个可靠的、无害的、完全可用的原基力来源。”正如茜奈特不知道自己为什么还没呕吐一样，她也无法理解他为什么还没开始尖叫。“但我估计，有某人犯了错误，惊醒了这一个。”

他的双眼闪向别处，茜奈特追随埃勒巴斯特的目光，看到远端墙边一个人的尸体。这人的衣着不像士兵。他身穿平民服装，华丽昂贵的那种。

“是医生吗？”她也设法选用了那种心不在焉、平稳安静的语调，跟埃勒巴斯特一样，这样更容易忍受。

“或许。也或许是某个本地居民，花钱得到这样的机会。”埃勒巴斯特真的耸了耸肩，指出男孩大腿上部一片依然清晰的伤痕。伤处是手形，即便在那么黑的皮肤上，手指印也能看清。“我听人说，很多人喜欢做这种事。基本上，是对无反抗能力受害者的迷恋。如果受虐者能够感知到他们的恶行，这种人会更加满足。”

“哦，哦，大地啊，埃勒巴斯特，你的意思不会是说——”

他再次抹掉她的话，就像她从未开口：“问题在于，每次使用原基力，站点维护者都会承受巨大的痛苦。因为隐知盘损伤，明白吗。因为他们无法阻止自己对附近每一次地震做出反应，甚至是微震，人们认为，让他们持续被麻醉才是人道的做法。而所有的原基人，本能地就会对一切感知到的威胁做出反应——”

啊，这真是够了。

茜因跌跌撞撞走到最近的墙边，把她吃过的杏脯和肉干全都吐了出来，那是在赶往站点的路上骑在马背上吃的。这太残忍。太邪恶。她本来以为——她从来都没曾想到——她一直都不知道——

然后当她擦拭自己的嘴巴，抬起眼帘，发现埃勒巴斯特在观察她。

“像我说过的，”他给出结论，声音很轻很轻，“每个基贼都应该参观一座维护站点，至少来一次。”

“我以前都不知道。”她捂着嘴，声音含混不清。这些话说来无用，但她感觉必须得说，“真的不知道。”

“你认为这重要吗？”感觉几乎是残忍，他语调和面容里的那份冷漠无情。

“这对我来说重要！”

“你认为你的想法重要？”埃勒巴斯特突然就在笑。笑得很丑陋，像冰面上浮起的蒸汽一般。“如果完全帮不到他们，你认为我们中还有哪个人重要？不管我们是否服从。”他向那个被虐待、被杀害的孩子甩头。“在他们那样对待他之后，你认为他还重要吗？他们没有用同样的方法对待我们所有人的原因，只是因为我们更多才多艺，如果我们能控制自己，就会更加有用。但对他们而言，我们每个人都只是一件武器。只是个好用的妖孽，只是一点儿新鲜血液，可以加入配种计划里。只是又一个该死的基贼而已。”

之前，她从未听过任何一个词被灌注如此浓烈的仇恨。

但站在这里，有这个证据，这个全世界仇恨的证据，死亡的、冰冷的、恶臭的证据摆在两人之间，她这次甚至都无法回避。因为。如果支点学院能做出这种事，或者是守护者，或者是尤迈尼斯的领导者阶层，或者是测地学家，或者随便什么人能设计出这种噩梦一样的计划，那么，再去掩饰茜奈特和埃勒巴斯特这些人的真实身份都毫无意义。他们根本就不是人。不是原基人。在她看到的真相面前，礼貌根本就是侮辱。基贼：这才是他们的真实身份。

过了一会儿，埃勒巴斯特转身离开了房间。

他们在露天庭院中扎营。站点建筑里面有茜因一直渴望的一切舒适：热水、软床、食物，而且不只是面包干和肉干。而在院子里，至少没有人类的尸体。

埃勒巴斯特默不出声地坐着，凝视茜奈特生起的火。他裹在一张毯子里，手里端着她泡的一杯茶；她至少用站点的补给补足了他们的行李。她没看到他喝杯子里的茶。如果她能给他某种更带劲的饮料，或许是好事。也或许不是。她并不确定他这样强大的原基人能做出什么事来，假如喝醉的话。正因为如此，人们才不让他们喝酒……但，让理智去死，这一刻，让一切都见鬼去吧。

“孩童将开启我们的毁灭之途。”埃勒巴斯特说，他的双眼里全是火焰。

茜奈特点头，尽管她不明白这句话。他至少开了口。这一定是好迹象。

“我估计，我现在有十二个孩子。”埃勒巴斯特把毯子裹得更紧些。“我不能确定。他们也不是每次都告诉我。我也不总是会见到那些母亲，在事后。但我猜想是十二个。不知道他们中的大多数都在哪儿。”

他整晚都是这样子，时不时说出某个随机事实。茜奈特大部分时候都无力做出回应，所以这才算不上对话。不过这句，却让她开了口，因为她也在想这件事。绳椅里那个孩子跟埃勒巴斯特模样相像的事实。

她开口说：“我们的孩子……”

他迎接她的视线，又一次微笑。这次是善意的，但她不清楚是应该相信表相，还是那笑容后面隐藏的仇恨。

“哦，其实只有一种可能的命运。”他向站点高耸的红墙点头，“我们的孩子可能成为另一个我，野火一样延烧过所有的持戒等级，为原基力确定新的高度，成为支点学院的传奇。或者她也可能很平庸，从没做出过任何值得铭记的事。只是又一个四戒或者五戒人物，能负责清除堵塞港口的珊瑚礁，业余时间顺便生些小孩。”

他听起来可真他妈兴奋，让人很难只注意讲话的内容，而不是他的语调。这语调还挺安慰人的，而她目前在一定程度上就是渴望得到安慰。但他说的内容让她不安，像是平整大理石之间的碎玻璃一样扎心。

“或者就是个哑炮。”她说，“即便是两个基贼——”说出这个词很难，但说出*原基人*更难，因为更礼貌的这个概念，感觉完全就是个谎言。“就连我们，也可能生出哑炮来。”

“我希望不会。”

“你*希望不会？*”这已经是她能为自己孩子想象出来的最佳命运了。

埃勒巴斯特两只手伸向火堆，温暖它们。他戴了自己的戒指，她突然发现的。他以前几乎都不戴，但在他们到达站点之前某个时间，即便是血液里燃烧着对亲生儿子的担心，他还是插空想到装扮得体，并把戒指戴上了。有些戒指在火光中闪亮，而其他的则暗淡无光。每根手指上一枚，包括拇指。茜奈特感觉到自己有六根手指发痒，因为没有戒指。

“任何两个被授予戒指的原基人生出的后代，”他说，“应该也是原基人。是的。但这种事也没有那么精确。我们这种身份，并不存在精密的科学与之对应。它没有严密的逻辑。”他动作轻微地笑笑。“为确保安全，支点学院会把任何原基人的后代看成原基人对待，直到能确证他们不是。”

“但是，一旦证明自己正常之后，他们就可以……*做人了*。”这是她唯一还敢寄予的希望。“也许会有人接收他们进入一个不错的社群，送他们去个真正的童园，让他们赢得一个职阶名称——”

他叹了口气。那声叹息里带了如此多的疲惫，茜因困惑又害怕地闭了嘴。

“没有社群会接收我们的孩子。”埃勒巴斯特说。这些话的语调郑重、迟缓。“原基力或许会跳过一代人，有时甚至两代，三代，但终归还是要回来。大地父亲永远不会忘记我们欠下的债。”

茜奈特皱紧眉头。之前他也说过类似的话，跟讲经人关于原基力的说法类似——说它不是支点学院的武器，而是属于他们脚下那可怕的虎视眈眈的行星。这颗行星最大的心愿，就是摧毁寄生在他曾经美丽表层的所有生命。埃勒巴斯特言辞中的某种东西，让她感觉他真的相信那些古老传说，至少有那么一点点相信。也许他就是那样。也许这会让他感到些许安慰，认定他们这类人还肩负某种使命，不管多么可怕。

她现在可没耐心听取任何神秘主义说教。“没有人会接受她，好吧。”她只是随口选择说她。“那结果会怎样？支点学院又不养哑炮。”

埃勒巴斯特的双眼就像他的戒指一样，一匆儿反射火焰，下一瞬间又变黯淡。“不。她会成为一名守护者。”

哦，可恶。这倒是能解释好多事。

她沉默时，埃勒巴斯特抬起双眼：“听着。你今天看到的一切。就当没看过。”

“什么？”

“那张椅子里的东西不是个孩子。”他眼睛里现在没有任何光彩。“它不是我的孩子，也不是其他任何人的后代。它什么都不是。它根本不算是人。我们平息了岩浆热点，并找出了导致它几乎喷发的原因。我们来这里寻找幸存者，但一无所获，我们要发回尤迈尼斯的电文就将这样说。如果被盘问，也都将这样说，等我们返回之后。”

“我，我不知道自己能不能做到……”那下巴松弛的男孩死亡之后的凝视。多么可怕，被困在无尽的噩梦里。醒来就面对痛苦，还被某些怪癖的寄生者冷眼相对。她对那男孩只有怜悯，对他磨难的终结也只感到解脱。

“你就按我说的做。”他的话像是一记鞭笞，她瞪了他一眼，火气马上涌起。“如果你哀悼，只是为资源浪费感到伤心。如果有任何人问起，你都对他的死感到欣慰。感受一下这个，相信它。毕竟，他险些就杀死了不计其数的人，而如果有人问你对整件事做何评价，就说这就是他们对我们做那些事的原因。你知道这是为了我们好。你知道这是为了所有人的福祉。”

“你这该死的混蛋。我*才没*知道那些——”

他大笑，而她感到心寒，因为那份怒火又再重现，像鞭笞一样突然。“哦，现在不要逼我，茜因。求你不要。”他还在笑，“如果我杀了你，自己也会受罚的。”

这是威胁，终于来了。好吧，那成。下次等他睡着了。她将不得不把他的脸蒙上，然后用刀刺死他。即便是致命的刀伤，也要花几秒钟才能致人死亡。如果他在那个短暂的窗口期用原基力对她下手，她也死定了。不过要是没有眼睛，他就更难瞄准她下手，或者假如他还面临窒息，被分了神的话——

但埃勒巴斯特还在笑。笑得很凶。茜奈特这时才发现周围环境里悬浮着的战栗。一个隐藏的威胁，*几乎*就在她脚下的地层中。她皱眉，被分了心，警觉起来，想知道是不是那个岩浆热点又变活跃了——然后她为时已晚地发觉：那种感觉不是战栗，而是震颤，有节奏的那种。跟埃勒巴斯特发出的狂笑声完全同步。

当她浑身发冷，瞪着他的时候，他甚至用一只手拍打膝盖。还在笑，因为他真正*想做的*，就是毁灭视野里所有的一切。既然他那个半死不活、发育不良的儿子都能触发超级火山，真是无法预料那孩子的父亲能制造怎样的灾难，假如他有意那样做。或者甚至只是不小心，如果他暂时失去了控制。

茜因两手握拳放在膝头。她坐在那儿，指甲刺进手掌里，直到他终于控制住自己。这花了一些时间，即便是到大笑平息之后，他还是把脸埋在两手掌心，时不时咯咯笑几声，肩膀发颤。也许他是在哭。她不知道。也并不真正关心。

最终他仰起头，深吸一口气，然后又一口。“为刚才抱歉。”他终于说。那狂笑已经止息，但他现在还是莫名兴奋。“我们再聊点儿别的，好不好啊？”

“可恶，你的守护者到底在哪儿？”她的两手还是没有放松。“你疯得就跟一口袋野猫似的。”

他咯咯娇笑：“哦，好几年前，我就确保她不再造成任何威胁了。”

茜因点头：“你杀死了她。”

“没有。我看起来很蠢吗？”他用剩下的气息，故意那样咯咯笑着气人。茜因的确害怕他，已经不再羞于承认这一点。但他看出了这一点，态度随之也有变化。他又深吸一口气，垂下肩膀。“×。我……我很抱歉。”

她什么都没说。他干笑一下，有些伤感，就像也没指望对方开口。然后他站起来，走向睡袋。她看着他躺下，背向火堆。她看着他，直到他呼吸减缓。直到那时她才敢放松。

尽管当他突然小声说话，还是吓了她一跳。

“你说的对。”埃勒巴斯特说，“我已经疯了好几年了。如果你跟我待得太久，你也会发疯的。如果你看到足够多这类事情，又理解到它们背后的含义。”他发出一声长长的叹息。“如果你杀死我，也可以算是造福全世界。”之后，他就再也没说过什么。

茜因考虑他最后一句话，时间很可能长得超过了适当程度。

然后她蜷起身体，尽最大努力在坚硬的院内石板上睡着，身上裹了一条毯子，把一套马鞍用作特别折磨人的枕头。马整晚都在躁动，它们能闻出站点里的死亡气息。但最终它们也睡着了。茜奈特也一样。她希望埃勒巴斯特最终也曾睡着。

沿着他们刚刚走过的道路，电石色的方尖碑飘出视线，消失在一座山的后面，它的轨迹毫无改变。

· · ✲ · ·

冬，春，夏，秋；
死亡是第五季，它主宰一切。

——极地谚语

插　曲

图案中的间断，织物表面的纠缠。到这儿，你应该已经发现了什么。有些东西缺失了，它们的短少越来越明显。

举例来说，你注意到，安宁洲没有人谈及海岛。这并不是因为岛屿不存在或无人居住；恰恰相反。这是因为岛屿往往会在断裂带或者岩浆活跃点上方形成，这意味着，从行星尺度看，它们是转眼就将消逝的东西，一次火山喷发后形成，下一场海啸之后消失。但从行星尺度看，人类也不过是匆匆过客。人们没有留意到的东西，真的可以说达到了天文数字。

安宁洲的人们也不会谈起其他大陆，尽管合理的假设，是它们的确存在于某处。没有人曾经环游世界，确定其他大陆并不存在；在能看到补给地的海面上航行，就已经足够危险，尽管海啸时的巨浪不过有上百英尺高，而不是传说中的那样，有如山巨浪涌过深不可测的汪洋。这里的人只是直接相信传说，据那些更勇敢的文明时代记载，世上没有其他大陆。相似的，这里也没有人谈天体，尽管这儿的天空也像宇宙中的任何其他地方一样拥挤又繁忙。这很大程度上是因为：人们有太多注意力被引向脚下的地面，而不是头顶的天空。他们察觉到那里存在的东西：恒星、太阳，偶尔飞过的彗星和流星。但他们没有注意到天上缺少什么。

但话说回来，他们怎能注意到呢？有谁会期盼他们从未想象过的事物呢？那不符合人类的本性。那么，可真是幸运啊，这个世界的居民，并不仅仅只有人类而已。

第九章

茜奈特，群敌环伺

他们一周后到达埃利亚，头顶是亮蓝色的正午晴空，万里无云，只是在远方的海面上空，有块紫色方尖碑若隐若现。

作为沿海社群而言，埃利亚算是很大了，跟尤迈尼斯当然还是没法儿比，但规模可观；可以算得上一座大城。城里的多数住宅、商店和工厂区，都集中在坡度陡峭的盆地周围，底端就是海港。这儿本来是一座古老的火山坑，一侧塌倒。从城里向外，几天路程内都有些零散的居住点。进城途中，茜奈特和埃勒巴斯特在见到的首批建筑和农舍间稍作停留，打听了一番（其间无视他们的黑袍招来的敌视）得知附近有好几家客栈。他们没有在第一家客栈入住，因为有个农舍来的年轻人决定跟踪他们，距离长达数英里，那人控制着马，保持着他认为安全的距离。他孤身一人，也没说什么话，但一个年轻人很容易发展成一伙人，所以他们继续赶路，希望他的仇恨抵不过无聊感——最终，那人的确掉转马头，朝来路返回。

第二家客栈没有第一家那么好，但也不赖：一个方盒形状的拉毛水泥墙建筑，已然经历过几个灾季，但还是坚固并且保养良好。有人在每个角落种植了玫瑰丛，还让墙边爬满了常春藤，这很可能意味着房子将在下一次灾季倒塌，但茜奈特不用操心这种问题。他们花掉两个帝国珍珠母币，得到一个双人房间，还有两匹马在马厩里的位置，可以待一晚：这价位显然是欺诈，茜奈特没能忍住，当着店主的面就冷笑起来。（那女人狠狠瞪他们。）幸运的是，支点学院方面理解在外执行任务的原基人，知道他们经常需要让平民占到些便宜，才能得到正常待遇。茜奈特和埃勒巴斯特有较为充裕的行动资金，还有一份信用状，必要时可以提取额外现款。所以他们付了店主索要的价钱。看到那些漂亮的白色贝币，至少让他们的黑制服在一段时间以内可以被接受。

自从上次赶往抑震站点之后，埃勒巴斯特的马就有点儿瘸，所以在歇息之前，他们还去找了一位牲畜商，交换了一匹没受伤的马。他们得到了一匹活泼的小母马，它看埃勒巴斯特的眼神特别不安，茜奈特忍不住又笑。这天过得不错。在真正的床上好好休息一晚之后，他们继续前行。

埃利亚的主城门特别壮观，规模和装饰的华美程度甚至超过了尤迈尼斯。不过却是金属的，而不是更为合宜的石质，这让它们显出了内在的暴发户气质。茜因无法理解这鬼东西能起到多少保护作用，尽管门扇有五十英尺高，铬钢板塑成，用门钉强化过，还加了些金银丝工艺来做装饰。到灾季时，第一场酸雨就会把门钉腐蚀掉，只要一场足够六级的地震，就能让精密铸造的金属板无法对齐，让这庞然大物无法关闭。这座大门的全部材质都像是在大喊大叫着宣布：这是一个新近暴富的社群，但它的领导者阶层里，却没有足够多懂得《石经》的人发表意见。

守门人看上去只有几个壮工，所有人都身着社群民兵漂亮的绿色制服。多数都坐在附近读书、玩牌，或者用其他方式忽略出入大门的人群。茜因强忍着没有对纪律如此差劲的他们嘟嘴。在尤迈尼斯，门卫是全副武装的，一看就是严阵以待的样子。他们至少要看清每一个进城的行人。其中一名壮工注意到他们的黑衣，的确多看了两眼，但随后就挥手示意他们进城，只是又多看了下埃勒巴斯特众多的戒指。他甚至没看过茜因的手指，这让她心情一直很不好。两人终于穿过城中迷宫一样的卵石路，到达市长府邸。

埃利亚是本方镇仅有的大城市。茜因记不清方镇辖区内另外三座社群的名称了，也不记得本地成为名义上的桑泽属国之前，原有的王国叫什么——桑泽控制力减弱以来，有些古国恢复了他们的旧称，但四城联治的方镇系统更为实用，所以名称之类的东西并不重要。她知道本地人主要从事农耕和渔业，跟其他沿海地区一样落后。尽管如此，市长府邸还是华美宜人，到处都有精致的尤迈尼斯建筑细节，诸如雕花飞檐、玻璃窗，还有，哦对了，一座单独的精致阳台，可以俯瞰宽大的庭院。完全没有必要的装饰，换言之，可能每场小地震之后都需要修缮。他们真的需要把整座建筑漆成亮黄色吗？看上去简直像是一颗巨型方块水果。

在府邸门口，他们把马交给一名马夫，然后跪在前院，让府中的抗灾者奴隶拿肥皂来为他们净手，这是当地的习俗，旨在降低社群领导者感染疾病的概率。这之后，来了一位身材高大的女人，皮肤几乎跟埃勒巴斯特一样黑，身穿一套白色款民军制服，此人进入庭院，客气地示意他们跟上。她带两人穿过府邸，进入一间小厅，然后她自己关了门，坐到房间里的桌子后面。

“两位还真是花了不少时间才到达这里啊。”她用这样一句话表示问候，眼睛盯着桌上的某件东西，专横地示意两人坐下。他俩坐在桌子对面的两张椅子上，埃勒巴斯特两腿交叠，十指互搭成尖塔状，脸上的表情难以捉摸。“我们以为你们一周前就能到达。你们想要马上去港口呢，还是可以就在这里动手？”

茜奈特张开嘴，本来想说她更愿意前往港口，因为她从来不曾撼动过珊瑚礁，距离近一点儿，更便于让她看清状况。但在她有机会开口之前，埃勒巴斯特就说道："抱歉，您是哪位啊？"

茜奈特马上闭紧了嘴巴，瞪着看他。他脸上带着礼貌的笑容，那微笑里却暗藏某种机锋，让她马上警觉起来。那女人也瞪着他，脸上的敌意几乎能喷射过来。

"我的名字是埃利亚的领导者埃西尔。"她回答，语速很慢，像是在跟一个小孩谈话。

"埃勒巴斯特。"他回答，手触自己胸口，微微点头，"我的同事名叫茜奈特。但请原谅，我想知道的不只是您的名字。据我们所知，本方镇的长官是位男性。"

茜奈特这时候明白了过来，决定配合他。她不知道他为什么决定这样做，但话说回来，他做的很多事都难以理解。那女人不吃这一套，她下巴上的肌肉明显在抽动。"我是行政长官助理。"

多数方镇都有一位行政长官，一位副长官，外加一名执事。也许这个如此急于超越赤道区城市的社群，还需要更多层次的官僚吧。"你们总共有多少位行政长官助理？"茜奈特问，而埃勒巴斯特在一旁发出"嘿"声。

"我们必须要有礼貌，茜因。"他说。他还在微笑，但实际上已经动怒。她能看出，因为对方露出了过多的牙齿。"毕竟，我们只是原基人。而这位却是安宁洲最尊贵的职阶成员。我们只是来运用她无法理解的力量，以便挽救她所在地区的经济，而她——"他冲着那女人摇动一根手指，甚至不屑于隐藏那份嘲讽。"她就是个迂腐的小官僚而已。但我确信，在迂腐的小官僚中间，她还算是个绝顶重要的人物呢。"

那女人的肤色够深，所以表情变化还没有太明显，但这没关系：她那僵硬如磐石的坐姿和张大的鼻孔已经提供了足够的情绪线索。她看看埃勒巴斯特，又看看茜奈特，但随后，视线又回到对面的男性身上，茜因完全理解这选择。再没有人比她这位导师更能让人抓狂了。她突然感到一份恶趣味的自豪。

“长官助理共有六位。”她终于说，回答的是茜奈特的问题，眼睛却像是能投射陨石一样，死盯着埃勒巴斯特笑呵呵的脸。“而我作为长官助理的身份本来无关紧要。行政长官公务非常繁忙，而这只是区区小事。所以，派一名小官僚来处理，应该绰绰有余了。不是吗？”

“这不是区区小事。”埃勒巴斯特不再微笑，尽管他还是表情放松，十指轻轻互击。他看起来像正在考虑要不要生个气，尽管茜因知道，他已经很愤怒。“我从这里就能隐知到那座阻挡航道的珊瑚礁。你们的港口几乎无法使用；过去至少十年间，你们都在失去吸引大载量商船的机会，它们纷纷选择了其他海港。你们的希望是，在答应付给支点学院那么大笔钱之后——我知道那笔钱数量可观，因为他们派我亲自出马——如今最好指望港口清理成功，还能重新吸引到所有失去的商船，否则，就无法在下次海啸把你们的城市荡平之前偿付所有欠款。所以说，我们？我们两个人？”他短暂地向茜因示意，然后又搭起十指。“我们他妈的就是诸位的未来啊。”

那女人现在极为安静。茜奈特读不懂她的表情，但她的身体很僵硬，而且她微微向后撤开了一点儿。是怕了吗？也许吧。更可能的，是要对埃勒巴斯特的唇枪舌剑准备反击。他显然是命中了对方的痛处。

而他继续说：“所以你们至少能做的，是首先为我们提供些款待，然后介绍我们面见那个害我们旅行数百英里来解决你们小问题的人。这个叫作礼节，对吧？这是重要人物通常得到的待遇。您对此有不同意见吗？”

茜因情不自禁地想要叫好。

“很好。”那女人终于费力地说，声音明显有些不自然，“我将传达你的……要求……给行政长官。”然后她干笑，亮出白牙，像是某种威胁。“我一定会转达您对我们通常待客程序的不满。”

“如果这就是你们日常接待客人的方式，”埃勒巴斯特说，他带着堪称完美的傲慢环顾周围，只有一生住在尤迈尼斯的人才能做到如此过分。“那么我认为你的确应该转达我们的不满。真的，就这么开门见山？我们大老远赶来，连杯安全茶都不给？”

“我听人说，你们已经在郊区投宿过。”

“是的，这还让我心情稍好了一些。居住条件也是……不甚理想。”茜因觉得，这话说得不尽公正。因为旅店房间温暖，床也很舒服，店主拿到钱之后，态度也是相当殷勤周到。但他还是要说的。“您上次旅行一千五百英里是什么时候了，长官助理？我向您保证，这样的旅程之后，你需要的可不只是一天时间的休整呢。”

那女人的鼻孔都快要爆裂了。但毕竟，她还是领导者阶层。她的家人一定用心调教过，让她学会在遭到打击时做出合理反应。“抱歉。是我考虑不周。”

“没错。你真的欠考虑。”埃勒巴斯特突然站起来，尽管他保持了动作流畅，不带威胁意味，埃西尔还是向后避开，就像他打算扑过去一样。茜因也站起来，动作太晚，因为埃勒巴斯特的举动同样出乎她的意料——但埃西尔几乎没有看她。“我们今晚将入住来路上经过的那家旅店。”埃勒巴斯特说，无视那女人的不安，“大约两条街之外。应该是前门有个克库萨石像的那家吧？名字想不起来了。”

“季末酒家。”那女人几乎是温柔地说。

“对，听起来像是那个名儿。我可以把账单送到这儿来吗？”

埃西尔现在呼吸困难，她的两只手攥成拳放在桌面上。茜因很吃惊，因为选那个酒家，听起来像是完全合理的要求，可能有点儿贵吧——啊，原来问题在这儿，是吧？这位长官助理并没有权限来支付他们的住宿费。如果她的上级对这件事的状况足够不满，可能会从她的工资里扣除这笔开销。

但是埃利亚的领导者埃西尔并没有舍弃她的礼貌，并向他们大喊大叫，虽然茜因还挺期待这样的。“当然。”她说——甚至还设法露出笑容，这让茜因几乎有点儿敬佩。“明天同一时间请再度来访，届时我将给两位进一步的指令。”

他们就这样离开，沿街前往那家很高级的酒店，埃勒巴斯特为他们争取到的。

当他们站在房间窗前，这次又是两人同住，他们留心没有点太贵的食物，以确保没有人能指责他们对食宿的要求过分——茜奈特打量埃勒巴斯特的面容，奇怪他为什么还跟个火炉似的怒气冲冲。

“你好棒。”她说，“但这事有必要吗？我宁愿把工作完成，尽快返回学院。”

埃勒巴斯特微笑，尽管他下巴上的肌肉还在不时抽动：“我本以为，你有时候也想被当作人类尊重一下的。”

“我想啊。但这又有什么区别？就算你现在能虚张声势，也改变不了他们对我们的感觉……”

“不，的确不会。而且我才不关心他们的感觉。他们这种混蛋不必喜欢我们。重要的是他们*做什么*。”

对他来说，当然一切都没问题。茜奈特叹了口气，用拇指和食物捏了下鼻梁，努力让自己耐心。“他们会投诉的。”而茜奈特——实际上承担了这份任务的人，就是将来因此受罚的那个。

“让他们投诉。”埃勒巴斯特从窗前转身，前往浴室。“吃的来了再叫我。我要好好泡个澡，把自己泡囊了再说。”

茜奈特心想，痛恨一个疯子似乎毫无意义。他反正也不会有任何感觉。

客房服务员来了，送上一托盘朴素又实在的本地食物。大多数海岸社群的鱼都便宜，所以茜因款待自己的方式，就是点了一份坦泰鱼片，这个在尤迈尼斯是非常昂贵的美食。支点学院的食堂要隔段时间才能吃到一回。埃勒巴斯特裹了一条浴巾从浴室里出来，他看起来还真是洗得超干净——茜因也是这时才发现，他在过去几周的旅程中消瘦了好多。他完全是皮包骨，点的食物也只有一碗汤。不过毕竟是好大一碗海鲜乱炖，有人在上面淋了奶油，还加了少量甜菜调味酱，但他显然应该吃得更多一点儿。

茜奈特除了她的主菜之外，还点了一份蒜香薯蓣，一份焦糖甜角，装在单独的小盘里，她把这个放在他的托盘上。

埃勒巴斯特瞪着那份食物，然后瞪她，过了一会儿表情才和缓下来。"原来如此。你喜欢更壮实一些的男人。"

他只是在开玩笑，两人都心知肚明，就算她觉得他有吸引力，也还是不会享受跟他做爱。"任何人都是这样的，好吧。"

他叹气，然后顺从地开始吃薯蓣。在吃东西的过程中（他看似不饿，只是决心吃饭而已）他说："我现在感觉不到它了。"

"什么？"

他耸肩，照她理解，他并不困惑，只是无法清晰表达自己的想法。"其实，有很多啦。饥饿。痛苦。当我身处大地之中——"

他面有难色。真正的问题是：并不是他语言能力低下，而是语言本身就无法传达那些。茜奈特点头，表示她懂。也许将来某天，会有人创造出一种适合原基人使用的语言。也许这种语言之前也曾存在过，只是被人遗忘。"当我身处大地之中，我能感受到的就只有大地。我无法感觉到……这些。"他向房间里的一切示意，包括自己的身体，包括她。"而我之前花费了那么多时间在大地之中。抑制不了自己。但是，当我返回时，那感觉就像……就像大地的一部分也跟我一起来到了这儿，而且……”他说不下去了，但她觉得自己已经明白。“看起来，这是得到第七或第八枚戒指之后才会出现的现象。支点学院给我制订了严格的食谱，但我并没有太当回事。”

茜因点头，因为这很明显。她把自己的甜菜卷也放进他盘里，他又叹了会子气。然后就把盘里的东西全吃光了。

他们上床。晚些时候，半夜里，茜奈特梦到她在向上跌升，穿过一束波动的光，那光线像脏水一样在她旁边泛起微波，折射光芒。而在光束顶端，还有某种东西在发射微光，那光源时隐时现，就好像它不完全真实，不完全存在。

她惊醒过来，不知道自己为什么突然感觉出事了，但确信自己一定要设法解决危机。她坐起来，睡意蒙眬地揉脸，直到残梦淡去，才感觉到周围空气中弥漫着一份极具压迫感的毁灭气息。

她困惑地低头看埃勒巴斯特——发现他醒着躺在自己身旁，身体僵硬得奇怪，两眼圆睁，目光呆滞，嘴巴张开。他听起来像在发出咕噜声，或者是想要打鼾，却没能做到，只能发出怪音。这他妈的怎么回事？他没有看她，也不动弹，只是不停发出那种怪异的声响。

与此同时，他的原基力却不断集聚，集聚，集聚，直到让她整个颅骨内侧发痛。她触摸他的胳膊，发觉那里黏湿，僵硬，这时才明白，他已经动弹不得。

“巴斯特？”她俯身在他上方，望着他的眼睛。那双眼并没有回望她。但她显然隐知到了其他什么，仍保持着清醒，并在他体内做出回应。他的超凡力量仍在活跃状态，尽管肌肉无法动弹，而伴随着每一声咕哝，那力量都在加强，绷紧，随时准备出击。毁了，完了，真他妈可恶啊。他动不了，而且他已经惊慌失措。

“埃勒巴斯特！”原基人本应该绝对无条件避免惊慌。尤其是十戒级别的原基人。他无法回答她的召唤，这是当然。她这么说，主要是为了让他知道自己在这里，并在努力帮忙，所以，他或许有希望安静一点儿。这可能是某种类型的抽风，或许。茜奈特掀掉被子，翻身跪起，把手指伸进他嘴里，想把他的舌头拉低。她发现他嘴里全都是唾液，这混蛋要被自己的口水淹死了。这提醒了她，赶紧粗暴地硬让他翻身侧躺，头向旁边，以便口水流出，两人得到的回报，就是他第一声清晰的呼吸。但还是很浅，他的气息；而且吸气之前的停顿过长。他在挣命。不管他受到了何种威胁，那件事正在麻痹他的肺部，跟身体其他部分一起。

房间在晃动，只有一点点，茜奈特听到整座旅店的人们提高声调叫嚷。但叫声很快平息，因为没有人真正担心。现在还没有地震即将袭来的迹象。他们可以把刚才的动静当成一阵强风，偶尔撼动了建筑侧面的墙……暂时还是这样。

"可恶可恶可恶——"茜奈特爬过去强行进入他的视线。"巴斯特，你这蠢东西，食人族生养的大笨蛋，控制下自己啊。我是想要帮你，可要是你把我们全害死，我可就帮不上忙了！"

他的脸上没有反应，呼吸节奏也没变化，但那份迫在眉睫的末日感倒是马上消减下去了。有改善，很好。现在——"我得去找个大夫来——"

这次撼动建筑的晃动更剧烈一些；她听到碗碟颤抖，磕碰在他们弃置一旁的食物车上。所以说，他拒绝。"可我自己帮不了你啊！我都不知道出了什么事！你会死的，要是——"

他全身抽搐。她也不知道这到底是有意而为，还是某种不由自主的症状。但片刻之后，她意识到这是一次警告，因为那事又发生了：他的力量像铁钳一样，紧握住了她的原基力。她咬紧牙关，等着他用她的力量做任何需要的事……但什么都没发生。他已经掌握了她的能力，她也能感觉到他在做某件事。在摸索，好像是。搜寻，但没找到任何东西。

“是什么？”茜奈特窥探埃勒巴斯特失神的面庞，“你在找什么？”

没有回答。但显然，他在找的，应该是某种在他身体无法移动时找不到的东西。

但这没有道理，原基人并不需要眼睛来运使超常能力。即便是襁褓里的婴儿，也能做到他们在做的事。但是，但是——她努力思考。前一次，这种情况出现在大道旁边时，他曾先转身朝向危机来源。她在脑子里再现当时情景，试图理解他当时做过什么，如何做到的。不，刚才的想法不对；维护站点的方位偏西北，而他凝视的方向却是正西，望的是地平线。她摇头，感叹自己的愚蠢，同时快步走到窗前，打开窗户向外看。视野里没什么值得注意，只有依着山势倾斜的街道，还有城市中建筑的泥灰外墙，如此深夜时分，一片寂静。仅有的活动迹象在道路尽头，她可以瞥见那里的码头，还有更远处的海洋：人们在给一条船装货。天空有些零碎的云，天亮还早。她感觉自己像个白痴。但随后——

某种力量攫住了她的意识，从身后的床上，她听到埃勒巴斯特发出嘶哑的声响，感觉到他的力量在震荡。某种东西吸引了他的注意力。什么时候？应该是在她仰望天空时。困惑中，她再次抬头看天。

好的。好的。她几乎能感觉到他的欣慰。然后他的力量就开始包围她，她再也不用眼睛来感知。

这感觉就像她刚才做过的梦。她在向上跌升，而这似乎理所当然。她周围，她跌升时经过的地方，到处是色彩和闪光的亮面，像是水，只不过是紫灰色，而不是蓝色或无色，劣质紫石英里面掺杂一点儿烟水晶的质感。她在其中挣扎了一下，一度确信自己行将溺水，但她通过隐知盘感觉到了什么，尽管皮肤或肺部无法察觉；她并不是像溺水的人那样挣扎，因为周围不是水，而她不是真正置身其中。她不会被溺死，因为……不知用了什么办法，埃勒巴斯特在保护着她。

在她乱动的同时，他却有条不紊。他拖她向上，跌升速度加快，寻找某物，而她几乎可以听到它的咆哮声，感觉到各种力量的拖曳，像压力，像气温变化，渐渐令她皮肤发冷，微微刺痛。

某物接合成功。某物退开，闪出通道。这些都让她无法理解，复杂到无法完整地感知。某物从某处倾泻下来，温暖又略带刺激性。她内在的某个地方被抹平，密度加大。*有烧灼感。*

然后她到了另外一个地方，飘浮在一大片冰冷的异物表面，而且这些东西上面有某种物质，集聚在它们之间

某种污染物

而这不是她自己的想法。

然后一切都消逝。她猛然回到自己的躯体中，回到真实世界，有视觉、声响和听觉和味觉和嗅觉和隐知力——真正的隐知力，隐知力*正常*发挥作用的那种方式，而不是埃勒巴斯特那混蛋刚刚做到的随便什么鬼状态——而埃勒巴斯特正在床上狂吐不止。

茜因觉得恶心，赶紧避开，然后才想起他刚刚是瘫痪的；他本来不应该有能力动弹，更不要说呕吐了。尽管如此，他现在却正在吐，已经把身体从床上撑起一些，以便吐得更尽兴。显然，瘫痪症状减轻了。

他也没吐出多少东西，只是一两汤匙油乎乎、白腻腻的东西。他们吃饭是在几小时之前，他的消化系统上部应该没什么东西了。但她想起了那种

污染物

这才为时已晚地想到他吐出来的是什么。而且，她也明白了他是*如何*做到的。

等他终于吐完，又啐了几口以表重视或者追求彻底，他再次倒

回床上，仰面躺着剧烈喘息，或者只是在享受重新获得呼吸能力的快感。

茜奈特小声问：“以可恶的、燃烧的、大地的名义问你，刚刚你到底做了什么？”

他笑了一下，睁开眼睛，滚动眼珠看她的方向。她能看出，这是他表达欢乐之外其他情绪时的那种干笑。这次要表达的是痛苦，或者是疲惫的解脱感。他总是怨天尤人。只是表露出来的程度有所不同。

“集——集中，”他在喘息间隙里说，“控制。分寸。”

这是原基力的第一课。任何婴儿都有移山之力，那只是本能。只有经过支点学院特训的原基人，才能有意识地，有针对性地，移动单独一块岩石。看起来，只有十戒大师，才能从自己的血液和神经系统中，移除极微小的漂浮物和穿刺物。

这本应该是不可能做到的。茜奈特无法相信他刚做过。但她本人又帮他达成过目标，所以她别无选择，只能相信不可能发生的事刚刚发生过。

邪恶的大地啊。

控制。茜奈特深吸一口气，来平息自己的情绪。然后她站起来，取来一杯水，递过去。他还是很虚弱；她不得不扶他坐起来，小口从杯子里喝水。他把第一口水也吐了出来，就吐在她脚边的地面上。她眼光很凶。随后抓过一个枕头，垫在他背后，帮他躺回去，又把没弄脏的那部分毯子拽过来，盖住他的腿和膝盖。这些做完之后，她去到床对面的长椅上坐下，这椅子够大够软，可以将就睡一夜。她已经受够了处理他的各种体液。

等到埃勒巴斯特呼吸平稳，也恢复了一点儿体力之后（她很好心的），她很小声地说：“跟我说说，你他妈的到底干了什么？”

他看上去并不因为这个问题感到吃惊，也没有从瘫软的枕头上移动，头还是无力地垂向后方。“活命而已。”

“大道旁有过一次。刚才又一次。解释下。”

“我不知道是否……能解释。还有，该不该解释。”

她忍住了没发火，她已经被吓得没多少脾气。“你刚说不知该不该解释，这是什么意思？”

他缓缓地、深深地、长长地吸了一口气，显然很享受这感觉。“你现在还没有……控制力。不够。没有那个……要是你尝试做我刚刚做过的事……你会死。但如果我告诉你自己怎么做到的，那么——”他又一次深呼吸，然后一口气说完，“你就有可能控制不了自己，一定要去尝试。”

控制那些小得肉眼看不到的东西。听起来像是开玩笑。这一定是在开玩笑。“没人拥有那么强的控制力。就算是十戒高手也不会有。”她听过这类故事；他们能做出惊人之举。但同样做不到不可能做到的事。

“‘他们是被锁链束缚的神灵。’”埃勒巴斯特感叹说，然后，她发觉他在沉沉睡去。应该是刚刚挣命时累惨了——或许实现奇迹的消耗要比表面看起来大得多。“‘驯服狂野大地的强者，本身也要被戴上笼头和口络。’”

“那是什么？”他在引用什么东西。

“《石经》。”

“胡扯。三板石板上都没有这些话。”

“第五板。”

他真是满脑子胡言乱语。而且他又在渐渐睡着。大地啊，她真想杀了他。

“埃勒巴斯特！可恶，快回答我的问题。”寂静。大地诅咒的东西。“你一再对我做的，到底是什么？”

他嘘出一口气，悠长，粗重，她以为对方不会再回答。但他还是说了。“平行协作。如果马车只有一匹马，终归跑不了太远的。如果一根绳子拴两匹，前面那个会先累倒。如果两匹马的轭并排，让它们同步，减少两者之间动作不一致产生的摩擦，你就能得到大于任何一匹马的拉力。”他又一次叹气，“至少理论上如此。”

“那你是啥，马轭吗？”

她在开玩笑。他却在点头。

马轭。这更糟糕。他之前是把她当牲口对待了，迫使她对他工作，以免他自己油尽灯枯。“你是怎么能做到——”她不喜欢怎么这个词，因为这就假设了不可能做到的事可以实现。“原基人是不能协同工作的。一个聚力螺旋会消解另外一个。控制力更强的人优先存续。”这是他们在料石生的考验期都曾学习过的课程。

“好吧，行啊。”他太接近睡着，已经口齿不清，“那就算这种事从未发生过。”

茜奈特太生气，有一会儿完全被气昏了头，整个世界一片白。原基人不能放任自己这样子发脾气，于是她用语言释放怒火。“别跟我讲这种屁话！我永远都不允许你再对我做出这种事——”但她怎么阻止他呢？“否则我就杀了你，听到没有？你无权这样做！”

“救了我的命。”几乎就是在咕哝，但她听到了，而且这等于给她的怒火背后插了一刀。“谢谢哦。”

但说真的，她真能怪罪一个行将溺水的人抓住附近随便一个人，以求自救吗？

或者是为了拯救成千上万人？

或者为了救自己的儿子？

他现在睡着了，就那样半躺在自己吐出的一小堆污物旁边。当然，吐出的东西在她睡的那一侧。茜因带着强烈的厌恶，蜷起腿来躺在长毛绒椅子里，努力让自己舒服一点儿。

只有到她安静下来，她才想到刚才真正发生了什么。事情的核心，而不只是埃勒巴斯特完成了不可能完成的任务。

当她还是料石生的时期，有时候会到厨房值班，时不时，他们就会打开一罐过期变质的水果或者蔬菜。那些有问题的食材，罐子破了，或者密封被开启过的，有时候会特别臭，厨师就会打开窗户，叫几名负责扇风的料石生把臭气扇走。但茜因后来了解到，更可怕的，是那些表面看起来完整的罐子。里面装的东西看似完好；打开之后，闻起来味道也不错。仅有的危险信号，就是金属盖略微有点儿鼓起。

“比扑命蜇虫还要致命。”厨师长——一位须发花白的抗灾者，会在展示可疑毒罐时对大家说，“纯粹的毒药。你的肌肉会被麻痹，完全停止反应。你甚至无法呼吸。而且毒性极强。有这么一罐，我就可能毒死整个学院的所有人。”然后他会哈哈大笑，就好像真的很好笑一样。

调到一碗肉汤里，只需要加几滴那种毒物，就足以杀死一个讨人厌的中年基贼。

这有可能是意外吗？没有任何爱惜羽毛的厨师会用罐盖鼓起的食材，但或许季末酒家雇用的碰巧就是一群笨蛋。茜奈特自己下单订购的食物，跟上楼来问他们需要什么的孩子亲口说的。她明确说过每样东西是给谁点的吗？她试图回想自己说过的原话。“*我吃鱼和饭卷。*”所以他们应该能猜出，海鲜粥是给埃勒巴斯特点的。

那为什么不给两人都下毒呢？要是旅店里有人痛恨基贼到了那种地步，足以谋害他们的性命？给所有食物滴入烂菜汁毒是很容易的，不必只给埃勒巴斯特。也许他们的确下过毒，只是还没对她起效？但她感觉完全没事。

*你是在疑神疑鬼，*她告诉自己。

但每个人都恨她，这并不是她的想象。她毕竟也是个基贼。

茜因感到挫败，在长椅上辗转反侧，两手抱着膝盖，试图哄自己睡着。但看似败局已定。她脑子里充斥着太多问题，而身体也太习惯死硬的地面，中间只隔极薄的卧具。她最终整夜枯坐，呆望窗外越来越难以理解的世界，心中一片茫然，完全不知何以自处。

但到了早晨，当她探身到窗外，吸了一口饱含晨露的空气，徒劳地想让自己打起精神，她碰巧抬头看了一眼。那里，在晨光中若隐若现的，是一块飘浮的紫石英色巨岩。只是一块方尖碑——她恍惚记得前一天曾经见过的那块，在他们纵马进入埃利亚城的路上。它们总是很美，但那些晨星也一样美丽啊，所以在通常情况下，两者都不会吸引她的注意。

她注意到了这块方尖碑。因为今天，它要比昨天更靠近了许多。

一切建筑的核心，均须设置弹性良好的中梁。

相信木材，相信石料，但金属会生锈。

——第三板，《构造经》，第一节

第十章

你与猛兽同行

你觉得，或许，你需要成为另外一个人。

你不确定应该成为谁。之前的那些个你，曾经更强大、更冷漠，也曾更温情、更软弱。这两组属性中任何一种组合，都更适合带你撑过眼前这番混乱。而当下，你是冷漠兼软弱，这副样子，对谁都没好处。

你可以改头换面成为一个新人，或许吧。你之前做过这样的事；容易得令人吃惊。一个新名字，新的生活重心，然后把新人物的“衣衫”套上，试试肥瘦松紧，寻找最完美的契合点。几天之后，你就会觉得自己从来不曾是其他人。

但是。只有一个你，是奈松的妈妈。这是迄今为止让你没有转变的原因，最终，这是决定性的因素。等到这一切都结束，当杰嘎已死，终于可以安全地痛悼你死去的儿子……如果她还活着，奈松会需要她出生以来一直认识的妈妈。

所以你必须继续是伊松，而伊松就必须接受现状，用杰嘎残害过的这个自己，继续残破的生活。你已经尽了最大努力拼合那些残片，在缺损的地方，用意志力强行添补，无视时不时出现的摩擦声和断裂声。只要没有任何重要的部位断裂就好，不是吗？你能坚持。你别无选择。只要你的一个孩子还有可能活着。

你在战斗的喧嚣中醒来。

你和男孩在驿站旁的空地宿营，周围还有几百个其他人，大家都是同样的主意。没有人真的在驿站里面睡（这驿站只是一座没有窗户的低矮石屋，里面有一眼压水井），因为按照无声的共识，那里是中立区域。同样，驿站周围的数十座帐篷之间，人们也绝少交流，因为按照无声的共识，他们也都惊慌得宁愿先动刀砍人，然后再问问题。世界的变化太快太剧烈。《石经》或许一直都试图让人们对具体事务有所准备，但灾季来临时的种种恐怖状况，依然是任何人都无法轻易面对的冲击。毕竟，仅仅一周以前，还都是一切正常。

你和霍亚安顿下来，生了一堆火过夜，位置就在草原旁边的一片空地。你别无选择，只能跟这个孩子轮流守夜，虽然你担心他只会在当班时睡着而已，周围有这么多人，放松警戒的话太危险了。盗贼是最大的潜在问题，因为你有一个满满的逃生包，而你俩只是一名妇女带一个小孩，势单力孤。火也是一种危险，因为有那么多不懂得如何安全使用火石的家伙，却在干枯的草原旁边生火扎营。但你又筋疲力尽。仅仅一周前，你还过着自己舒适安定的小日子，你也还需要一段时间，才能进入适合旅行的身体状态。于是你让那孩子守夜，到那一大块泥炭土烧完时叫你起来。这本应该给你四到五小时的睡觉时间。

实际上，你却睡到很多小时之后，天将破晓时，当营地远端的人们开始尖声大叫。你们这边也响起喊叫声，人们大声互相警告，你挣扎着爬出铺盖卷儿，站立起来。你不确定是什么人在喊叫，也不清楚是为了什么。这不重要。你只是一只手抓起逃生包，另一只手拉起男孩，转身就跑。

他在你没能跑开之前就甩开了你，抓起他的小布包。然后他又一次握住你的手，黑暗中，冰白色的双眼里泛着野性的光芒。

然后你们——所有人，附近每一个人，还有你和那个男孩——都在疯跑，跑啊跑，跑到草原更深处，远离大路，因为那里是第一声尖叫传来的方向，也因为盗贼或无社群者或民兵或其他任何造成了麻烦的人在完成了要做的事情之后，很可能会顺着大路撤走。在黎明前灰白色的光线中，你周围所有人都像是亦真亦幻的影子，沿着平行方向奔跑。有一会儿，整个世界里真实存在的，只有那男孩、背包和你脚下的大地。

很长一段时间之后，你感觉气力耗尽，终于跌跌撞撞停住了脚步。

“刚刚怎么了？”霍亚问。他听起来一点儿都没有气喘吁吁。孩子就是耐力好啊。当然，你也没有一路狂奔；你现在身体太虚，做不到那样。最基本的底线是不能停步，这点你倒是做到了，没有足够气力奔跑时，就快步急走。

“我也没看到。”你回答。反正呢，出了什么事并不重要。你揉搓身体侧面痉挛的部位。缺水；你取出水壶来喝，看到里面接近全空，忍不住皱眉。在驿站时，你当然错过了灌满水壶的时机。你本来打算第二天一早去灌的。

“我也没看到。”男孩说，他回转身，伸长脖子，就像这样能看到似的。“一开始还挺安静的，然后就……”他耸耸肩。

你看了他一眼：“你没睡着吧？”你逃跑之前看到了火堆，火已经只剩一摊黑灰。他本应该在几小时之前就叫醒你的。

“没有。”

你向他做出一副臭脸，这样子曾让你自己的俩孩子胆寒，还有几十个别人家的孩子。他也有些畏缩。看似有点儿困惑。“我就是没睡着啊。”

“泥炭土烧完时，你为什么没把我叫起来？”

“因为你需要睡觉，我当时不困。”

可恶。这意味着他晚些时候就将会犯困。这么固执的孩子，让大地吞了算了。

“你腰痛啊？”霍亚靠近，看似很担心，“你受伤了吗？”

“就是突然有点儿痛。会过去的。”你环顾周围，尽管在大量尘灰掉落的环境下，二十英尺外的视野就已经模糊不清。周围并没有其他人靠近的迹象，而且你也听不到驿站周围传来任何声响。你们周围鸦雀无声，事实上，只能听到尘灰落在草叶上的轻响。从逻辑上讲，其他在驿站周围扎营的人应该也没有逃出太远才对，但你的感觉是完全孤单。身边只有霍亚做伴。“我们不得不回驿站一趟。”

“为了取回你的东西？”

“是的。还要打水。”你眯眼看驿站方向，这样没用，还是看不清，这段时间，只要很短距离之外，平原就是一片灰白。你现在无法确认下一座驿站正常能用。它或许被将来的匪帮头目占据，或者被惊慌的乱民捣毁；也或者已经无法正常运行。

“你可以往回走一段。”你转向那男孩，他已经坐在草地上，让你意外的是，他嘴里含着某种东西。他之前从来没有吃过食物的……哦。他把自己的破布包扎紧，吞咽之后才开口。“去那条你让我洗澡的小溪取水。”

这也是一种可能的选择。你们上次用水之后不久，溪水再次潜入地下消失。距离这儿只有一天路程。但这一天是向你来的方向走，另外……

没什么另外。回到那条小溪是最安全的选择。你不愿回去，才是愚蠢、错误的。

但奈松在前面的某个地方。

“他在对她做什么？”你轻声问，“到现在，他一定已经知道她是什么人。”

那男孩只是观察你。如果也在为你担心的话，他的脸上至少没有显露出来。

好吧，你本来就是要多给他一些可以担心的理由：“我们还是要回驿站。时间已经过去足够长。盗贼或者土匪或者随便什么人，现在理应得到了想要的东西，并且离开了。”

除非他们想要的是那座驿站。安宁洲有几个最古老的社群，最早就是某地区最强大的团体占据了水源，然后坚守，击退所有来犯之敌，直到灾季结束。这种时代，无社群者最大的愿望，就是在没有社群接纳他们的情况下，成立自己的社群。不过毕竟，很少有无社群者团体拥有足够严密的组织，足够的内聚力，足够强大的实力，来成功实现这样的目标。

而且也很少需要跟一名原基人对抗，后者又比他们更需要水源。

“而如果他们想要占领水源，”你说，你是认真的，尽管是这么小的一件事，你只是需要水，但在那个时刻，每个障碍都像山岗一样巨大，而原基人可以吃掉大山作为早餐，“识相的话，最好还是分我一些。”

听到刚才那句话，你多少有几分怀疑那男孩会尖叫着逃开，但实际上他只是站起来。你在上一个途经的社群给他买过衣服，同时买了那块泥炭土。现在，他已经有了结实的、适合赶路的靴子，还有上好的厚袜子，两整套衣服可以替换，还有一件外套，样式跟你自己的外套特别相像。除了他怪异的容貌之外，外套的相似性让你们两个一看就像是一伙的。这种事会传达出无声的信息，意味着组织性，共同的追求，团队精神；这效果并不大，但任何威慑力都有用处。我们还真是可怕的一对哦，一个疯女人，加上一个诡诈的熊孩子。

“走啦。”你说，然后开始走。他跟在后面。

你们靠近驿站时周围一片寂静。你从草地上的混乱状况可以看出，你们已经接近驿站石屋：这里是某些人舍弃的营地，火堆还在冒烟；那边有个被扯坏的逃生包，后面有忙乱中抓起逃跑途中掉落的补给品。还有一圈野草被拔掉，宿营用炭，一副被遗弃的铺盖卷儿，也许就是你的。你经过时把它捡起，卷好了塞在你背包的带子下面，回头再拴紧。然后，驿站石屋突然出现在视野里，比你预期的更早。

一开始，你以为这里没有人。除了自己的脚步声和呼吸声，你听不到任何声音。男孩几乎不出声，但在你们回到大路时，他踏在沥青路面上的脚步声特别重。你看了他一眼，他似乎也意识到了问题。他停下来，在你走路时仔细观察你的步子。看你如何脚跟落地，车轮一样前辗，到脚尖离地，不是大踏步前进，而是轻轻让脚剥离地面，然后小心地重复整套动作。之后，他也开始学你这样做，如果你不需要时刻留意周围环境，如果你不是被自己的心跳加速转移了注意力，你会被他脸上惊诧的表情逗乐的，他发现自己的脚步声变轻时，小脸上一派震惊，简直可爱啊。

但这时，你已经进入驿站，发现里面有人。

首先你看到的只有压水井和它的水泥基座。这些简单驿站只有这么点儿功能，给水井一个遮风挡雨的地方。然后你看到一个女人，她正在自得其乐哼着歌儿，取走一个大水壶，然后又放上一个，空的，比刚才那壶更大。水壶放在出水管下面。她忙着转过井身，又去压水，动作特利索，开始压水之后，才发现了你们。然后她定住，你和她愕然相对。

她是无社群者。只是最近才无家可归的人，不可能脏到她那种程度。（除了你带的这个奇葩小孩，你心里给自己补充。但灾后的身体肮脏，跟长年不洗的肮脏还是有区别的。）那女人头发卷曲，不像你这样，有干净整齐的发卷，而是纯粹不收拾的那种乱；发丝脏兮兮地结成大小不均的几绺，从头顶垂下。她的皮肤已经不只是沾满脏污，那脏东西似乎已经渗入肌体，成了永久性的身体特征。某些灰土本身含铁，然后已经生锈（因为皮肤分泌物吧），把她的毛孔染成了红色。她的一部分衣物显得较新——考虑到驿站周围那么多被丢弃的物品，你不难猜出这些的来源。而她脚边的背包只是三个包裹之一，每个包里都装满补给品，还吊着另一个已经装满的水壶。但她的体臭太浓烈刺鼻，你真心希望她打水是为了洗个澡。

她的眼睛快速扫过你和霍亚，内心算计的应该也是同样迅速而且彻底，过了一刻，她耸耸肩，压水，按了两次就灌满了大水壶。然后她拿起壶，扣上盖子，把壶吊在脚边一个背包上，然后（动作迅捷到让你有几分敬佩）抱起全部三个背包，向后退开。“用吧。”

之前你也见过无社群者，当然了，每个人都见过。在那些需要比壮工更廉价劳动力的城市中（以及壮工工会较弱的地方）他们住在棚屋区，沿街乞讨。其他所有地方，他们都住在社群之间的地带，森林中、沙漠边缘这类地方，通过狩猎生活，用垃圾建造营地。他们中那些怕麻烦的人，会偷抢社群边缘的农田或仓库；好斗的那些，则会抢劫较小的、防卫粗疏的社群，并在方镇中偏僻的商路上打劫。有些这类事情发生，方镇长官并不介意。这有助于让所有人保持警惕，并提醒社群内找麻烦的人，不听话会落到何种下场。不过要是偷盗事件太多，或者攻击过于血腥暴力，民军就会被派出去剿杀无社群者。

现在这些都不重要了。“我们不想惹任何麻烦。”你说，“我们只是来取水的，跟你一样。”

那女人一直在好奇地看着霍亚，现在把视线闪回到你的方向。“我也不想惹麻烦的。”她有点儿刻意地扣上另一个已经装满的水壶。“不过，我还有几个这种水壶要装，所以，”她向你的背包和仅有的水壶点首示意，“你用不了多长时间。”

她的水壶真心巨大，很可能也像原木一样重。“你在等其他人来吗？”

“没有。”那女人微笑，露出相当好的牙齿。就算她现在是无社群者，也肯定并非一直如此。那牙床没有多少营养不良的迹象。“想杀我啊？”

你必须承认，之前都没料到对方会这样说。

“她一定在附近有窝点的。”霍亚说。你很满意地发现他在门口，向外察看。还保持着警惕。精明的孩子。

“是啊。”那女人说，情绪挺好，并不烦恼，虽然别人已经发现了她刻意掩饰的秘密。“想跟踪我吗？”

“不想。”你坚决地说，“我们对你没兴趣。你不惹我们，我们就不惹你。”

“我同意。”

你解下自己的水壶，一步步挨进水井。这场面有点儿尴尬，这东西本来应该是一人压水，另一人拿水壶接着的。

那女人一只手按在压水机上，无声的表示愿意帮忙。你点头，她替你压了水。你先让自己喝够，然后在装满水壶的过程中，周围是一派压抑的寂静。你紧张，所以先开口说话：“你来这儿冒了很大风险。很快其他人也都会回来的。”

“一些人吧，也不会太快。你也冒了很大风险。”

“没错。”

“那么，”那女人冲着她那堆已经灌满的水壶点头，你这才发现——那是什么？就在其中一个水壶嘴上，有某种设备，用树枝、扭曲的树叶和一条弯弯的导线组成。你瞪视的过程中，它发出咯咯轻响。“我反正也在做测试。”

“什么？”

她耸耸肩，看着你，你这时才醒悟过来：这女人才不是普通的无社群者；正如你不是哑炮。

“那场来自北方的地震。”她说，“至少得有九级——而这还只是我们在地面上的感觉。震源还很深呢。”她突然停顿，实际上是侧头远离你，皱起眉头，像是听到了什么让人震惊的响动，但周围什么都没有，只有石墙。“从来没见过这样的地震。波形特征极为奇怪。”然后她又盯着你看了一下，眼睛像鸟儿一样灵动。

“很可能损坏了好多个地下水池。他们当然会修复啦，假以时日，但短期来说，说不好这附近会有怎样的污染。我是说，这里本来是建立城市的理想地点，对吧？地势平坦，靠近水源，附近没有断层线。意味着以前很可能曾有过一座城市在这里，某段时期。你知道当一座城市死亡，会给后人留下怎样可怕的遗产吗？”

你现在紧盯着她看。霍亚也一样，但他看到谁都那样盯着。然后那个装在水壶上的东西不再咯咯响，那个无社群女弯腰把它拔出来。它之前是把一片什么东西（树皮？）悬在水里。

“安全。”她宣布，然后才为时已晚地发现你在注视她。她微微皱眉，举起那个小片。“这东西的材料跟安全茶是一样的。你知道吗？那种待客茶？但我额外用了些制剂处理过，这样就能测出安全茶没反应的那些毒素了。”

“那种东西不存在。”你脱口而出，然后安静下来，有些不安，当她犀利的眼神对准你。现在你不得不说完了。“我是说……安全茶没反应的东西，对人体都是无害的。”这就是人们饮用它的唯一原因，因为它的味跟煮熟了的屎似的。

现在这女人看上去不高兴了。“这不对。你从什么烂地方学到这些的？”这是你以前在特雷诺童园教别人的知识，但在你有机会回答之前，她就已经开始冷冷地解释："安全茶如果用冷水冲泡，效果就不理想；这点尽人皆知。它需要到室温或者温热程度。它还无法测出那些能在数月后致人死命的东西，只对几分钟后致死的毒素有效。要是你今天活下去了，明年却皮肤剥落而死，又能算什么好事？！"

"你是个测地学家。"你莽撞地说。这看似不可能发生。你以前见过测地学家。他们是人们在宽容的想象中原基人应该是的样子：高深莫测，拥有凡人不该掌握的知识，令人不安。除了测地学家之外，没有人会了解那么多没用的知识，还这样透彻。

"我不是。"那女人站起来，身体几乎因为怒火而涨大起来。"我可没有笨到去跟大学里那帮白痴学样。我没那么蠢。"

你再次目瞪口呆，脑子里特别混乱。然后你的水壶满溢，你手忙脚乱找盖子。她停止压水，把那片树皮状的小东西放进她巨大的裙子兜里，开始打开她脚边较小的那个背包，动作简洁高效。她取出一个水壶（大小跟你的水壶一样）丢在一边，然后那小包裹也已经空了，她把包裹也丢开。你的眼睛盯着这两样东西。如果男孩可以携带自己的补给品，你的确能更轻松一点儿。

"要是你想要，最好就动手拿。"那女人说。尽管她不看你，但你意识到她是故意把那些东西挑出来给你的。"我不会在此逗留，你也一样不该久留。"

你靠过去拿起水壶和空背包。那女人再次站起，帮你装满这个水壶，然后又开始翻找她自己的东西。而你系好水壶，还有之前捡的铺盖，并把你背包里的几样东西转到小包里给男孩携带。你说："你知道发生了什么吗？什么人干的？"你朝尖叫声把你们吵醒的方向做了个手势。

"我怀疑那并不是'什么人'。"那女人说。她丢开几包臭掉的食物，一条小孩的裤子，看上去可能够大，适合霍亚，还丢掉几本书。

谁会在逃生包里放书啊？尽管那女人在丢书之前，还扫了一眼书名。“面对这样规模的巨变，人类的反应快不过大自然。”

你暂时把第二个水壶也挂在自己的背包上。因为你不会蠢到让霍亚带的行李过重。他只是个男孩，而且发育得不好。因为那无社群女人显然不想要，你把那条裤子也从她丢弃的物品堆里拿过来，那堆东西越来越多，你拿了，她看似也不在意。

你问：“什么，你的意思是，刚才可能是某种动物袭击吗？”

“你没看到死尸？”

“我都不知道有死尸。有人尖叫，然后开始逃跑，我们就跟着逃跑了。”

那女人叹气说：“那倒也算是精明之举，但的确会让你……失去一些机会。”就像为了表明自己观点一样，她又丢开一个刚刚拿空的包裹，站起来，背上余下的两个背包。其中一个更为破旧，显然也比另一个更舒服：她自己的。她用麻绳把沉重的水壶串在一起，让它们靠在自己腰际，利用她尺寸可观的屁股提供支撑。而不是像多数人的水壶那样悬空吊着。她突然瞪了你一眼。“不许跟着我。”

“本来就没这个打算。”小背包已经准备好交给霍亚。你背上自己的包，确定一切安全舒适。

“我认真的。”她靠近一点儿，整个脸凶恶得近乎狂野。“你不知道我要回什么地方。我可能会住在一个有围墙的巢穴里，有五十个跟我一样的同党。我们可能会有磨牙的锉刀，还有烹制‘鲜嫩多汁蠢货’的菜谱。”

“好啦，好啦。”你退后一步，这似乎让她放心了一点儿。现在她由凶恶变成放松，继续忙着把背包整理舒服。你也已经得到了自己想要的东西，是时候离开了。男孩得到自己的背包，似乎也很满意。你帮他背好包。你这样做的时候，无社群女人从你们身边经过离开，而你残留的旧我促使你说，“顺便说下，谢谢你。”

“不客气。”她轻描淡写地说，一路走出门口——然后却忽然站定。她在盯着某种东西。脸上的表情让你颈后所有的寒毛全都直立了起来。你很快也来到门口，看她看到了什么。

那是一只克库萨，一种体形修长、毛茸茸的动物，中纬度地区的人们养作宠物，作为狗的替代品，因为狗太贵了，除了最爱慕虚荣的赤道富人，没人养得起。克库萨的外形更像是旱獭，而不像犬类。它们可以驯养，而且特别便宜，因为只吃低矮灌木的叶子，还有上面的昆虫。而且它们小的时候，比小狗还要更可爱……但这只克库萨不可爱。它很大，光洁的皮毛下面足有上百磅健康、精壮的肌肉。某人曾经非常喜欢它，至少是直到最近：它脖子上还有一条精美的皮项圈。它在吼叫，而当它从草丛里钻出，走上大路，你看到它嘴角周围和有力的前爪上都有红色血花。

看到没，这就是克库萨的问题。每个人都能养得起它们的原因，是它们吃树叶——直到尝到了足够多的灰，然后就会激发内心里的某种通常都在沉睡的本能，然后它们就会变。任何东西在灾季都会变。

“可恶。”你小声说。

无社群女在你身边低声嘶吼，你身体紧张起来，感觉到自己的意识短暂地进入地底。（你强行把它拉回，出于习惯。不能在别人面前动手，除非你别无选择。）她已经移动到柏油路边上，很可能是想快步跑到草地上或者远方的树丛里。但就在离大路不远处，大约是有人尖叫的地点附近，你看到草丛剧烈摇晃，听到其他克库萨吠叫和哼唧的声响——有多少只，你说不清。不过它们很忙，在吃东西。

这只曾经是宠物。也许它还有关于人类主人的美好回忆。也许它在其他动物攻击时还有犹豫，因此只尝到了一点点肉食，直到灾季结束，这都将是它的主食。现在，如果它不肯重新考虑自己过于文明的行为方式，就会挨饿。它在柏油路上来往徘徊，自顾自地喳喳叫，就像下定了某种决心，却还是没有离开。它在跟自己的良心斗争的同时，把你和霍亚还有无社群女困在了这里。可怜啊，可怜的东西。

你站稳了脚跟，轻声招呼霍亚，还有那女人，如果她想听——“别动。”

但还没来得及找到任何不会造成损害的力量来源，例如你能移动的岩石突出部，或者你能诱发的热泉，让你有个凭借，能从空气里和这个特大号松鼠身上吸走一部分热量。霍亚就已经扫了你一眼，然后跨步上前。

“我说过了。”你发了火，伸手扳住他肩膀，要把他拉回来，只不过他完全拉不回来。你就像在搬一块披了外套的巨石。你的手只能从皮衣上滑开。衣服下面，他的身体纹丝不动。

你的抗议声卡在了嘴里，男孩继续向前走。你意识到，他并不是简单的不听话；他的举止里有太强的目的性。你甚至不确定他是否感觉到过你想制止他的努力。

然后男孩面对那畜生，间距只有几英尺。它已经停止了徘徊，站在原地，就像是在——等待。等什么？它完全不像是要发动袭击的样子。它低下头，摇摇它的短尾巴，一次，不确定。很警惕。

男孩背向你。你看不到他的表情，但突然之间，他短小的身躯显得不再那样幼小，也不再那样无害。他抬起一只手，伸向那只克库萨，就像要给他闻一下。就像它还是一只宠物。

那只克库萨发动了进攻。

它很快。它们本来就是行动敏捷的动物，但你才刚看到它肌肉收缩，它就已经接近了五尺。它的嘴巴张开，牙齿已经咬住了男孩的手，一直吞到上臂中段。然后，哦，大地啊，你看不下去啦，一个孩子死在你面前，就像小仔死的时候你没能看见，你怎么能让这样两件事发生呢，你真是全世界最差劲的人。

但或许，如果你能集中精神，就可以冻结那只动物，又不伤及男孩，你放低视线，努力集中精神；与此同时，无社群女惊呼一声，男孩的血滴落在柏油路面上。现在观察霍亚受苦只会让事情更难办，重要的是救他活命，就算他失去这只胳膊。但随后——

又是一片寂静。

你抬头看。

那只克库萨已经不再动弹。它还在原来的地方，牙齿咬住霍亚的一只胳膊，双眼瞪得好大，特别……不是凶悍，更像是恐惧。它甚至还在微微颤抖。你听到它发出一声极短促的声音，只是空洞的哀嚎声。

然后那只克库萨的皮毛开始动。（什么？）你皱眉，眯起眼睛细看，但真相并不容易看清，尽管那动物距离不远。它皮毛上的每一根毛都在战栗，看似同时指向各个方向。然后它身上泛出光芒。（什么？）变硬。突然之间，你意识到它不只是肌肉变硬，表层皮肤也在变硬。而且不只是变僵硬，而是……变坚实了。

然后你才察觉：整个克库萨僵化成了实心的一坨。

什么？！

你搞不懂自己亲眼看到的状况，于是你继续紧盯着看，一点点明白了过来。它的眼睛变成了玻璃，它的爪子变成了晶石，它的牙齿成了带彩色矿脉的褚石。曾经活力满满的躯体，现在变得特别安静。它的肌肉像岩石一样硬，而这不是比喻。它的皮毛只是全身最后一个发生变化的部分，是在下面的毛囊转化为其他质地时，随之来回扭转。

你和那个无社群女一样目瞪口呆。

哇哦。

真的，你当时就这么一点儿想法。你没有更贴切的反应。哇哦。

至少，这足以让你行动起来。你挨到近处，直到能从更有利的角度观察整个场景，但事实没有任何改变。男孩还是看起来安然无恙，尽管他的胳膊有一半被吞进那东西的食道里。克库萨还是死透腔。好吧。还挺美，但死透了。

霍亚扫了你一眼，你突然发觉他有多么不开心。就像他感觉到了羞耻。为什么？他救了你们这帮人的命，即便这个办法有点儿……你不知道该怎么说。

“这是你做的吗？”你问他。

他垂下眼帘：“我还没想让你看到这个呢。”

好吧。这个……以后咱们再考虑：“你做了什么？”

他紧绷起嘴唇，不说话。

这种时候，他却选择了当闷葫芦。但话说回来，也许现在并不适合进行这种谈话，考虑到他的胳膊还在某个玻璃怪兽的牙齿间卡着。那些牙齿已经刺破了他的皮肤。现在还有血液涌出，沿着它不再是血肉之躯的下巴流下。“你的胳膊。让我……”你环顾周围，“让我找个东西帮你脱身。”

霍亚看似这才想起自己的胳膊。他又瞄了你一眼，显然不喜欢让你目睹这种情形，但随后叹了口气。接着他活动了一下手臂，你还没来得及警告他别乱动，以免再受伤。

那只克库萨的头部碎裂。大块沉重的石头掉落到地面上；闪亮的晶尘喷向周围。男孩的胳膊又流了更多血，但已经重获自由。他活动一下手指。它们都没事，他让胳膊垂到身侧。

你要照顾他的伤口，伸手去抓他的胳膊，因为这是你能理解，也能帮忙的状况。但他很快挣脱，用另外一只手盖住伤处。“霍亚，请让我——”

“我没事。”他小声说，“不过，我们该走了。”

其他克库萨还在近处，尽管它们还在草丛里，吞食某个可怜傻瓜的尸体。那顿饭不会永远吃不完。更糟的是，其他绝望的逃亡者很快也将决定返回驿站，希望坏事已经过去。

其中一件坏事就在这里，你心里想。一面看着克库萨没有了牙齿的下颌。你能看出它舌头背面的粗糙瘤节，现在都已经变成了闪亮的晶石。然后你转身面向霍亚。他还在手握流血的胳膊，一脸惨兮兮的表情。

最终，这份痛苦又把恐惧压回你的心里，取而代之的是另外一份更熟悉的感觉。他这样做，是因为他不知道你有能力自保吗？还是出于其他难以揣测的原因。说到底，这并不重要。你完全不知道该如何对付一个能把活物转变成石雕的怪物，但你的确知道该如何应对一个不开心的小孩。

而且，你还有很丰富的经验，应对实际上是怪物的孩子。

于是你伸出自己的手。霍亚看上去很吃惊。他瞪视了一会儿，然后又看你，眼光里有一种东西，完全跟人类无异，在那个瞬间，他感谢你的接纳。这让你也觉得自己更像人类，好神奇。

他握住你的手。他的抓握看似并没有因为受伤而减少力量，于是你拉他一起走，转而向南，接着赶路。无社群女一声不出地跟着，或者她只是跟你们去同一个方向，或许她是觉得人多力量大。你们谁都没有开口说话，因为无话可说。

在你身后，草地上，克库萨还在不停地吃。

•·✻·•

警惕松动岩石上方的地面。警惕强壮的陌生人。

警惕突如其来的静寂。

——第一板，《生存经》，第三节

第十一章

达玛亚，身处一切的支点

支点学院的生活，有它独特的秩序。

人们总是黎明即起。达玛亚在农村一直这样，所以她轻易就能做到。对其他料石生（这就是她现在的身份了，一块无关紧要的石头，等着被打磨成有用的形态，或者至少起到一点儿辅助作用，帮助其他更优质的石料得到磨砺）来说，醒来的时间是一位教导员进入宿舍，敲响一口响得刺耳的钟，这会让所有人都吓一跳，包括已经醒来的。每个人都抱怨不止，包括达玛亚。这让她感觉自己成了某个整体的一部分。

他们起床，整理卧具，要把被子叠得跟军人一样整齐。然后大家鱼贯进入淋浴室，里面用电灯照得白晃晃，瓷砖光洁，弥漫着植物清洁剂的味道，因为支点学院雇用了壮工，还有尤迈尼斯棚户区来的无社群者来负责清洁。因为这个，还有其他原因，淋浴过程很舒适。她以前从来都不能像现在这样每天使用热水，几吨分量的水，直接从房顶上的小洞里落下，像是有史以来最完美的雨。她努力不让自己的欣喜过于明显，因为有些其他料石生来自赤道区，会笑话她——小地方来的土包子，见到一点儿舒适、整洁、轻松的生活条件就大惊小怪。但，事实上，她的确就是这样。

这之后，料石生们刷牙，然后返回宿舍穿衣打扮。他们的制服是浆硬的灰色织物长裤，还有黑色滚边的长袍，男孩女孩都一样。孩子们如果是长发、波浪发或者头发稀疏到能向后梳理，扎成发髻，都被要求这样做；灰吹发、鬈发或短发的孩子们，也要确保发型规整。然后料石生们站在他们的床前，等着教导员们进来，逐个检查仪表。他们会确保所有料石生真正整洁。教导员也会检查床铺，确保没有人尿床或者被子没叠好。身上不够干净的人要被打发回去再洗一次澡，这次是冷水，教导员要站在旁边看着，确保这次洗到位。（达玛亚确保自己不会被迫做这种事，因为这听起来一点儿都不好玩儿。）料石生如果在着装、仪容和整理床铺方面行为不当，会被送到惩戒部，他们会依照触犯的规矩受到相应惩罚。不梳头的人，头发会被剪得很短；多次再犯会被剃光头。不刷牙的人会被迫用肥皂洗牙。着装不当，要在裸露的屁股或后背上承受五下鞭笞，床铺不整洁的惩罚是十下。鞭笞不会导致皮开肉绽，教导员们受过训练，会用正好足够的力度，但的确会留下鞭痕，而这个应该就是故意让制服的硬质衣料蹭到，以此来增加痛苦的。

你们代表着我们所有人，教导员说，如果有任何料石生胆敢对这种待遇提出抗议的话。如果你肮脏，就意味着所有原基人都肮脏。如果你懒惰，就等于我们都懒惰。我们伤害你，是为了不让你伤害到我们其他人。

以前，达玛亚可能会对这样的处理结果表示抗议。支点学院的孩子们各不相同：不同年龄，不同肤色，不同体形。有些人说桑泽标准语有不同口音，因为他们来自世界各地。有个女孩牙齿磨尖，因为她们全族都要磨尖牙齿；另一个男孩没有阴茎，虽然每次淋浴之后，他都会在内裤里塞一只袜子；另有一个女孩很少能吃上正常的饭，每顿都狼吞虎咽，跟饿死鬼似的。（教导员总是在她床铺周围发现隐藏的食物。他们迫使她吃下去，全部吃掉，在其他学生面前，就算撑吐了也得接着吃。）这么千奇百怪的一群人，本不应该指望他们整齐划一，在达玛亚看来，用几乎毫无共同之处的其他孩子的标准要求自己并无意义，他们只有一点相同，就是原基力这种诅咒。

但现在的达玛亚已经知道，这世界并不公平。他们是原基人，当今世界的米撒勒，生来就背负诅咒，是坏人。眼下这些做法都是必须的，为了确保他们安全。反正，如果她做到所有要求，就不会遭遇任何意外。她的床铺总是完美，牙齿干净洁白。当她开始忘记什么最重要，就会看自己的右手，每逢阴雨天，那儿还是会痛，尽管骨头在几周内就已经恢复。她记得那份痛，还有它带来的教训。

检查之后就是早餐——只有一点儿水果和一根桑泽口味的烤肠，大家在宿舍门厅里取到这些食物，边走边吃。他们三五成群，到支点学院各种各样的讲堂上课，早几届的料石生称之为熔炉，尽管这不是正确的名称。（料石生们谈话时，会说很多不对成年人说的内容。成年人们也心知肚明，但装糊涂。这世界并不公平，有些事没有道理可讲。）

在第一号熔炉，有房顶的一个地方，当天第一节课要坐在椅子里，面对书写板，听学院的一位教导员讲课。有时候，会有口头测试，问题一个接一个抛给料石生，直到有人答不上来。没能答上来的料石生要负责擦所有的书写板。这样，他们学会了在压力下冷静地学习。

“旧桑泽帝国第一位皇帝叫什么名字？”

“厄尔塔发生一场地震，发出推挤波的时间是六点三十五分零七秒，震荡波时间六点三十七分零二十七秒。滞后时长是多少？”如果被提问的是年龄较大的料石生，问题也会更复杂，会涉及对数和函数计算。

“《石经》建议说：‘务必提防圆心。’这个论断包含怎样的谬误？”

这是某天轮到达玛亚回答的问题，于是她站起来。“这个论断解释了如何利用地图判断原基人所在地点的方法，”她说，“它本身不对，过度简化，因为原基人的聚力区域并不是圆形，而是一个螺旋面。很多盲从这句话的人，都不知道原基力的影响区域还能向上或向下延伸，如果是训练有素的原基人，甚至能把这个区域变换成其他三维形状。”

马凯赛特教导员点头认可这个解释，这让达玛亚感到骄傲。她喜欢答对题的感觉。马凯赛特继续说:“如果经常出现‘小心环形曲面体的倒置支点’这种句子,《石经》可能会变得难以背诵，所以我们就有了圆圈和圆心。为了让经文更有诗意，就牺牲一下准确性喽。”

这让全班哄堂大笑。其实笑话本身并没有那么可笑，不过在测试的日子里，大家都很紧张。

几堂课之后是午饭，安排在巨大的露天专用饭堂里。这个饭堂有油布做成的活动顶篷，中间配置板条支架，下雨时可以关闭，尽管尤迈尼斯这座内陆城市很少碰上阴雨天。所以，料石生常常可以坐在明媚蓝天下的长凳长桌旁用餐，一面互相踢打笑闹，乱起滑稽的绰号。午餐很丰盛，用于弥补小量的早餐，食品多样、美味、有营养，尽管很多来自遥远地区，有些达玛亚都叫不上名字。（但她还是会吃光自己那份。太婆教过她，永远不要浪费食物。）

这是达玛亚一天里最喜欢的时间，尽管她是独自坐在空桌上的料石生之一。很多其他孩子也会这样做，她察觉到了——太多，所以不能说都是没交上朋友的人。其他独坐的人，也都有一种共同的面貌特征，她很快就能辨认出来——行动上的某种秘密感，一点儿犹豫，眼睛和下巴上的几分紧张。有些人身上，带着旧日生活留下的、较为明显的印迹。有个灰色头发的西海岸男孩，他少了一只胳膊，只剩手肘以上的那截，尽管他灵巧到可以独臂生活。还有个桑泽外貌的女孩，也许年长五岁吧，她一侧脸上有好多条扭曲的烧痕。然后另一个料石生，入校比达玛亚还要晚，她的左手裹了一个特别的皮囊，看上去像是无指手套，在手腕那里拴牢。达玛亚认出了这皮囊，因为她的手恢复期间也曾戴过，在进入支点学院的最初几周里。

他们彼此打量得不多，她和其他那些独坐的人。

午饭后，料石生们静默着排成长队穿过戒者花园，有些教导员陪同，以免他们跟成年原基人对话，或者太肆无忌惮地盯着他们看。达玛亚当然不会盯着看，因为这个不被允许。很重要的一件事，就是让他们看到获得戒指之后的生活。那座花园像个奇迹，那里的原基人也一样：成年人，老者，形形色色，全都健康美丽——又自信，这是他们魅力的源泉。所有人都威风凛凛，身着黑色制服，亮闪闪的长靴。他们随意挥洒，戴了戒指的手指闪耀光芒，或者悠闲地翻动书页，反正那书也不是非读不可，又或者把爱人卷曲的头发从一侧耳边撩开。

达玛亚在他们身上察觉到的东西，一开始她并不理解，却痛切地想要得到它，那份感觉让她又惊又怕。最初几周过去，到数月后，她熟悉了每天的日程，也开始理解年长原基人展现出来的东西：控制力。他们主宰了自己的力量。没有任何得到了戒指的原基人，会因为某个男孩推了自己一下就让校园结冰。这些精干的黑袍专业人士，无论面对一场地震，还是亲人的反感，所有人都不会多眨一下眼睛。他们知道自己的身份，也接受了其中蕴含的一切，而且他们无所畏惧——不怕哑炮，不怕同类，甚至不怕大地老人。

如果要得到这个，达玛亚一定得忍受几处骨折，或者在没人疼爱，甚至没人待见的地方待几年，这代价其实不算大。

这样，她一心投入下午的原基力应用训练。在实践熔炉，支点学院建筑群的最深处。达玛亚跟其他经验水准类似的料石生站成一排。那里，在教导员警觉的注视下，她学习怎样获得视觉信息，怎样呼吸，怎样随心所欲扩展自己对大地的知觉，而不仅仅对它的动向或自己的激动情绪做出本能反应。她学习控制自己的激动情绪，还有其他任何不利情绪——能导致她的潜能被激发，对不存在的威胁做出过度反应的那些。这个阶段，料石生们还没有精细控制能力，所以他们任何人都不允许实际移动任何东西。但不知用了什么办法，教导员们能看出他们即将那样做的迹象——而且因为所有教导员都有戒指，他们有能力穿透任何孩子正在形成的聚力螺旋，用迅速得令人震惊的冷锋冲击给出警告，达玛亚还不明白这样做的原理。这是课程事关重大的一种提醒——也让老生们熄灯后小声传播的一件事有了些许可信性。*如果你上课犯了太多错误，教导员们就会冰死你。*

很多年后达玛亚也才明白，当教导员杀死一名跑偏了的学生时，他们的用意不是惩罚，而是善意。

应用课之后，是晚餐和自由活动时间，那个时段他们可以做自己喜欢的事，给年幼的心智一些时间。最新加入的料石生通常睡得早，因为费力控制那些看不见的、几乎只会本能反应的肌肉而筋疲力尽。加入更久的孩子们耐力更强，体力更充沛，所以会有些欢笑声，宿舍床位周围各种打闹持续一段时间，直到教导员宣布熄灯。第二天，一切照旧。

就这样过了六个月。

午饭时间，有个较老资格的料石生来到达玛亚面前。这男孩个头儿较高，是赤道人，但看上去不完全是桑泽体质。他的头发质地是灰吹型，颜色却是偏远地区的金色。他肩膀宽阔，将来有望像壮工一样魁梧，这让她马上紧张了起来。她还是觉得世上到处是扎布那样的坏小子。

不过，这男孩笑容可掬，站到她独坐的小桌前面时，行为举止也似乎没有恶意。“我可以坐这里吗？”

达玛亚耸耸肩，因为她并不想让他坐这儿，但还是情不自禁感到好奇。“我叫阿齐特。”他说。

“那个才不是你的名字。”她回答，对方的笑容变得有几分尴尬。

“那是我父母给我起的名字。”他说，面容显得更严肃了些，“而我也打算继续用这个名字，直到他们有办法剥夺它。他们永远都做不到，因为，你知道的，这是一个名字。但如果你更喜欢另外的称呼，我的官方登记名称是麦克西瑟。”

意思是最高品级的海蓝宝石，几乎全部被用来刻制艺术品。这名字适合他；他是个帅气的男孩，尽管有些北极或者南极人的遗传特征（她不在意，但赤道人在意），这让他显得危险，高大帅气、五官棱角分明的男孩自带的那种危险感觉。因为这个，她决定叫他麦克西瑟。“你想干什么？”

“哇哦，你还真是很注重形象呢。”麦克西瑟开始吃，咀嚼食物时，两肘撑在桌面上。（但在这之前，他先确认了没有教导员注意自己的嚣张态度。）“你明白人们通常会怎么想，对吧？长得好看又受欢迎的帅哥，突然对偏僻乡村来的耗子姑娘表现出兴趣。每个人都会因此痛恨她，她却由此对自己增强了信心。然后那男孩背叛了她，背义负心。这很糟糕，但此后，她‘发现了自我’，意识到自己并不真正需要这男孩，其间或许还会发生一些其他事件。”（他的手指在空中晃动）“最终，她变成了最美的女孩，因为真心爱自己。但整件事都无法启动，如果你现在不表现得语无伦次，两腮飞红，装作你并不喜欢我。”

听到这番胡言乱语，达玛亚脑子里满是困惑。这些话让她如此厌烦，以至于她马上说："我就是不喜欢你啊。"

"啊！"麦克西瑟装作被扎了心的样子。他的怪相的确让达玛亚不知不觉地放松了一点点。这也让他面露微笑。"啊，这样好多了。什么，难道你都不读书的吗？或者，在你出身的那个中纬区穷乡僻壤，都没有讲经人演出吗？"

达玛亚的确不怎么读书，因为她当时还不太擅长阅读。她的父母满足于教她足够的生活常识，教导员们也布置了每周的课外阅读作业，以提升她的原基力技能。但她并不想承认自己孤陋寡闻。"我们当然有讲经人啦。他们教我们《石经》，还告诉我们如何准备应对——"

"呵呵。你们有的，是那种正规的讲经人。"男孩摇头说，"在我老家，只有童园老师和最无聊的测地学家才会听他们啰唆。而所有人都喜欢听的，是另外那种流行式讲经——就是在剧院和酒吧演出的类型，知道吗？他们的故事没有任何教育意义，单纯就是好玩儿。"

达玛亚以前从未听说过这种事，但或许这就是赤道区的流行特色，从来没有传播到中纬地区那种。"但讲经人不就是讲《石经》的吗？他们存在的目的就是这个。要是那些人连《石经》都不讲，那他们是不是应该……我说不好，换个别的名称呢？"

"也许喽。"他耸耸肩，伸手从她餐盘里偷走一片奶酪；她被大众讲经人的概念吸引，并没有抗议。"真正的讲经人一直在告发他们，向尤迈尼斯城的领导者们抱怨，但据我所知，并没有什么结果。他们两年前把我带来这里，然后我就没听过后续的消息了。"他叹气，"不过，我倒是希望大众讲经人不会消失。我喜欢他们，虽然他们的故事有点儿蠢，结局很容易猜到。因为，他们的故事发生在真正的童园里，而不是像这种地方。"他的嘴角下撇，带着些许反感环顾周围。

达玛亚完全懂得他要表达的意思，但还是想知道他是否会明说：

“这种地方？”

他用眼角打量她。露齿一笑，这笑容很可能会赢得多数人的欢心，而不是让人心生警惕。然后他说：“哦，你知道的。这种美丽的、神奇的、完美的，充满了爱与光明的地方。”

达玛亚笑起来，然后控制住自己。接着她开始困惑，两件事都不知道为什么要做。

“是啊。”男孩又开始兴冲冲地吃饭，“我来到这儿之后，也是过了一段时间才能笑出来。”

她喜欢这男孩，一点点，在这句话之后。

他什么都不想要，她是过了一会儿才意识到的。他就是闲聊几句，吃掉一些她的食物，这没关系，因为她本来就差不多吃饱了。看上去，他像是也不介意她叫他麦克西瑟。她还是不信任这个人，但他看似只想找个人聊天儿。这个她倒是可以理解。

最后他站起来，感谢她——“为了才华横溢的对话”。其实说话的主要是他自己，然后他离开，回到自己的朋友们身旁。她把这件事放到一边，继续自己的日常事务。

只是，到第二天，情况有了变化。

最开始是早上在浴室，有人撞到了她，重得足以让她的浴巾掉落。当她环顾周围，同一浴室里没有任何男孩或女孩往她的方向看，也没有人道歉。她把这个当成意外，没放在心上。

但是，等她出了浴室，发现有人偷走了她的鞋子。鞋子本来是跟衣服放在一起，淋浴之前就已经准备好了的，事先放好在床上，以便加快穿衣速度。她一直都这样做，每天早上。现在鞋子却不见了。

她有条不紊地寻找鞋子，想确认自己没把它们放在别处，尽管她明知自己一定没放错。而当她环视周围的其他料石生，发觉所有人都刻意回避她的目光，教导员宣布检查着装，而她身上穿着一尘不染的制服，却只能光着脚。她明白了正在发生什么。

那次检查她不合格，受到的惩罚是承担清洁工作，这让她那天剩余的时间脚底发麻，刺痛，他们给她的新鞋子并不舒服。

而这还仅仅是开始。

那天傍晚吃饭时，有人在她晚餐的果汁里加了些东西。餐桌礼仪太差的料石生要去帮厨，这意味着他们可以对任何人的食物动手脚。她忘了这件事，没有留意果汁里的怪味，直到她感觉到注意力难以集中，头也开始痛。到那时，她还不清楚到底发生了什么，摇摇晃晃一个人走回宿舍。有一位教导员把她拉到一旁，皱起眉头，奇怪她的重心为什么那么不稳。“你喝了多少？”那位男教导员问。

达玛亚也皱眉，很困惑，因为她只是喝了正常量的一杯果汁而已。她反应迟钝的原因，是她已经醉了：有人在她的果汁里掺了酒。

原基人被禁止喝酒。任何时候都不允许。移山撼岳的能力加上神志不清，等于灾难随时发生。那位拦下达玛亚的教导员是加莱那，较为年轻的一位四戒持有者，平时主持下午的原基力训练。他在熔炉里极为严厉，不知出于什么原因，当时却在同情她。加莱那让她离队，带她去了自己的住所，幸好就在不远处。他让达玛亚躺在一张长椅上，命令她把酒劲睡过去。

第二天早上，当达玛亚在喝水，并奇怪自己嘴里的味道怎么那么难闻时，加莱那让她坐下，说：“你必须马上解决这件事。如果任何一位元老发现你喝醉的话——”他摇头。这种错误太严重，都没有常规的处罚规定。结局一定很惨；他们俩人都清楚这点就够了。

其他料石生决定欺负她的原因并不重要。重要的是他们已经在这样做，而这个行为已经不再是无害的恶作剧。他们试图让她被冰冻而死。加莱那说的没错。达玛亚必须解决这件事。马上。

她认定自己需要一名盟友。

那些独坐的人中间，有另外一个女孩吸引了她的注意。所有人都会注意到那女孩；她有些不对劲。她的原基力总是特别不稳，被压抑着，像是随时可能扎入地底的匕首——而训练只是让情况变得更糟，因为现在，那把匕首更加锐利了。这本来是不该出现的事。她的名字叫瑟鲁，她还没有赢得、也没有人赐给她原基人的名字，但其他料石生称她为破罐，因为这样好玩儿，而这个成了她的通行称呼。这样叫她，她甚至还会答应，因为看起来她也无力阻止别人用这个绰号。

每个人都在暗中嘀咕，说她绝对撑不下去。这让她成了盟友的完美人选。

达玛亚第二天就对破罐采取了行动。（她现在只喝清水，自己从附近的喷口取来；她还是不得不食用别人提供的食物，但任何东西，吃下去之前她都会认真检查。）“嗨。”她说着，把自己的餐盘放下。

破罐瞅了她一眼：“认真的？情况已经绝望到让你找我帮忙？”

这是个好迹象，她们从一开始就能坦诚相见。“是的，”达玛亚说，她坐下来，因为破罐也没有真的反对。“她们也在捉弄你，对吧？”当然是这样。达玛亚并没有看出他们在做什么，但这样才对。支点学院的生活有它的隐藏模式。

破罐叹气。这让整个房子微微晃动，或者在那个瞬间给人这种感觉。达玛亚迫使自己没有做出反应，因为好的合作关系不能从露怯开始。破罐看在眼里，略微放松，只有那么一点点。马上会发生灾变那种紧迫感消散。

“是啊。”破罐轻声说。达玛亚突然感觉到，破罐已经非常愤怒，尽管她的视线还在餐盘上。怒火表现在她的叉子握得太紧，表情也过于平淡。突然之间，达玛亚心里产生了怀疑：到底是破罐的自制力有问题？还是那些折磨她的人做得太过分，一心想逼她崩溃？“那么，你想怎么办呢？”

达玛亚概述了她的计划。最初的畏缩之后，破罐意识到她是认真的。她们静静地吃完饭，破罐在考虑她的立场。最后，破罐说："我加入。"

其实这计划很简单。她们需要找到毒蛇的头脑，而达成目的的最佳方法，就是使用诱饵。她们决定从麦克西瑟身上下手，因为麦克西瑟一定跟这件事有关。达玛亚的麻烦就是从他假装友好的接近姿态之后开始的。她们等到一天早上，当麦克西瑟仍在淋浴房，跟朋友们大声谈笑时，达玛亚回到自己的床位旁。"我的鞋子哪儿去了？"她大声问。

其他料石生转身来看；有些人出声表示不屑，轻易就相信那帮坏孩子缺乏创意，同样的坏招儿用两次并不稀奇。杰士珀，那个仅仅比达玛亚早入支点学院几个月的男孩，皱起了眉头。"这次没人拿走你的鞋子，"他说，"它们就在你的柜子里。"

"你怎么会知道？上次是你拿走的吗？"达玛亚上前逼近他，而他也生起气来，来到房间正中面对她，肩膀气势汹汹地向后张开。

"我才没有拿起的臭东西！要是它们不见了，也是你自己搞丢的。"

"我从来不丢东西。"达玛亚用一根手指戳他胸口。他跟她一样，也来自北中纬地区，但是干瘦苍白；很可能来自接近极地的某个社群。他一生气就会脸红；其他孩子会嘲笑他这一点，但并不多，因为他嘲笑起别的孩子来嗓门儿很大。（优秀的原基力策略是转移，而不是压制。）"就算不是你干的，你也知道干坏事的是谁。"达玛亚又一次用手指戳他，而对方推开了她的手。

"不许碰我，你这只愚蠢的小猪崽子。信不信我掰断你的臭手指头啊。"

"怎么回事？！"

他们都吓了一跳，安静下来，转身看。在门口，准备开始晚间查房的，是卡内里安，教导员中间为数不多的元老之一。他是个身材高大的男子，大胡子，较年长，较严厉，拥有六枚戒指。孩子们都怕他。出于敬畏，料石生们全都马上逃回自己床边的位置，立正站好。达玛亚也情不自禁感到一阵恐慌——直到她跟破罐视线相接，破罐对她微微点头。这一点支持就已经足够。

“我问过了，这是怎么回事？”料石生到齐，卡内里安进入房间。他瞪着杰士珀，后者的脸颊还是红得跟苹果似的，尽管现在应该是因为恐惧，而不是愤怒。“你们有什么问题吗？”

杰士珀瞪着达玛亚：“我没有问题，教导员。”

当卡内里安转身面对她时，她已经准备就绪：“有人偷走了我的鞋子，教导员。”

“又偷？”这是个好兆头。上一次，卡内里安简单粗暴地训斥了达玛亚一顿，说她自己丢了鞋子，还找借口。“你有证据证明是杰士珀干的吗？”

这是最难的部分，她一直都不擅长撒谎。“我确信是某个男孩干的。他们上次洗澡的时候溜走了，而当时所有的女孩都还在浴室，跟我一起。我数过的。”

卡内里安叹了口气：“如果你自己有缺点，却想怪罪到别人头上的话——”

“她这人总这样。”一个红头发的东海岸女孩说。

“她毛病可多了。”另一个看似来自同一社群的男孩说，假如他跟那女孩不是近亲的话。半数料石生都在冷笑。

“请搜查男生们的储物柜。”达玛亚的声音盖过他们的讪笑。她上次没提出这样的要求，因为当时她不知道鞋子会在哪儿。但这次她有把握。“没有多少时间处理那双鞋。它们肯定还在这里。看看他们的柜子就知道了。”

“这不公平。”一个特别矮小的赤道男孩说，看起来，他年龄还不够从幼童园毕业。

“不，的确不公平。”卡内里安说，他看着达玛亚，眉头越皱越紧，“你要求我侵犯同学们的隐私之前，一定要特别确信。如果你弄错了，我们这次绝不会轻饶你。”

达玛亚还记得上次被扫帚抽打双脚时的刺痛：“我明白，教导员。”

卡内里安叹了口气。然后他转身面向男生区域那侧：“所有人，打开储物柜。让我们快点处理完这件事。”打开柜子期间好多人在嘟嘟囔囔，足够多的人怒目而视，达玛亚知道她已经让自己的处境更为糟糕。他们现在全都痛恨她。这没关系。如果这些人一定要恨她，她更喜欢有来由的恨。但等这场游戏结束，这局面或许会改变。

麦克西瑟跟别人一样打开了储物柜，同时绝望地叹息起来，她的鞋子就在那儿，放在叠好的制服上方。当达玛亚目睹他的表情由厌烦变成困惑，又变成恐惧，她感觉很糟糕。她并不喜欢伤害别人。但她仍然细心观察，麦克西瑟的表情变成狂怒的瞬间，他迅速转身瞪着某个人。达玛亚沿着他的视线望去，紧张，也做好了准备——

发现他看的是杰士珀。是的。她预期的情况就是这样。那么，他才是那个领头的。

不过，杰士珀突然变得脸色苍白。他摇头，像是企图摆脱麦克西瑟怨恨的目光，但没能奏效。

卡内里安教导员目睹了一切。他下巴上有块肌肉在抽动，目光再次转移到达玛亚身上。他看上去几乎是在生她的气。但为什么？他一定也知道，她只能这样做，别无选择。

“我明白。”他说，像是在回应她的想法。然后他盯着麦克西瑟，

“你有什么可为自己辩解的吗？”

麦克西瑟没有声称自己无辜。达玛亚看到了，男孩肩膀下垂，双拳无助地颤抖，他明知任何辩解都是徒劳。但他又不肯独自毁灭。他低着头，说：“上一次，是杰士珀偷走了她的鞋。”

“我没有！”杰士珀从他自己的床位退开，从检阅线退开，到了房间正中。他全身都在发抖。就连眼睛都在抖动；他看上去马上就要哭了。“他在撒谎，他只想把责任推到别人身上——”但当卡内里安的目光移动到杰士珀身上，杰士珀瑟缩了一下，安静了。他几乎是啐出了后面的话。“她帮我卖掉了那双鞋。把它们给了一个负责清扫的无社群者，换来了烈酒。”

然后他的手指向破罐。

达玛亚深吸一口气，震惊得内心一片麻木。破罐？

破罐。

“你这混蛋，食人部落的野种，男妓！”破罐攥紧双拳，“是你让那个老变态摸遍你全身，才换到了烈酒，还有那封信，你明明知道，他才不会为了一双烂鞋就给我们那些——”

“那是我妈妈寄来的信啊！”杰士珀现在绝对是痛哭流涕，“我又不想让他那么……那么做，但我又不能……他们不肯让我给她回信啊……”

“你明明很爽。”破罐冷笑，“我跟你说过了，要是你敢泄露任何消息，我就讲出这件事，对吧？好了，我看到你了。他把手指头插到你后面，你的呻吟声听起来很满足，就像你梦想中要成为的繁育者一样，只不过繁育者还能有点儿廉耻——”

全乱了。一切都乱了。每个人都在尴尬地面面相觑，看喋喋不休的破罐，看达玛亚，看哭泣的杰士珀，看卡内里安。房间里满是惊叫声和窃窃私语声。那种感觉再次出现：那被压抑、被扭曲、不完全像是震动的感觉，那是破罐的原基力在缓缓发动，房间里每个人都被刺激得蠢蠢欲动。或者他们是被那番讲述及其对应的行为刺激到了吧，因为这都不是料石生应该了解或者去做的事。惹麻烦，没问题，他们还是孩子，孩子们的确经常惹麻烦。但惹到这样的麻烦，绝对不行。

“不！”杰士珀对着破罐哭喊，“我跟你说过不要说出来！”他现在在号陶大哭。他的嘴巴还在动个不停，但已经说不出任何能够辨认出来的话，只剩下低沉的、绝望的哼唧声——或许还是那一个字的延续：不。不可能分辨清楚了，因为现在所有人都在发声，有些人冲着破罐叫嚷，让她闭嘴，有些跟杰士珀一起啜泣，有些人紧张地讪笑，因为杰士珀在哭鼻子，还有些人姿态夸张地交头接耳，互相求证他们听说过，但不太相信的细节——

“够了。”卡内里安不动声色地下令，房间马上安静下来，只剩杰士珀轻微的喘息声。过了一会儿，卡内里安下巴抽动。“你，你，还有你。”他依次指向麦克西瑟，杰士珀和破罐。“跟我走。”

他走出房间。三名料石生互相交换眼神，简直奇迹，他们眼中都有那么浓烈的仇恨，却没有人当场爆发。然后麦克西瑟骂了一句，起步跟随卡内里安。杰士珀用一侧手臂抹了把脸，随后跟上，他低垂着头，两手紧握成拳。破罐环视整个房间，样子特别傲慢，直到她跟达玛亚视线相遇。这时破罐有些畏缩。

达玛亚回望着破罐，因为她震惊得顾不上回避。也因为她对自己很生气。这就是相信别人的下场。破罐从来就不是她的朋友，甚至不是她喜欢的人，但她本来以为她们至少还能互相帮助。现在她找到了那颗想要吞掉自己的蛇头，而这颗蛇头，又被另外一条完全不同的毒蛇吞掉，已经在食道中间。结果低俗得几乎让人无法直视，更不要说去杀死它了。

“你死，强过我死。”破罐说，声音打破了房间里的寂静。达玛亚什么都没说，也没要求对方解释，但破罐还是给了解释，就摆明在所有人面前。没有人再说一个字甚至没有人大声呼吸。

“我就是这样想的。再有一次错失，我就完蛋了，但你，你还是这里小小的完美公民。所有测试都拿最高分，应用课上表现出完美的控制力，没有一丝逾越规矩。教导员们现在还不会真的特别关照你，暂时不至于。当他们搞不清楚状况，不知道他们眼中的明星学生为什么突然犯错时，所有人都会暂时不再关注我何时崩溃，何时炸毁一座山。或者诱使我那样做……至少，能有一段时间喘息。”她的笑容淡去，目光投向别处，“我就是这样想的。”

达玛亚无言以对。她甚至无法思考。于是过了一会儿，破罐摇头，叹气，跟在别人后面，跟在卡内里安后面离开。

房间一片寂静。没有人看任何其他人。

然后门口有动静，又来了两位教导员，开始检查破罐的床位和储物柜。料石生们全都看着，见一位女教导员掀起床垫，另一位钻到床下。一下短暂的撕裂声，然后那位教导员钻出来，单手拿着一个大大的棕色瓶，半满。她打开盖子，嗅了下里面装的东西，脸上显出厌恶的表情，对女同伴点点头。两人一同离开。

等到两人的脚步声不再回响，达玛亚去到麦克西瑟的柜子前，拿回自己那双鞋。她关了柜门，寂静中，那声音很响。没有人动弹，直到她回到自己的床位，坐下来穿鞋子。

就像这是个信号，周围响起几声叹息，有几个人开始挪动，准备下节课要用的书，鱼贯而出前往第一号熔炉，去侧面板桌上取早餐。当达玛亚自己也来到板桌前时，另外一个女孩看了她一眼，然后迅速移开视线。“对不起，”她咕哝说，“上次在淋浴房，是我把你推倒的。”

达玛亚看了她一眼，发觉暗藏的恐惧让她眼睛周围的皮肤绷紧。

“没关系。”她小声说，“别再为这个担心。”

其他女孩再也没找过达玛亚的麻烦。之后麦克西瑟回来了，两手骨折，目光凄惨；他再也没跟达玛亚说过一句话。杰士珀没回来，但卡内里安告诉他们，他已经被送去北极地区的支点分院，因为对他来说，尤迈尼斯的学院有太多可怕的回忆。这安排或许是出于善意，达玛亚却从中看出了流放的味道。

但是，他们的结局还不算最糟。再没有人见到破罐，也没有提到过她。

菌灾季：帝国纪元602年

东赤道地区季风雨季发生一系列海水倒灌事件，导致该地区湿度上升，阻断阳光长达六个月之久。尽管与其他灾季相比，这次还算温和，但其发生的时间，却给菌类繁殖创造了完美的外部条件，菌类爆发式生长，从赤道一直扩展到南北中纬地区，让当时充当主食的摩罗奇（此物种当前已灭绝）全部绝收。由此造成的饥荒被载入官方测地学纪录中，将这次灾季延长到四年（菌灾两年后结束，又过两年，农业生产和食品流通体制也得以恢复）。几乎所有受灾社群都能依靠自有存粮维持生存，由此证明了帝国改革及灾季应对计划的效果。灾后，北中纬及南中纬地区的更多社群自愿并入帝国。开启了帝国的黄金时代。

——《桑泽灾季志》

第十二章

茜奈特找到一件新玩具

“我同事病了。”茜奈特告诉埃利亚的领导者埃西尔，她隔桌坐在那女人对面，“他让我转达歉意，今天无法提供帮助。将由我来清除你们港口中的障碍物。”

“很遗憾听到您的导师身染贵恙。”埃西尔似笑非笑的嘴脸，险些就让茜因发飙。险些，因这她早有预料，所以已经做过精神准备。但这事还是让人很烦。

“但我必须问一句，”埃西尔继续说，脸上显出做作的担忧，“你是否……可以胜任呢？”她的眼睛扫了一下茜因的手指，茜因费尽心机，把戒指都戴到别人最容易看见的手指上。她两手互握，有戒指那只手的拇指暂时被遮挡；就让埃西尔自己猜那里有没有第五枚戒指吧。但当埃西尔的眼睛再次跟茜因对视，茜因看到的还是只有怀疑。她对四枚戒指的级别并不感冒，或许五枚也一样。

这就是我以后永远都不会再跟十戒高手一起出任务的原因。就好像她有权选择似的。但这样想，能让她感觉好一些。

茜奈特强颜欢笑，尽管她没有埃勒巴斯特那种让礼貌言行带刺的天赋。但她知道自己现在的笑容很是不爽。“我上次执行任务，”她说，“是负责在有五栋建筑的街上拆掉其中三栋。地点在迪巴尔斯城区，那个区域住了七千人，当天很是繁忙，而且距离第七大学不远。”她放下跷起的那条腿，又跷起对侧的腿。那次任务期间，测地学家们差点儿把她逼疯，他们一直要求她不得制造超过五级的地震。各种精密仪器，重要的平衡设定，如此等等。“那次我只花了五分钟，而且没有一块石头掉在拆除区域之外。那还是在我赢得上一枚戒指之前。”而且她还把地震保持在了四级，让测地学家们非常开心。

“我很高兴得知您有如此突出的能力。”埃西尔说。随后是一次停顿，茜因做好了被打击的准备。“但，既然您的同事无法帮忙，我看不出埃利亚有任何理由支付两个原基人的酬金。”

“这是你们跟支点学院之间的事。”茜因满不在乎地说。她是真的漠不关心。“我怀疑你们会在这个问题上产生争执，因为埃勒巴斯特这趟行程期间一直在对我提供指导，就算他不亲自动手，也会监督我的工作。”

“但既然他都不在这里——”

“这无关紧要。”这感觉很糟，但茜奈特还是决定解释一下，“他现在佩戴十枚戒指。就算在旅馆房间里，他也能观察我的一举一动，并在必要时进行干涉。就算失去知觉他都能这样做。另外，过去几天以来，他一直在平息本区域内的地震，就在我们的旅途中。这是他对本地站点维护员表示友好的方式，实际上受益的却是你们社群。因为你们这么偏僻的地方，附近根本连一个防震站点都没有。”埃西尔脸色紧绷，眉头微皱，看似听出她话里带刺，茜因摊开双手。“他和我之间的最大区别，就是我还需要用眼睛看到自己要做的事情。”

“我……明白了。”埃西尔听起来非常不安，她的确应该害怕。茜因知道，任何支点学院的原基人，都应该减轻哑炮们的恐惧，在当下，茜因却加剧了埃西尔的恐惧。但她已经开始严重怀疑，埃利亚城里到底有谁想要埃勒巴斯特去死，所以对她来说，最好是慑服埃西尔，或者埃西尔认得的某个人，让他们放弃那个杀人计划。这个迂腐的小官僚啊，她完全不知道昨天晚上自己的城市有多么接近被夷为平地。

在其后那段令人不安的安静中，茜奈特决定，她该主动提问了。也许略微捣乱一下，看看能搅出什么来。“我觉得，行政长官今天像是来不了了吧。”

“是的。”埃西尔的脸变成了政客式的难以捉摸，满是微笑，眼睛里不露任何线索。“我的确传达了贵同事的要求。但不幸的是，行政长官日程太满，挤不出时间。”

“真是可惜。”然后，因为茜奈特开始理解埃勒巴斯特为什么在这件事情上表现得那么讨厌，她两手抬起互握。“不幸的是，这并非可有可无的要求。您这儿有电报机吗？我想给学院发一条消息，让他们知道我们被耽误了一些时间。”

埃西尔两眼紧缩，她们当然有电报机，而且当然，茜奈特是给她挖了一个坑。“耽误了吗？”

“嗯，是的。”茜因扬起她的双眉。她知道自己假装无辜方面做得并不好，但她至少努力尝试了。“您觉得要到多长时间之后，行政长官才有时间见我们呢？学院那边肯定也想知道的。”然后她站起来，一副准备离开的样子。

埃西尔侧头打量她，茜奈特看得出她两肩绷紧：“我还以为你比你那位同事更通情达理呢。你们真的要离开这里，不去清理我们的海港，就是因为感觉自尊心受挫？”

“这才不是什么自尊心受挫的问题。”茜因是真的发了火。现在她明白了。她居高临下俯视埃西尔，后者还坐在原地，舒适、安全地待在她的大椅子里面，大桌子后面，她真的需要很用力，才能不让自己攥拳，不让下巴上的肌肉发颤。“如果易地而处，你能忍受这样的对待吗？”

“我当然能忍！”埃西尔挺直身体，因为太突然，做出了一个真实反应。“行政长官才没有时间去——”

“不。你不会忍受。因为如果你处在我的位置，你就将代表一个独立的强大组织，而不是什么穷乡僻壤的下贱马屁精。你会希望自己被当作技艺高超的专家对待，因为你从小就在磨炼自己的手艺。就像其他那些从事重要又高难职业的人一样，而且你们要做的事，又将决定整个社群的生计。”

埃西尔盯着她。茜奈特停顿了一下，深深吸气。她必须保持礼貌，并把那份礼貌当作一把细细打磨过的玻钢剑一样运使。她必须在发怒的同时保持冷漠，平静，以免有一丝失去自控力的迹象，被别人说成魔性难改。等到眼睛后面的炙热缓解，她上前一步。

“而你，却连我们的手都没握过，领导者埃西尔。初次见面时，你也不肯看我们的眼睛。你到现在还是没有提供埃勒巴斯特昨天就提到过的那杯安全茶。你会这样对待第七大学的一名有学位的测地学家吗？假如一位工程大师来修复城市供水系统，你会这样对待他吗？你会这样对待自己城里的壮工公会代表吗？”

埃西尔听懂了这些类比之后，真的向后退缩了一下。茜奈特默默等待，让对方的压力加大。最终，埃西尔说：“我明白了。”

“也许你真的明白了。”她继续等，埃西尔长叹一声。

“你想要什么？道歉吗？那么我道歉。不过，你也一定知道，多数正常人都从未见过原基人，更不要说不得不跟一个这样的人共事，而且——”她摊开双手，“如果我们有那么一些……不舒服，不也是可以理解吗？”

“你不舒服我理解。但粗鲁就不行了。”我 ×，算了。这女人根本就不值得让她费心解释。茜因决定把精力留给更有用的人。“而且你刚才这番道歉真的特别屎。‘对不起哦，可是你们这么不正常，我真是没有办法把你们当人看。'"

"你就是个基贼。"埃西尔厉声说，然后她还有脸做出一副很震惊的样子，像是没想到自己会口出秽言。

"好吧。"茜奈特迫使自己露出笑容，"至少这样算是撕破脸了。"她摇摇头，走向门口。"我明天再来。也许到时候，你已经有时间查看行政长官的日程了。"

"你们有合同约束的。"埃西尔说，她的声音紧张得略微发颤，"你们的组织收了钱，就有义务完成答应我们要做的事。"

"我们会做啊。"茜奈特已经到了门口，手按在门把手上，耸耸肩。"但合同上可没写明，我们到达之后，需要在多长时间内完成任务。"她在虚张声势，她本人完全不知道合同上写了什么。但她愿意打赌埃西尔也不清楚；一个行政长官助理，听起来并没重要得可以了解到那种事。"顺便说一句，谢谢招待我们入住季末酒家。那儿的床很舒服，饭菜也很美味。"

这句，当然起到了作用。埃西尔也站了起来。"你等着，我去跟行政长官说。"

于是茜因和气地笑着，坐回原处等。埃西尔离开房间，去了足够长的时间，以至于茜因已经开始打盹。门再次打开时她醒了过来，又一位年长、肥硕的沿海女人进入房间，身后跟着被训蔫了的埃西尔。行政长官是个男的。茜奈特心中暗自叹息，准备好迎接更多以礼貌作为武器的对决。

"原基人茜奈特。"那女人说，尽管心里越来越烦，茜奈特还是对她的庄重态度印象深刻。茜因名字前面加个"原基人"头衔当然并没有必要，但毕竟是当前急需的一点儿礼遇，于是茜因站起来，那女人马上跨步上前，伸手与她互握。她的皮肤清凉、干燥，硬度超过茜奈特的预期。并没有茧子，只是一双平日里足够忙碌的手。"我的名字是埃利亚的领导者赫瑞史密斯，副行政长官。行政长官真的是太忙碌，今天无法接见您，但我已经从自己的日程中清出了足够的时间，希望我的欢迎足够让您满意……我尤其要为之前你们得到的冷遇表示抱歉。我向您保证，埃西尔将会因为她的行为受到惩戒，让她记住，领导者永远要对人以礼相待，对任何人都不例外。”

好吧。这女人或许只是在玩政治家手腕，或许她根本就不是什么副行政长官，埃西尔只是找了个衣着特别华丽的门卫来假扮这个角色。但毕竟，这是在努力寻求和解，而茜因会接受这个姿态。

“谢谢您。”她带着真诚的感激说，“我会把您的歉意转达给我的同事埃勒巴斯特。”

“好的，还请转告他，埃利亚城将会按照合同约定，承担两位的各项开支，包括你们清理港口之前和之后的三天。”她的笑容里开始露出某种锋芒，茜奈特觉得自己很可能也活该被这样对待。这个女人，看似真的读过合同呢。

不过都没关系了：“感谢您的明示。”

“你们在城里期间还有其他需求吗？比如说，埃西尔会非常乐于充当导游，带你们在城中游览的。”

靠。茜因真喜欢这女人。她情不自禁面带微笑瞅瞅埃西尔，后者现在已经可以控制自己的表情；平静地回望茜奈特。而茜因的确有心像埃勒巴斯特很可能会做的那样，接受赫瑞史密斯的提议，故意让埃西尔忍受一番羞辱。但茜奈特累了，这整个旅程都那么艰难，能越早结束，越早回到支点学院越好。

“不用了。”她说，埃西尔的脸是否微微抽动了一下，暗自松了一口气呢？“不过，假如可以的话，我还真想看看这座海港，这样就可以评估一下需要解决的问题。”

“当然。但您一定需要先来点儿提神的东西吧？至少也请用一杯安全茶。”

茜奈特这次忍不住恶作剧的冲动了。她微微撇嘴：“其实我很想说，我根本就不喜欢喝安全茶。”

“没人喜欢。”赫瑞史密斯脸上的笑容毫无疑问发自内心，“那，来的别的什么吧？然后我们就出发。”

现在轮到茜因吃惊了：“您要跟我们一起去吗？”

赫瑞史密斯的表情变得萧索起来：“这个嘛，我们整个社群的生计都寄托在您身上。我真的是理应到场。”

哦，真的。这个人还真是有心。“那我们就马上出发吧，领导者赫瑞史密斯。”茜奈特向门口示意，他们一起出发。

这港口不对劲。

他们站在一条类似观景栈道的地方，在港口半环形轮廓的西段。从这里可以看到埃利亚城的大部分，城区在环水的火山口斜坡上延展。这城市实际上还挺可爱。这天天气晴和，景致很美，天空如此湛蓝深邃，让茜奈特觉得，晚上在这儿看星星一定很惬意。但是她看不见的东西，在水下，海港底下的东西，让她不寒而栗。

“那个不是珊瑚礁。”她说。

赫瑞史密斯和埃西尔的视线都转向她，两人一脸困惑。“您说什么？”赫瑞史密斯问。

茜奈特从她们身边走开，到栏杆旁，伸出双手。她实际上不需要做这种手势；只是想让她们知道自己在做事。支点学院的原基人总会让顾客对他们的领悟力和对事件的评估有信心，即便在顾客并不真正理解事态真相的场合。“海港下面的水底。只有最上面那层是珊瑚礁。”她在思考。她以前从未感应过珊瑚礁，但它的感觉正如预料：很多层扭动不止的闪亮生物体，如果需要，她可以从中汲取活力，来支持自己运用原基力；还有一个坚硬的核心，是古老的、钙化的死亡。但那层珊瑚礁坐落在海港底部一道水下隆起之上，尽管那隆起感觉像是天然的（在陆地与海洋交会的地带，常会出现这样的地表褶痕，她在书上读到过的），茜奈特却能感觉得到它不是。

原因之一，是它完全笔直。而且很大，那道隆起横贯整座海港。但更重要的是，它像是不存在。

在隆起的泥沙之下的那些岩层，它们的怪异之处在于：茜因完全感觉不到。她本应该能感觉到，既然它能把海底向上推成这样。她能感觉到那隆起上方海水的重量，也能感觉到更深处岩层因为重量和水压变形，以及周围的地质构造，但那个障碍物本身，她无法感知。就像海港底下有个巨大的空洞一样……而整个海港的形状就围绕在它周围。

茜奈特眉头紧皱。她十指张开，微微颤动，追寻洋流的曲线。松动板岩、泥沙和有机物的轻柔滑动，坚硬基石的沉稳支撑力，延展部，凹陷处。她一面探测，一面滞后地解释自己的发现。“珊瑚礁的下面有某种东西，埋在海洋底处。掩埋深底不大。更低处的岩石承受了巨大压力，所以那东西一定很重……”但既然很重，她又为什么感觉不到呢？为什么她只能通过它对周围其他事物的影响，才能侦测到那个阻断港口的巨物？“这很奇怪。”

“这个有关系吗？”是埃西尔，也许想听起来专业又精明，以便赢回赫瑞史密斯的好感。“我们需要做到的，只是摧毁阻挡航道的珊瑚礁而已。”

“是啊，但珊瑚礁就长在那东西上面。”达玛亚搜寻珊瑚礁，发现它们布满了整个港口的边缘地带；完全是合乎理论预测的形态。“在整个港口的深水区，只有那片地方被珊瑚礁阻断，就是因为地下有异物导致隆起。珊瑚礁长在那东西上面，它实际上抬升了海底。珊瑚礁本来是浅水中才有的，但在那条隆起沿线，它们有被太阳晒到的、足够温热的海水。”

“邪恶的大地啊。这是不是意味着，珊瑚礁过段时间还能长回来？”说话的是跟埃西尔和赫瑞史密斯一起来的某位男子。在茜奈特看来，他们就是一帮小职员，在他们开口之前，她总是忘了这帮人还存在。“而我们整件事的目的，本来就是要彻底清通港口的。”

茜奈特长出一口气，放松隐知盘，睁开眼睛，让大家知道她已经探测完了。“最终，是要做到的。”她说，然后面向大家，“请看，这就是你们要面对的问题。这个是你们的港口。”她左手大致卷成一个圆圈形，不闭合，是三分之二个圆弧。埃利亚城的海港形状没有这么规整，但大家知道她什么意思了，见大家靠近过来，她也知道别人已经明白。于是她用右手拇指横在那个环形的出口上，接近把它完全封闭。“这就是那个怪东西的位置。它的一端微微翘起。”她动动拇指尖。“因为海底岩层有个天然坡度。而那个位置就是多数珊瑚礁所在的地方。那东西另一端的海水深度较大，水温较低。”她笨拙地晃动右手，示意拇指根部那端。“那里就是你们一直在使用的海港入口。除非这种珊瑚突然开始喜欢水冷幽暗的地方，或者另有一种此类习性的珊瑚出现，否则，那一端就不会被堵塞。”

而就在她说出这番话的同时，又突然想到：珊瑚礁是可以不断生长的。新生的珊瑚就长在前代生物的遗骸上面；假以时日，它们甚至能让港口中较为深冷的部分抬升到最佳生长区。而埃西尔恰逢其时地皱起眉头说：“只不过，航道一直都在变窄，进度慢，但趋势没变，每年更窄一点儿。我们有数十年前的记录，上面说还能在海港入口的中段行船；但现在已经不行了。”

地火啊。等茜奈特回到支点学院，她将告诉那些人，在料石生课程里添加造岩生物的相关课程，很荒谬，他们现在居然都不学这个："既然这个社群已经存续过好几个灾季，而你们才刚刚面临这个问题，显然，这种珊瑚的生长速度并不快。"

"其实埃利亚只有两个灾季的历史。"赫瑞史密斯说，她痛苦地对着茜因微笑。其实这本身已经是个了不起的成就。在中纬度和两极地区，很多社群连一个灾季都撑不过，沿海地区更加脆弱。但当然，赫瑞史密斯以为她在跟一个土生土长的尤迈尼斯人谈话。

茜奈特努力回想她在童园历史课上学过的东西，她没有打盹睡觉错过的部分。窒息季是最近发生的灾季，一百年多一点儿之前；跟其他灾季相比，那次算比较温和，杀死的主要是南极地区居民，爆发在阿考克火山周边。那之前，是酸雨季吗？还是沸腾季？她总是把这两次搞混淆，不管是哪个啦，反正是发生在窒息季之前两百或三百年，那次灾季很严重。对了，那场大灾过后，已经没有沿海社群幸存，所以，埃利亚当然只能是之后数十年间建立的，当海水盐度下降，海岸线后退，沿海地区再次适合人类生存。

"这么说来，那片珊瑚礁阻断海港的时间有四百年左右，"茜奈特出声地自言自语，"在窒息季，也许礁岩的成长速度曾经放缓……"珊瑚礁在第五季能存活吗？她没有概念，但它显然是需要温度和光线才能茁壮成长，所以在那次灾季一定会遭受打击。"好吧，我们假设，它在一百年内就能生长成为航道障碍物。"

"地下的烈火啊，"另一个女人说，她看上去被吓坏了，"你是说，仅仅一百年后，我们又得向支点学院付钱求援？"

"一百年后我们的确要向学院付钱。"赫瑞史密斯叹息着说，她看着茜奈特的眼神并不是反感，而是解脱。"你的上级对服务项目定下的收费标准还挺高的，恐怕我得这么说。"

茜奈特抑制住耸肩的冲动。这是事实。

所有人都面面相觑，然后大家一起看着她，到这时茜因已经知道：他们要请求她做某件蠢事。

“那个主意很糟糕。”她抬起两手，先发制人地说，“说实话，我以前从来没有移动过水下物体；所以他们才派来一位导师跟我同行。”他还真是好有帮助呢。“而且更重要的是，我现在不知道那东西是什么。它可以是个巨大的天然气或石油储藏区，可能会污染你们港口好多年。”它不是这个。你能断定，因为没有任何油区或者储气区轮廓是完美的直线，密度还那么大，像这个东西，也因为你能隐知到石油和天然气。“它甚至可能是某个特别愚蠢的已灭绝文明留下的遗迹，他们或许在整个海港底下埋了好多炸弹。”哦，这个解释好有才。他们现在都傻傻瞪着她，一脸惊惶。她继续努力。

“出钱搞一次委托调查。”她说，“请几位测地学家来，对海底有研究的那种，也许再加几位工程师，他们需要懂得……”她晃动一只手，努力猜想。“洋流。查清一切有利和不利因素。然后再召唤一个像我这样的人。”她尤其希望下次被派来的不是她本人。“原基力应该永远是你们的最后选择，而不是第一个。”

这就好多了。她们在听。她不认识的那帮人里面，有两个开始窃窃私语，而赫瑞史密斯一脸的若有所思。埃西尔看上去不太满意，但这并不一定是坏事。她本来就不太聪明。

“恐怕我们不得不考虑一下。”赫瑞史密斯最后说。她看似受到了极大的挫伤，茜奈特都开始同情她了。“我们没钱跟支点学院另签一份合同，而且我也不确定能否负担研究费用；第七大学和工程许可院的服务收费几乎跟支点学院一样高。但最重要的是，我们已经无法继续承受港口被封堵的后果，正如你们猜到的，我们现在在失去商业机会，合作伙伴开始选择其他沿海港口，因为它们能容纳装载量更大的运输船。如果我们的港口完全被堵住，这个社群就没有继续存在的意义了。”

“我同情你们的处境。”茜因开口说，但躲在背后嘀咕的一名男子没好气地打断了她。

“但你还是支点学院派来的人，”他说，“而我们已经付钱签约，请你们来完成一项工作。”

这么看来，也许他并不是什么普通职员。“我知道啊。要是你们愿意，我可以马上完成这件事。”那珊瑚礁不值一提，她心里清楚，因为毕竟已经隐知过了，她很可能一下子就可以清除珊瑚礁，连泊地里的船只都不会晃动太多。“要是我今天清除珊瑚礁的话，你们的港口很可能明天就可以恢复使用——”

“但我们雇用你们完成的任务，是清理这座港口。”埃西尔说，“永久性清理，而不是临时处置一下。如果实际问题要比你们最初预想的更加严重，也不能成为拒绝完成任务的借口。”她两眼收窄。“除非你们有难言之隐，自己不愿意移除障碍。”

茜因忍住了没有骂埃西尔，其实她当时有好多脏话想说：“我已经把我的判断讲得很清楚了，领导者。如果我想要设法欺骗你们，我又为什么要跟你们说那个隐藏障碍的事呢？我何不直接清除珊瑚礁，等那东西再长回来的时候，让你们用更惨烈的方式认清真相？”

她能看出，这番话改变了一些人的立场。同伴中的两名男子眼神不再那样狐疑。就连埃西尔也不再是惯常的凶悍姿势，她不安地挺直身体。赫瑞史密斯也很受震动，她点点头，转向其他人。

“我觉得，这件事我们需要跟行政长官讨论一下。”她最后说，“跟他讲清所有的选择。”

“请听我说，领导者赫瑞史密斯。”另一位女性皱着眉头说，“我看不出这事还有什么其他选择。我们要么临时清理港口，要么永久清理。无论怎样选，都要付给支点学院同样数额的钱。”

“或者你们可以什么都不做。”茜奈特说。所有人都转身瞪着她，她叹了口气。她是个傻瓜，这件事根本就不该提及。大地知道，如果她搞砸这任务，元老们会怎样处置她。但她又忍不住。这些人面临整个社群的经济崩溃。目前还不是灾季，所以他们能搬到别处去，努力重新开始。或者他们也可以解散社群，让每个家庭设法到别的社群里安身——

这方案应该行得通，除了那些过于贫穷、孱弱或者老迈的家庭成员。或者那些叔伯兄弟父母中间有原基人的人；没有人会接受他们。或者，如果他们想要加入的社群已经有太多跟他们同职阶的成员。又或者。

可恶，算了。

“如果我的同事跟我现在返回，”茜奈特不管不顾地继续说，“什么都不做，那么我们就违反了合同约定。你们就有权要求拿回佣金，只需承担我俩的旅行费用和当地食宿支出。”她说这番话的时候死死盯着埃西尔，后者下巴上的肌肉在抽动。“你们的港口可以继续使用，至少还能撑几年。利用这段时间，用你们节省下来的钱，要么搞个研究，弄清楚海底状况……要么就把社群搬迁到更好的地方。”

“那根本就不是一个选择。”埃西尔说，她看上去很震惊，“这里是我们的家。”

茜因情不自禁闻到一股发霉毯子的味道。

“家，就是家人啊。”她轻声对埃西尔说。埃西尔眨眨眼。“家就是你能带走的东西，而不是留在身后的那些。”

赫瑞史密斯叹了口气。“这话还挺有诗意的，原基人茜奈特。但埃西尔说的对。搬迁，就意味着失去我们社群的地位，很可能也将意味着民众的分裂。它还可能导致我们失去在此地投入的一切资源。”

她向周围示意，而茜奈特也明白她的意思：你很容易让人搬走，但建筑无法搬迁。基础设施也不能。这些东西都是财富，甚至在灾季之外的时期，财富也是生存必需。“而且，就算我们到了其他地方，也不能保证不会遇见更严重的问题。我欣赏你的诚实——真的。诚心诚意。但，怎么说呢……宁愿靠近我们熟悉的火山。”

茜奈特叹了口气，她努力尝试过了。“那么，你们想怎么办呢？”

“其实这看起来很明显了，不是吗？”

的确如此。邪恶的大地啊，的确是的。

“你能做到吗？”埃西尔问。她这么说，并没有挑衅的意思。也许她只是担心，毕竟茜因在谈论整个社群的命运，这儿是埃西尔出生和成长的地方，她一生所受的训练就是引导它，守护它。而且，当然，作为一个生为领导者的孩子，埃西尔对自己社群的了解，仅止于它的潜力和优点。应该从未有过任何理由，导致她带着怀疑、仇恨和恐惧看待自己的社群。

茜因并不想跟她作对。但她当时的心情已经很糟糕，又觉得劳累，因为前一天深夜忙于拯救埃勒巴斯特不被毒死，而埃西尔的这个问题，又在质疑她的能力低于实际水准。这可以算是最后一根稻草，整个漫长又可怕的旅途已经让她接近失控。

“能啊。”茜奈特冷冷地说，她转回身，两臂张开。“你们所有人，都至少要退到十尺之外。”

人群里有人惊叹，有人紧张地嘀咕，她感觉这些声音在她的意念地图上迅速淡去：只是些炙热明亮、颤抖着的小点，渐渐淡出易于觉察的区域。他们还在次近区域内。这整个社群也一样，实际上，全城都蜕变成为密集成簇的运动和生命，那么轻易就可以抓取过来，吞噬，利用。但他们不需要知道这些。毕竟，她是专业人士。

于是她把自己超凡能力的支点锲入地下，在一个深邃、坚实的小点上，以便让她的聚力螺旋狭而且高，而不是宽广致命。也再次深入本地区地下岩层，寻找最近处的断层线，或者死火山下面残留的熔岩点，曾经形成埃利亚火山口的那股力量。毕竟，港口里面那个怪东西非常重；要移动它，她需要的不只是周边水汽中那一点点能量。

就在她搜寻的过程中，一件非常怪异，但又特别熟悉的事情发生了。她的感知世界发生了偏移。

突然之间，她就已经不在大地之中。某种东西把她拉了出来，翻转她，向下，深入。她突然就迷失了方向，被约束在一片黑暗阴冷的空间里胡乱挣扎，而那股流入她身体的力量并不是热力，不是动能，也不是势能，而是完全不同的另外一种东西。

有点儿像前一天深夜里，埃勒巴斯特借用她原基力时的感觉。但这次不是埃勒巴斯特。

而且她还有控制权，某种程度上有。具体来说，她无法停止正在发生的过程——她已经吸取到了太多力量；如果她现在尝试放手，就将让半个城市瞬间冻结，并引发一场地震，让整座海港面目全非。但她可以*使用*那股汹涌而来的力量。例如，她可以引导它进入那个她看不见的东西下方的岩石里。她可以向上举，这个操作不够精准，效率很低，但能完成这可恶的工作，而且她能感觉到那片巨大的空白——她任务的目标，正在抬升，对她的意愿做出反应。如果埃勒巴斯特在旅馆房间里观察的话，这一定会让他刮目相看。

但这力量到底来自哪里？我怎么会——

她现在能意识到（尽管为时已晚，心里也害怕）：水中突然注入大量动力之后，也会像岩石一样做出反应，速度却要更快很多。而她本人也可以做出反应，快得前所未有，因为她浑身充满了力量，几乎满溢出来，那神力真的感觉像是在涌出她全身的每个毛孔。而且，地火啊，这感觉真是妙不可言，阻止险些淹没港口的巨浪，简直容易得有如儿戏。她只要吸取浪涛的力量，把它投向远海就好，用余力平息浪涛，同时让那海底异物离开埋没它的沉积物（还有珊瑚礁，它们正在跌落、破碎）并开始上升。

但是。

但是。

但那东西并不是在按她的意愿运动。她的本意，是把它推到海港侧面，那样一来，就算珊瑚礁再次生长起来，也还是不会堵塞航道。相反——

——邪恶的大地——这到底是——相反它——

相反，它在自作主张地运动。她无力阻止。当她开始尝试，之前掌握的力量却蓦然流失，被吸取到了某个地方，跟它们涌入时一样突然。

那时茜因回过神来，沉重地喘息着，靠在栈道的木栏杆上。才刚刚过去几秒钟时间。她的自尊心不允许她双膝跪地，但也只是凭借栏杆的力量，才能勉强不倒。然后她意识到，现在没有人会注意到她的虚弱，因为她脚下的木板，她扶着的栏杆，全都在可怕地摇晃着。

地震警报开始哀号，震耳欲聋，声音来自她身后不远处的塔顶。栈道下面的埠头上，还有周围的街道上，好多人惊惶逃窜，远离所有建筑，他们脸上全都是恐惧。当然他们把茜奈特丢在了后面。

但这并不是让茜奈特回过神来的原因。真正起作用的，是突然泼下的大批海水，像一阵急雨一样淋过埠头，然后是一个黑影，让整片海港昏暗起来。她转身去看。

在那里，缓缓升出水面，一面开始哼鸣、旋转，一面抛下最后那层泥垢的，赫然竟是一座方尖碑。

它跟茜因昨晚见到的那块不同。那一个，紫色那个，她感觉应该还在海岸之外几英里，尽管这时她没有朝那个方向看，确认它还在。

眼前这块方尖碑主宰了她的整个视野，她全部的思想，因为它巨大得可怕，甚至还没有完全出水。它的颜色是深红，像石榴石，形状是六棱柱，有个锋利的、形状不规则的尖顶。它是完全实在的，不像大多数方尖碑那样闪烁不定，亦幻亦真；它的宽度超过七条船首尾相接。而且它当然更长，仍在继续上升，旋转，几乎挡住了整个海港。从头到尾，足有一英里长。

但它有些不对劲，在上升过程中渐渐暴露出来。在碑体中段，清秀如晶石的碑体变得满是裂痕。巨大的裂痕，丑陋、发黑的裂痕，像是在长达几个世纪埋没海底期间，有某种污染物渗入了碑身内部。那曲曲折折，蛛网一样辐射的裂痕，呈放射状延伸过晶体表面。茜奈特可以感觉到，方尖碑的哼鸣声存在跳跃和停顿感，无法理解的能量，正在透过那些损坏的地方挣扎着溢出。

而就在辐射形裂痕的正中间，她可以看出某种闭塞口样子的东西。那东西很小。茜奈特眯起眼睛，加大力气靠在栏杆上，伸长脖子追随那个越升越高的小点。然后那块方尖碑又转过去一些，像是要面对她，突然之间，茜因觉得全身血液都冻结了起来，意识到她刚才看到的是什么。

一个人。那东西里面困着某个人，像一只昆虫被困在琥珀里，肢体张开，动弹不得，头发被冻结成放射状。她无法分辨那张脸，看不清楚，但在她的想象中，那人两眼瞪大，嘴巴张开。正在尖叫中。

就在这时，她意识到自己能看出那人皮肤有古怪的石纹，透过碑身的暗红色看去，是瘀青色。阳光闪过，她意识到它的毛发是透明的，或者至少透明得足以消失在周围的石榴石色晶体中。而且，她目睹的情形带有某种特质，她能感觉到，可能因为有一个瞬间，她曾是这方尖碑的一部分，它就是那股力量的来源，她不会深究这个问题，因为——邪恶的大地啊——她无法接受这个。那份知识就在她脑子里，不管她多想否认，都不可能做到。当理智的头脑被迫一次又一次面对不可能出现的情境，它别无选择，只能适应。

所以她接受事实：她正在目睹的是一块破碎的方尖碑，它在埃利亚城的海港下面掩埋了大地知道多长时间。她接受，在这座方尖碑的心脏地带，那个不知用了什么办法，打破了这块巨大的、壮观的、神奇物体的……是个食岩人。

而且，它已经死了。

大地父亲的思考可能要花费很多年，但他从来不会入睡。

他也从不忘记。

——第二板，《真理经，残篇》，第二节

第十三章

你追寻踪迹

这就是你在地脉之上的形象，这个渺小、卑微的生灵。这里是你生命的基石。大地父亲对你的藐视无可厚非，但你也无须枉自菲薄。你或许的确是个怪物，但你也有伟大的力量。

···

那个无社群女名字叫汤基。她就说了这么个单名：没有职阶，也没有社群名。尽管她一再否认，你还是断定她是个测地学家；你问她为什么跟着你，她（在一定程度上）承认了跟踪行为。“那男孩太他妈有趣了。”汤基说，一面把下巴甩向霍亚，“如果我不努把力搞懂他，我以前在大学里的老师们会雇用杀手干掉我的。并不是说他们没有干过这种事！”她笑得跟匹马似的，响亮刺耳，一嘴大白牙。“我很想抽取他的血液样本，但是又缺少必要的设备，现在抽了也没啥用。所以我只能满足于观察。”

（霍亚看似很烦这件事，明显留了心，一路上尽可能让你隔在他和汤基之间。）

她提到的“大学”，你确信一定是迪巴尔斯的第七大学——整个安宁洲最著名的学术机构，培养了大批测地学家和讲经人，坐落在赤道区第二大城市。如果汤基曾在那个声望崇高的地方受训，而不是来自某个后起的地方成人学校，或者追随某个小地方的业余思想家，那么她还真是堕落了好多。但你太礼貌，不会当面这样说。

汤基并没有住在什么食人族巢穴里，尽管她曾经说出过这样有创意的威胁。她的家是一座山洞，位于一个地质气泡中——古老的岩浆泡凝固之后留下的遗迹，这个泡泡最早曾有小山那么大。如今已经成了密林后的一座幽谷，时不时有弯曲的晶石柱矗立在树木之间。岩洞侧面又有好多小洞，早年肯定是小气泡粘在大气泡上形成；而汤基警告你们，岩泡远端的有些洞窟里，现在住着一些大型山猫还有其他野兽。通常来说，它们中的大部分都构不成威胁，但灾季里一切都会变，所以你一直很小心地跟在汤基身后。

汤基的山洞里塞满了设备、书籍，还有她捡回来的其他破烂儿，夹杂着另外一些真正有用的东西，比如提灯和耐保存的食物。洞窟里本来弥漫着清新的树脂香气，来自她平时烧的木柴，但很快就开始充斥着汤基的体臭，一旦她进入洞穴，开始忙碌。你耐着性子忍受这个，而霍亚看上去既没有感觉，也不会在意；你妒忌他的这份坚忍。幸运的是，汤基打回来那么多水，确实是要洗澡的。她在你们面前洗，毫不知羞地脱光衣服，蹲在一口木盆旁边，清洗腋窝、胯部和其他部位。在此过程中，你吃惊地发现某处长着一根阴茎，但是，好吧，看似不太可能有任何社群会愿意让她充当繁育者。她最后用一种混浊的绿色溶液清洗了衣物和头发，声称那东西可以除菌。（你对此表示怀疑。）

无论怎样，她洗完之后，这地方的气味好多了，于是你在那儿度过一个相当愉快舒适的夜晚，睡在自己的被褥上——她有多余的铺位，但你担心会有虱子。你甚至让霍亚蜷在你身旁睡，尽管你背对他，以免他要搂抱。他没试过。

第二天你继续旅程，同伴有无社群者汤基和霍亚这个……随便他是什么了。因为你现在已经非常确信他并非人类。你不在乎这个，因为严格说来，你自己也不是人类。（依据是第二届尤迈尼斯《石经》阐释委员会发布的原基力感染者权益公告，一千多年前的那个。）真正让你担心的，是霍亚不愿谈及这个问题。你问他对那只克库萨做了什么，他拒绝回答。你问他为什么不肯回答，他只是露出一副可怜相，说：“因为我想让你喜欢我。”

这几乎让你觉得自己是正常人了，跟这么两个家伙一起旅行。说到底，你大部分时间都要关注路况。随后几天，落灰现象只是不断加剧，直到你最终把口罩从逃生包里取出，你有四个，幸运，也可怕，你把它们分发出去。现在还是凝块的飞尘，不是《石经》里警告过的那种飘浮的死亡之雾，但小心总没有错。其他人也取出了口罩，有时路人从灰暗世界显现，你可以看出来，他们的皮肤、毛发和衣物，都很难从灰染的景物中辨别出来，他们的眼睛掠过你的眼，然后移开。口罩让所有人同样陌生，无法辨识，这是好事。没有人注意你或霍亚或汤基，不再留意。你很高兴可以成为芸芸众生中的一员。

一周将尽，路上一度成群结队的旅人开始变得稀少，只能时不时碰上几个，或者偶尔一小队。每个有社群归属的人，都在快速返回，而路上人数的减少，意味着大部分人都找到了落脚之处。现在，只有那些行程超远的人还在路上，或者就是无家可归者——就像那些眼神空洞的赤道人，你之前见过的，他们很多人都带有严重烧伤，或者被掉落的建筑废墟砸伤。赤道人是个日渐严重的问题，因为一路上他们人数众多，尽管伤者多数都被感染，伤情加重，开始死亡。（你每天都会经过一两个这样的人面前，坐在路旁，脸色苍白或者涨红，蜷起身体，或者不停颤抖，等着末日来临。）不过还是有很多人足够健壮，并且成了无社群者。这类人永远都是大麻烦。

在下一座驿站，你跟一小群这样的人聊过：五个年龄差异巨大的女人，和一个很年轻，显得缺乏自信的男人。你注意到，这帮人已经脱掉了大部分飘逸、唯美，但无用的华服，赤道城市居民常常看作时尚的那种。在路上某处，他们通过偷窃，或者交换，得到了更厚实的衣物和更适合旅行的装备。但每个人都还保留着一点儿过往生活的遗留物品：最年长的妇女头戴一块镶褶边、有彩点的蓝缎丝巾；最年轻的女人厚外袍下面，露出一截轻薄透明的衣袖；年轻男子腰间系了一条饰带，质地轻柔，桃粉色，在你看来，应该只有装饰作用。

只不过，它事实上并不仅仅是装饰。你走上前去的途中，察觉到这些人看你的眼神、皱眉的样子，显然是认定你缺少某种东西。那些不实用的装束有一种非常实际的用途：这是一个正在形成的新部落的标志。而你并不属于这个人群。

这不是问题。目前不是。

你问他们北方发生了什么。你知道，但感知到某个地质事件发生，跟实际知晓该事件的含义，在人类意义上有着本质区别。他们告诉了你，一旦看到你举起双手，表明你没有携带任何（可见的）威胁。

“我正在听完一场音乐会回家的路上。”较为年轻的一个女人说，她没有介绍自己，但应该是（即便没有事实上成为）一名繁育者。她的外表是桑泽女人的理想型，高挑，强壮，古铜色皮肤，健康得几乎惹人反感，有姣好匀称的面容，宽大的臀部，所有这一切，再加上一头蓬乱的铁灰色“灰吹发”，像件皮裘似的披在肩上。她向年轻男子方向甩头，后者谦卑地放低视线。这男子同样俊美，很可能也是个繁育者，尽管身材有那么一点儿单薄。好吧，如果他有五个女人照顾自己的饮食起居，很快就会开始长肉的。“当时他在赛姆希娜街的临时音乐厅演奏，我们在阿莱比德城。那音乐太美了……”

她的声音渐渐低沉，平息，有一会儿，你看出她暂时游离了此时此地。你知道阿莱比德是（曾经是）一座中等规模的城市社群，以艺术展演闻名于世。然后她很快回过神来，因为她当然是个桑泽式的好女孩，而桑泽人对白日梦没什么好印象。

她继续说：“我们看到某种——撕裂，就在北方。沿着地平线，我是说。我们可以看到这个……红光在某个地点闪耀起来，然后就向东西两个方向延展。我判断不出距离有多远，但我们可以看到它被反射在云层下沿。”她又有些失神，这次很快想起了某种可怕的事，所以她的脸相变得严峻，沉重，愤怒。从社交方面看，这要比怀旧更易于被人接受。“它扩展很快。我们当时就站在街上，观察那裂痕扩大，想要弄明白自己目睹的是什么，并且隐知到它，然后地面就开始晃动。然后有某种东西（一片尘云）挡住了那片红光，我们意识到，它正在向我们逼近。”

那片一定不是火成碎屑云，你能确定，否则她就不可能在这儿向你讲述了。那么，只是灰尘暴而已。阿莱比德在尤迈尼斯以南很远的距离；她们得到的，只是更北方社群所受灾害的余波。这也不错，因为仅仅是余波，就已经让南方更远处的特雷诺险些被摧毁。正常来讲，阿莱比德应该已经碎成渣了。

你怀疑，是某个原基人救了这女孩的命。是的，阿莱比德城附近有一座维护站点，或者说，曾经有过。

“建筑全都矗立着，”她说，确认了你的猜测，“但随后到达的灰尘啊，让所有人无法呼吸。那灰尘涌进人们的嘴里，钻到他们的肺里，变成水泥。我用我的汗衫裹住了脸；它的材质跟口罩是一样的。仅仅是靠了这个，才救了我的命。我们的命。”她扫了一眼自己的年轻男伴，你意识到他手腕上的那块布头，按颜色判断，实际应该是某件女装的一部分。“当时是傍晚，美好的一天刚刚过去。任何人都很难在这种时候携带逃生包。”

寂静。这一次，那组人里的每一位成员都没开口说话，跟她一起走神了一段时间。那段记忆就是可以那么糟糕。你也想起来了，甚至都没有多少赤道人拥有逃生包。数百年来，那些维护站对大城市的保护绰绰有余。

“所以我们开始逃亡，”那女人突然叹了口气，总结了一句，“到现在仍未停步。”

你感谢他们的信息，并在他们能反问任何问题之前离开了。

日子一天天过去，你听到其他的、类似的更多故事。而且你发觉，路上遇见的赤道人没有一个来自尤迈尼斯，也没有人来自大致同一纬度的任何其他社群。阿莱比德已经是幸存者来源地里边最靠北的。

不过，这没关系。你又不想往北走。不管这事让你多烦恼（发生过什么，意味着什么），你都没有蠢到考虑太多。你脑子里面，已经塞满了太多丑陋的记忆。

于是你和你和同伴们继续前进，熬过那些灰暗的白天和血色夜晚，你真正关心的，只是保持水罐里装满水，食物储量最大，鞋子磨薄了换新的。暂时，做到这些事都很容易，因为人们还在希望这只是一个短暂的灾季——一个没有夏天的年份，或者两年，三年。这是大多数灾季的常态，而在这样的时期乐于继续贸易的社群，就可以利用其他人的计划不足谋利，通常都会在灾季之后富裕起来。你知道事实并非如此，（这个灾季比任何人计划的都要更加漫长很多。）但这并不会阻止你利用别人的误算。

时不时你就会在沿途经过的社群停留，其中有些特别巨大，有曲折高大的花岗石围墙，也有些仅仅依靠铁丝网、尖木棒和装备差劲的壮工保护。物价开始变得怪异。有个社群愿意接受货币，于是你用掉几乎所有的钱给霍亚买了铺盖卷儿。下一个社群根本不接受钱币，但想要有用的工具，而你的背包底部有杰嘎的一把敲石锤。这东西给你换来能吃几星期的干粮，外加三罐甜味坚果酱。

你把食物分给一行三人，因为这很重要。《石经》里到处是警告，反对在一个团队中间囤积物品，而你们现在已经成了一个团队，不管你愿不愿意承认。霍亚也出了他那份力，大多数夜里醒着放哨；他睡觉不多。（也很少吃任何东西。但过了一段时间，你就开始努力无视那个，就像你努力不去想他把克库萨变成石头的事情一样。）汤基不喜欢接受任何社群，虽然有了新衣服和不比平常人更差的体味，她可以被看作又一个受灾逃难的人，而不是无社群者。所以，去社群的责任由你承担。汤基也会在力所能及的方面帮忙。当你的靴子穿坏，你们接近的社群拒绝接受任何出价时，汤基让你大吃一惊，她取出一面罗盘。在天空浓云密布，灰尘满天，能见度极差的环境下，罗盘可是无价之宝。你们理应为此得到十双新靴子，但代表那个社群做生意的女人知道你别无选择，于是你们只得到了两双靴子，一双给你，另一双给霍亚，因为他的靴子也开始穿破。汤基有备用靴子在背包上晃。当你抱怨这不公平的价格时，她毫不在意。“我们有其他办法找路的。”她说，然后，她看你的眼神让你心里很不安。

你并不认为她看出了你是基贼。但既然是她，谁又能说清楚呢？

你们长途跋涉。道路经常分岔，因为中纬度的这个地区有很多大型社群，也因为帝国大道跟社群间商道时常和牧人小道交叉，加上水路，还有古老的金属质轨道，那也是某种已灭亡的文明用来运输货品用的。这么多岔路，也是他们尽可能沿帝国大道行进的原因；道路网一直都是旧桑泽帝国的血脉。不幸的是，如果你不清楚自己要去哪里，就很容易迷路——或者当你没有罗盘，没有地图，也没有路标上写明：要找杀死亲儿子的父亲，请走这边。

那男孩是你的救星。你愿意相信他能用某种方式感知到奈松，因为有段时间，他比罗盘还好用，每次到了路口，都能准确无误地指出你应该去的方向。多数时候，你们都在走帝国大道——这条是尤迈尼斯至科特克尔，尽管科特克尔远在南极，你祈祷自己不必走得那么远。有一次，霍亚还带你们走过一条地方社群公路，让你们横穿了几条帝国道路，很可能为你节省了很多时间，尤其是假设杰嘎一直走帝国大道的情况下。（这个捷径也有点儿问题，因为那个修路的社群有好多装备精良的壮工，一看到你们就大喊大叫，还用十字弩射箭来警告。他们没有开门做贸易。你们经过之后，还能感觉到他们的眼睛盯在后背上。）不过，等到路途渐渐向正南方向偏转，霍亚就不再那样有把握了。你问时，他说他知道奈松前进的方向，但感觉不出她和杰嘎所走的具体路线。他只能指出最有可能让你找到他们的路。

又过了几周，他连指出那个都开始遇到困难。你跟霍亚在一个路口站了足足五分钟，他不停地咬嘴唇，直到你最后问他，到底有什么不对劲。

"现在有个地方，有特别多你的同类。"他不安地说，而你很快改换了话题，因为如果汤基还不知道你是什么人，听过这样一段对话之后她很快就会知道了。

但是，*特别多你的同类*。人类吗？不，这没有道理。基贼？聚到一起？这更没道理。支点学院已经跟尤迈尼斯一同毁灭。北极区有个支点分院，在遥远的北方，要经过目前无法通过的低纬度地区才能到达。南极地区也有，但你们到那儿也有好几个月的路程。任何目前仍在路上的原基人，都跟她处境类似，隐藏自己的身份，试图跟其他人一起生存。他们聚在一起没有意义，这只能增加被发现的可能。

在那个路口，霍亚选了一个方向，你们随他前进。但你从他皱眉的样子猜出，他也只是在猜测。

“那地方就在附近。”霍亚最后告诉你，一天深夜，当你们正在吃着耐保存的口粮，还有坚果酱，努力不幻想更美味的其他食物。你已经开始想吃新鲜蔬菜，但那些，即便现在还没有很短缺，很快就会了，所以你无视了自己的渴望。汤基去了别处，很可能在刮胡子。她过去几天里好像用光了什么东西，某种生物制剂，她一直藏在包里，喝的时候尽可能不被你发现，其实你根本不在乎，那东西喝光之后，她每隔几天就会长出胡楂儿。这让她很烦躁。

“那个有很多原基人的地方。”霍亚继续说，“除了他们之外，我找不到别的了。他们就像……小小的光点。如果单独一个光点的话，像奈松，很容易看清楚。但聚到一起，它们会发出极强烈的光，她就在附近经过，或者穿了过去。现在，我已经不能——”他像是在找合适的辞令。但没有适合的语言来对应，“我不能，那个——”

“隐知？”你提醒他。

他皱眉：“不。那并不是我做的事。”

你决定不问他在做什么。

“我不能……我不能知道其他任何东西了。那团特别亮的光，让我没办法集中精神看其他小光点。”

“有多少，”你漏掉了那个词，以防汤基突然回来，“在那里？”

“我说不清。超过一个。没有一个城镇的人口那样多。但还有更多向那里聚集。”

这让你担心，他们肯定不是所有人都在追踪走失的女儿和杀人的丈夫。“为什么？那些人怎么知道该去那里的？”

“我不知道。”

好吧。这还真是好有帮助。

你现在能确定的，只有杰嘎去了南方。但“南方”也是好大一片地区呢——超过整个大陆面积的三分之一。好几千个社群。数万平方英里的土地。他要去哪里？你不清楚。要是他向东拐弯，或者向西走，你怎么办？要是他停下来呢？

还有一个希望。“他们有没有可能留在那地方？杰嘎和奈松，就在那地方？”

“我不知道。他们的确去过那个方向。我直到这里才跟丢他们。”

所以等到汤基回来，你告诉她你们要去哪里。你没有告诉她原因，她也没问。你也没有告诉她你们要去的地方是什么状况——因为，说实话，你也不清楚。也许有人想建造又一所支点学院。也许那儿是要举办个什么纪念活动之类。无论如何，重新有了明确的目的地，感觉不错。

你无视自己心中的忐忑，沿着那条路继续前行，寄希望于奈松也曾从这里走过。

以有用程度判断所有人：领导者，乐观者，擅生殖者，有创意者，智者，杀手，再加上若干壮工，守护所有的一切。

——第一板，《生存经》，第九节

第十四章

茜奈特玩坏了她的玩具

留驻当地。等待指令。尤迈尼斯发回来的电报这样说。

茜奈特默然无语，把这个交给埃勒巴斯特，他扫了一眼，笑了起来："好啊，好啊。我现在开始猜想，你应该已经为自己赢得了又一枚戒指，原基人茜奈特。或者就是一份死刑判决。等我们回到学院，就知道到底是哪个了。"

他们在季末酒家，自己的客房里，赤身裸体，刚做完每晚例行的功课。茜奈特站起来，赤裸，焦躁，厌烦，在房间范围内来回踱步。这个房间要比一周前住过的那间更小，因为他们完成了埃利亚城的合同义务，社群不再承担两人的住宿费用。

"等我们回去？"她一面踱步，一面瞪他。他是完全放松，修长的身躯在床单的白色背景上留下深色轮廓，在傍晚的天光下模糊不清。她看着他，就忍不住会想起那座石榴石色的方尖碑：他这个人也同样不应该存在，同样不应该真实，同样让人泄气。她无法理解这家伙为什么不慌。"为什么要说'留驻当地'之类的屁话？他们为什么不肯让我们回去？"

他向她咂嘴表示不满："注意语言！你在支点学院可是循规蹈矩的。你经历了什么？"

"我见到了你。回答问题！"

“也许他们想给咱俩一段假期。”埃勒巴斯特探身过去，从床头柜上的袋子里取来一片水果。过去一周，他们都是自己买食物的。他现在至少无须提醒就可以进食。无聊对他也有好处。“我们在这儿浪费时间，或者就是在赶回尤迈尼斯的路上浪费时间，又有什么区别呢，茜因？至少在这儿还能舒服点儿。回床上来吧。”

她露出牙齿对他说：“不要。”

他叹气：“叫你来休息。我们已经尽到今天晚上的义务了。地火啊，难道你需要我回避一下，让你自慰一番吗？这样会让你心情好点儿？”

实际上，还真是。但她不会向他坦白这一点了。她最终还是回到了床上，因为也没有更好的事情可做。他递给她一片橙子，她接受，因为爱吃这种水果，而且在这儿价钱便宜。其实住在沿海社群也有不少优点，她来这儿之后不止一次想到过。气候温和，食物美味，生活成本低，还能遇见不同国度和地区的旅客，来旅行或者做贸易。而且大海也很美，令人着迷；她曾站在窗前，接连几小时看海。要不是每隔一些年就会发生大海啸，把沿海社群从地图上抹掉的话……算了。

“我就是不明白啊。”她说，这番话感觉已经说了上万遍。巴斯特很可能听够了她的抱怨，但她又无事可做，所以他还是忍忍吧。“这算是某种惩罚吗？只是个平常的珊瑚礁清理任务，港口底下却偏偏藏了个天知道是什么玩意儿的东西，这能怪我吗？”她摊开双手，“就跟有人能预料这种事一样。”

“最可能的情况是，”埃勒巴斯特说，“他们希望你等到测地学家赶来，以防万一，要是支点学院还能再分一杯羹呢？”

这番话他以前也说过，她知道很可能是对的。事实上，测地学家的确已经在向这座城市集中——此外还有古文物学家、讲经人、生物学家，甚至还有些医生，他们担心如此靠近的方尖碑会给城市居民的健康带来不良影响。还有那些败类和怪人，当然也都凑了来：冶金学家、天文学家，以及其他垃圾学科的研究者。任何有那么一点点爱好，受过一点儿训练的人，来自这个方镇或者临近区域。茜奈特和埃勒巴斯特之所以还能租到一间房，因为他们是最早发现那东西的人，也因为他们入住较早。否则，本区的大小旅店全都已经被挤爆。

之前，从来没有人关心什么该死的方尖碑。但话说回来，也从来没人见过方尖碑悬浮在这么近的地方，清晰可见，里面还塞了一只死掉的食岩人，在一座人口众多的城市上空。

但除了询问茜奈特关于方尖碑升空过程的观点之外——每当有陌生人被介绍来，*自称某地来的创新者某某*，她就没什么好脸色——这些专家对她本人并没有什么兴趣。这还好，因为她本来就无权代表支点学院进行谈判。埃勒巴斯特或许有权这样做，但她不想让他跟任何人谈判，兜售自己的服务。她倒*没觉得*他会故意向别人许愿，让她做任何不想去做的事；他也不是完全不可救药的混蛋。但凡事要有原则。

更糟的是，她不完全相信埃勒巴斯特。他们被留在这里的选择毫无道理。支点学院本应该要求她返回赤道区域，她可以到第七大学接受学者们的询问，元老们也可以控制学者接近她的机会，并控制此类事务的收费标准。他们自己也应该想要询问她，了解她现在已经三次感觉到的神秘力量，而她也终于明白，那力量应该是来自方尖碑。

（而且守护者们应该也想要跟她谈。他们总有自己的秘密需要保守。最让她心神不安的，就是他们没有显示出任何兴趣。）

埃勒巴斯特警告过他，不要谈及这个部分。*没人需要知道你能跟方尖碑建立联系*，他在事件之后的第二天这样说。他当时还很虚弱，中毒之后几乎下不来床；事实上，他的原基力消耗太大，她抬升方尖碑的时候，他什么都不能做，虽然她还向埃西尔夸口他能搞远程控制。尽管虚弱，他还是抓住她的一只手，用力握紧，确保她用心好好听。告诉他们你只想让岩层挪动一下，那东西是自己冒出来的，像是水底装了弹射装置。就算我们自己人，也会相信这样的说辞。这只是另一件死亡文明的遗物，毫无道理可言，如果你不露破绽，就不会有人追问这件事。所以这事根本就不要谈。甚至不要跟我谈。

这样一说，当然只会让她更想谈了。但巴斯特恢复之后，她唯一尝试提起时，对方只是怒目而视，一言不发，直到她终于领会到对方的立场，走开去做别的。

而这个，比其他任何事情都更让她抓狂。

“我要出去溜达。”她最后说，然后站起来。

“行啊。”埃勒巴斯特说，伸了个懒腰也站起来。她听到他关节啵啵响。“我跟你去。”

“我又没让你陪。”

“是啊，你没让我陪。”他又在对她微笑，但这次是那种带刺的笑。她越来越讨厌的那种。“如果要独自出门，深更半夜，还在一个曾有人试图杀死我俩中一个的诡异社群，那你真他妈应该有个伴。”

听到这话，茜奈特有些心寒。“哦。”但这正是另外一个他们不谈的问题，不是因为埃勒巴斯特禁止，而是两人都没有了解到足够线索，只能猜测。茜奈特想要相信，最有可能的就是最简单的原因：厨房里有人太无能。埃勒巴斯特却指出了这个推断的缺陷：整个旅店，甚至整座城市，都没有其他人食物中毒。茜奈特觉得，这个应该也有很简单的解释——埃西尔跟厨房工作的人打过招呼，只给埃勒巴斯特的食物下毒。这是愤怒的领导者常做的事，至少在关于他们的故事里十分常见，那类故事有很多下毒害人之类见不得光的邪恶做法。茜因个人更喜欢的故事，是抗灾者排除万难终获成功，或者繁育者借助聪明的政治联姻和有战略眼光的生育安排拯救人命，或者壮工们用简单直接的暴力手段解决他们的问题。

埃勒巴斯特呢，既然是埃勒巴斯特，看起来怀疑他险些送命的事件有更多隐情。而茜奈特又不愿承认他可能是对的。

“那，行吧。”她说，然后穿好衣服。

那天傍晚气候宜人。他们走下一条斜街前往港口方向，正好赶在落日时分。他们的影子在面前的地上，被拉得好长；而埃利亚城中的建筑，多数都是浅白的砂石色，此刻变幻出更丰富的红色、紫色和金色。他们走的那条街跟一条曲折的小巷相接，巷子尽头就是一座小海湾，靠近港口较为繁忙的区域。当他们停下来观赏风景时，茜因可以看到一帮本地少年男女，在黑色的沙滩上欢笑嬉戏。他们个个身材修长，肤色棕黑，健康又快乐。茜因发觉自己盯着他们看，好奇作为一个正常人长大会是什么感觉。

然后那座方尖碑——从他们站立的街口很容易看到，它大致悬在港口水面以上十到十五英尺，又发出一波低沉的，几乎难以察觉的波动。自从茜奈特将它抬升出来，它就一直在发出这种信号，这让她忘记了那帮孩子。

“那东西有些不对劲。”埃勒巴斯特很小声地说。

茜奈特瞅了他一眼，心里有点儿烦，差点儿开口就喷，*什么，现在你又想谈论它了？*然后她才意识到，他并没有看方尖碑。他正在用一只脚在地上划，两手都插在衣兜里，看上去——哦。茜因险些笑出来。当时的他，看上去像个怕羞的少年，正准备建议自己漂亮的女伴一起做什么捣蛋事。他既不是少年，也不怕羞，她是否漂亮，他是否捣蛋也都不重要，因为两人已经时常做爱——只是补充说明。要是别人随便看一眼，不会意识到他在注意方尖碑。

这让茜奈特突然意识到，*除了他俩之外，没有任何人能够隐知到它的动静*。刚才那次，实际上并不是什么波动。它既不短暂，也没有节奏；更像是一种临时发生的悸动，她时不时能够感知，随机发生，有些恐怖，像牙痛。但如果社群里的其他居民感觉到上一波，他们就不会欢笑嬉戏，不会在漫漫长日后的金色黄昏四处徜徉。他们将全部聚集到这里，观察这块巨大的、近在咫尺的异物，茜奈特的脑子里，越来越倾向于使用危险这个形容词来描述它。

茜因从巴斯特身上得到暗示，伸手扶住他的胳膊，靠在他身旁，就像自己真的喜欢他一样。她让自己的声音足够低，尽管她完全不知道他在防着什么人，或者什么东西，避免谈话被听到。城市里的繁忙一天即将结束，街上有不少行人，但并没有人特别靠近，或者格外留意他们。“我总在等着它升高，像其他方尖碑一样。”

因为它现在离地面真的是太近，太近——现在是水面。茜因看到过的其他所有方尖碑，包括救过埃勒巴斯特一命的紫色那块，现在仍飘在海岸线之外几英里，都在最低处的云层间游荡，有些甚至更高。

“而且它还偏向一侧，就像它勉强才能留在空中一样。”

什么？她情不自禁看它，尽管巴斯特马上在捏她胳膊，促使她移开视线。但那一瞥已经足够确认他所言属实：那块方尖碑确实在倾斜，只有一点点，顶端向南侧偏。它转动期间，一定会有些摆动，尽管很慢。斜率很小，如果他们不是站在街道上，两边都是众多笔直的建筑，她肯定不会察觉的。现在，她无法忽视了。

“我们往这边走走吧。”她建议。两人在这里逗留太久了。埃勒巴斯特显然同意，他们沿着那条小巷继续走向海湾，一路缓行。

“这就是他们让我们留在这里的原因。”

他说这句话的时候，茜因没注意。她不由自主地被美丽的落日景象吸引，也同样痴迷于这座城市漫长、优雅的街道。还有另一对走过人行道的行人。较高的女人向他俩点头致意，尽管茜因和巴斯特穿了他们标志性的黑色制服。很反常，这个小小的友好表示。而且很暖。

尤迈尼斯的确是人类建成的奇迹，创意和工程技术的巅峰；就算能撑过十几个灾季，这个贫瘠的海滨社群也无法与它相比。但在尤迈尼斯，没有任何人会屑于向基贼点头致意，不管天气多好。

然后埃勒巴斯特前一句话打断了她的思索：“什么？”

他继续缓步前行，尽管步幅很大，却和她保持着步调一致：“我们在房间里无法交谈。在这里谈话甚至也有危险。但你说过想知道他们为什么要我们滞留此地，不让我们回去：这就是原因。那块方尖碑，快要撑不住了。”

这倒是挺明显的，但……“这跟我们有什么关系？”

“你把它升到空中的。”

她皱起眉头，然后才想起应该留心表情：“它是自己升空的。我只是移开所有把它约束在水下的东西，也许还唤醒了它。”为什么她在脑子里默认“它之前一直沉睡”不是茜因想要深究的问题。

“而在帝国近三千年的历史上，对方尖碑的控制从未达到过如此程度。”巴斯特微微耸肩，“如果我是个迂腐无能的五戒元老，看到这样一份电报，我就会想到这件事，而随后的反应将是：如果有人控制了那个能控制那东西的人。”他的眼睛向方尖碑方向扫了一下。“但我们现在需要担心的，并不是支点学院那帮迂腐无能之辈。”

茜因完全不清楚他在讲些什么屁话。倒不是说他讲的内容不像真的；她完全可以想象长石太太做出此类反应。但为什么？要让一名十戒高手待在现场，让当地民众安心？知道巴斯特在这里的少数官僚，应该都在忙于应对突然蜂拥而至的专家和游客们。假如方尖碑突然……能采取些对应的行动，但是能做什么？这毫无道理。而她还需要担心什么人呢？除非是——

她皱起眉头。

“你说过些什么来着，之前。”大概是关于……跟方尖碑建立联结？这个是什么意思？“还有——还有那天晚上，你做过些什么。”她不安地看了他一眼，但这回，他并没有瞪眼睛。他在俯视海湾，貌似沉醉于风景，眼神却犀利、严肃。他清楚她在说什么。她又犹豫了一会儿，然后继续。“你有能力借助它们完成一些事情，对吧？”哦，大地啊，她简直是个白痴。“你有能力控制它们！支点学院了解这件事吗？”

“不。而且你也并不了解。”他的黑眼睛向她扫了一下，然后移走。

“你怎么就这么的——”这甚至不能说遮遮掩掩。他在跟她谈话。但就像一直怀疑有人用某种方式偷听似的。“没有人能听到我们在房间里的对话。”然后她刻意向一帮跑过去的孩子点头，其中一个撞到了埃勒巴斯特，边跑边道歉。这世上还有人懂得道歉，真难得。

“你并不能保证没人听。那座建筑的主要支柱是整块切割的大理石，你没发现吗？地基看上去也是同样材质。如果它直接修建在岩层上……”他的表情一时显出些慌乱，继而又变得没有表情。

“这又有什么关系，谁还能——”然后她明白了过来。哦。哦！但是——不，不可能是这样。“你是说有人可能会借助墙体听到我们说话？通过、通过那些石材？”她从未听说过这种事。这当然有道理，因为这就是原基力发挥作用的常规方式；当茜因与大地连接时，她不止能感觉到自己的隐知盘触及的岩层，也能感知到任何与岩层有接触的事物。即便她不能感知到事物本身，像那座方尖碑一样。但毕竟，在感知到地质活动之外，还要听到人声？这不可能是真的。她从来没听说有哪个基贼的感知力强到这种程度。

他直勾勾地看着她，许久。“我能。”当茜因愕然回望，他叹了口气，“我一直都能。你很可能也有这能力——只是感知还不够清晰。现在对你来说，那些还只是轻微震颤。我是在得到第八或者第九枚戒指时，开始能分清那些微小震动中的模式。细节。”

她摇头:“但你是唯一的十戒高手啊。”

“我的大多数孩子都有获得十戒的潜力。”

茜奈特心中一凛,突然想起梅伊附近维护站里那个死掉的孩子。哦。支点学院控制着所有的站点维护者。如果他们有办法迫使那些可怜的、伤残的孩子进行监听,然后说出自己听到的内容,像个活体电报机一样运行呢?这是他在担心的事吗?支点学院是否就像一只蜘蛛,盘踞在尤迈尼斯的心脏地带,用站点网络监听安宁洲的每一番对话?

但她的注意力被转移,无法继续这条思路,因为脑子里感觉到一丝不安。埃勒巴斯特刚才说过的话,他那份可恶的影响,让她开始怀疑从小坚信的那些信条。*我的大多数孩子都有获得十戒的潜力*,他之前说过,学院目前却没有其他十戒高手。基贼孩子只有在无法控制自己的时候,才会被送往维护站。是这样吧?

哦。

并不是。

她决定不说出自己的这份领悟。

他拍拍她的手,也许又是在演戏,也许只是想安慰她。他当然知道真相,可能比她更清楚,对于他的孩子们遭遇过什么。

然后他又说了一遍:“支点学院的元老们,并不是我们现在需要担心的人。”

那他指的是谁?元老们一派混乱,这是事实。茜因一直在留意他们之间的政治关系,因为总有一天,她会成为其中一员,必须知道谁真正掌权,谁只是貌似大权在握。目前至少有十几个派别,其中不乏常见类型的恶棍:跳梁小丑、极端理想主义者,还有为了飞黄腾达不惜杀害自己亲妈的那种人。但突然之间茜奈特开始考虑,他们又要听命于谁。

守护者。因为没有人会真的相信一群肮脏的基贼管理同类事务，就像赛姆希娜不可能相信米撒勒一样。支点学院没有人谈论守护者们的政策立场，很可能因为学院里没有人真正了解他们。守护者们自行其是，对任何询问都不予回答。态度强硬。

茜奈特并非第一次想知道：守护者又听命于何人？

茜因考虑这件事的过程中，他们已经到达海湾，站在有栏杆的观景栈道上。街道至此而终，它的鹅卵石被流沙掩埋，然后被木板铺成的步道取代。不远处，又有另外一片海滩，不同于他们此前见过的那一片。孩子们在栈道台阶上跑上跑下，大呼小叫着玩耍，在他们身后，茜因看到一帮老女人，赤身裸体蹚在海水里。她察觉到那儿另有一名男子，坐在离他们所站位置几英尺外的栏杆上，只因为他赤裸上身，并且在看着他们。有一会儿，前一个事实吸引了她的注意力（然后她想起礼节，移开了视线），因为埃勒巴斯特的身材实在没什么好看，而且她已经有段日子没有过真正可以享受的性爱了。后一个事实，通常她都可以无视，因为在尤迈尼斯，她常常会被陌生人盯着看。

但是。

她跟巴斯特一起站在栏杆旁，身心放松，享受着一段时期以来最舒服的时光，听着孩子们在一旁嬉戏。尤迈尼斯的政治纷争感觉是那样遥远，神秘但并不重要，遥不可及。就像一块方尖碑。

但是。

但是。她迟钝地发觉，身边的巴斯特已经全身僵住。尽管他的脸还是朝向沙滩和孩子们，她却能看出他完全心不在焉。她这才终于想起，埃利亚城里的人并不会盯着别人看，甚至不会瞪视两个傍晚出门散步的黑衫客。埃西尔之外，她在这个社群见过的人都太有礼貌，根本不会做出这样唐突的事来。

于是她回望栏杆上坐着的那个男人。他向她微笑，这笑容还有点儿好看。他较为年长，可能比她自己大十岁左右，而且体形真是相当美好，宽肩膀，迷人的三头肌，隆起在完美健康的皮肤下面，完美的细腰。

暗红色裤子。还有他搭在身旁栏杆上的衬衣，他看似为了晒太阳脱下来的那件，也是暗红色。她到这时候，才迟钝地感觉到自己隐知盘后部发出熟悉的嘶嘶声，警告有守护者在附近。

“你的吗？”埃勒巴斯特问。

茜奈特舔舔嘴唇：“我刚刚还希望他是你的。”

“不是。”然后埃勒巴斯特装作上前一步，两手搭上栏杆，低头就好像要拉伸一下肩膀似的。“不要让他用裸露的肌肤接触到你。”

这声音很细小；她只是勉强听到。然后埃勒巴斯特直起身来，转头面向那位年轻人。“有什么心事吗，守护者？”

那名守护者轻声笑了下，从栏杆上跳下。他至少有一部分海滨血统，全身肤色棕黑，头发卷曲，发色偏浅，但除了这些特征之外，他跟埃利亚城的其他居民很接近。好吧。并不是。他只是表面上接近平常人，他身上有*某种*难以定义的特质，茜奈特不幸遇上的每一位守护者身上都有。在尤迈尼斯，没有人会把守护者误认为原基人——也不会误当成哑炮，同理的。他们就是有一份特别，每个人都能察觉。

“是啊，其实我有心事。”那名守护者说，“十戒者埃勒巴斯特。四戒者茜奈特。”这一句话就让茜奈特恨得咬牙。她更喜欢被笼统地称作*原基人*，假如一定要给她强加一个头衔的话。守护者们，当然，完全清楚四戒与十戒持有者之间的区别。“我是沃伦的守护者埃基。我的天，你们两个还真是忙碌啊。”

“我们该当忙碌一点儿。”埃勒巴斯特说，茜奈特忍不住惊奇地看着他。他紧张得前所未见，脖子上青筋暴出，两手张开在身体两侧而且——严阵以待？他准备做什么？她甚至不知道自己怎么会想到严阵以待这个词。“如你所见，我们已经完成了学院交代的任务。”

“哦，确实啊。干得漂亮。”埃基这时眼光游移，扫向那块倾斜的、震颤着的方尖碑，那个巨大的意外。茜奈特却在看他脸色。她看到守护者的微笑消失，就像从未存在。这肯定不是好兆头。“不过，要是你们仅仅做完指定的任务就好了。你还真是个任性的小东西啊，埃勒巴斯特。”

茜奈特皱起眉头。即便到了这种时候，她还在被忽视。“这活儿是我干的，守护者。我的工作有问题吗？”

守护者惊异地转头看她，这时候茜奈特意识到自己犯了个错误。好大一个错，因为他的笑容并没有回来。“是你，那现在？”

埃勒巴斯特在嘶吼，然后——邪恶的大地啊，她感觉到他把自己的意识切入岩层，因为它深入得令人难以置信。他的强大力量，让她全身都在战栗，而不只是她的隐知盘。她无法追踪，转瞬之间，巴斯特就已经越出了她的感知界限，轻易切入数英里以下的岩浆里。而他对所有那些纯粹大地能量的控制简直完美。太惊人了。有这些能量，他可以轻易搬动一座山。

但为什么？

那守护者很突然地笑了：“守护者莱瑟特让我转达她的问候，埃勒巴斯特。”

就在茜奈特仍在试图解读这句话，还有埃勒巴斯特准备跟一位守护者动手的事实，埃勒巴斯特已经全身僵住。“你们找到她了？”

“当然。我们必须谈谈你对她做的事。很快。”

突然，茜奈特不知道他是什么时候动的手，也不知是从哪里取出的，反正那人手里就多了一把黑色玻钢剑。它的剑刃很宽，却短得荒谬，也许只有两英寸长。甚至都称不上短刀。

他拿那么个破玩意儿能干什么，帮我们修指甲吗？

还有，他为什么要对两名帝国原基人亮出武器啊？“守护者啊，”她试图解释，“也许我们之间存在某种误——”

那守护者做了什么。茜奈特眨眨眼，但局面还跟之前一样：她和埃勒巴斯特面对埃基，三人都在一条木板铺成的海滨观景栈道上，周围有建筑阴影，也有血色残阳，孩童和老妇在远处休闲。但某些东西已经被改变。她不确定是什么，直到听见埃勒巴斯特发出窒息的声响，向她扑过来，把她撞倒在几英尺外的地上。

茜奈特完全没有料到，像他这么瘦仃仃的人，还能借助体重把她放倒。她重重摔在木板地上，痛得呼吸困难。她模糊看到有些在附近玩耍的孩子停下来呆愣愣地看。其中一个人在笑。然后她挣扎着站起来，怒气冲冲，已经打算张开嘴把埃勒巴斯特骂到地府再拎回来。

但埃勒巴斯特也已经倒地，就在一两尺距离之外。他脸朝下趴着，眼睛紧盯着她，而且，而且他在发出一种奇怪的声响。声音不大。他嘴巴张得很开，发出的声音却像小孩玩具的唧唧声，或者是冶炼师风箱的轻响。而且他全身颤抖，就像只能完成这么一点点动作似的，这毫无道理，因为他看似一点儿伤都没有。茜因不确定自己该怎么想，直到她为时已晚地辨明——

他是在*尖叫*。

“你以为我为什么会选择她做攻击目标啊？”埃基瞪着埃勒巴斯特说，茜奈特气得浑身发抖，因为守护者脸上的表情是*欢畅*，是*得意*，尽管埃勒巴斯特趴在那里，抖得无法自已……而埃基曾经握在手里的那把剑，现在已经刺入埃勒巴斯特的肩窝。茜因盯着它，很震惊自己为什么才看到。就算在巴斯特黑色外袍的背景下，它还是那样显眼。“你一直都是个傻瓜，埃勒巴斯特。”

现在埃基手里又多了一把剑。这把很长，细得令人心寒：一把熟悉的，摄人心魄的细刃剑。

“为什么——”茜奈特无法思考。她两手剧痛，挣扎着在栈道木板上向后退开，一面想要站立，一面又想逃走。她本能地向脚下的大地寻求力量，到这时才终于意识到守护者之前做过什么。因为她体内再没有可以汲取力量的机制。她仅能隐知自己双手和后背以下几英尺的地面，这里只有细沙、含盐的土壤和地下小虫。当她试图感知更多，隐知盘感觉到一阵令人眩晕的剧痛。这就像她伤到了手肘，从那里到手指尖都会失去知觉；就像她脑子里那个部分已经进入休眠。那里有刺痛感，在恢复，但暂时，一无所有。

之前她曾听过料石生们熄灯后聊过这种事。所有守护者都很怪异，但这个才是他们最核心的特征：不知为何，他们一转念就可以关闭其他人的原基力。而且他们中的有些人特别怪异，专长就是比别人更怪。其中有些没有分管原基人，也不被允许接近未受训的孩子们，因为他们一靠近就会带来危险。这些守护者没有其他任务，只负责追踪最强大的邪恶原基人，而等他们找到目标……这个嘛。在这一刻之前，茜奈特从未对他们要做的事情特别好奇，但现在，她像是要了解到真相了。地下的烈火啊，她现在对土地的麻木程度，就像脑子最迟钝的老人。这就是哑炮们的体验吗？他们就只能感知到这些？她这辈子都在羡慕那些正常人，直到此刻。

但是。就在埃基手握细剑，向她逼近时，他双眼周围的皮肤绷紧，嘴角特别严峻，这让她想起自己严重头痛时的感觉。她不假思索地问道：“你——你，呃，没事吧？”茜奈特完全不知道自己为什么要这样问。

听到这个，埃基侧了一下头，微笑又回到他脸上，温和，又吃惊：“你还真是好心啊。我很好，小东西。就是很好。”但他还在向她逼近。

她再次向后退缩，又一次试图站立，又一次搜寻力量，三件事全部失败。但即便她能成功——他还是个守护者呢。她的义务就是听从这些人的指令。如果他想要她死，她也有义务服从。

但这不对啊。

“求你。”她说，现在已经绝望，心乱如狂，“求你，我们没有做错任何事，我不明白，我不——”

“你并不需要明白。”他说，态度特别慈爱，“你只需要做一件事就好。”然后他猛扑过来，剑尖对准她的胸膛。

后来，她会明白当时发生过的事件顺序。

后来她会知道，一切都发生在瞬息之间。但现在，那感觉很慢。时间的流逝变得毫无意义。她当时只能感知到那把玻钢剑，巨大，锋利，棱面反射着迟暮的阳光。它看似极为缓慢、优雅地向她逼近，延长了她被迫不得不承受恐惧的时间。

这从来一直就不对。

她当时只能感觉到手指下粗粝的木料，还有木板下面她仅能隐知到的些许温暖和细微运动。靠那些，不过能移动一小颗卵石而已。

她能感知到埃勒巴斯特，身体悸动，因为他在抽搐，之前她怎么可能毫无感觉呢？他现在控制不了自己的身体，他肩上插的那把刀有某种魔力，让他完全运用不了自身强大的力量，而且他脸上的表情，也只有无助、恐惧和剧痛。

她开始感觉到自己的愤怒。狂怒。让义务去死。这个守护者正在做的，所有守护者在做的，根本就极端邪恶。

然后——

然后——

然后——

她感觉到了那块方尖碑。

（埃勒巴斯特抽搐得更加剧烈，嘴巴张得更大，两眼死死盯住她，尽管他浑身其他肌肉还不听使唤。他那次警告的模糊记忆在她脑中回响，尽管在这个瞬间，她想不起那次警告的具体内容。）

那把刺向她心脏的剑已经走完一半距离，她对这个的感觉非常非常痛切。

我们是披枷戴索的神明，而这些。可恶。都不对。

于是她再次探求力量，不向下，而向上，不竖直，而是偏向一旁——

不，埃勒巴斯特的嘴形变化，想这样喊，尽管他还在抽搐。

——然后那块方尖碑把她吸入，它震颤着、闪烁着的血红色光幕里。她在向上跌升。她在被某种力量向上拖曳，并进入。她已经完全失控，哦，大地父亲啊，埃勒巴斯特是对的，这件事真的不是她能主导——

——她尖叫，因为她已经忘记这块方尖碑是坏掉的。在她磨过损伤区域时，感觉全身剧痛，每一条裂缝都在切割她，破碎她，将她击碎，直到——

——直到她停下，悬浮半空，痛苦地蜷缩身体，身处一片血红色的破碎里。

这不是真的。这不可能真实。她感觉到自己还躺在有沙粒的木板路面上，皮肤表面洒着渐渐暗淡的阳光。她没有感觉到守护者的玻钢剑，至少暂时还没有。但她也在这里。而且她能看见，尽管隐知盘并不是眼睛，而这些“视像”都只是她的想象而已：

方尖碑核心处的食岩人飘浮在她面前。

这是她第一次接近这种人。所有书上都说，食岩人不分男女，但这个看似身体修长的男子，身体是带有白色石脉的黑色大理石。穿一套飘逸的闪色细棉布长袍。它的——他的？——四肢都是光滑的大理石质地，像在跌落中途一样张开着。他的头向后仰，头发在身后卷舒不定，成混乱的半透明状。那些裂痕在他皮肤表面伸延，也波及他衣物的僵直幻象，深入他本身，穿透他本身。

你没事吧？她在心里询问，完全不知道自己为什么要好奇这个，就在自己身体也在崩裂的时候。食岩人的身体看上去伤得如此之惨，她想要屏住呼吸，以免让他再受更多伤害。但这都是不理性的，因为她并不在此地，这一切都不真实。她在一条路上，即将死亡，而这个食岩人早已死掉，其后又经历了无尽沧桑。

食岩人闭上嘴巴，然后张开眼睛，低头来看她。“我没事。”他说，“谢谢你的关心。”

然后

那座方尖碑

轰然碎裂。

第十五章

你在朋友中间

你到达了“所有原基人聚集的地点”，那里完全不是你预料的模样。意外之一，这儿没人。意外之二，这里不是一个社群。

这儿没有真正社群必需的各种要素。你们接近时，道路越来越宽，渐渐跟周围的地面融为一片，最终完全消失在临近小镇中心的地方。很多社群都这么干，除掉去路，以鼓励旅行者停下来进行贸易，但这类社群通常都有某个贸易场所，但在这儿，你没看到任何地方像是店面、市场，甚至旅店。更糟的是，这儿还没有围墙。没有石料堆，没有铁丝网围栏，甚至没有些削尖的木棍插到地上环绕城镇周围。没有任何东西将这个社群跟周围的区域分隔开来，外围偏又有树林和散乱的灌木丛，特别适合攻击部队藏身。

但这座小镇除了看似废弃，并且没有围墙之外，还有其他怪异之处。而且很多，你和其他人环顾周围时渐渐察觉。异状之一，这里没有足够的农田。从镇子的规模看，这儿应该住了几百人，农田规模理应更多，而不是只有你们进城途中发现的、仅有的那片（如今被收获一空，仅剩秸秆的）乔亚田。也应该有更大面积的草场，而不只是市镇中心枯死的那片绿地。你也没看到粮仓，不管是高出地面的，还是其他建制的。好吧，也许那个是隐藏的，很多社群都隐藏粮仓。但随后你又发现，所有建筑的风格非常杂乱多样：这座房子又高又窄，像城市风格，另一座却宽而且平，像是从更温暖区域搬来，另一座看上去是泥顶圆屋，一半埋于地下，像你在特雷诺的家。多数社群都会选择单一建筑风格，一以贯之：这种一致性可以传达明确的视觉信号。警告潜在的攻击者，表明社群成员同心协力，能够团结起来抵御外敌。而这个社群的外观传达的信息却是……混乱。也许是随意。你搞不懂为什么要这样。这让你很紧张，甚至超过了面对满城怀有敌意的居民。

你和其他人小心行进，慢慢走过小镇空无一人的街道。甚至连汤基都不再故作潇洒。手里握着两把玻钢短刀，黑色刀刃寒光闪耀；你不知道她一直把这东西藏在哪儿，尽管她那条肥大的裙子感觉可以埋伏一支军队。霍亚看似平静，但谁又能看出霍亚的真实感觉呢？他把那只克库萨变成雕像时，表情也蛮平静的。

你没有拔刀。如果这地方真有很多基贼，再假如他们不欢迎你们来，那么世上只有一种武器能救你们。

“你确定就是这地方吗？”你问霍亚。

霍亚郑重点头。这意味着此处真的有很多人；他们只是藏了起来。但为什么？周围落灰这么严重，他们又怎么可能预知你们到来？

“肯定离开了没多久。”汤基咕哝说。她在盯着一座房子前面死气沉沉的菜园。它被旅行者或前居民采摘过，干枯枝条上所有能吃的东西都被摘光了。“这些房子看上去维护良好。而且那片菜园，看起来直到几个月之前都是生机勃勃的。”

你一时有点儿吃惊，意识到自己已经在路上赶了两个月之久。小仔之后两个月。如果从落灰开始算，时间稍短一点儿。

然后，你迅速把注意力集中在当下，眼前。因为在你们三个人呆立小镇中心一小段时间，混乱又茫然之后，附近一座建筑的前门打开，三个女人站到了门廊下。

你第一个注意到的人手里拿了一把十字弩。有一分钟，你只注意到她，跟你在特雷诺的最后那天一样，但你没有马上把她冻死了事，因为那把弩没有瞄准你。她只是让弩弓靠在一侧胳膊上，尽管她脸上有一份警告，表明她不会害怕动用武器，你同时也感觉到她不会无端启衅。她的皮肤几乎跟霍亚一样苍白，好在她的头发只是黄色，眼睛也是常见的、和善的棕色。她身材矮小，骨架偏窄，瘦削无肉，臀部窄小，普通的赤道人看到，很可能会嘲笑她血统不好。一个南极人，很可能来自特别贫穷的社群，孩子们营养不良的那种。她也算是离家千万里了。

下一个吸引你眼球的人几乎完全跟她相反，很可能是你见过最有威慑力的女人。这跟她的长相倒是没多少关系，还是标准的桑泽型：意料之中蓬松的铅灰色头发，常见的深棕色皮肤，标准的身高和一目了然的强健体魄。但她的眼睛黑得惊人——惊人，并不是因为黑眼睛特别稀少，而是因为她用了烟熏式的黑色眼影和深色眼线膏，来进一步强化冲击力。世界都要毁灭了，她却要化妆。你不知道是应该被这种做法震慑，还是感到不快。

而且她把那双黑妆的眼睛当作武器一样使用，先是逐个跟你们一行人对视片刻，然后才去打量你们的随身物品和装扮。她没有达到桑泽人理想的女性身高（比你还要矮一点儿），但她穿了一件厚厚的棕色长款皮衣，一直垂到脚踝。这件衣服让她看起来像一只小型的、时尚的熊。不过她脸上带有某种特质，让你心生恐惧。你不确定那是什么。她在笑，露出所有牙齿；她的视线沉稳，既不热情，也无忐忑。这是你最终能辨认出的那种沉稳，因为之前见过几个类似的人：自信。那种绝对的、无保留地接纳自我的态度，在哑炮中间比较常见，但你没料到会在这里看见。

因为她当然也是个基贼。你能隐知自己的同类。而且她也能认出你。

“好啦。”那女人两手叉腰说，“你们一行几个人，三个吗？我猜你们并不想被分散开来。”

你算是在瞪她，一两次呼吸的时间。“你好。”你最后说，“呃。”

“依卡。”她说。你意识到这是一个名字。然后她补充说：“凯斯特瑞玛的基贼依卡。欢迎。你怎么称呼？”

你禁不住惊问：“基贼？”你时常用到这个词，但这样听到，作为一个职阶名称，更凸显了它的粗俗。称自己为基贼，大致相当于在说我是一坨屎。这是打脸啊。等于在声称——声称什么，你说不清。

“那个啊，并不是常见的七职阶之一。”汤基说。她的声音略带讽刺；你觉得，她应该是故作轻松，来掩饰自己的紧张。“甚至也不是接受程度略差的五职阶之一。”

“我们就当这是个新的喽。”依卡的视线轮流扫过你们三人，品评你们，然后又对你说，“这么说来，你的朋友们清楚你是什么人。”

你一愣，看看汤基。她在盯着依卡，就像霍亚没藏在你身后时她盯着霍亚的眼神一样——就好像依卡也是个诱人的新谜题，也许可以采集个血样什么的。汤基跟你对视了一下，眼睛里丝毫没有惊讶或恐惧，这让你意识到依卡说的没错；她可能在一段时间之前就想到了。

“基贼成了职阶名称。”汤基若有所思，眼光又集中在依卡身上，“这件事有太多推论了。还有凯斯特瑞玛，这个名称也不在皇家登记中心的南中纬地区社群名册里。尽管我承认，或许仅仅是我忘掉了这个名字。毕竟有好几百个社群。不过，我觉得自己没记错。我记性特别好。这是个新社群吗？”

依卡侧头，部分是承认，部分是在讽刺汤基的好奇心：“实际上，这个版本的凯斯特瑞玛已经存在了大约五十年。官方角度看，它根本就不算是社群——只是个旅途中的歇脚点，坐落在尤迈尼斯－麦赛米拉，以及尤迈尼斯－科特克尔大道旁。我们的生意比别处好，只因为这个地区有矿藏。”

她在这里停顿了一下，盯着霍亚，有一会儿，表情变得更紧张一些。你也看看霍亚，有些纳闷儿，因为，他的样子的确有点儿古怪，但你并不觉得他刚才做过能让陌生人紧张的事。这时你才终于注意到，霍亚变得极其安静，他的小脸上也不是平日的欢快表情，而是变得紧张、愤怒，甚至有几分狂野。他在瞪着依卡，简直像是要杀了她。

不对。不是依卡。你循着他的视线，看到依卡帮里的第三个成员，直到现在，她都稍稍落后于两名同伴一点点。你一直没怎么留意她，因为依卡太吸引眼球了。这是个高而且苗条的女人——然后你定住，皱起眉头，因为你突然对自己刚才的判断没了信心。女性那部分，没有疑问。她的头发是南极式的长直型，颜色深红，长而且耐看，衬托着线条温婉的五官。显然她愿意被当作女性看待，尽管她只穿了一件长而肥大的无袖衫，在寒意渐浓的当前，显然太薄了。

但她的皮肤。你在紧盯着看。这很无礼，不是初次见面应有的行为，你却忍不住。她的皮肤，不是普通的平滑而已，那皮肤简直……熠熠生光，差不多吧。几乎像是打磨过的。她要么就是天生一副绝美的五官，是你从未见过的那种，要么……要么那就不是人类皮肤。

红头发女人微笑，而她牙齿的样子确认了你的怀疑，让你的战栗延伸到骨节里。

霍亚像只猫一样地嘶吼，回应那微笑。而在他这样做的同时，你终于第一次清晰看到他的牙齿。毕竟，他从来不在你面前吃东西。他笑的时候也从来不露出牙齿。那女人的牙齿透明，而男孩的牙齿是有色的，白瓷色，像某种伪装，但形状跟红发女子的牙齿一样——不是方形，而是多棱状，像钻石。

“邪恶的大地啊。”汤基咕哝说。你觉得，她也说出了你的心声。

依卡严厉地瞪了她的同伴一眼：“不要。”

红发女人的眼睛转向依卡。身体其他部位丝毫没动，她身体整个还是稳若磐石，像一尊雕像那样安静。“这件事可以做成，并不会伤到你和你的同伴。”她的嘴巴也没有动。那声音听起来莫名空洞，从她胸腔内部的某处回响出来。

“我并不需要‘做成’任何事。”依卡再次两手叉腰，“这是我的地盘，你也答应过遵守我的规矩。退下。”

那金发女人微微移动。她并没有举起十字弩，但你觉得，如果有命令下达，她很快就能发射。且不管这东西能有什么用。红发女人有一会儿静立不动，然后她闭上嘴巴，掩藏起那些可怕的钻石形牙齿。在她这样做的同时，你马上意识到几件事。首先是这之前，她并不是在微笑。只是表示威胁，就像克库萨嘴唇后裂露出尖牙一样。第二是当她闭上嘴巴，换上一副平静表情之后，她的样子就没有那么瘆人了。

你的第三个发现，是霍亚也在做出同样的威胁。但在那女人放松之后，他也放松下来，闭上了嘴。

依卡嘘出一口气。她再次盯住你。

“我觉得也许，”她说，“你们最好到屋里来。”

“我不认为这是什么好主意。”汤基笑容可掬地对你说。

“我同意。”金发女人瞪着依卡的头部说，“你确定要这样做吗，依克？”

依卡耸耸肩，尽管你觉得她应该没有表面那样满不在乎：“我啥时候确定过任何事情啊？但暂时，这主意看似还不错。”

你并不确定自己同意她的看法。但毕竟——不管这社群有多奇怪，有没有神奇的生灵，有没有令人不快的意外，你来这里还是有原因的。

“有没有一个带着女孩的男人经过这里啊？”你问，“父女俩。那男的大约跟我一样年纪。女孩八岁——”已经过去两个月了。你差点儿忘记。“是九岁。她——”你顿住。难以启齿。“她——她样子跟我很像。”

依卡眨眨眼，你意识到自己真的让她感到了意外。显然，她准备回答的是完全不同类型的问题。“没有。”她说，然后——

然后你心里有种断片的感觉。

听到那么简单一句“没有”会让你感到心痛。这个词像是斧子猛劈到你身上；而撒到伤口上的盐，就是依卡那一脸诚实的困惑。这意味着她并没有撒谎。你感到心寒，在这次重击下身体摇晃，感觉到自己的全部希望都已经死亡。在纷乱的、迷雾般模糊又破碎的思绪里，你这时才想起自己一直在期待某种东西，自从霍亚告诉你这个地方存在。你开始觉得能在这里找到他们，再拥有一个女儿，再次成为母亲。现在，你了解了真相。

“嗯——伊松？”有人用手抓住了你的前臂。谁的手？汤基。她两手粗糙，因为生活不易。你听到她的老茧磨在你的皮质外衣上。“伊松，哦，可恶，不要。”

你一直都应该更了解生活的真相。你怎么敢期望更多？你只是又一个肮脏的、灵魂邪恶的基贼，只是邪恶大地的另一名帮凶，只是合理繁育策略的又一次错误，只是又一个被放错位置的工具。你本来就不应该生育任何子女，生育之后也不应该留在身旁。而汤基又为什么要拉扯你的胳膊？

因为你抬起两手捂住了脸。哦，而且你哭得涕泗滂沱。

你本应该告诉杰嘎真相，在你俩结婚之前，在你跟他睡觉之前，甚至在你看了他一眼，心里想到也许之前，其实你根本就无权产生这样的念头。然后如果他突然产生了杀死一名基贼的冲动，他也会对你动手，而不是小仔。你才是那个该死的人，毕竟，你的罪孽比那两个不幸社群的居民多出万倍。

此外，你好像还尖叫过几声。

你本不应该尖叫。你应该已经死了。你应该在你的孩子们出生之前死掉。你应该在自己出生时死掉，永远不活到生育他们的那一天。

你本应该——

你本应该——

某种东西扫过你全身。

这感觉像是那波由北方涌来的力量，你推开的那一股，整个世界被改变的那天。或者可能也有点儿像你劳累一天之后回家，看到你儿子躺在地板上那一刻的感觉。一抹潜在力量，没有被运用就已经过去。某种不可理解，但富有内涵的东西拂过，转瞬即逝，它的流失跟最初的出现同样令人震惊。

你眨眨眼，放低双手。你两眼模糊，剧痛；你的掌根是湿的。依卡已经离开门廊，站到你面前，仅在几尺之外。她没有触碰过你，但你还是瞪着她，意识到她刚刚做过些什么。某种你不理解的事。属于原基力，肯定是，但用了你前所未见的方式运使。

“嘿。”她说。脸上并没有类似同情的表情。但当她对你说话，声音还是轻柔了一些，或许因为你们之间的距离短了。“嘿。你现在好了吗？”

你咽下口水。喉咙刺痛。“没有。”你说。（又是那个词！你几乎笑出声，但你又咽下口水，那份冲动消失了。）“并没有。但我……我现在能控制自己了。”

依卡缓缓点头：“你最好做到。”在她身后，金发女人似乎对此存疑。

然后，依卡重重叹了口气。她转身面对汤基和霍亚——后者现在看似平静又正常。至少，是霍亚标准的正常。

“那么，是这样。”依卡说，“我说下目前的情况。你们可以留下，也可以离开。如果你们决定留下，我会接受你们加入社群。但你们需要事先知道：凯斯特瑞玛是个独一无二的地方。我们这儿在做一种前所未有的尝试。如果这次灾季事实上为时短暂，桑泽人会一拥而上攻击我们，大家就会被喷到岩浆湖里完蛋。但我不认为这次灾季会短。”

她扫了你一眼，侧目，并不是等你确认。确认这个词不准确。因为这事从来就没有过疑问。任何基贼都清楚这件事，就像知道他们自己的名字一样。

“这次灾季短不了。”你同意。你的声音沙哑，但身体在恢复。“它会延续数十年。”依卡扬起一侧眉毛。是的，她的反应没错；你在力求温柔，为了让同伴不至于慌乱，但他们并不需要温柔。他们要了解的是真相。“数百年。”

即便这个，也是在轻描淡写。你很确定这次灾季至少会延续上千年。也许几千年。

汤基略微皱了下眉头：“好吧，所有迹象的确都表明，这次发生了一场超大规模基相力变异，或者就是整个地壳构造的同构稳定系统出现了一次简单扰动。但要克服那么大的静滞惯性，需要消耗的原基力可是非同小可。你们确定吗？”

你在瞪大眼睛看她，临时忘记了悲恸。依卡也一样，还有那金发女人。汤基生气地板起脸，尤其对你怒目而视。“哦，我 ×，别再一起对我扮震惊好吗？现在不用再保守什么秘密，好吧？你们知道我是什么人，我也同样了解你们的身份。我们还需要继续伪装下去吗？”

你摇头，尽管并不是在回应她的疑问。你决定回答她的另外一个问题。“我确定。”你说，“几百年。甚至可能更久。”

汤基很震惊：“没有一个社群有足够的储备撑那么久。甚至连尤迈尼斯都不能。”

传说中尤迈尼斯极其丰裕的储藏物资，现在都变成了某个岩浆池里的垃圾。你有点儿为那么多食物遭到浪费感到可惜。而另外一部分的脑子里却在想：好吧，人类终结于岩浆的话，速度更快，也减少很多折磨。

当你点头之后，汤基因为惊吓沉默不语。依卡看看你，又看看汤基，显然决定要换个话题。

“这儿目前有二十二个原基人。”她说。你吃了一惊。“我估计，随着时间流逝，还会有更多。你们对这个没意见吗？”她尤其注意汤基的反应。

就转换话题的效果而言，这句的确能吸引所有人的注意力。“怎么做到的？”汤基马上问，“你们是怎么把他们吸引来的？”

“这个不用你管。回答我的问题。”

你本来想让依卡省省吧。“我对这个没意见。”汤基马上说。你很意外，她居然没有咽口水之类表示紧张的动作。看来，她已经克服了对整个人类最终灭绝的担心。

“好的。”依卡转向霍亚，“你呢？这儿也有几个你的同类。”

“比你认为的还要多。”霍亚很小声地说。

“是啊。可能吧。”依卡相当冷静地听取他的意见，“你听到我们这儿的状况了，如果你想要留在这里，就要遵守这里的规矩。不能打架，不能——”她摇动手指，露出牙齿。这个还真是一目了然。“你们要听我的。明白了吗？”

霍亚微微侧头，眼睛里闪着纯粹的恶意。这目光跟他的钻石形牙齿一样让人震惊。你本来都开始把他当作一个挺可爱的小人儿了，尽管他有些怪癖。现在你不知道该怎么想。

“你才不能命令我呢。”

让你非常惊奇的是，依卡探身向前，把脸逼近到他面前。

“我这么说吧。”她说，“你可以继续做你们显然一直在做的事，努力保持着雪崩一样的隐蔽性——尽到你们同类的最大努力，要不然我就开始告诉人，你们真正的目的是什么。”

然后霍亚……居然退缩了。他的眼睛（只有眼睛）扫向门廊上那个非人类的女性。门廊上，他那个同类再次微笑，尽管这次没有露出牙齿，但霍亚看上去有一点儿沮丧。

“很好。”他对依卡说，带着一份古怪的庄重，“我同意你的条件。”

依卡点头，直起身体，让自己的注视在他身上又停留片刻，然后才转身。

“我刚刚想对你说的那件事，在你的小……一小会儿之前，是我们已经接收了一些人。”她对你说。她是背对你说的，本人转身走向那座房子的台阶。“但没有带着女孩旅行的男人，我觉得，而是其他寻找安身之处的旅人，包括一些来自赛拜克方镇的人。我们如果认定那些人有用，就会接收他们。”这样的时代，聪明的社群就会这样做：踢出不理想的成员，吸引那些技能和属性有吸引力的人选。那些拥有强势领导者的社群会系统地、肆无忌惮地这样做，有时近乎冷血。管理更差的社群同样肆无忌惮，但是标准更混乱，就像特雷诺社群要驱逐你。

杰嘎只是个石匠。有用，但石工并不是什么稀有技能。不过奈松，却跟你和依卡一样。出于某种原因，这个社群的人看似想要些原基人入住。

“我想见见这些人。”你说。有那么一丝渺茫的可能性，杰嘎和奈松会乔装改扮。或者其他人也许见过他们，在路上。或者……好吧。本来就是希望渺茫。

不过，你还是想试一试。她是你的女儿。为找到她，你会尝试一切可能。

“那行吧。”依卡转身招手，“请进来，我会给你们看几个奇观。”就像她还没展示过任何神奇事物一样。但你还是动身跟随她，因为不管是神奇事物还是未解之谜，跟最微茫最渺小的希望之光相比，都不值一提。

身体终将衰朽。能长期执政的领导者，必须要仰赖更多。

——第三板，《构造经》，第二节[①]

① 原文如此，但与前文第三章提到时不一致。——译者注

第十六章

茜因在隐密之乡

茜奈特醒来时侧身躺卧，感到寒冷。着地的，是她的臀部和肩部左侧，还有后背的大部分。寒气的来源是强风，几乎刺痛着吹过她的头发，掠过她颅骨后侧，这意味着她的头发一定披散开了，支点学院要求的发髻已经解体。此外，她嘴里还有类似尘土的味道，尽管舌头还是干的。

她试图移动，然后感觉全身痛，隐隐作痛。这是一种奇异的痛感，没有具体位置，不是抽痛，不是刺痛，没有任何具体的特性。更像是她全身都变成了一大片瘀青。她无意识地呻吟着，用意志力控制一只手活动起来，向下寻找坚实的地面。她用足够的力气撑在地上，想要得到一份能够控制自己的感觉，尽管她并没能站立起来。她唯一成功的就是睁开了眼睛。

她手掌下，眼前，都是易碎的银色石块：二长岩，或许是吧，或者就是某种较不常见的片岩。她总是没办法记住火成岩的类型，因为在支点学院，给料石生带地质学课的那位教导员讲课无聊的要死。几英尺外，那种不管是什么类型的岩石有个裂口，长出了一丛车轴草，还有一撮细长的其他野草，加上某种灌木似的野草。（她对生物课付出过的注意力更少。）那些植物在风中不停摇动，尽管幅度不大，因为她的身体挡住了大部分的风。

都滚开啦。她心想，然后略微清醒了些，对自己脑子里想法的粗鲁程度稍感震惊。

她坐起来，这样会痛，而且很难做到，但她还是做了，而坐起之后，她得以看清自己躺在一道平缓的岩石坡上，周围还有更多野草环绕。更远处是连续的、少云的天空。空气中有大海的气息，但跟她过去几周以来习惯的那种不一样：不那么腥咸，海味更淡。这里空气更干燥。从太阳的位置判断，时间应该是临近中午，而那份寒冷给人的感觉，更像是冬天将过。

但时间本来应该是傍晚；而且埃利亚是赤道附近的城市，气温应该是暖和的。而她躺着的，冰冷的硬地，本来应该是温暖的沙地。所以，我 ×，她到底在哪里？

好吧。她能找到答案。隐知一下，她躺着的岩石在海平面以上很高，相对接近一个熟悉的交界地：就是麦西默板块，组成安宁洲的两大地质板块之一。米尼默板块还在北方很远距离之外。而且她以前隐知过本板块的这段边界：他们现在离埃利亚不远。

但他们不在埃利亚。事实上，他们现在根本就没在大陆上。

茜奈特本能地想做更多，而不仅仅是隐知，她像以前做过的几次那样，探寻板块边界——

——但什么都没发生。

她在原地坐了一会儿，感觉浑身冰冷，不完全因为吹风。

但她并非孤身一人。埃勒巴斯特蜷着身体躺在附近。他修长的肢体蜷成胎儿的样子，要么是失去知觉，要么就是死了。不，没死，他身体侧面还有起伏，尽管很慢。好吧，这是好事。

在他身后，斜坡的顶端，站着一个瘦长的身影，身穿飘逸的白色长袍。

茜因吃了一惊，愣了片刻。“你好？”她的声音沙哑微弱。

那人形（是个女人，茜因猜想）并没有转身。她在看别处，凭高远望茜奈特看不到的某种东西。“你好。”

好吧，这算是个开始。茜因迫使自己放松，尽管这不容易，因为她无法向大地伸手，汲取让她安心的力量。现在没理由紧张的，她责备自己；不管这女人是谁，假设她想伤害他们，这之前早就有机会动手了。“我们在哪里？”

“一座海岛上，也许距离东海岸一百英里吧。”

“一座*海岛*？”这太可怕了。海岛就是死亡陷阱啊。仅次于住在断层线上空，或者待在休眠但并未死亡的火山口里。但——是的，现在，茜奈特已经听到远处海浪拍打岩石的声响，在他们待的岩石下面某处。如果它们距离麦西默板块边缘仅有一百英里的话，就过于靠近水下断层线。基本上就在断层正上方，看在大地的分儿上，他们随时可能死于一场海啸。

茜奈特站起来，突然好想看清当前处境有多么绝望。她两腿僵硬，因为在石头上躺了太久，但还是艰难地绕过埃勒巴斯特，直到走向斜坡，站到那女人身旁。在那里她看到：

大海，直到眼睛能看到的最远处，开阔，连绵不断。在她站立位置以下几英尺，斜坡迅速下沉，成了一段怪石嶙峋的陡崖，高出海平面数百英尺。当她小心翼翼走到崖边向下看，遥远的下方，只有浮沫在刀子一样的怪石之间盘旋，掉下去就死定了。她很快退了回来。

“我们怎么到这里的？”她胆战心惊，轻声问。

“我带你们来的。”

“你——”茜奈特转身看那女人，震惊之余，怒火也在迅速燃起。然后那怒火熄灭，只剩下震惊，主宰了她的内心。

做一尊女性雕像：不高，头发绾成简单的发髻，五官优雅，姿态娴静。将皮肤和衣物选为古旧温暖的象牙白色，只在虹膜和头发那里用些深色（两处都选了黑色），还有指尖。这里是生锈褪色一样的渐变，像是有泥土渐渐玷污。或者是血。

一个食岩人。

“邪恶的大地啊。”茜奈特轻声说。那女人没有回应。

她们身后传来呻吟声，打断了茜奈特本想说的任何话。（但她又能说什么呢？有什么可说？）她把视线从食岩人身上移开，集中在埃勒巴斯特身上，他在挪动身体，显然并不比茜奈特的感觉更舒服。但她暂时无视他，因为终于想到了一点儿能说的话。

“为什么？”她问，“你为什么带我们来这儿？”

“为保证他的安全。”

正如讲经人所说，食岩人讲话时，嘴巴是不用张开的。她的眼睛也没动。她完全可以就是一尊雕像，外形也像。然后理智占了上风，茜奈特注意到那怪物说出的内容。“为保证……他的安全？”这次，食岩人又没有回答。

埃勒巴斯特再次呻吟，于是茜奈特终于来到他身边，趁他有动静时，帮他坐起来。他的衬衣扯到了肩膀，他嘶声叫痛，然后她也迟钝地想起那位守护者的飞刀。刀已经不见了，但那道浅浅的伤口还有凝血，黏连在衬衣布料上。他睁开眼睛就开始咒骂。“Decaye, shisex unrelabbemet.”① 是她以前听他说过的那种奇怪语言。

“请说桑泽标准语。”她没好气地申斥，尽管她并没有真生他的气。她的眼睛还盯着那个食岩人，但食岩人继续保持静止。

“……我×，我×，可恶！”他说，一面抓搔伤处，“真他妈痛。”

茜奈特把他的手拨开。“别挠那儿。你可能会让伤口重新开裂的。”而且他们距离文明世界足足数百英里之遥，在多数方向上，都

① 猜想大意是：诅咒你，不靠谱的女人。——译者注

有一眼望不到边的海面阻隔。还在一个怪物的主宰之下，她的种族向来以神秘著称，另一个特色是致命。“我们有个伴儿。”

埃勒巴斯特完全清醒了，他眨巴着眼睛看看茜奈特，然后看她身后。看到食岩人，他的眼睛睁大了一些。然后他叫苦说：“可恶，可恶。这次你又干了什么？”

不知为何，得知埃勒巴斯特认得一个食岩人，茜奈特并不感到意外。

“我救了你的命。”那个食岩人说。

“什么？”

食岩人的胳膊抬起，那动作特稳，已经超越优雅，感觉几乎是超自然了。她身体其他部位都纹丝不动。她在指示方向，茜奈特转头望向西方的地平线。但那个方向的地平线是中断的，跟其他方向不同：左右两侧都是肥厚的天空和海洋，但在海天线条的中央，有个脓疱样子的小突起，肥大，放射红光，烟雾腾腾。

“埃利亚。”食岩人说。

后来发现，这海岛上有个村庄。尽管岛上只有连绵起伏的山岭、荒草和巨石——没有树木，也没有表层土。作为居住地真的一无是处。但当他们到达小岛另一侧，悬崖没有那么陡峭的地方，他们看到又一片半圆形海湾，跟埃利亚的那个还有几分相似。（跟埃利亚曾经有过的那片海湾相似。）但相似性也仅此而已，因为这个港口要小很多，村子也是直接挖在竖立的悬崖上的。

一开始很难看清。起初，茜因以为她看到的是天然石洞的出口，不规则地分布在凹凸不平的崖面上。然后她才意识到，那些洞窟出口形状全都一个样，虽然大小各自不同：洞口底部和两侧是直线，顶端是两条雅致的弧线，在中间点相交。而且在每个出口两旁，都有人刻出了建筑物正面：线条优美的石柱，屋顶倾斜的方形门廊，装饰繁复的翅托，上面有弯曲的花朵和嬉戏的动物。她见过更奇特的居所。虽然没有更怪很多，但住在尤迈尼斯，在以黑星和皇宫为翘楚的城市中，又在支点学院里，见识过它多变的高墙和黑曜石雕像之后，人们会对怪异的雕塑和建筑有相当的了解。

“她没有名字。”俩人一起走下一段有护栏的石阶期间，埃勒巴斯特告诉她。他们找到的这条路貌似通往村庄。他在谈论那个食岩人，后者在石阶顶端就离开了他们。（茜因只是朝别处看了一会儿，再回头食岩人就不见了。埃勒巴斯特之前向她保证，说她还在附近。他为什么这么确定，茜因并不是很想知道。）

“我叫她安提莫妮。你知道了，因为她全身大多是白色，对吧？这个词指的是一种金属——锑，而不是石头，因为她不是原基人，而且表示雪花白石的‘埃勒巴斯特’，已经有人占用了。”

好萌。“然后你叫这名字，她，不对，是它，也会答应吗？”

“她的确答应。”他回头看了一眼茜奈特，考虑到这里的阶梯特别特别陡峭，这做法还挺冒险的。尽管旁边有护栏，但是从这段台阶上跌落的人，最有可能的结局还是翻过栏杆，掉在下面石头上，死得特别不卫生。“反正她也不在乎这个，我觉得，如果她在乎，一定会表示反对的。”

“她为什么要把我们带到这里？”为了救他们。好吧，他们能看到埃利亚城在冒烟，隔着海面。但安提莫妮的同类通常都会无视，乃至回避人类的，除非人类把他们惹急了。

埃勒巴斯特摇摇头，再次集中精神看脚下台阶。“他们做任何事情，都没有什么原因而言，问不出‘为什么’。或者如果事出有因，他们也都懒得向我们解释。坦率讲，我已经不再追问了；反正问了也白问。安提莫妮过去一段时间总来找我，应该有，嗯，五年了吧？通常都是在周围没有其他人的时候。”他发出轻柔的，沮丧的声音，“我从前还以为她是我幻想出来的。”

好吧，随你了。“而且她从来不跟你说任何事吗？”

“她只说她是为我而来。我也不知道这是不是表示支持的那种意思——你知道啦，‘我永远站在你这边，巴斯特，我会一直爱你，不要介意我只是个活雕像，只有外表像个美女，我会一直守护你。’或者是更险恶那种含义。但，这又有什么区别？既然她已经救了我们。”

茜因也觉得没什么区别：“那么，她现在去哪儿了？”

“走了呗。”

茜因抑制住想把他踢下山崖的冲动。“去了，啊——”她记得自己读过的书上是怎样写的，但说出来，还是感觉很荒谬，“去了地下吗？”

“我猜是的。他们能在岩石中穿行，就好像石头是空气。我见过他们这样做。”他在台阶中间一段时常出现的平台上停下，这让西奈特险些撞上他后背。“你的确知道，这很可能就是她带我们来这里的方式，对吧？”

这是茜因一直不愿去想的一件事。即便是想到被食岩人触碰，都会让人心惊胆战。再去想被那种怪物拖带着，进入数英里厚的岩层，穿行于海水之下：这让她不寒而栗。食岩人是一种难以用常理猜度的存在——就像原基力，或者死亡文明的遗迹，或者其他任何无法用合理方式度量和预测的事物。但就连原基力也可以被理解（到一定程度）并被控制（经过勤学苦练），死亡文明的遗迹通常也可以回避，直到它突然从你面前的海底冒出来，但食岩人完全是为所欲为，任意来去。讲经人的故事里，谈到这类怪物时总忘不了大量警告；没有人敢跟他们作对。

这想法让茜因本人也停下脚步，然后埃勒巴斯特自己走完一段阶梯，才注意到她没有跟上。“那个食岩人，”她说，当他带着不耐烦的表情回头看她，“方尖碑里的那个。”

“并不是同一个啦。”他说，那份耐心适合特别愚蠢、但又不能当面指出他们的愚蠢、因为他们当天过得很不容易的那类人。“我跟你说过了，我认识这个食岩人已经有一段时间。”

“我不是这个意思。”你这大白痴。“方尖碑里的那个食岩人看到了我，然后……然后。它就开始动弹。它没死。”

埃勒巴斯特瞪着她：“你什么时候看到这些的？”

“我……”她想做手势，但又不知该怎样做。这事无法言传。“当时……就是在我……我觉得我应该是看到过。”或者就是她出现了幻觉。某种“死前回放自己一生”类型的幻觉，是守护者的刀子触发的吗？那感觉好真实。

埃勒巴斯特打量她好半天，他平时很灵动的面庞现在特别安静，她已经开始把这种表现跟不满联系在一起。“你做过某件事，那本应该让你丧命。结果却没有，但这仅仅是因为纯粹的狗屎运。如果你……看到某些异象……我并不感到意外。”

茜奈特点头，并不反对他的评估。在那些瞬间，她感觉到了方尖碑的力量。它的确可以杀死她，如果它还完整的话。即便当时，她也感觉……被火焚烧过一样，事后有些麻木。这就是她当前无法使用原基力的原因吗？还是因为守护者做过的某件事仍在发挥影响？

“在那边发生了什么？”她问他，有些丧气。这整件事都有太多部分不合情理。为什么会有人想要杀死埃勒巴斯特？为什么会有个守护者来完成这件工作？这些又跟那块方尖碑有什么关系？他们为什么出现在这里，待在一个堪称死亡陷阱的海岛上，困在可恶的汪洋大海中间？“目前正在发生什么事？巴斯特。大地吞掉我们吧，你这家伙明明知道，却不肯说。”

他的表情开始变得痛苦，但他最终叹气，两臂交叉起来：“我并不知道，你应该理解的。不管你可能会怎么想，但事实上，我并没有掌握全部答案。我完全不知道你为什么认定我知道。”

因为他懂得太多她不懂的事。还因为他是个十戒高手：他能做到她无法想象的事，甚至无法描述的事，她心里有时会觉得，他很可能也会理解她不理解的事情。“你了解守护者啊。”

“是啊。”他现在看起来很生气，虽然不是生她的气。“我以前是碰到过一些那样的人。但我不知道这家伙为什么会出现在那里。我也只能猜想。”

“这还是比毫无头绪要强！”

他看起来很抓狂：“好吧，听着。我猜：某个人，或者很多个某人，了解埃利亚港口中那块方尖碑的真相。不管是什么人，他们很可能也知道，一名十戒高手一旦开始隐知周边区域，很快就会发觉它。因为事实上，要激活方尖碑，需要的只是一名四戒者胡乱往海底隐知一下，自然而然的推论，就是那些神秘人并不清楚那块方尖碑到底有多敏感，以及多危险。否则，你和我都不会活着到达埃利亚城。”

茜奈特皱起眉头，一只手扶在栏杆上，稳住自己的身体，因为这时有一阵特别强的风吹过山崖。“某些人。”

“某团体。某派别，身处某种我们不了解的斗争之中，我们只是因为造化捉弄，误打误撞进入了战场。”

“守护者中间的派别吗？”

他轻蔑地哼了一声：“听你的语调，就好像这种事不可能存在似的。茜因，所有基贼都有共同的目标吗？所有哑炮都同心协力吗？就算是食岩人，怕也有互相吐口水的时候吧。”

那种争斗会是什么样，大概只有大地知道了。“所以，其中一个，啊，派别，就派出了那个守护者来杀死我们。”不。一旦茜奈特跟他说过，自己是那个激活方尖碑的人之后，目标就已经改变。“是杀死我。”

埃勒巴斯特面色凝重地点头：“我想他应该也是那个给我下毒的人，因为担心我可能会激活方尖碑。守护者并不愿意在哑炮们在场时教训我们，如果他们能避免的话。可能会为我们赢得不适合的大众同情心。那场光天化日下的袭击，其实是无奈之举。”她耸耸肩，一面考虑这件事，一面皱眉。“我猜，他当时没有尝试对你下毒，应该是我们交了好运。即便是对我，下毒计划本来也应该成功的。任何形式的身体瘫痪，通常都会影响到隐知盘。我原本应该毫无生机的。假如。”

假如他没能从紫石英方尖碑那里抽取能量，没能利用茜奈特的隐知盘完成他自己做不到的事。现在茜因更能理解他那天深夜做过的事了，感觉却只有更糟。她侧头问他：“没有人真正了解你到底有多大本事，对吧？”

埃勒巴斯特微微叹气，眼光移开。“甚至连我自己，都不清楚我能做到哪些事，茜因。支点学院教过我的那些东西……到了某个时间点之后，我就只能丢下了。我必须自行修炼。而有些时候，看起来，如果我能有不同的思考方式，如果我能丢掉足够多他们灌输的东西，我就可以……”他的声音逐渐淡去，皱眉沉思，“我不知道，我真的不知道。但我猜，我还是不知道比较好，要不然，守护者好早以前就已经把我干掉了。”

这几乎就是胡言乱语，但茜奈特认同地叹了口气：“那么，谁有这样的能力，能指派杀手型的守护者出动，来，来……”追杀十戒高手，顺便把四戒持有者吓得屁滚尿流。

“所有守护者都是杀手。”他沉痛地打断话头，“至于说谁有权力派出守护者，我就没有头绪了。”埃勒巴斯特耸耸肩。“传闻说，守护者直接听命于帝国皇帝——很可能，守护者是他最后仅剩的一点儿实权。又或许那也是谎言，实际上是尤迈尼斯的领导者控制他们，就像控制其他一切一样。又或者他们实际上听命于支点学院？说不清了。”

“我听说，他们是自治的。”茜因说。这很可能只是料石生中间的传闻而已。

“也有可能。在涉及他们核心秘密的问题上，守护者杀死哑炮的动作，跟杀死基贼一样快呢，或者当哑炮妨碍到他们时也一样。如果他们有个指挥等级的话，也只有守护者们自己才承认。至于说他们怎样达到目的……”他深吸一口气，“这就像某种外科手术。他们全都是基贼后代，但自己又不是基贼，因为他们的隐知盘具有某种物质，导致这种过程对他们来讲更容易起效。这涉及某种植入物。植入到脑子里。大地知道他们是怎么学会这种过程，或者何时开始这样做的。但这给了他们抵制原基力的能力，还有其他能力，更可怕的那些。”

茜奈特心中一凛，想起肌腱断裂的怪声。她的手掌隐隐刺痛。

“然而，他并没有试图杀死你。”她说。她在看他的肩膀，那里仍然要比周围衣服的颜色更深一些，尽管这段行程很可能已经让凝血松动，不再积聚于伤口上。那儿有些新鲜的潮湿印，又在流血，好在并不多。“那把刀——”

埃勒巴斯特肃然点头。“也是守护者特有的东西。他们的刀子看上去就像普通的吹塑玻璃，但并不是。那种材料像守护者本身一样特别，出于某种原因，其材质可以干扰让我们原基人拥有特别能力的那种因素。”他战栗了一下，“之前从来都不知道那是什么感觉；痛得跟岩浆烧到一样。而且，并不，”他快速补充，止住了茜因张口要问的问题。“我不知道他为什么用那东西攻击我。他让我们两个都变成了哑炮。我跟你一样毫无还手之力。”

这个她也想知道的，茜奈特舔舔嘴唇：“你现在能不能……是不是还……”

“是的。这症状要到几天之后才会消失。”见她一脸释然，他露出微笑，“我跟你说过，之前我也遭遇过那种守护者。”

“那时你为什么告诉我，不要让他触及我呢？用他裸露的肌肤？”

埃勒巴斯特沉默了。茜奈特一开始以为，他只是又犯了倔脾气，然后当她真正观察他的表情，才察觉他心里暗藏的阴影。过了一会儿，他眨眨眼：“我曾认识另外一名十戒高手，当时我还年轻。当我只有……他当时担任导师，某种意义上的导师。就像长石太太对你来说。”

“长石太太才不是——算了。”

他反正也在无视那老女人，只是沉浸在回忆里。“我不知道怎么会发生那种事。有一天，我们正在持戒者花园散步，只是出门享受一下美好的夜晚……”他突然停顿，然后带着一丝冷嘲，几分痛苦的表情看看她。“我们在找寻一个能够独处的空间。”

哦。也许这样一来，有几件事就说得通了。“我明白了。”她多此一举插嘴说。

他点头，同样多此一举。“反正呢，那守护者突然出现。赤裸上身，跟你看到的那人一样。他完全没说自己因何而来。他直接就……攻击。我都没看清楚——事态发展很快。像在埃利亚城一样。”巴斯特用一只手抹脸。“他掐住了赫西奥奈特的脖子，像是要让他窒息，但又没紧到真让他窒息的程度。守护者需要肌肤与肌肤之间的直接接触。然后他就那样抱着赫西，而且，而且整个过程都在笑。就好像这是世界上最美好的事情，那种病态的做爱。”

“什么？”她几乎不想了解细节，但又想知道，“那个守护者的皮肤能做什么？”

埃勒巴斯特下巴抽动，肌肉纠结：“它把你的原基力转向自己体内。我猜是的。我不知道有什么更好的解释。但我们体内所有的力量，能移动板块、封闭断层，等等能力，我们与生俱来的所有特长……那些守护者都能让它们反噬我们自身。”

“我，我还不知道……”但原基力并不能对肉体起作用啊，至少不能直接起作用。如果它能的话——

……哦。

他沉默了。这一次，茜奈特没有催他继续讲述。

“是的。那么，”埃勒巴斯特摇摇头，然后扫了一眼悬崖上凿出石洞组成的那座村庄，“我们要不要继续走啊？”

那个故事之后，已经很难谈话了。“巴斯特。”她向自己示意，强调那身服装，虽然沾满泥土，但仍能看得出是帝国原基人的黑衫。“现在，我们两个连晃动一颗卵石的能力都没有。我们也不了解这些人。”

“我知道啊。但我肩膀很痛，而且口渴。你在附近看到过有水流过吗？”

没有。而且没有吃的。而且也不可能游泳回到大陆，那么宽广的海面不可能游回去。这还是在茜奈特会游泳的前提下，实际上她不会；另一个前提是海洋里没有传说中的各种可怕生物，实际上很可能有。

“那么，好吧。”她说，挤过他身旁，头前带路，“让我先来跟他们谈话，这样你就不会害咱们一起丧命了。”这个不可理喻的疯子。

埃勒巴斯特咯咯笑了下，像是听到了她无声的感慨。但他没反对，乖乖跟在她后面下山。

最终，台阶变平，连接到一片削平的步道，这条小道在悬崖中段盘旋，高于最高水位线大约一百英尺。茜因猜想，这意味着整个社群地势足够高，不会受到海啸威胁。（她当然无法确定。这些水域对她来说还很陌生。）这也能弥补缺少城墙的问题，尽管整体说来，海洋就是个足够有效的屏障，把这里的人跟……社群外的任何人隔绝开来，假如这里也算一个社群的话。下方有十几艘小船停泊，随水起伏在貌似用石块和木板堆出的码头上，样子丑陋原始，跟埃利亚城精致的泊位和埠头无法相比，但同样很实用。那些小船样子也很古怪，至少跟她见过的船只相比：有些船简单优雅，看上去像是用一根树干凿出的，两边各绑了某种支撑。有些较大，还有风帆，但即便是大些的船，样式也跟她见过的完全不同。

船上和船只周围都有人，有些在来回搬运篮子，另外一些人在其中一条船上处理特别复杂的帆索结构。他们没有抬头看。茜奈特抑制住居高临下叫嚷的冲动。无论怎样，她和埃勒巴斯特早就被看到了。在前方第一个岩洞口——每个洞口都很巨大，现在他们到了“地面”层，终于能看清楚了——一拨人开始聚集在他们周围。

他们靠近时，茜奈特舔舔嘴唇，深呼吸。他们看上去并不凶悍。“你们好。”她试着打招呼，然后等待。没有人马上尝试杀死她。迄今还好。

等他们走近的二十来个人，脸上的表情看起来主要是困惑。这帮人大多是各个年龄段的孩子，有几个年轻些的成年人，少数老人，还有一只拴了绳的克库萨，看似友好，从它摇动的短尾巴推测。这些人肯定是东海岸人种，多数身材较高，跟埃勒巴斯特一样黑，尽管也有少数肤色偏白的居民，而且她至少发现了一个人是灰吹发型，在持续的微风里轻轻飘起。他们看上去并不紧张，这也是好现象，尽管茜因明显感觉到，他们并不习惯见到突如其来的客人。

现场有个较年长的男子，带着一副领导者派头，或许他就是这里的头目，此人站了出来。说了句完全听不懂的话。

茜因愣愣地瞪着他。她甚至分辨不出这是哪种语言，虽然听起来还挺耳熟。然后（哦，我 ×，当然了）埃勒巴斯特似乎打了个激灵，用同样的语言说了些什么，突然之间，所有人都在咯咯笑，嘟囔着，放松了下来。除了茜奈特。

她瞪了他一眼："翻译下？"

"我告诉他们说，你之前一直在担心，如果我先开口说话，他们就会杀掉我们两个。"他说，而她的确当场考虑了杀死他的可能性跟可行性。

就这样。他们开始谈话，这个奇怪村落的居民跟埃勒巴斯特，而茜因别无选择，只能站在那里，努力不显出沮丧的样子。埃勒巴斯特一有机会，就停下来给她翻译几句，尽管那些陌生人说的话，他转述起来也比较吃力，常打磕巴；所有人语速都很快。她感觉他只是在概述大意。省掉了好多。但能确定的是，这个社群名叫喵坞，而刚刚走上前来的是哈拉斯，他们的首领。

还有，他们是海盗。

"这个地方根本无法种植食物，"埃勒巴斯特解释说，"他们也是被逼无奈，只是要讨生活。"

天已经晚了，在喵坞人请他们进入组成社群的圆顶洞窟之后。山洞全在悬崖内部——这并不意外，因为这岛上除了一长列外观相似的山岩之外，就没什么了——有一部分山洞是天然的，另一部分用了未知的方法开凿出来。洞窟里边都很美，有人工开出的高耸拱顶，很多墙面上有引水渠样子的拱门，还有足够的火把和灯笼，让所有地方都不会给人狭小的感觉。茜因并不喜欢头顶有好多岩石，下次地震就能把所有人掩埋的感觉，但如果她一定要被困某座死亡陷阱的话，这座至少还算舒服。

喵坞人把他们安置在一套客房里——其实呢，就是一座空了一段时间，维护也不是很好的石室了。她和埃勒巴斯特得到了社群火堆旁取来的食物，获准使用公共浴室，还得到了几套本地式样的替换衣服。他们甚至还得到了有限的隐私权——尽管这个很难兑现，因为好奇的孩子们总会出现在他们石室的雕花窗户前，透过没有帘子的窗洞往里看，对他们傻笑几声，然后撒腿就跑。几乎有点儿可爱。

茜因当下坐在一堆叠起来的毯子上，这些东西的制作目的似乎就是坐，看着埃勒巴斯特把一段干净布缠在受伤的肩膀上，用自己的牙齿短时间咬住另一端，以便绑紧。他当然可以请她帮忙，但他没有，所以她也没主动帮忙。

“他们跟大陆人之间没有多少贸易往来。”他继续忙碌，“他们真正能拿来出售的只有鱼类，而大陆的海滨社群都有足够的鱼。所以喵坞人主营抢劫。他们攻击主要贸易路线上的商船，或者向特定社群勒索钱财，提供保护，声称可以打退攻击——是的，*他们自己的*攻击。不要问我这要怎么运作；反正首领就是这么跟我说的。”

这听起来……好悬。“但他们待在这里干什么？”茜因环视周围勉强凿出的墙面和屋顶，“这可是一座*海岛*。我是说，这些洞窟还算不错，某种程度上，但下次海啸或者地震一来，这一切都会被从地图上抹掉。就像你说的，根本没有种植食物的可能。他们有储藏室吗？要是碰上灾季怎么办？”

“有灾季他们就会死，我猜。”巴斯特耸耸肩，主要是为了让他的新绑带就位。“我问过这件事，他们只是一笑置之。你注意到了吗？这岛本身就是在一个岩浆活跃热点上？”

茜因眨眨眼。她并没注意到，但话说，她的原基力，现在就跟被大锤砸过的手指头一样麻木啊。他的应该也是，但看来，麻木也是按比例扣减技能的。“多深啊？”

“很深。短期内应该没有喷发的可能，甚至可能永远不喷发——但如果喷发，这里就将只有一个火山口，不再有小岛。”他苦笑一下，“当然啦，前提是小岛没有被海啸抢先抹掉。尽管我们已经很接近板块边缘。在这个地方，死掉的可能性太多了。但在我看来，他们完全清楚所有这些风险。认真的，但他们就是不在乎。至少他们可以到死都自由自在，免受拘束，他们说。”

“免受什么拘束？正常生活吗？”

“桑泽。”埃勒巴斯特微笑，眼看茜因吃惊得合不拢嘴。“据哈拉斯说，这个社群是一系列群岛中的一部分（群岛就是一组岛屿了，如果你不知道的话）。从这里一直延伸到南极，就是因为这个岩浆活跃点形成的。这个岛链上的某些社群，包括这个，已经存在了十个灾季，甚至更久——”

“胡扯！”

“而且他们甚至不记得喵坞是什么时间建立的，还有，啊，开凿出来的，所以也许这里的历史比那个还要长。他们早在桑泽时代之前就已经存在。就他们所知，桑泽人要么是不了解他们的存在，要么就是不在乎。他们从未被吞并。”他摇摇头，“沿海社群一直在互相指责，说别人窝藏海盗，没有一个头脑正常的人会航行到离海岸这么遥远的地方。也许没有人知道这些岛屿社群存在。我是说，他们很可能知道这些岛屿，但肯定不相信有人会愚蠢到住在海岛上。”

本来就不应该有人这样做。茜因摇头，被这帮人的执拗震惊到。然后又有一个本社群的小孩从窗台上探出头来，肆无忌惮地瞪着他俩，茜因忍不住微笑，那女孩的眼睛瞪得像盘子一样圆，然后放声大笑，用她们快嘴巴的语言说了些什么，然后就被她的同伴拉走了。勇敢又疯狂的小东西。

埃勒巴斯特咯咯笑着说：“她刚才说，‘超凶的婆娘居然也会笑！’”

臭丫头。

“我真不能相信，他们真的会疯到定居在这种地方。”茜因说，一面摇头，“我无法相信，这海岛还没有被地震搞得分崩离析，或者被火山喷成渣，或者被海水淹没过上百次。”

埃勒巴斯特移动一下身体，看上去有些什么图谋，茜因察觉这种迹象，做好了思想准备。“这样说吧，他们能存活，很大程度上因为他们食用鱼类和海藻。灾季里，大海并不会像陆地或者小型水体一样失去生机。如果你能捕鱼，就可以在任何时候得到食物。我并不认为他们会有食品储藏库。”他环顾四周，若有所思，“如果他们能让这个地方保持稳定，不发生地震和火山喷发，那么我猜，这儿会是个过日子的好地方。”

“但他们又怎么能——”

“基贼啊。”埃勒巴斯特看着她，笑起来，然后茜因才意识到，他就等着跟她说这句话。“这就是他们能存活这么久的奥妙所在。他们并不杀死自己中间的基贼。他们还让这些人当家作主。而且他们真的是很高兴、很高兴见到我们。”

食岩人是愚昧的化身。要从它们的诞生中汲取教训，并小心它们的赠礼。

——第二板，《真理经，残篇》，第七节

第十七章

达玛亚，在生涯尽头

世事变迁。支点学院的生活依旧秩序井然，但这世界从未停滞。一年过去了。

破罐消失之后，麦克西瑟再也不跟达玛亚说话。如果在走廊看见她，或者在点名后遇见，他会直接移开视线。如果发现她在看他，他就皱眉。但这种情况并不多见，因为她也没有那么频繁看他。她并不介意被这个男孩痛恨。他原本也只是一个潜在的朋友而已。现在，她已经清醒过来，不再想要那种东西，也不相信自己将来有资格得到一位朋友。

（朋友是不存在的。支点学院不是什么学校。料石生也不是小孩。原基人都不是人。武器不需要朋友。）

但日子还是很艰难，因为没有朋友，她会感到无聊。教导员们教她学会了读书，补上她父母没能做到的事，但她也只能读那么多书，然后就会感觉词句开始在书页上跳跃、颤抖，像地震中的小石子。反正，图书馆也没有那么多仅供休闲而不实用的书。（武器不需要生活乐趣。）只有在应用课上，她才获准练习原基力，尽管有时候她会躺在铺位上，把课程回想一遍，作为额外练习（毕竟，原基人的能力来自专注），但这种事，做起来也有个限度。

于是，为了消磨她的自由活动时间，以及其他不忙碌、没睡着的时间，达玛亚开始在支点学院内部闲逛。

没人阻止料石生这样做。没有人在自由活动时间及更晚的时候看守宿舍。教导员们也不执行宵禁。如果料石生愿意在睡意蒙眬中撑过第二天，自由时间可以延长为自由夜晚。成年人也没有采取任何措施阻止料石生离开学校建筑。如果有小孩在戒者花园中被抓到，这里禁止没有获得戒指的人进入，或者被发现接近学院出口，都会受到元老们的惩罚。但只要不触犯上面两条，惩罚都会比较轻，可承受；通常意义上的量刑适当。仅此而已。

毕竟，没有人会被开除出支点学院。运转失灵的武器，仅仅是被移出仓库而已。而可用的武器，理应聪明到忠心照顾好自己。

因此，达玛亚乱逛期间，就一直把自己局限在学院里最无趣的区域——即便这样，还是有足够大的区域可供探索，因为支点学院建筑群真的太大。除了花园和料石生训练区之外，还有好多楼群，有的住着有戒指的原基人，有的设立了图书馆和剧场，另有一座医院，还有全部成年原基人的工作场所，在他们没有到支点学院之外执行任务时待着的地方。院内还有长达数英里的黑曜石步道，加上大片绿地，既没有荒芜，也没有为可能到达的第五季做好准备。相反，那里被修建成园林景观。仅仅是为了美观而存在。达玛亚觉得，这意味着也需要有人欣赏它。

所以每当夜幕深沉，达玛亚就在所有这些景物之间漫步，想象着等她得到戒指之后，要住在哪里，过怎样的生活。这些区域的成年人通常都会无视她，来回奔忙，做他们自己的事，有人互相交谈，也有人自言自语咕哝，忙着大人们的事情。其中有些人会察觉她，但也只会耸耸肩，继续走。他们也曾是料石生。只有一次，有个女人停下来对她说：“你应该出现在这里吗？”达玛亚点点头，就从她身旁走开了，那女人也并没有追赶她。

办公楼要更有趣一点儿。她参观过有戒指的原基人使用的练习室：大剧院一样的厅堂，没有房顶，空无一物的地面上，用马赛克镶嵌成同心圆环状的图案。有时候，还有巨大的玄武岩散落，其他时候，地面有被扰动的迹象，但是玄武岩不见了。有时，她会见到成年人待在训练场，演练原基力；他们把岩石推来推去，像移动玩具一样轻易，时而让巨石沉入地底，时而又飞升到空中，只用意念就可以达到目的，让他们周围的空气变模糊，放出致命的冰冻之环。这既令人惊羡，也有点儿可怕，她尽最大可能理解别人在做的事，尽管她能看懂的并不多。她自己能做到这种事之前，还有好多东西要学。

最吸引达玛亚的建筑，就是主楼。这座楼是整个支点学院建筑群的核心：一座巨大的六边形圆顶大楼，规模超过其他所有楼宇的总和。支点学院最重大的事务都在这里进行。在这儿，持有戒指的原基人占据办公室，处理文献，支付所有支出，因为他们当然要自己搞定这些事。没有人愿意让别人讲闲话，说原基人毫无用处，只会虚耗尤迈尼斯城的资源。无论是财政还是其他方面，支点学院都是自给自足。自由活动时间开始时，主楼工作时间就已经结束，所以这里并不像白天那样繁忙，但每次达玛亚到这里来闲逛，都会发现有些房间里还点着蜡烛，有时开着电灯。

守护者们在主楼里也有个办公区。时不时，达玛亚就会看到暗红色制服出现在成群的黑衣人中间。那种时候，她会快步避开。并不是害怕。他们很可能早就看见了她，却没有打扰她，因为她也没有做任何明令禁止的事。这就像沙法跟她说过的：只有在特定的、有限的几种情形下，人们才需要惧怕守护者。但她还是回避这些人，因为在她的技艺提升的同时，她开始发现，有守护者在场时，自己总有一种奇怪的感觉。那是一种……嗡嗡响，令人不安，带有酸腐味道的感觉，更像是来自听觉和味觉，而不是隐知盘。她不理解这种感觉，但她发现，自己并不是唯一刻意回避守护者的原基人。

在主楼，有些区域已经很久无人使用，因为支点学院的建筑规模超过了当前需求，至少在达玛亚问起时，教导员们是这样回答的。支点学院建成之前，没有人知道这世上有多少原基人，或者就是建筑者们以为，会有更多原基人活过童年时代，来这里生活，实际数字却低于他们的估计。无论怎样，当达玛亚第一次推开一道看着气派却貌似无人使用的门，发现后面只有一段黑黑的、空荡荡的走廊时，她马上感到很是好奇。

光线太暗，向里看不到太远。近处，她能看到弃置不用的家具、废旧储存箱之类的东西，于是她决定暂时不去探索。她可能在此受伤的概率太高了。相反，她返回料石生宿舍，随后几天时间，都在做准备。轻易就能从餐盘里拿到一把用来切肉的玻钢小刀，宿舍区也有足够多的提灯，她私藏一盏并不会被人发现，于是她也这样做了。她还趁着到洗衣房当值的机会顺了一件枕套，做成一个小背包，这枕套边缘磨破，本来被已经在“废品”堆里，等最终准备就绪，她马上就出发了。

一开始进度很慢，每隔一段，她就用小刀在墙上做标记，以免迷路——直到她发觉主楼中的这个区域跟其他区域的布局完全相同：就是一条中央走廊，每隔一段距离会有楼梯，两侧有门，通往房间或者套间。她最喜欢的是那些单独的房间，尽管很多都特别无聊。会议室，更多办公室，时不时有较大的厅堂，足以用来办讲座，尽管大多数情况下，这些房间被用来存储旧书和衣物。

但那些书啊！好多都是图书馆里仅有寥寥几本的类型，浅薄的故事、恋爱和冒险小说、一点点胡编乱造的巫术。有时候，那些门后还有些特神奇的事物。她发现一个楼层，以前显然是被用作居住区的——也许是某年招收到的原基人太多，宿舍楼住不下吧。不管什么原因，看起来，当时很多住在这里的人都是仓促离开，把所有私人物品全部丢下了。达玛亚在衣柜里发现好多雅致的长裙，尽管环境干燥，也已经硬生生地开始腐烂了；还有学步期小孩的玩具；她妈妈会垂涎三尺的珠宝。她试戴过其中一些，对着粘满苍蝇屎的镜子傻笑，然后戛然停止，被自己的笑容惊到。

这里还有更奇怪的东西。有个房间里满是华丽的豪华座椅（现在都已经破旧不堪，长满蛀虫），所有的椅子排成圆圈，彼此相对：为什么？她只能猜想。还有一个房间，她到事后才明白，在漫游路线带她去过支点学院专门用于研究的实验楼之后：那时她才知道自己发现的是一间实验室，那里有奇怪的容器和精巧设备，她后来才知道是用来分析能量，控制化学反应的。也许是因为测地学家们不屑于研究原基力，而原基人只好自己开展研究吗？她只能猜想。

而且还有好多，多得数不清。这成了她每天都期待的事情，仅次于原基力应用课。她时不时会在学习上碰到些麻烦，因为有时候她会做白日梦，想象自己发现的那些东西，在测验时听不清问题。她留心不让自己懈怠得太厉害，以免被教导员们盘问，尽管她怀疑他们已经知道她每天晚上的探险。她甚至在乱逛的时候见到过几位教导员，四处游荡，在下班时间意外地很有人情味。他们并没有打扰过她，这让她非常开心。这种感觉很好，就像自己有个秘密，可以跟他们分享一样，而实际上她并没有分享。支点学院的生活总是井然有序，却是她*自己的*秩序。她确定这个，其他人都不来扰乱。有片属于自己的空间，感觉真是很好。

然后，突然有一天，一切都变了。

* · *

那个怪女孩如此隐蔽地混入料石生队伍，达玛亚差点儿就没发现。她们当时又一次走过戒者花园，上过应用课之后返回料石生宿舍的路上，达玛亚虽然累，但也有几分得意。马卡赛特教导员夸奖了她，因为她在身体周围只冻出了直径两英尺的聚力螺旋，就把她的控制区域深入到大约一百英尺的地下。“你就快准备好参加第一次授戒考试了。”他在课程结束时对她说。如果这是真的，她就将比大多数料石生提前一年参加考试，也是她这个年龄组里的第一个。

因为达玛亚沉醉于这样的前景，也因为这是漫长一天的黄昏，每个人都很疲惫，花园里没有多少人，教导员们也在忙着聊天儿，几乎没有人注意到那个陌生女孩混进队伍，正好站到达玛亚前面。就连达玛亚也险些没看见，因为那女孩精明地等到他们正在转弯，绕过一道树篱时才加入。一步之间，她就已经出现，跟所有人保持同样步幅。但达玛亚知道她此前并不在那里。有一会儿，达玛亚很害怕。她并不熟悉所有的料石生，但看到之后还是能认出来的，而这个女孩绝对不是其中一员。那么，她是谁呢？达玛亚不知道自己是否应该说些什么。

那女孩突然回头，看到达玛亚正盯着自己。她微笑，挤了下眼睛；达玛亚愕然眨眼。那女孩移开视线之后，她继续跟随，心里慌乱得无法开口。

他们继续穿过花园，进入门防区，然后教导员们离开，回住所休息，留下料石生们随意安排睡觉前的自由活动时间。其他孩子四下散开，有些去旁边橱窗取食物，新生步履艰难地回床上睡觉。几个精力较为充沛的料石生马上就开始做傻呵呵的游戏，绕着床位互相追逐。

像平时一样，大家都无视达玛亚，不管她要去做什么。

于是达玛亚面对那个并非料石生的冒牌料石生：“你是谁？”

“你真正想问的是这个问题吗？”那女孩看上去是真心感到困惑。她跟达玛亚同龄，高，瘦，比大多数桑泽年轻人的肤色更浅，但头发卷曲，而且是黑色，并不是灰色直发。她身穿一套料石生制服，而且还把头发扎在脑后，跟其他头发蓬松的料石生一个样。只有她完全是陌生人这一点，揭穿了她的伪装。

“我是说，你并不真心在乎我是什么人，对吧？”那女孩继续说，看上去，达玛亚的第一个问题像是冒犯了她，“如果我是你，就会想知道我来这里干什么。”

达玛亚瞪着她，一时语塞。与此同时，那女孩环顾周围，微微皱眉：“我还以为会有很多其他人发现我呢。但你们人数并不多——多少，这屋也就三十个？这比我在童园里的同学还少，要是有人突然在我班里冒出来，我都会发现的——”

“你是谁？”达玛亚继续质问，几乎是凶巴巴地说出这句话。不过，她本能地压低了嗓音，为防万一，还抓起那女孩的胳膊，把她拖到一个偏僻的角落里，这里更不容易被别人发现。此外，大家都已经有多年经验回避达玛亚，所以更不会有人到这里来。“马上告诉我，否则我就叫教导员。”

“哦，这还好一点儿。”那女孩坏笑，“这才更像我预料的情形！但只有你一个人发现，还是有点儿不正常——”然后她的表情变了，发觉达玛亚深吸一口气，张开嘴，显然打算喊。她语速很快地说起来：“我的名字叫比诺夫！比诺夫！你呢？”

这段对话的问题就是太平常，达玛亚来到支点学院之前的生活里，太过于习惯这样的对话，以至于她不假思索地回答：“达玛亚，壮——”她已经有段时间没想到过自己的职阶名称，也忘记了这部分名字不再适用，这些过去太长时间了，以至于她惊异地发现自己险些说出来。“我叫达玛亚。你来这里干什么？你从哪里来的？为什么会——”她无助地向那女孩做手势，包括那身制服、发型、比诺夫出现在这里的事实。

“嘘。现在你就要问一百万个问题吗？”比诺夫摇头，“听着，我不会在这里停留，也不会给你带来麻烦。我只是需要知道——你在这个学院内部，见过什么奇怪的现象没有？”达玛亚再次愣愣地瞪着她，比诺夫样子有点儿烦。“一个地方。有个奇怪的形状。可以这么说吧。一个巨大的——嗯，一个特别的东西，它——”她做了一系列复杂的手势，显然是想比划出自己想表达的意思。但完全无法让人理解。

只不过，也不是完全没希望。她不完全是乱比划。

支点学院整体是圆形的。达玛亚知道这一点，虽然只有在跟其他料石生一起穿行戒者花园时，她才能感觉到。黑星就矗立在学院所在地的西方；在北面，达玛亚也曾看到过一组建筑，高到超过那些黑曜石围墙。（她常常会好奇，不知道那些建筑里的居民会怎么想，每天从他们高耸的窗台和屋顶上，俯视达玛亚和她的同类。）但更重要的是，主楼也是圆形的——接近吧。到现在，达玛亚已经经常去那座楼黑暗的走廊里游荡，只带一盏小灯，用手指和自己的隐知盘寻找引导自己的去向。所以当比诺夫用两手比出六边形，她马上就知道这个怪女孩指的是什么。

看，主楼的围墙和走廊都没有足够的宽度，不足以占去那座建筑的全部空间。那座楼的房顶下面，覆盖着一个隐蔽的核心区，楼里的工作区和通道，都没能进入那个区域；正中央一定有个巨大的、空荡荡的区域。也许是院子，也许是座大剧场。尽管支点学院已经有另外几座剧场。达玛亚找到了环绕这片空间的围墙，也曾沿墙走过。墙不是圆形的，有平直的段落，也有拐角。都是六个。但如果有那样一道门，通往这个六角形的中央密室，肯定不在被弃用的区域——至少她还没有找到过。

“一个无门可入的房间。”达玛亚咕哝着，想都没想。她脑子里，早就开始这样称呼那个看不到的房间，从她意识到它一定存在时开始。然后比诺夫深吸一口气，探身向前。

“是的。就是。那房间叫这个名字吗？是不是就在学院正中间那座大楼里面？我本来就怀疑它在那地方的。就是。”

达玛亚眨眨眼，皱起眉头：“你。是。谁。”那女孩之前说的没错；她并不真的想问这个。但，这个问题跟现在迫切需要解答的一系列疑问都有关系。

比诺夫面有难色。她环顾周围，想了一会儿，咬紧牙关，最后说：“尤迈尼斯的领导者比诺夫。”

这对达玛亚来说，几乎没有任何意义。在支点学院，没有人拥有社群和职阶名称。任何人，如果在被守护者带来之前曾经是领导者，现在也不再是。生于此地，在外养育到一定年龄才被带回的料石生，已经有了一个原基人的名字，任何其他人，都会在获得第一枚戒指时被要求重起一个原基人名字。他们只有这样一个名称。

但随后，本能开始发挥效用，让几条线索连缀到了一起，突然之间，达玛亚意识到，比诺夫并不只是在对社会习俗表达不合时宜的忠诚，尽管那些东西在这里并不适用。对比诺夫来说，那些还是适用的，因为比诺夫不是原基人。

而且比诺夫不是随便哪一个安宁洲仔：她是个领导者，来自尤迈尼斯，她属于整个安宁洲最有权势家族之一，是贵人之后。而且她还偷偷溜进支点学院，假装自己是个原基人。

这太让人难以置信，太疯狂，以至于达玛亚一时间目瞪口呆。

比诺夫看出她已经明白，凑近过来，压低嗓音："我跟你说过了，我不会让你惹上麻烦。我现在就去，去找那个房间。而我对你全部的要求，就是暂时不要把这件事告诉任何人。但是之前，你想知道我为什么来这里。那个就是我来这里的原因。我要找到那个房间。"

达玛亚的嘴巴这才能闭合："为什么？"

"我不能告诉你。"发觉达玛亚目光凶悍，比诺夫抬起两只手。"这是为了你个人的安全着想，也为了我自己的。有些事情，只有领导者才能知晓，就连我，现在也不应该知道的。如果有任何人知道我把这种事说给你听，那么——"她犹豫了一下，"我不知道他们会怎样处置你我。但我也不想知道。"

破罐。达玛亚点点头，心不在焉："他们会抓到你的。"

"很可能。但等他们抓到，我只要告诉他们我是谁就行了。"那女孩耸耸肩，只有一辈子都没真正害怕过的人，才会这样满不在乎。"他们不会知道我为什么来这里。有人会通知我父母，我会有点儿麻烦，但反正我整天都在惹麻烦。不过，要是我在被抓到之前，能找到一些问题的答案，那就值了。现在，那个无门可入的房间在哪里呢？"

达玛亚摇头，马上就看出了陷阱。"要是帮你的话，我可是会有麻烦的。"她可不是什么领导者，甚至都不能算人；没有人会救她。"你应该离开，不管你是怎么来的。现在就走。如果你马上走，我不会告诉任何人。"

"不行哦。"比诺夫一脸的自以为是，"我费了好大劲才混进来。而且反正呢，你现在也惹上麻烦了，因为你发现我不是料石生之后，并没有马上报告教导员。现在你已经是我的同谋。对吧？"

达玛亚大吃一惊，感觉肚子里发紧，意识到那女孩说的没错。她也很愤怒，因为比诺夫正在试图控制她，而她痛恨被控制的感觉：

“那么，我现在大声喊还好些，胜过让你走开之后自己在别处被抓到。”然后她站起来，走向宿舍门口。

比诺夫惊叫一声，快步跟在她身后，抓住她的胳膊，压低声音说：“别这样！求你了——听着，我有钱。三个红钻片，还有一整颗变色宝石！你想要钱吗？”

达玛亚每一分钟都在变得更加愤怒：“可恶，我要钱干什么？”

“那就特权吧。下次你离开支点学院时——”

“我们根本就不能离开。”达玛亚眉头紧皱，把胳膊从比诺夫的抓握下甩开。这个愚蠢的哑炮到底是怎么混进来的？门口有卫兵的，来自城市民军，严密看守着每一条能走出学院的通道。但那些卫兵的职责是把原基人困在学院里边，并不是不让哑炮进来——就算卫兵们曾经试图阻止她，这个领导者家族的女孩或许也能用她的钱，她的特权，她的胆大包天，克服那些障碍。“我们之所以留在这里，因为只有在这个地方，我们才能避开你们这种人的迫害。滚出去。”

突然之间达玛亚不得不转身朝向别处，紧握双拳，努力集中精神，着急地深呼吸，因为她太过于生气，体内那个知道如何移动断层线的部分已经在向地底游离。这是可耻的失控，她暗自祈祷没有任何教导员察觉，因为那样一来，她就不会再被看作是最接近首枚戒指考试的学生了。更不要说，她最终可能会把这女孩冻成冰块。

让人抓狂的是，比诺夫还欠身绕过她身旁说：“哦！你是生气了吗？你是不是在运用原基力？那是一种什么感觉？”

这个问题太荒谬，她的无所畏惧也太不正常，以至于达玛亚的原基力迅速消退。她突然就不再生气，只是感到震惊。领导者小的时候都这副德行吗？佩雷拉太小，并没有领导者这个职阶，属于领导者职阶的人，往往居住在值得领导一下的地方。也许只有尤迈尼斯的领导者才这样。或者就是这女孩本人不正常。

就像达玛亚的沉默也是一种答复一样，比诺夫笑起来，在她面前转着圈子跳舞。“我以前都没机会见到原基人哎。我是说，我见过成年的，那些戴戒指，穿黑色制服的人，但没见过跟我一样的原基人小孩。你并不像讲经人说的那样可怕。但话说回来，讲经人就爱说谎。”

达玛亚摇摇头：“我真是搞不懂你在讲些什么。”

让她意外的是，比诺夫清醒了过来。“你说话跟我妈似的。”她看着别处，待了一会儿，然后双唇抿紧，显然是下定了决心，热切地看着达玛亚。“你愿意帮我寻找这个房间吗？还是不愿意？如果你不帮忙，至少也不要说出去好吧。”

尽管有种种顾虑，达玛亚心里还是充满好奇——对这个女孩，对可能找到无门可入房间的可能性，还有自己这份好奇心本身的新奇感。以前，她从未带过任何人一起探索。这还真是……令人兴奋啊。她挪动双脚，不安地四处观望，但她心里，已经有几分打定了主意，不是吗？“好吧。但我之前都没能找到进入的路径，而我在主楼探索过好几个月了。”

“主楼，那幢建筑叫这个名字吗？嗯，也是，这并不意外。很可能并没有容易发现的道路进入。或者本来是有的，只不过现在被封闭了。”她无视达玛亚瞪着自己的眼神，揉了揉下巴，“不过，该到哪里找入口，我倒有些想法。我看过一些古老的建筑结构图……好吧，无论怎样，入口应该是在那建筑的南侧。地面层。”

不妙的是，这个并不是无人使用的区域。不过，达玛亚还是说：“我知道路。”看到比诺夫闻言兴奋起来的表情，还真是让人高兴呢。

她带比诺夫走上自己平日常走的路线，走上她日常游荡的路途。奇怪的是，也许因为这次特别紧张，达玛亚发现一路上有更多人发现她经过。看她第二眼的人明显要比平时更多，当她经过一眼喷泉旁边，碰巧看见了加莱那教导员（加莱那，就是有一次发现她喝了酒，没有上报，救了她一命的那位教导员。）的时候，他甚至还对她微笑了一下，然后才回头继续跟爱讲话的同伴聊天儿。达玛亚这才意识到别人为什么要看她：因为他们都了解那个怪癖又沉默寡言的料石生，她总是一个人到处逛。他们很可能通过传言之类的渠道了解达玛亚，他们欢迎今天的变化，因为她带了个同伴一起探索。他们以为她有了个朋友。达玛亚很想笑，如果现实没有那么不可笑的话。

“真奇怪。”比诺夫说，她们当时走在黑曜石步道上，穿过又一片小花园。

“怎么了？”

“这个嘛，我一直都以为，在这里所有人都会发现我不对劲。但事实相反，几乎没有人留意到我。尽管我们是这边仅有的小孩。”

达玛亚耸耸肩，继续往前走。

“本以为应该有人拦住我们，问一些问题之类。我们有可能做些不安全的事情啊。”

达玛亚摇摇头：“如果我们中的一个受了伤，在流血而死之前被人发现，他们会送我们去医院。”然后达玛亚履历上就将多一个污点，很可能导致她永远不能参加持戒测试。她现在做的任何事情，都可能危及那件事。她叹了口气。

“那挺好。”比诺夫说，“但或许，更好的办法是在小孩子伤到自己之前就制止他们。”

达玛亚停在草地小路中间，回头面对比诺夫。“我们不是小孩子，”她厌烦地说，比诺夫眨眨眼，“我们是料石生，正在接受训练的帝国原基人。你现在看起来也是这样子，所以别人也把你当作我们这样的人对待。如果有几个原基人受伤，没有一个人会真正在意。”

比诺夫盯着她：“哦。”

“而且你讲话太多。料石生不这样的。我们只有在宿舍里才能放松，那也得是教导员不在场的时候。如果你一定要装作是我们中的一员，至少也请装得逼真一点儿。”

“好的，好的！”比诺夫举起双手，就像要讨好她，“抱歉，我只是……”面对达玛亚的怒视，她露出一脸苦相。“行啊。我不再说话就是。”

她闭了嘴，于是达玛亚继续走路。

她们到达主楼，从达玛亚习惯的位置进入。只是这次，她向右转弯，而不是左转，下楼，而不是上楼。这条走廊的房顶更低矮一些，墙面装饰的样式也是她以前从未见过的，每隔一段就有小幅壁画，描绘些令人愉悦的日常图景。过了一会儿，达玛亚开始担心，因为她们越来越接近她从未涉足过，也从来都不想去的区域：守护者区。“具体在南侧的哪个位置？”

“什么？”比诺夫只顾东张西望——这比喋喋不休的她更醒目，现在眨巴着眼睛，惊异地看着达玛亚。“哦。就在……南侧的某个地方了。”她被达玛亚瞪得一脸苦相。“我也不知道在哪儿！我只知道以前曾经有道门，现在有没有都不一定了。你就不能——”她晃动手指，“据说原基人是能做到那种事的。”

“什么，找门？除非这门是安在地底下的。”但就在达玛亚这样说的同时，她皱起眉头，因为……好吧。她的确能够隐知到门的位置，靠推断就可以。承重墙的感觉像是基石，而门框的感觉，就像是岩层中的空处——那些地方，建筑对地面的压力更小一点儿。如果这层有某扇门被藏了起来，门框是否也将被拆除呢？或许吧。但感觉起来，那里跟周围的墙面是不是还有区别呢？

达玛亚已经在转身，十指揸开，像她努力扩大感知范围时常做的那样。在原基力应用课堂上，地下有标记，小块的大理石，有词句刻在表面。要有很强的控制力，才能不仅仅找到石块，而且辨认出石头表面的刻字。这就像品尝一页书，察觉有墨的纸面跟空白处之间味道上的细微差异，用这种方式来读书。但因为她在教导员们的严格督导下一遍一遍又一遍做过很多次这类练习，她意识到同样的做法也适合当前情况。

“你是不是在使用原基力？”比诺夫急切地问。

“是，所以请闭嘴，小心我万一走神把你冻成冰块。”谢天谢地比诺夫还真听话了，虽然隐知不能算是原基力，也并没有把任何人冻死的风险。达玛亚对这份安静只有感激。

她沿着楼内的墙面摸索。跟坚实舒适的岩石相比，它们感觉只是力量的影子，但如果她够细心，还是能追踪它们的形状。然后，那里，那里，那里，沿着建筑内层的墙面，围绕隐藏密室的墙面搜寻，她能感觉到墙体……中断的地方。达玛亚深吸一口气，睁开了眼睛。

“怎样？”比诺夫真的已经口水直流。

达玛亚转身，顺着墙面一直走，等她到了正确的位置停下来，那里的确有一扇门。在有人使用的区域随便开门是有风险的；这搞不好是某个人的办公室。走廊很安静，空无一人，但达玛亚可以看到有些门下面有灯光透出，这意味着附近至少有一些人在加班。她先敲门。确定无人回应后，才深呼吸一下，尝试转动门把手。锁着。

“等一下。”比诺夫说，她在衣兜里摸索。片刻之后取出一件东西，样子像达玛亚以前用过的工具，用来挖自家农场里收获的库格坚果的那种。“我读的书上讲过怎么做这种事。希望这是把简单的门锁。”她开始用那东西捅锁头，一脸专注的表情。

达玛亚等了一会儿，随意靠在墙上，用耳朵和隐知盘一起侦听，留意任何接近的脚步震荡和话语声——或者更糟糕的，守护者接近时会有的嗡嗡声。不过现在是后半夜，即便是最勤于工作的人，也已经打算在办公室睡倒，或者返回住处过夜，所以在比诺夫努力搞清楚怎样使用那工具的漫长时间里，并没有人来打扰焦灼的她们。

“够了。”没完没了的等待之后，达玛亚说。如果有人到场发现了她们，达玛亚不可能推脱掉自己的责任。“明天再来，我们再试一次——”

“我来不了啊。”比诺夫说。她大汗淋漓，两只手都在发抖，这当然于事无补。“我能骗过保姆一个晚上，但第二次就不会管用了。我上次差点儿就成功了。再给我一分钟吧。”

于是达玛亚继续等，越来越紧张，直到终于听到咔嗒声，比诺夫吃惊地吸气。“成了吗？我觉得刚刚应该是成功了！”她试着推门，门开了。“大地那火焰熊熊的臭屁啊，这招儿居然管用！”

门后果然是某人的办公室：里面有张桌子，还有两张高背坐椅，靠墙放着几个书架。桌子比常见的更大一些，椅子也更偏华丽；不管是谁在这儿办公，肯定是个重要人物。对达玛亚来说，看到有办公室仍然有人使用，也是一次冲击，她在老楼那侧见过太多被弃用的办公室。房间里没有尘土，灯还亮着，尽管灯芯调得比较低。真奇怪。

比诺夫环顾四周，眉头紧皱，这办公室里面并没有另一道门存在的迹象。达玛亚走过她身旁，径直来到一个看似壁柜的地方。她打开壁柜：扫帚和拖布，还有一套备用的黑色制服，挂在横杆上。

“仅此而已吗？”比诺夫已经开始骂脏话。

“不会。”因为达玛亚能隐知到，这间办公室太短了，从门到远端墙壁的距离不够，跟这座建筑的宽度并不符合。而这个壁柜也不足以补足两者之间的差距。

她小心翼翼伸手越过那把扫帚，推了下远端的墙。没反应，那里是硬实的砖块。好吧，总之可以试一下。

“哦，对了。”比诺夫也凑过来，跟她肩并肩，摸遍整个壁柜里的墙面，还把备用制服推到一边。“这种老旧建筑总是有暗门，通往储藏室或者——”

“支点学院根本就没有储藏室。”达玛亚说这句话的同时，眨了眨眼睛，因为之前从来没考虑过这个问题。如果灾季来临，他们能怎么办？不知为什么，她觉得尤迈尼斯的居民应该不会愿意跟一帮原基人分享食物。

“哦，好吧。”比诺夫有点儿泄气，“不过，毕竟，这是尤迈尼斯城里，虽然是在学院以内。总该有些——”

这时她身体停住，眼睛瞪大，手指碰到一块松动的砖。她微笑，把一端按下，直到另一端翘起；用这种办法拽出了这块砖。砖下面有个门把手，看上去像是用铸铁做成的。

“东西藏在不为人知的地方。”比诺夫一口气说完这句话。

达玛亚靠近过来，很是好奇：“拉开它。”

“现在你开始感兴趣了？”但比诺夫的确用手紧握门把手，用力拉扯。

整个壁柜内墙松动，打开，暴露出背面的一个入口，还是用同样的砖块砌成。那条狭窄的通道几乎马上就转了弯，隐入黑暗。

达玛亚和比诺夫两人一起往里看，谁都没有第一个迈步。

“里面有什么？”达玛亚轻声问。

比诺夫舔舔嘴唇，盯着黑黢黢的隧道：“我也搞不清楚。”

“真是屁话。”这样讲话有一种可耻的快感，就像自己成了有戒指的成年人。“你来这里，肯定是希望找到某些东西。”

“我们先进去看看吧——”比诺夫想从她身旁挤过去，达玛亚一把抓住她的胳膊，比诺夫吓一跳，达玛亚手里的胳膊也变得紧绷。她居高临下怒目而视，就像自己受到了冒犯。达玛亚不在乎。

“不行。你得告诉我你在找什么，要不然等你进去了，我就把这门一关，再开启一场地震，让墙倒下，把你困在里边。然后去告诉守护者们。”这是吹牛吓唬人。在大地父亲的世界上，当着守护者的面擅自使用原基力肯定是最愚蠢的事了，然后还去跟她们说是自己干的。但比诺夫并不知道这些。

“我跟你说过了，这事只有领导者才应该知道！”比诺夫想要甩脱她。

“你不就是个领导吗；把这规矩改改。这不也是领导该干的事吗？”

比诺夫眨眨眼，瞪着达玛亚。好半天都没说话。然后她叹口气，揉揉眼睛，小细胳膊也不再紧绷。“好吧。行吧。”她深吸一口气，“在支点学院的核心地带，有个东西，一件圣器。”

“什么样的圣器啊？”

“我不知道。我真的不知道！”比诺夫迅速抬起两手，其间甩开了达玛亚。但达玛亚也已经不再试图拖住她。“我只知道……历史上缺失了一些东西。那儿有个空洞，有段空白。”

“什么？”

“在*历史上*。”比诺夫瞪着达玛亚，就好像她说的话真有什么意义似的。“你知道啦，就是教导员们教你的那些东西？关于尤迈尼斯如何建立之类？”

达玛亚摇头。她只是勉强记得童园里的老师提到过，尤迈尼斯是古桑泽帝国的第一座城市，除此之外，她几乎没听过关于它建立的任何事情。也许领导者受的教育就是比别人好。

比诺夫在翻白眼，但还是解释说：“以前曾有过一个灾季。正好发生在帝国建立之前的那个灾季叫作流浪季，北极点突然移位，庄稼歉收，因为鸟儿和昆虫都找不着北。那之后，很多地方都被军阀占据——灾季过后，总会发生这样的事。那时候人们别无指导原则，只有《石经》，流言和迷信。而由于流言影响，很长时间都没有人在这里定居。”她向下指她们脚下的土地。“尤迈尼斯本来就是完美的建城地点：气候条件好，位于板块中部，有淡水，又不靠近海洋，如此等等。但人们害怕这个地方，这畏惧历史悠久，因为这里曾有过某种东西。”

达玛亚从未听过这样的事：“有过什么？”

比诺夫看上去很生气：“这就是我正在努力寻找的答案！这是就历史上缺失的内容。流浪季之后，就是帝国历史了。疯狂季就发生在很短时间之后，而大军阀瓦里瑟——后来的瓦里瑟皇帝陛下，第一位皇帝，在那里建立了桑泽帝国。她的帝国在此地成立，在一片人人畏惧的土地上，以众人恐惧的那个东西为中心建造了一座城市。在早期，这的确有助于保证尤迈尼斯城的安全。后来，帝国更稳固之后，獠牙季和窒息季之间的某个时间，支点学院在此地成立。选择是有意而为。就在他们都害怕的那个东西的正上方。”

“但到底——”达玛亚中途闭嘴，她终于明白了，“大家都在害怕什么，历史书上并没有写明。”

“正是。而我感觉它就在这里面。”比诺夫指着那扇打开的门。

达玛亚皱起眉头：“为什么这件事只有领导者才能知道？”

“我不知道。所以我才来到这里。那么你到底要跟我一起进去呢，还是不去？”

达玛亚没回答，却走过比诺夫身旁，进入砖块砌成的通道。比诺夫骂了句脏话，然后跟在她后面，因为这些，她们一起进了洞。

隧道尽头是一大片黑暗空间。达玛亚一感觉到周围空气通畅，空间扩大，就停了下来。这里一片漆黑，但她能感觉到前方地面的形状。她抓住比诺夫，后者正在无视黑暗，特果敢地往前冲（真蠢），她说：“你等等。前方地面上被冲压过。”她在低声耳语，因为人在黑暗中难免这样。她的声音有回声，回声过了一会儿才传过来。这里空间很大。

“冲压，什么冲压？”

“就是向下冲压。”达玛亚试图解释，但跟哑炮们讲事情总是很难。如果是另外一个原基人，马上就会明白。“就像……就像这里曾有过一个特别重的东西。”重得简直像一座山。“岩层因此发生过变形。而且——出现了冲压痕迹。一个大洞。你会掉进去的那种。”

“我 ×。”比诺夫咕哝了一声。达玛亚几乎要避开这句脏话，尽管从较粗鲁的料石生那里她听过更恶心的，教导员不在的时候会有人说。“我们需要些光。”

前方地面上开始出现光点，一个接一个点亮。每个亮点出现时，都有模糊的咔嗒声（这声音也有回声）：小小的圆形白点，出现在脚边，在她们行进过程中组成两条线，然后还有更大很多的，四方形，奶酪黄色，从行进道两旁的亮点向外延伸。

那些黄色亮板继续顺次激活，并且扩展开去，慢慢形成巨大的六角形，渐渐将她们站立其中的空间照亮：一座巨大的中庭，有六面墙壁，头顶极高处是主楼穹顶。房顶距离太远，她们只能隐约看出支撑辐条。墙面平整，了无装饰，不过是主楼里随处可见的普通石料，但这个房间的地面大部分都铺了柏油，或者类似的东西，很是平整。像石头但又不是石头，略有些粗糙，很耐用的样子。

在房间正中央，的确有个冲压点。但又何止于此：那是个巨大的，渐细的深坑，有平整的侧面墙和精准的边缘线——切割的像钻石一样精准。“邪恶的大地啊。”达玛亚轻声说，小心翼翼沿着通道向前，到了黄色灯光勾勒出深坑轮廓的地方。

“可不。”比诺夫说，听起来同样被震惊到了。

有几层楼那么深，那巨坑，还特别陡。如果她掉下去，可能沿着斜坡一直滚落，到洞底时全身骨折。但更让她害怕的是那形状，它还是有棱面的。在最底端收拢成一个点。没有人会挖这样的坑。挖了有什么用？挖完就不可能爬出来了，就算你有这么长的梯子。

但话说回来，也没有人挖过这个坑。她能隐知到：有某个重得不可思议的东西，在地面上砸出了这个坑，而且那东西还在坑里待了足够长的时间，以至于下面的土壤和岩石都硬化成了这样平整、精致的平面。然后那个不知何物的东西又升高离去，像个醮了黄油的面包卷从餐盘上被拿开一样，只留下它本身的形状在这里。

但等等；那坑的墙壁并不完全平整。达玛亚蹲下来，为了更靠近一些察看，而她身旁的比诺夫只顾瞪大眼睛。

在那里：沿着每个平整的斜坡，她都能看到细细的，勉强可见的尖状物。是钢针吗？它们从平整墙面上的细缝里冒出来，杂乱无序，像是植物的根须。那针应该是钢铁的；达玛亚可以闻到空气中的铁锈味。划掉她之前的猜测：如果掉进这个坑，她会在落入底部之前，就被切成碎块。

“我可没料到会是这样。”比诺夫终于这样说。她的声音极低，也许是出于敬畏，或者恐惧。“我猜想过很多，但……不是这个。”

“这是什么？”达玛亚问，“干什么用的？”

比诺夫缓缓摇头：“这本来应该是——”

“秘密。”她们身后有个声音说，两人都吓得跳起来，警觉地扭转身体。达玛亚站得离大坑边缘更近，她脚下一绊，有个可怕的、恐高的瞬间，她曾绝对确信自己要掉进去了。事实上她放松下来，没有努力向前探身，试图调整重心，也没有做其他很多事，假如她还以为自己有机会不掉进去，她就会做的那些事。她感觉浑身无比沉重，而那个大坑已经在她身后张开了无法拒绝的巨口。

然后比诺夫抓住她的胳膊，把她向前一拖，突然之间，她意识到自己离那个边缘还有足足两三尺远。只有在放任自己掉落的情况下，她才会真的掉进去。这事情太奇怪，以至于她几乎忘记了自己为什么差点儿跌入。然后，那守护者已经沿步道走来。

那女人身形高大健壮，古铜色皮肤，有一种雕像式的美，灰吹发被修剪成硬毛竖立的斗篷形。她给人的感觉要比沙法更加年长，尽管这种事很难说得清。她的皮肤上没有老人斑，蜂蜜色眼睛旁边也没有鸦脚纹。她只是给人感觉……更沉重，那种做派。而她的微笑也跟达玛亚认识过的每个守护者一样令人抓狂，是宁静和恶意的奇特杂糅。

达玛亚心里想，*只有在她认为我很危险的情况下，我才需要感到害怕。*

不过，眼下有这么一个问题：如果故意去了明知道不该去的地方，这样的一个原基人算危险人物吗？达玛亚舔舔她的嘴唇，努力不显得害怕。

比诺夫满不在乎，迅速看看达玛亚，那女人，大坑还有门。达玛亚想告诉她，绝对不要做她打算要做的任何事，很可能就是撒腿逃跑。在守护者面前不能这样干。但比诺夫并不是原基人。也许这就能保证她没事，即便是做了蠢事。

“达玛亚，”那女人说，尽管达玛亚以前都从未见过她，“沙法会感到失望的。”

“她是跟我来的。”比诺夫插嘴说，那时达玛亚还没能回答。达玛亚惊奇地看着她，但比诺夫已经打开了话匣子，一旦开口，就貌似不可能被阻止。“我带她来这里。命令她必须跟着。她甚至都不知道有这道门和这个地方，直到我告诉了她。”

那不是真的，达玛亚想说，因为她早猜到这个地方存在，只不过还不知道怎么找到它。但那守护者好奇地看着比诺夫，这是个好迹象，因为还没有任何人的手骨被折断。

“那你是谁？”守护者微笑着问，“并不是原基人，我猜，尽管你穿了制服。”

比诺夫打了个激灵，就像她已经忘记了自己在扮演迷途的小小料石生。“哦，唔。”她挺直身体，仰起下巴。“我的名字是尤迈尼斯的领导者比诺夫。贸然闯入，还请包涵，守护者。但我有个问题，需要你来回答。”

比诺夫换了一种说话的腔调，达玛亚突然意识到：她的每个词间隔均匀，语调平稳，态度也不算傲慢，但很庄重。就像整个世界的存在都取决于她能否得到那个答案一样。就像她并不是某个显贵家族被惯坏的小女孩，一时兴起想做一件特别愚蠢的事。

那守护者愣了一下，侧着头眨眼，微笑暂时淡去。“尤迈尼斯的领导者？”然后她一脸殷勤，“真棒啊！你还这么年轻，就已经得到了社群名号。我们非常欢迎你来访，领导者比诺夫。如果你早告诉我们你要来，我们就会带你去看你想看到的东西了。”

比诺夫像是碰了个软钉子，略有惧色：“恐怕我是一时兴起，想自己来看看。也许这并不明智——但时至如今，我父母很可能已经发现我来了这里，所以您可以把这件事告知他们。”

这样说还挺精明，达玛亚吃惊地发觉，在此之前，她并没觉得比诺夫有什么脑子。现在说别人知道她的去向，时机很合适。

“我会的。”那个守护者说，然后她冲着达玛亚微笑，这让她的肚腹紧绷起来。“而且我还要跟你的守护者谈谈，然后我们所有人一起谈。那很值得期待，不是吗？是的。请吧。”她退开到一旁，微微躬身，示意两人在她前面走，尽管这态度还挺有礼貌，但达玛亚和比诺夫都知道，这并不是什么可以拒绝的请求。

那名守护者带她们离开房间。再次进入砖砌隧道时，身后的灯光熄灭。等到门关闭，办公室上锁，她们进入守护者区域，那女人碰了下达玛亚的肩膀，让她止步，而比诺夫继续向前走了一两步。然后当比诺夫停住，困惑地看着她们两个，守护者对达玛亚说："请在这里等着。"然后她上前几步，站到比诺夫身旁。

比诺夫看着她，也许试图通过眼神来传达什么。达玛亚移开视线，所以这消息没能收到，守护者带她继续沿走廊前行，进入一扇原本关闭的门。比诺夫带来的麻烦已经够多。

当然，达玛亚在那儿乖乖等着。她并不蠢。她站在一个繁忙区域的门口，尽管已经是这个时间，仍然有守护者进进出出，并且看她。她并不看这些人，而这样的态度像是令他们满意，于是他们继续忙，也不去打扰她。

过了一段时间，在有坑的房间里抓到她们的那个守护者回来，带她穿过那道门，手轻轻按在她肩上。"现在，让我们谈谈，好吗？我已经叫人通知沙法赶来；幸运的是，他目前就在城里，而不是像平时一样巡行四方。但在他赶来之前……"

门外有一片巨大的，铺了地毯的空间，分成很多精致的小格子，摆了很多小桌。有的坐了人，有的没有，那里来往的人，有些穿黑袍，有些穿暗红制服。还有极少数根本没有穿制服，而是平民装扮。达玛亚愣愣地、着迷地盯着看这一切，直到那名守护者一只手按在她头上，轻柔但是坚决地使她移开视线。

达玛亚被带到这间大屋尽头的一间私人办公室。但是，这里的那张桌子上完全是空的，房间也有一种很久不曾使用的感觉。桌子两边各有一把椅子，达玛亚于是坐了客人一侧的那把。

"我很抱歉。"守护者坐在桌对面时，达玛亚说，"我——之前都没有想清楚。"

守护者摇摇头，似乎这个并不重要："你碰过它们中的任何一个吗？"

"什么？"

“接口里面的东西。”那守护者依然面带微笑，但他们永远都在笑；这笑容没有任何意义。“你看到接口墙面上的突起了。你当时难道不好奇吗？有一个突起，距离你站的地方仅有一臂距离。”

接口？哦，还有墙壁上冒出来的钢铁突起。“不，我没有碰过其中任何一个。”这接口是连接什么的？

守护者坐得更靠前一点儿，她的笑容突然消失。它并没有渐渐淡去，也没有皱起眉来取代那种表情。她的脸上只是突然就没有了表情。“它有没有召唤过你？你有没有回答？”

情况不对。达玛亚突然就有这种感觉，本能反应，而这种感觉让她无言以对。那守护者连声调都变了——她的声音更低沉，更轻柔，几乎是在刻意压低，就好像她不想让别人听到自己正在说的话。

“它对你说过什么？”那守护者伸出一只手，尽管达玛亚马上驯服地伸出自己的手来回应，她的内心却并不情愿。她还是这样做了，因为必须服从守护者的指令。那女人抓住达玛亚的手，让她的掌心向上，她的拇指抚摩最长的那条掌纹——生命线。“你可以告诉我。”

达玛亚困惑不解，摇着头问：“你是说什么东西跟我说过什么？”

“它目前很愤怒。”那女人的声音压得更低，变得特别单调平板，达玛亚意识到，她现在已经不再避免被别人听到。守护者的声音变化，是因为这不是她的声音。“生气而且还……害怕。我听到两者都在聚集、增长，那愤怒和恐惧。正在准备，迎接回归之时。”

这就像……就像守护者的身体里有另外一个人，现在是那个人在说话，只不过用了守护者的脸，她的嗓音，还有其他一切。但就在这女人说出这番话的同时，她抓住达玛亚的那只手开始握紧。她的拇指正好停在沙法一年半之前捏碎的骨头上，现在开始下压，达玛亚痛得几乎昏厥，心里想着，我不想再受更多伤害。

“你想知道什么，我都告诉你。”她哀求，但那名守护者仍在继续按压，就好像她根本听不到。

“上一次，它做了不得不做的事。”压力，收紧。这名守护者不像沙法，她的指甲很长，拇指上的指甲已经开始切入达玛亚的肌肉。“它渗过墙壁，污染了它们纯粹的创造物，在能被利用之前利用了它们。等到至高连接建立起来，它就将*改变*那些能够控制它的人。束缚他们，命运连接到命运。”

“请不要这样做。”达玛亚小声说。她的手掌已经开始流血。几乎就在同一时间有人敲了一下门。那女人全都置之不理。

“它把他们变成它的一部分。”

“我根本就*听不懂*。”达玛亚说。这很痛。*很痛*。她已经浑身发抖，只等着自己骨折的声响。

“它希望得到交流。实现妥协。相反，那战斗……却愈演愈烈。”

“我听不懂啊！你讲的毫无头绪！”这全错了。达玛亚在对一名守护者大喊大叫，而她*明知*不能这样做，但这种行为本身也不对，沙法答应过，只有理由充足时才会伤害她。所有守护者都应该遵循这条准则；达玛亚在跟其他料石生和持戒原基人交流的过程中，看过很多可以作为证明的事例。支点学院的生活有它固定不变的秩序，而这个女人正在*打破它*。“放开我！你让我做什么都可以，求你放手啊！”

门打开，沙法冲了进来。达玛亚惊得喘不上气，但沙法并没有看她。他的视线盯在握住达玛亚手的守护者身上。他站到那女人身后时，脸上并没有笑容。“提梅。控制住自己。”

提梅不在家，达玛亚心想。

“它这番话只为警告，听好，”她继续用呆板的声音说，“下一次再不会有妥协——”

沙法轻声叹气，然后把他的手指插入提梅的颅骨后侧。

从达玛亚的角度看，一开始并不清楚他已经这样做。她只看到沙法有个突然的、暴力的动作，然后提梅的头向前突出。她发出的声音如此沙哑，喉音如此之重，几乎有点儿色情，然后她眼睛瞪大。沙法面无表情，又做了些什么，胳膊在动，这时才有第一道血痕绕过提梅的脖子，开始浸入她的外袍，洒落在她的膝盖上。她的手，握着达玛亚手的那只，突然放松，脸上的肌肉也松弛下来。

达玛亚也是这时开始尖叫。她继续尖叫，眼见得沙法又一次扭动手腕，鼻翼张开，很用力的样子，尽管不知道他在干什么，但骨骼碎裂和肌腱撕开的声音清晰可闻。然后沙法抬起一只手，举起一个小小的、难以辨认的东西（上面沾了太多血污），夹在他拇指和食指之间。提梅这时向前栽倒，现在达玛亚才看到她后脑部位，已经是血肉模糊的一团。

“安静些，小东西。”沙法温和地说，达玛亚闭了嘴。

又一名守护者进来，看看提梅，又看看沙法，然后叹气：“真是不幸。”

“非常不幸。”沙法把那血淋淋的东西交给这个人，他捧起两手接住那东西，很小心的样子。“我希望你们把这个挪走。”沙法向提梅的尸体点头示意。

“好。”那人带了沙法从提梅身上取出的东西离开，然后又有两名守护者进来，像第一个人那样叹气，然后把她的尸体从椅子上抬起来。两人把她拖出去，其中一个还暂停片刻，用手绢擦掉了提梅倒下时滴在桌上的几滴血。一切都很高效。沙法坐在提梅的位置上，达玛亚抬眼看他，只因为她必须这样做。他们静静地互相打量了一会儿。

“让我看看。”沙法温和地说，而达玛亚顺从地伸出手给他。神奇的是，手并没有发抖。

他用左手握住女孩的手——这只手还干净，因为没有用来扯出提梅的脑干。他翻转她那只手，细细察看，见到提梅的指甲掐破皮肤的新月形伤口时做了个怪相。单独一滴达玛亚的血从手掌边滚落，“啪嗒”一声掉在桌面上，正好在提梅的血迹刚被抹掉的地方。“很好。我本来还担心她会把你伤得更重呢。”

“怎么——”达玛亚想要开口问，却没有勇气说出更多。

沙法微笑，尽管这笑容很接近哀伤：“就是你不应该看到过的事了。”

“什么。”这句消耗了十戒级别的勇气。

沙法考虑了一会儿，然后说：“你知道我们守护者……跟别人不一样。”他微笑，好像在提示她有哪些不一样。所有守护者都笑得很多。

她点头。不说话。

“有那么一个……标准程序。”他暂时放开她的手，触碰一下他自己的颅骨后侧，在瀑布一样的黑色长发后面。“需要做到一件事。一种植入物。有时候那东西会出故障，然后就不得不被移除。像是你看到的。”他耸耸肩。右手依然沾满血污。“一名守护者跟他负责的原基人之间那份纽带，有助于避免最坏的结果，提梅却放任自己那部分朽坏。愚蠢。”

北中纬地区一座阴冷的谷仓；一瞬间貌似深情的表现；两根温热的手指，按压在达玛亚的后脑根部。*职责优先*，他当时说。*这东西会让我更舒服一些*。

达玛亚舔舔自己的嘴唇：“她——她当时。在说一些事。根本没有。意义。”

“我听到她说的一些话了。”

“她当时不是。*她自己*。”现在是达玛亚讲话毫无头绪了，“她已经不再是原来那个人。我是说，她当时是另外一个人。说话的方式，就像是……身体里有另外一个人。”在她脑子里。在她嘴巴里，通过她的嘴巴发言。“她总是说起一个接口。还有‘它’很愤怒。”

沙法侧着头：“大地父亲，当然是的。这是个常见的幻象。”

达玛亚眨眨眼。什么？它目前很愤怒。什么意思？

“而且你说的对。提梅当时已经不再是她本人。我很抱歉她伤害了你。我很抱歉你不得不见证那个。我真的很抱歉，小东西。”沙法的声调里有那么多真诚的歉意，脸上有那样真挚的同情，以至于达玛亚做了她在北中纬区阴冷谷仓之后再也没做过的事情：她开始哭泣。

过了一会儿，沙法站起来，绕过桌子，把她抱起来，自己坐在椅子上，让女孩蜷在自己怀里，靠在他的肩膀上尽情哭泣。支点学院的生活有它固定不变的秩序，看到没，它就在这里：如果没有被惹怒，守护者就是基贼所能得到的最接近安全保障的东西。于是达玛亚哭了好久——并不仅仅因为她当天晚上见到的东西。她哭，因为她一直感觉到有苦难言的孤独，而沙法……好吧。沙法爱着她，用他温柔与可怕兼具的独特方式。她不去注意他血淋淋的右手在自己臀部留下的印迹，也不去担心他手指抚摩在自己后脑上——那手指强壮得足以致命。整体来说，这些事情都无关紧要。

不过，等到这番暴风雨似的哭泣平息，沙法用他干净的那只手抚摩她的后背。“你现在感觉怎样，达玛亚？”她还是没有把头从他肩膀上抬起来。他身上有汗味，还有皮革和钢铁的气息，这些将永远跟舒适与恐惧联系在一起。“我没事。”

“好。我需要你为我做件事。”

“做什么？”

沙法轻轻握她的手，以示鼓励：“我要带你去大厅，然后去一间演练室，在那里，你将面对赢得第一枚戒指的考验。我需要你通过它，为了我。”

达玛亚眨眨眼，皱起眉，抬起头。他对她微笑，很温柔。但她突然明白了一点，通过一刹那的本能闪光，她知道这次考验的不只是她的原基力。毕竟，大多数基贼都被提前告知了考试内容，以便他们进行练习，做好准备。而这场考试却是马上就让她参加，没有预警，因为这是她唯一的机会。她已经证明了自己不服管束。不可靠。因为这个，达玛亚也必须证明自己有用。如果她不能……

“我需要你活下去，达玛亚。”沙法用自己的额头触及她，“我的有爱心的孩子啊。我的一生充斥着太多死亡。拜托你；为了我，通过这场考验。”

她有太多事情想要了解。提梅是什么意思；比诺夫将是什么下场；那个接口到底是什么，为什么要隐藏起来；去年破罐身上发生了什么。为什么沙法还要给她这次机会。但在支点学院，生活自有它固定不变的秩序，而她在其中的位置，并不允许她对守护者的意愿提出质疑。

但是……

但是……

但是。她转过头，看着桌面上她自己滴落的唯一那滴血。

这样做不对啊。

“达玛亚？”

这样做不对，他们现在对待她的方式。这个地方对待高墙里面每一个人的方式。他迫使她去做的事，活命的方式。

“你愿意去做吗？为了我？”

她还是爱他。但，这个也不对。

“如果我通过。”达玛亚闭上眼睛。她无法看着他说这番话。无法避免让他从自己眼神里读到这样做不对。“我，我要给自己挑选个基贼的名字。”

他没有责备她用词不当。“你想好了吗？现在吗？”他听起来还挺高兴，“是什么？”

她舔舔自己的嘴唇：“茜奈特。”

沙法靠着椅背，听起来若有所思：“我喜欢这名字。”

“真的吗？”

“当然是真的。你自己选择了它，不是吗？”他在大笑，但是好的那种笑。跟她一起欢笑，而不是嘲笑她。“这东西形成在地质板块边缘。在热力和压力下，它并不会退化，而是越来越强。”

他的确懂了。她咬住自己的嘴唇，感觉又有一波眼泪有溃堤的危险。她并不应该爱这个男人，但这世界上有很多不应该和不正确的事。所以她忍住眼泪，下定决心。哭泣代表软弱。哭泣是只有达玛亚才做的事。茜奈特将会更坚强。

“我愿意去做。”茜奈特轻声说，“我会为你通过考试的，沙法。我向你保证。”“我的乖女孩。”沙法说，然后微笑，紧紧拥抱着她。

[前文佚失]那些与大地过于亲近的人。他们已经不再是自己的主人；断不可允许他们主宰别人的命运。

——第二板，《真理经，残篇》，第九节

第十八章

你在地下发现奇观

依卡带你们进入那座她和同伴们走出来的房子。里面没有多少家具，四壁萧然。地板和墙壁都有磨损，周围弥漫着食物气味和体臭；的确曾有人在此居住，直到最近。也许是直到灾季来临。不过，现在这座房子只剩空壳，你和其他人斜穿到地下室入口。在阶梯尽头，你们见到一个又大又空的房间，只有醮了沥青的火把照亮。

就在这个地方，你开始意识到，这里并不仅仅是个古怪的社群，由人类和非人类组成的那种：地下室的墙面是厚重的大理石砌成。只为修建一间地下室的话，没有人会费力开采大理石，而且……而且你不能确定这些石料是有人开采出来的。所有人都停了下来，当你走向其中一面墙，触摸它。你闭上眼睛，开始探寻。是的，这里有一种熟悉的感觉。某个基贼建成了这片完全平整的墙，运用了你完全无法想象的意志力和专注程度。（但并不是你曾隐知过的最精准注意力。）你从未听说过有人用原基力来做这种事。这能力本来就不是用来建设的。

你回转身，发现依卡正在观察你："你做的？"

她微笑："不是。这个，还有其他隐蔽入口都已经存在了几个世纪，远在我出生之前。"

"这个社群里的人们运用原基力那么长时间了？"她之前说过，

这社群仅有五十年历史。

依卡笑起来："不，我只是说，这个世界已经多次转手，撑过了很多灾季。但在原基力的用处方面，大部分其他人都像我们的时代一样愚蠢。"

"我们在原基力的问题上并不愚蠢。"你说，"每个人都完全清楚，该如何来利用我们。"

"哦。"依卡一脸同情，"你在支点学院受过训练？在那里活下来的人，说话总是你这副样子。"

你想知道，这女人到底见过多少学院训练过的原基人。"是的。"

"好吧。现在你将会见识到我们还有多少其他能力，等我们愿意让你知道的时候。"然后依卡向她身后一面墙上宽阔的入口示意，就在几尺开外。此前你一直在惊叹地下室的建造方式，所以都没留意。隐约有风从那里吹入地下室。门口又有三个人来往逡巡，带着不同程度的敌意、警觉和兴趣打量你们。他们手里没有任何武器——武器都靠在附近墙上，而他们也并不刻意炫耀武装。但你已经感觉到，这些人应该就是本社群的看门人，守护着社群并不存在的大门。就在这间地下室里。

金发女人跟其中一名门卫低声交谈；这让她显得更为矫小，比他们中块头最小的人还要矮一英尺，很可能轻一百磅。她的祖先们真应该帮帮她的忙，多睡几个桑泽人。无论怎样，之后你们就继续走，门卫留在原地，两个坐在附近椅子上，第三个重新走上阶梯，估计是要在上面的空屋里察看周边动静。

你这时开始改变看法：地面上的无人村落，就是这个社群的围墙。是伪装，而不是屏障。

但伪装后面又是什么呢？你跟随依卡穿过入口，进入门后的黑暗中。

“这个地方的核心一直都存在。”她解释着，众人一起走过一段又长又黑的隧道，这可能是一座废弃的矿井。地上还有矿车的辙痕，尽管已经那样古老，沉入脚下的粗砂石，几乎难以辨认。现在只是脚下奇怪的突起而已。隧道的木柱看起来年深月久，安放电灯的壁龛也是一样——它们应该是为了插放火把设计的，然后被工程师改造过。电灯亮着，表明社群有地热或水力设施，或两者兼有；这已经胜过特雷诺。矿井里还比较暖和，但你并没见到常规的供热管。只是暖和，你们沿着斜坡向下走得越远，温度就越高。

“我跟你们说过，这个地区有矿藏。他们就是这样发现了这个地方，有段时间之前。有人打破了一堵不应该打破的墙，然后就闯入了一大片隧道网，之前没有人知道它们存在。”依卡沉默了好大一会儿，矿井越来越宽，你们所有人走下一段看似很危险的金属阶梯。这里有好多金属梯。它们看起来也已经很老旧，但奇怪的是，金属并没有老化生锈的迹象。其表面依然光滑闪亮，整体形状完整。阶梯一点儿也没有打晃。

过了一会儿你才迟钝地发现，红头发的食岩人已经离开。她没有跟你们一起走下矿井。依卡貌似没有察觉，于是你碰了碰她的胳膊：“你的那位朋友呢？”尽管你有几分猜到了答案。

“我的——哦，你说她啊。像我们这样子走路，对他们来讲很困难，所以他们有自己的行进方式。包括我永远猜不出的方式。”她扫了一眼霍亚，这男孩倒是跟你们一路走了下来。他冷冷地回看依卡，而她放声大笑。“有意思。”

阶梯底下又是一段隧道，尽管出于某种原因，它看起来不太一样。顶部弯曲，而非平整的方形，支持物也是某种粗壮的银色石柱，只延伸到墙体半截，像是肋骨一样。你几乎可以通过自己的毛孔尝到这段走廊的年龄。

依卡继续说:“事实上，这个区域的所有基底岩层都充满了隧道和侵入岩，矿场一座压一座。一个接一个的文明，都在前人的基础上继续挖掘。”

“阿里图西人，”汤基说，“贾马里亚人。下奥梯诸国。”

你听过贾马里亚，来自你在童园里教授过的历史课。那是一个大国的名称，就是它开始了官道系统，后来由桑泽帝国进一步完善。这国家一度统治着现今南中纬区的大部分。它在大约十个灾季之前覆灭。其他名字，估计也是某种已经灭亡的文明；这倒是挺像测地学家们关心的事，尽管其他人都懒得在意。

“危险啊。”你说，因为你不想过于暴露自己的不安，“如果这里的岩层被挖空过那么多次——”

“是的，是的。尽管任何采矿操作都有风险，一方面因为运作者无能，另一方面因为地震。”

汤基一面走，一面不停转身，观察一切，同时还能不撞到任何人，好神奇。“北方那场地震很强的，就连这些，按理说也应该已经坍塌才是。”她说。

“你说的对。那场地震，我们称之为尤迈尼斯地裂事件，因为还没有人提出更好的名称——它是很多年来世界上最严重的地震。我觉得自己这么说并不夸张。”依卡耸耸肩，回头看看你，“但是当然了，这隧道没有塌，因为我当时就在这里。我没让它们塌掉。”

你点头，缓缓点头。这跟你为特雷诺做的事没什么两样，只不过依卡要保护的不只是地面以上。这个地方的岩层肯定也是相对稳定，否则多少年前就应该塌掉了。

但你说:“你不会一直都在这里的。”

“如果我不在，别人也会做同样的事。”她耸耸肩，“我说过了，现在这里有很多我们这样的人。”

“关于那个——”汤基突然以单脚为轴转圈，全部注意力都集中在依卡身上。依卡笑起来。

“有点儿死心眼儿，是不是啊你？”

“并没有。”你怀疑汤基还在同时记录支撑结构和墙面成分，计算你们的步数，还有随便其他什么，并且还在说话。“那么你是怎样做到这件事的呢？怎样把原基人引诱过来。”

“引诱？”依卡摇摇头，“没有那么阴险啦。而且这个很难描述。我有那么……一种特殊能力，就像……”她安静下来。

突然之间，你就感觉到脚步踉跄。地上并没有任何障碍。只是你突然很难继续走直线，就像地面上多了看不见的坡度一样。沉向依卡。

你停下来，瞪着她。她也停住，转身对你微笑。“你怎么做到那个的？”你问。

“我不知道啊。”她摊开双手，面对你一脸的难以置信。“这只是我几年前开始尝试的一件事。开始做之后不久，就有一名男子来到镇上，说他在几英里外就感觉到我的存在。然后又来了两个小孩，他们甚至不知道自己在对什么做出反应。然后又有一个男的。之后我就一直那样做。”

“做什么？”汤基问，看看你，又看看依卡。

“只有基贼才能感觉到它。”依卡解释说，尽管到这时，你已经猜出了这一点。然后她扫了一眼霍亚，男孩正在观察你们两个，身体纹丝不动。“还有他们，我后来才知道。”

“估计也是。”汤基忍不住插嘴。

“地火哦，铁锈哦，你们可真是爱提问。”这是那金发女人在说，她摇头，示意所有人继续走。

现在，前方时不时传来细微的声响，空气在震荡，可以察觉。但这会是什么？你们一定已经在地下一英里深度，甚至两倍于此。这里的风还是暖的，而且夹杂着些你几乎已经忘记的味道，在你几周来都只能戴着口罩，吸入硫黄味和灰烬之后。这边有些烹饪食物的香气，那里有点儿蔬菜腐烂的气息，还有木柴燃烧的烟味。还有人。你闻到人身上的气味，好多人。而且前方有一道光，比墙上的电灯光强太多的光，就在正前方。

“一个地下社群吗？”汤基说出了你的想法，尽管她听起来很是怀疑。（你比她更了解难以置信的事。）“不可能，没有人那样愚蠢的。”

依卡一笑置之。

然后所有那些怪异的光都涌进来，开始照亮你们周围的隧道，空气流动越来越快，噪音也在加强。有个地方，隧道结束，成了一片宽阔的平台，周围装了金属围栏以保安全。这里是观景的好地方，因为某些工程师或者工匠完全理解新来的人会做何反应。你们的反应也正中很久以前那些设计师的下怀：你们张大嘴巴愕然瞪视，惊奇得难以自已。

这是个晶体球。你能隐知到这一点，你们周围的岩石突然变成了另外一种材质。就像溪水中的一块卵石，平滑织物中的卷曲之处；无尽的岁月之前有个岩石泡，在融化的岩浆流中形成，就在大地父亲的胸怀里。在这个袋状区域内，由难以理解的压力条件催生，沐浴在水火之间，晶体渐渐形成。这颗晶体球足有一座城市那么大。

这很可能就是某些人在里面建造了一座城市的原因。

你站在一座巨大的，穹顶形的山洞前，里面全都是闪亮的晶体柱，足有树干那么粗。巨大的树干。或者像建筑那样大。大型建筑。它们极为零乱地从岩壁上生长出来：不同长度，不同粗细，有些白而透明，少数有烟纹，颜色偏紫。有些短粗，它们的尖端距离长出晶体的墙壁仅有几英尺——但很多都从巨大山洞的一侧伸展到看不清楚的远处。它们构成支柱和道路，陡峭得无法攀爬，朝着没道理的方向延展。就像有人找了一位建筑师，让她用世上最美的材料建造一座城市，然后为了开玩笑，把所有建筑塞进一个盒子里，摇得乱七八糟。

而且这些人绝对是住在了里面。你在呆看期间注意到，狭窄的绳索桥和木质平台随处可见。有些悬吊的绳子上挂满电灯，还有粗索和滑轮驱动小小的升降梯，从一个平台前往另一个。在远处，有人正走下木质阶梯，那梯子环绕一座白色的倾斜石柱。两个孩子在下方远处的地面上玩耍，周围是房子那么大的短粗晶体柱。

实际上，有些晶体本身就是房子。它们上面被挖出了洞——有门有窗。你可以看到人们在有些门窗后面活动，晶体尖端刻出的烟囱里，有炊烟袅袅升起。

“邪恶的，吃人的大地啊。”你轻声感叹。

依卡两手叉腰站在一旁，看你们的反应，脸上带着几分骄傲。“大部分都不是我们做的，”她承认，“新添加的东西，比较新的桥梁，是我们建成，但那些掏空晶体的事情早就做好了。我们不知道它们是如何在保持晶体完整的情况下做到的。那些金属做成的通道，跟我们在隧道里走过的金属梯是同样材质。现在的工程师们完全说不清那是怎么制造的。冶金师和炼金术士看到这些东西全都高潮了。那边还有些机械设备，”她指向山洞几乎看不清的顶部，你们头上数百英尺之外的地方。你几乎听不到她说话，你的意识是麻木的，你的眼睛已经开始痛，因为瞪大着盯了太久——“那东西把肮脏的空气泵入多孔的土层，过滤之后，再送回地面。其他气泵还能送入新鲜空气。晶体球外部，很接近的地方，还有机械设备，可以把一段距离外的地热泉水引流到别处，穿过一个涡轮机组，给我们提供电力，我们花了好长时间才搞清楚它们是怎么回事。它们同时也提供日常用水。”她叹了口气。“但说实话，我们找到可以用的全部设备，真正能理解的连一半都不到。所有这些东西都是很久以前建成的。甚至远远早于古桑泽帝国建立的时间。”

“外壳一旦破裂，晶体球就会极不稳定。”就连汤基的声音，听起来也像是被震慑到了。你从眼睛的余光里看到，她现在安静下来，这可是你们见面以来第一次。“在晶体球内部建立城市，这种事想想都很疯狂。还有，那些晶体为什么发光啊？”

她说的对，它们是在发光。

依卡耸耸肩，两臂交叉：“不知道。但建造这地方的人想要它能持久，甚至撑过地震，所以他们对晶体球进行了改造，以确保实现目标。而晶体球真的撑住了，他们自己却没撑住。当凯斯特瑞玛的人们发现这里时，里面到处是骷髅——有些已经太古老，我们一碰就会化成灰。”

“于是你们社群的先辈就决定搬迁，住进这个死亡文明的遗迹里面，尽管上一拨冒险入住的家伙全都死光光。”你拖着长腔说。不过，这是个虚弱的冷嘲。你被震慑得太狠，没法儿找到合适的语调。“当然啦。为什么不重犯一遍前人的弥天大错呢？”

“相信我，这事一直都有争议。”依卡叹了口气，背靠在栏杆上，这让你打了个寒噤。如果她失足掉落，可是好长一段距离才能落地呢，而且在晶体球下部，有些晶柱看起来挺尖的。“以前没有人愿意长期住在这里，凯斯特瑞玛用这个地方和通往这里的隧道充当储藏库，尽管从不放入重要物品，比如食品和药物。但在所有那些时间里，墙面连一丝裂纹都没出现过，甚至是在地震之后。我们后来又因为历史事件加强了信心：上一个灾季控制这片地区的社群——一个真正的，繁荣的社群，有城墙，其他一切也应有尽有，却被一群无社群者击败。整个社群被烧为平地，他们全部的重要物资被劫掠一空。幸存者要么选择搬进这里，要么就只能尝试在地表求生，没有取暖物资，没有城墙，周边所有匪帮又都在朝这里聚集，意图掠取残羹冷炙。他们就是我们的先行者。”

绝望之时，不得拘泥陈规。《石经》上也这样说。

“那次并不顺利。”依卡直起身体，示意你们继续跟她走。你们所有人一起走下一段宽阔的、平整的斜坡，通往洞穴底部。你为时已晚地意识到，这斜坡本身也是一块晶体，而你正在沿着它的斜面行走。有人用混凝土铺在这东西上面，以免打滑。但在灰色步道边缘，你可以看到柔和的白色闪光。“那个灾季移居地下的大多数人，最终也都死掉了。他们没能让换气系统正常工作；只要在这里连续待上几天时间，人就会窒息。而且他们也没有食物，所以尽管温暖、安全、有足够的饮水，大多数人还是在太阳归来之前丧了命。”

这是个老掉牙的故事，只是发生的背景有几分新奇。你心不在焉地点头，努力不跌倒的同时，仰望一个老头儿借助吊索和滑轮从洞穴高空经过。他的屁股舒舒服服坐在绳圈里。依卡停下来向他挥手，老头儿也向她挥手致意，然后继续滑行。

“那场噩梦后的幸存者们建造了凯斯特瑞玛贸易站。他们传承下来一些关于此地的故事，但还是没有人想入住这里……直到我的高祖母意识到那些设备不能工作的原因。直到她让那些设备工作起来，办法只是走进那道入口。”依卡挥手示意你们进入的地方。“对我来说也管用，第一次下来的时候就可以。”

你停住脚步，所有人都继续走，除了你。霍亚第一个注意到你没有跟上。他转身看着你。表情里有几分戒备，这是之前从未有过的，你在恐惧和惊奇之余，隐约注意到这点变化。晚些时候，等你们有时间撑过这一段，你和他必须好好谈谈。目前还有更重要的事需要考虑。

“那设备，”你说，感觉嘴里很干，“它们是用原基力驱动的。”

依卡点头，似笑非笑：“工程师们就是这样想的。当然，它们目前正常动作的事实，让结论变得显而易见。”

“那么它——”你搜寻合适的语句，失败，“怎样运作？”

依卡笑起来，一面摇头：“我完全没头绪。它就是能用。”这个真的吓到了你，超过她向你展示过的任何事物。

依卡叹了口气，两手叉腰。“伊松，”她说，你身体一震，“你就叫这个名字，对吧？”

你舔舔嘴唇。“伊松，抗灾——”然后你停了下来。因为你正要说出自己在特雷诺镇这些年来在人前使用的名字，而那个名字是个谎言。“我是伊松。”你重新说，没说更多。有限的谎言。

依卡看看你的同伴们。“迪巴尔斯的创新者汤基。”汤基说。她几乎是尴尬地看了你一眼，然后低头看自己的脚。

“霍亚。”霍亚说。依卡多打量他片刻，就像还在等他说出更多，但他没有再说。

“那么，好吧。”依卡张开双臂，就好像要拥抱整个晶体球；她仰起下巴看着你们所有人。几乎是傲然不屈的表情。“我们凯斯特瑞玛人正在努力做到的目标：活下去。跟其他任何人一样。我们只想创新一点点。”她向汤基的方向侧头，后者紧张地咯咯笑，“我们可能在此过程中全体丧命，但是随它去，反正谁都可能会死。这可是灾季。”

你舔舔嘴唇：“我们能离开吗？”

“你他妈什么意思，问我们能不能离开？我们才来了这么点儿时间，根本不够探索——”汤基开了腔，看似很生气，然后突然明白了你的用意 。她苍白的脸色变得更加苍白。“哦。”

依卡的微笑像钻石一样棱角分明：“好吧。你们都不蠢；这是好事。跟我来。我们还要再去见几个人。”

她示意你们跟上，然后继续走下斜坡，然而她并没有回答你的问题。

在实际生活中，隐知盘，那对位于脑干底部的器官，被发现拥有多项感知机能，不止于区域地质活动和大气压。在实验观测中，它能做出反应的其他现象还有：捕食者的出现、其他人的情绪情感、极热或极冷现象，以及天体运行。这些反应的产生机制尚且无法确定。

——莫可奇城的创新者南维德，《论超常发育个体的感知力变异现象》，第七大学生物测量学研究部。致谢支点学院提供实验用尸体。

第十九章

茜奈特的守望

他们已经在喵坞逗留三天，然后局面有了改变。茜奈特这三天时间一直感觉格格不入，远远不止一个方面。第一个问题，就是她不会说当地的语言——埃勒巴斯特告诉她，这个叫作埃图皮克语。还有些沿海社群当作方言使用，尽管那里的多数居民也会学习桑泽标准语，以便进行贸易。埃勒巴斯特的理论是：这些岛民多数也都是沿海社群居民的后裔，从他们的主流肤色和直发，大致会得出这样的推论——但是因为他们的主业是抢劫而不是贸易，所以并没有学习桑泽标准语的需求。巴斯特试图教她埃图皮克语，但她并不在“学习一种新技能”的精神状态。这是因为第二个问题，两人体力恢复之后埃勒巴斯特就跟她挑明的：他们不能离开。或者说，他们离开这里也无处可去。

“既然守护者已经有一次试图杀死我们，他们就还会再来。”他解释说。这是在两人沿着荒山漫步期间；这是他们仅有的、能确保隐私的方式，因为其他条件下，总有一大帮孩子跟在后面，试图模仿桑泽标准语的奇怪发音。孩子们在这里有很多事情可做——他们大多数夜晚都在童园，在所有人都做完了捕鱼、捉蟹，或者随便其他什么事情之后——但显然这里并没有太多娱乐。

“因为我们并不知道做了什么事触动了守护者的神经，”埃勒巴斯特继续说，“现在返回支点学院可以说是愚不可及。我们甚至可能都进不了大门，就会被人用扰乱飞刀刺中。”

显然是这样，现在茜奈特认真考虑过之后也是这样认为。但还有些其他显而易见的事，每天她望向地平线，看到那冒着浓烟的一团，是埃利亚城残余的部分。“他们以为我们已经死了。”她强迫自己从那片灾难现场移开视线，试着不去想象她记忆中那个美丽的海滨社区现在是怎样的面貌。埃利亚城所有的警报系统，所有的防灾措施，都集中于应对海啸，而不是火山喷发——显然，这种不可能的灾祸还是发生了。可怜的赫瑞史密斯。甚至连埃西尔都罪不至死，尽管她很可能已经死了。

不能想这些事，相反，她把注意力集中在埃勒巴斯特身上：“你就只能说这些，是吗？被人当成死在埃利亚城，我们就有机会在这儿活下去，并且享有自由。”

“正是！”现在埃勒巴斯特微笑起来，几乎就要原地起舞。她以前从未见过这家伙如此兴奋。就好像他完全不知道他们的自由花费了多大代价……或者他只是不在乎。“这地方跟大陆几乎没有任何接触，有接触的时候，也完全算不上友好。我们指定的守护者如果距离够近，的确还能感知到我们，但他们那种人从来不到这种地方。这些岛屿啊，在有些地图上根本就不存在！”然后他清醒了一点儿。“但在大陆上，我们根本就没有摆脱支点学院的可能。尤迈尼斯以东的所有守护者都将在埃利亚城的废墟附近搜寻，查找我们幸存的迹象。他们很可能还会分发通缉公告，带上我们的画像，交给帝国大道巡逻兵和本地的方镇民兵。我估计我会被说成是米撒勒重生，你就是我的忠诚党羽。也或者你会赢得一些尊重，他们会认定你才是主谋。”

好吧，既然你这样说。

但他是对的。一个社群以如此恐怖的方式遭到毁灭，支点学院肯定会需要替罪羔羊。为什么不选择当时在场的两名基贼呢？他们两个加起来，本应该足够抑制任何即将发生的地质灾害。埃利亚的毁灭是一次背叛，跟支点学院对安宁洲的许诺完全相反：驯服的原基人，免受严重地震和火山喷发威胁的承诺。免于恐惧的自由，至少在下一次第五季来临之前。当然，支点学院会竭尽全力把他们两人丑化，因为如果不这样做，人们就会拆掉学院的黑曜石围墙，把里面的人杀个精光，连最年幼的料石生也不放过。

茜因的隐知能力对她也没帮助，现在她的隐知盘不再麻木，完全清楚埃利亚的状况有多糟糕。它正在她感知范围的边缘——这本来就是个意外；不知道为什么，她现在的感知范围比以前大了很多。但毕竟，情况很明显：在麦西默板块东部的平原上，有个竖井形的烧穿孔径一直向下、向下，向下。深入行星地幔。除此之外，茜因无法察知，但也不需要探查，因为她知道是什么造成了这眼竖井。它的边缘是六边形，它的大小跟榴石色方尖碑正好相当。

而埃勒巴斯特却得意扬扬。仅仅这一点，就足够惹她痛恨了。

他看到女伴的脸相，微笑淡去：“贼大地啊，你这辈子有过高兴的时候吗？”

“他们会找到我们的。我们的守护者可以追踪我们。”

他摇头。“我的那个，找不到我。”你记得那个埃利亚城的奇怪守护者提过这件事。“至于说你的。当你的原基力被消除时，他就失去了你的踪迹。你要知道，那会截断一切，不只是我们的能力。他必须再次触及你，才能让纽带重新发挥作用。”

你对这些毫无头绪：“但他不会停止寻找。”

埃勒巴斯特愣了一下：“你真的那么喜欢待在支点学院？”

这个问题让她震惊，也让她更加生气：“我在那里至少可以做我自己。不用隐藏自己的身份。”

他缓缓点头，脸上的表情告诉她，他特别理解她现在的感受："那么，你在那儿的时候，自己又是什么呢？"

"×。你。"她突然就气得不行，气得不明白自己为什么生气。

"我做过了。"他的坏笑让她火冒三丈，一定跟烈火中的埃利亚城相当。"记得吗？我俩互搞的次数大概只有大地知道，尽管我们互相受不了，因为这都是听别人的命令行事。或者你已经成功骗过自己，以为自己也想要了？你真的那么需要那个玩意儿吗？哪怕是我乏善可陈、沉闷无趣的那活儿？"

她没有用语言回答。她已经不再思考，也不再说话。她深入了地底，而地壳在跟她的怒火一起战栗，又扩大了怒火。她身体周围形成的聚力螺旋面既高又细，留下一英寸宽的冰凌，那气势如此暴烈，以至于空气嘶鸣，瞬间变成惨白色。她真想把这家伙冻到北极，然后再捉回来。

但埃勒巴斯特只是轻声叹气，略微有点儿小动作，然后他的聚力螺旋就轻松抹掉了她的那个，就像用手指掐灭一根蜡烛一样容易。跟他实际能做的事情相比，这招儿算是温柔的，她的怒火这么快就强势地被抹除，还是让她吃惊得步履蹒跚。他上前一步，像是要帮她，而她口齿含糊地叫嚷着避开他。他马上后退，抬起两手，像在请求和解。

"对不起哦。"他说。他听起来像是真心抱歉，所以她没有马上气呼呼地离开。"我只是想证明自己的立场。"

他的确做到了。其实之前她也很清楚自己的处境：她只是个奴隶，所有基贼都是奴隶，支点学院提供的安全感和个人成就感，都隐藏在锁链之下，他们剥夺了她的生存权，甚至包括控制自己身体的权利。她尽管知道这件事，在自己内心承认这是事实，这种事实，却没有人会用来攻击别人（甚至在需要证明自己立场的时刻）。因为这样做既残忍，又没必要。这就是她恨埃勒巴斯特的原因：并不是因为他更强大，也不是因为他疯狂，而是因为他拒绝让她保留任何礼貌的幻想，不让她隐藏任何事实，而她一直要依靠这些自欺，才能活得舒适、安全，才能撑过这么多年。

他们互相怒目而视，又过了一会儿，然后埃勒巴斯特摇头，转身想要离开。茜奈特跟在后面，因为实在没有别的地方可去。他们回到洞口层。走下阶梯途中，茜奈特别无选择，不得不面对她在喵坞感觉格格不入的第三重原因。

社群港口中漂浮的，是一艘巨大优雅的帆船，也许算是快速帆船，也许算是大帆船，反正她觉得这些词跟船没什么区别，总之，这艘船比所有较小船只加起来还要更大。它的船体用了一种特别深色的木料，几乎是黑色的，偶尔有些地方用浅色木材修补过。它的船帆是偏棕色帆布，也已经后补过多次，被太阳晒成褐色，沾满水迹……但是，不知为何，尽管有那么多污迹和伤痕，整条船还是带着一股诡异的美感。它的名字叫克拉尔苏，至少这词在她听来接近这样的发音，而它是在茜奈特跟埃勒巴斯特到达喵坞之后两天进港的。船上有相当一部分本社群的健壮成年人，还有很多不义之财，来自沿海航线上长达数周的劫掠。

克拉尔苏还给喵坞送来了它的船长——事实上，是副首领，他是副职的唯一原因，是他离岛的时间比在岛时间更长。除此之外，茜因看到这家伙跳下船板，问候欢呼人群的一刹那就能看出，他才是喵坞真正的领头人，因为她不用听懂一句话，就能看出这里所有人都爱戴他，崇敬他。艾诺恩是他的名字，用大陆的习俗说，就是喵坞的抗灾者艾诺恩。大块头男人，像多数喵坞人一样皮肤黝黑，体形更像是壮工，而不是抗灾者，个人魅力方面，完胜任何一位尤迈尼斯的领导者。

只不过，他并不是真正的抗灾者，也不是壮工，更不是领导者，在这个对桑泽习俗如此抗拒的社群，这些词都没有什么意义。他是个原基人。一名野种，生来自由，由哈拉斯放养着长大——哈拉斯本人也是个基贼。在这个地方，他们所有的头领都是基贼。这就是小岛能撑过那么多灾季仍然屹立不倒的原因。

而除了这些事实之外……好吧。茜因并不是很清楚，该怎么应对这个艾诺恩。

举例来说，他们进入社群主入口的一瞬间，她就能听到他说话。所有人都能听见，因为他在山洞里发言，显然也跟在船甲板上一样。他没必要这么大声，山洞里随便一点儿声响都有回音的。他就是那种不肯约束自己的人，就算在应该自律的场合。

比如现在。

"茜奈特，埃勒巴斯特！"全社群聚集在公共厨火旁，分享晚餐。每个人都坐在石凳或者木凳上，休息、闲聊，但有一大帮人坐在艾诺恩周围，显然是被他分享的……某种东西迷住了。不过现在，他马上切换成了桑泽标准语，他是本社区少数会使用这种语言的人之一，尽管口音很重。"我一直在等你们两个呢。我们留了好故事给你们听。这儿坐！"他还真的站了起来，向他们招手，就好像放开嗓子叫嚷仍然不够吸引他们的注意力一样，就好像一个两米高、发辫蓬松、身着三个国家花俏服饰的男人，在人群里还不够扎眼似的。

但茜奈特发觉自己也在微笑，当她跨入那圈凳子，坐在艾诺恩显然特地给他俩预留的空位上。其他社群成员轻声问候，茜因已经开始懂得这些日常口语；出于礼貌，她尝试着磕磕巴巴说出同样的话，并在自己弄错时承受大家的讪笑。艾诺恩向她微笑，重复那个短句，准确的说法。她又尝试一次，看到周围的人一起点头。"很棒。"艾诺恩说，如此热诚，她情不自禁就会相信他。

然后艾诺恩对她身边的埃勒巴斯特说："你是个好老师，我觉得。"

埃勒巴斯特微微低头："并没有。看起来，无论怎么做，我的学生们总会痛恨我。"

"唔。"艾诺恩的声音低沉，浑厚，像最深处的地震一样回荡。然后他微笑，就像岩浆泡冲破地表，明亮炙热又惊人的感觉，尤其是靠近了看。"我们必须试着改变这个，对吧？"然后他直视茜因，毫不掩饰自己的浓烈兴趣，显然也不在乎其他社群成员的轻笑声。

这就是问题，看到没。这个荒谬绝伦、大嗓门儿、又粗俗的男人，毫不隐瞒他想得到茜奈特的事实。而且不幸的是（如果没有这个，事情就好办了）他身上也有某种吸引茜因的特质。或许是他的野性吧。她从未见过像他这样的人。

问题是，他看上去也想要得到埃勒巴斯特。而且看起来，埃勒巴斯特对他，同样不是没兴趣。

这就有点儿混乱了。

成功扰乱了他们两人之后，艾诺恩把他无穷无尽的魅力转向他的同胞们："好的！看看我们，有足够的食物，还有崭新的精致的好东西，其他人制造，其他人付钱。"他在这里切换成埃图皮克语，重说这番话给大家听，最后一段让他们呵呵笑，很大程度上因为：船只进港以来，这里很多人一直在身穿新衣，佩戴珠宝之类的装饰。然后艾诺恩继续讲，茜因并不真正需要埃勒巴斯特解释，就知道艾诺恩在为所有人讲一个故事——因为艾诺恩在此过程中运用了整个身体，他向前探身，声音变得轻柔了一点儿，所有人都被他讲述的任何紧张时刻深深吸引。他模仿某个人从某个地方掉落，然后模仿落地的声音——两手掌成浅杯状互击，让空气迅速流出。听故事的小孩子真的会乐得打滚，更大的孩子咯咯笑，成年人微笑。

埃勒巴斯特为她翻译了一小段。看起来，艾诺恩是在给大家讲他们最近一次突袭，目标是一个小的沿海社群，北方大约十天航程。茜因只是半心半意听埃勒巴斯特的总结，主要是在留意艾诺恩的身体动作，想象他做其他完全不同的动作。突然，埃勒巴斯特停止了翻译。她终于意识到这个变化，有些吃惊。埃勒巴斯特严肃地看着她。

“你想要他吗？”他问她。

茜因面有难色，主要是觉得尴尬。他声音倒是不大，但他们就坐在艾诺恩身旁，如果他突然决定留心听一下……好吧，就算他听到又怎样？也许这样事情反而能简单一些，大家都开诚布公。这件事上，她真心想要有选择的机会，但埃勒巴斯特一如既往没有让她选择：“你全身上下就没有一根骨头懂得低调，是吧？”

“是的，的确没有。告诉我吧。”

“那么，你什么意思？这算是挑战吗？”因为她见过埃勒巴斯特看艾诺恩的眼神。简直可爱，看到一个四十岁的男人脸通红，像个处女一样支支吾吾。“是要求我退出吗？”

埃勒巴斯特畏缩了一下，看着几乎像是受了伤害。然后他皱眉，像是为自己的反应感到困惑（现在有两个人这样了），他退开一点点，嘴巴撇向一边。“要是我刚才说‘是的’，你会退出吗？你会真的退出吗？”

茜奈特眨眨眼。好吧，这事的确是她先提到。但她会愿意这样做吗？突然之间，她自己也不知道了。

不过，见她没有反应，埃勒巴斯特面容扭曲，很有挫败感。他咕哝了一句什么，很可能是“没关系”，然后站起来，走出了听故事的圈子，沿途刻意不打扰任何其他人。这意味着茜奈特无法继续跟上故事情节，但这没关系。就算不说话，看着艾诺恩也很满足，因为她不必继续留意故事情节，她可以考虑埃勒巴斯特的问题。

过了一会儿，故事讲完，所有人都在鼓掌；几乎马上，就有好多人要求再讲一个。趁着故事间歇的杂乱，好多人站起来去盛第二碗晚餐，从大锅里挖出香辣虾、米饭和烤熟的海栗子，茜奈特决定去找埃勒巴斯特。她不知道自己要说什么，但是……好吧。他应该得到某种答复。

她在他们的房间里找到了他，他蜷在大而空的房间里的一个小角落，离床几尺远。床上铺了干海草和硝制过的动物皮革，是他们晚上睡觉的地方。他也没点灯，茜奈特只能看出他是灰影中一个更黑暗的小点。“你走开。”她一进房间，埃勒巴斯特就没好气地叫嚷。

“我也住这里哦。”她没好气地回击，“你要是想哭，或者干什么其他事，大可以另找一个地方。”地啊，她希望这男人不是真的在哭。

他叹气。听起来不像是刚刚在哭的样子，尽管他蜷起两腿，手肘支在膝盖上，头部有一半埋在手掌里。他可能哭过。“茜因，你真是铁石心肠。”

“你也一样。在你想这样的时候。”

“但我并不想那样。不是一直想。可恶，茜因，你就没有对这一切感到过厌倦吗？”他动了一下。茜因的眼睛适应了一点儿，看出他在看着她。“你就没有过什么时候，只想……做个普通人？”

她进了房子，靠在门边墙上，两臂交叉，脚踝也交叉：“我们就不是人。”

“不。我们是人。”他的声音变得凶悍起来，“我才不管第几几几号重要狗屁委员会决议上讲过什么，也不管测地学家的分类标准，或其他任何这类东西。说我们不是人，只是他们自欺欺人的谎言，那样就不会因为对待我们的方式感到内疚——”

这个，也是所有基贼都知道的事。只不过埃勒巴斯特世俗得足以开口讲出来。茜奈特叹了口气，仰头靠住墙。“你白痴啊，想得到他，自己告诉他就好。想要就拿去。”就这样，他的问题得到了回答。

埃勒巴斯特的喘息声中途停滞，瞪着她："你也想要他的。"

"是啊。"反正说出来也没什么损失。"但是我没关系啊，要是……"她耸耸肩，"是的。"

埃勒巴斯特深深呼吸一次，然后又一次。然后第三次。她完全不明白这些呼吸声都是啥意思。

"我本来应该先这样礼让你的。"他终于说，"做出高贵的选择，或者装出这种姿态。但我……"在阴影里，他蜷缩得更紧一些，两臂紧紧抱住膝盖。他再次开口时，声音低得只能勉强听到。"只是太久了，茜因。"

当然，意思不是太久没有情人。只是太久没有跟他想要的人做爱。

中央聚会大厅里传来欢笑声，现在人们开始沿走廊走开，一面谈话，一面散开休息。两人都能听到艾诺恩的大嗓门儿，就在不远处回响。即便在他平常聊天儿时，也是几乎所有人都能听见。她希望这家伙不会叫床。

茜因深吸一口气。"要不要我叫他来？"为了清楚起见，她补充说，"给你？"

埃勒巴斯特沉默了好半天。她能感觉到他盯着自己，房间里有某种情绪上的压力，她不是很懂的那种。也许他感觉自己受到了侮辱。也许他受到了感动。可恶，她总搞不懂这男人的心思……更可恶的是，她完全不知道自己为什么要这样做。

然后他点头，一只手抓搔自己头发，低下头："谢谢。"这句话几乎是冷漠的，但她认得那种语调，因为她自己也用过。任何她不得不维护尊严，同时屏住呼吸用指甲掐着自己的场合。

于是她离开，追寻那个大嗓门儿，最终发现艾诺恩还在公共厨火旁，跟哈拉斯畅谈。到这时，所有其他人都已经散去，洞里到处回荡着小孩子闹着不肯睡觉的声音，欢笑声，说话声，还有外面港口中船的嘎吱声，伴随它们在泊位的摇动。在一切之上，还有大海低沉的呢喃。茜奈特坐在附近一堵墙边，倾听所有这些陌生的音响，等着。过了大约十分钟，艾诺恩谈话完毕，站起来。哈拉斯离开，一面因为艾诺恩说过的某句话轻声笑着；这家伙谁都能迷住。正如茜因所料，艾诺恩随后走到她面前，靠在她身边的墙上。

“我的船员们觉得，我想追你，就是犯傻。”他貌似不经意地说，仰头看拱起的洞顶，就像那儿有什么好玩儿的东西似的 。“他们觉得，你不喜欢我。”

“每个人都觉得我不喜欢他们。”茜奈特说。大多数情况下，事实的确如此。“但我真的喜欢你。”

他看着她，挺严肃，这也让她喜欢。调情会让她紧张，这样直截了当就好得多。“我以前也见过你们这种人，”他说，“被带到支点学院的人。”他的口音，让学院的名称听起来像是“痴线烂摊”，她觉得这样还挺合适。“你是我见过的最开心的一个。”

茜奈特哼了一声，对这个蹩脚玩笑表示不屑——然后，看到他嘴角微弯，略带嘲讽，眼睛里却有那么厚重的同情，她才意识到对方并没有开玩笑。哦。“埃勒巴斯特也挺开心的。”

“不。他并不开心。”

不。他的确不开心。但这也正是茜奈特不那么喜欢刚才这个玩笑的原因，她叹了口气。“我……实际上是为他而来。”

“哦？那么，你们两个决定分享了？”

“他就是——”她眨眨眼，开始听懂对方的意思，“呃？”

艾诺恩耸耸肩，考虑到他块头那么大，还一脑袋小辫儿，这动作幅度相当大。“你跟他本来就是情人嘛。这想法值得考虑。”

还真是个惊人的想法呢。“呃……不行。我不是……呃。不行。”

有些事情她不愿想象。“也许晚些时候再说吧。”晚很长时间。

他笑了，尽管不是在嘲笑她：“行啊，好啊。那么，你今天来，什么意思？让我伺候好你的朋友？”

“他才不是——”她却巴巴跑来，给他找情人。“可恶。”

艾诺恩笑起来（对他而言，这次不算响亮），挪动身体，侧面倚靠在墙上，跟茜奈特的方向垂直，以免让她感觉受到约束，尽管他已经靠近得足够让她感觉到体热。有时候大块头的男人应该这样做，如果他们想表现出关切，而又不显得有威胁。她感谢这份周到。而且她痛恨自己优先考虑埃勒巴斯特的决定，因为，地火啊，连他身上的气味都那么性感，这时他说：“你们是很亲密的朋友，我觉得。”

“是呐，我这朋友真他妈棒。”她揉揉自己的眼睛。

“好啦，好啦。所有人都能看出来，你是两人中间较强大的那个。”茜奈特听到这句话眨眨眼睛，但他是完全认真的。他抬起一只手，手指从她脸的侧面划下，从太阳穴到下巴，缓缓挑逗她。“很多东西打垮了他。他用口水和无休止的微笑维持自身完整，但所有人都能看到那些裂纹。而你不同；你有凹陷，有瘀青，但整体完好。你很好心，肯这样子守望他的周全。”

“因为从来没有人为我守望过。”然后她那样用力地闭嘴，以至于牙齿猛击在一起。她并不想这样说。

艾诺恩微笑，这次是温柔的，好心的笑。“以后我会的。”他说，然后俯身亲吻她。这是很潦草的那种吻。他的嘴唇是干的，下巴上也开始长出胡楂儿。多数沿海男人似乎都不长胡子，但艾诺恩一定是有些桑泽血统，尤其是他浑身那么多毛。无论怎样，他的吻很温柔，尽管扎人，感觉更像在表达感谢，而不是试图引诱。很可能他就是这个目的。“以后，我答应你，我会为你守望。”

然后他离开，前往她和埃勒巴斯特共享的房间，茜奈特目送他离去，为时已晚地想到：可恶，现在我到哪里睡觉啊？

事实证明，这是个伪问题，因为她根本不困。她去了洞穴上的石梁，那儿还有其他人逗留，呼吸深夜的空气，或者在其他社群成员听不到的地方聊天儿，而她也不是唯一满怀心事，站在栏杆旁深夜遥望海面的人。海浪不断涌来，让最小的船和最大的克拉尔苏号一样，摇晃着嘎吱作响，而星光洒满水面，浅淡的，模糊的光点在波涛之间跃动，像是能永远延伸下去。

在喵坞这里，一切都很平静。感觉很好，做她自己，在一个能被接受的地方。更好的，是那种无须担心周边环境的感觉。茜因在公共浴室见过的一个女人——克拉尔苏号的一名船员，她们中大多数至少会说一点点桑泽标准语——为她解释过一些事，当时两人一起泡在热水里，浴室用石头加热，这是孩子们每天承担的杂务项目之一。其实，这些都很简单。“有你们，我们才能活。”她对茜因说，耸耸肩，让自己的头仰靠在浴池边缘，显然并不担心自己这番话的怪异。在大陆，所有人都相信：有了基贼在身边，他们会不得好死。

然后那女人说了些真正让茜因紧张的事。“哈拉斯现在老了。艾诺恩在劫掠时，也察觉好多危险。你和那个笑脸男（这是当地人对埃勒巴斯特的称呼，因为那些不说桑泽标准语的人，说他的名字会很吃力）你们生些小孩，给我们一个，好吧？要么我们就得去偷，从大陆上偷。”

一想到这帮人，站在人群里跟食岩人一样显眼，却想要潜入支点学院去偷一名料石生，或者抢在守护者到达前，抓走某个野生原基人小孩，就让茜奈特不寒而栗。她并不那么喜欢这主意，一群人贪婪地盼着她怀孕。但在这点上，他们跟支点学院也没什么区别，对吧？而在这里，她和埃勒巴斯特生出的任何孩子，都不会在维护站终老。

她在石梁上的开阔处待了几小时，沉浸在海浪声里，渐渐让自己恍惚起来，不再思考。然后她终于注意到，自己后背酸痛，两脚发麻，海风也变得有些冰冷刺骨。她不能就这样在露天里站一整夜。于是她回到洞穴里，并不清楚自己应该去哪儿，只是听之任之。这可能就是她为什么最终回到“她的”房间外面的原因，站在那片勉强能提供一点儿私密感的门帘前面，听埃勒巴斯特在里面哭。

绝对是他。茜奈特认得他的声音，即便现在是泣不成声，一半被遮掩。几乎听不到，尽管这房间并没有门窗……但她知道为什么哭声如此轻柔，不是吗？任何在支点学院长大的人，都学会了用很轻、很轻的声音哭泣。

是这个想法，以及由此带来的同袍之谊，促使她抬起手来，慢慢地把门帘拉开到一旁。他们两人在床垫上，还好用皮革盖住了一半身体——这并没有什么区别，因为她能看到房间里乱丢的衣物，还有空气里性液的气味，所以，他们在做什么，其实很明显。埃勒巴斯特蜷起身体侧躺着，背对茜奈特，瘦骨嶙峋的肩膀抖动不已。艾诺恩单肘支撑身体，抚摩他的头发，茜奈特挑开门帘时，他抬眼看了一下，但并没有显出被打扰的样子，也不吃惊。事实上（考虑到两人之前的对话，她实在不应该感到意外，但还是很意外地发现）他抬起一只手，招呼她过来。

她不清楚自己为什么服从。而且也不知自己走过房间时为什么要脱衣服，还有为什么掀开埃勒巴斯特背后的兽皮，跟他一起钻入体香弥漫的温暖里。还有，在做过这些事之后，她为什么靠在他背上，一只手揽着他的腰，抬头看到艾诺恩伤感的，表示欢迎的微笑。但她就是这样做了。

茜因就这样睡着。据她判断，埃勒巴斯特应该整夜都在哭泣，艾诺恩应该是一直没睡，安慰他。所以到第二天早上，当她挣扎着下床，跌跌撞撞到夜壶那里大声呕吐时，两人都在继续酣睡。吐完之后浑身发抖的她，身边并没有一个人安慰。但这也并不是什么新鲜事。

好吧。现在，喵坞人至少不用去偷个孩子回来了。

绝对不要给血肉之躯定价。

——第一板，《生存经》，第六节

插　曲

你生命里也有过一段幸福的日子，我却不会为你描述。它不重要。也许你觉得，我这样讲不对，复述这么多恐怖、伤痛，但毕竟，是痛苦塑造我们。我们是热量、压力和摩擦之下诞生的生灵。停滞不前就……不算生活。

但重要的，是你知道并非一切都糟糕。每段危机之间，都有漫长的安宁。可以借机冷却，凝固，迎接下一轮折磨。

下面就是你需要理解的事。在任何战争中，都有派系：想要和平的人，由于种种原因想要更多战争的人，还有那些把一己私欲看得最高的人。而这是一场阵营众多的战争，而不是只有双方。你以为只有哑炮和原基人在争战吗？不，不是。记得还有食岩人和守护者——哦，还有那些第五季，永远不要忘记大地父亲。他可没有忘记你们。

所以在她（你）休息期间，那些其他力量却在聚集。最终，他们将开始进军。

第二十章

茜奈特，拉伸与反弹

茜奈特对余生的规划，并不是整日无所事事，所以有一天，她去找了艾诺恩，克拉尔苏号的船员们正在装备船，准备又一次出海打劫。

“不行。”他说，瞪她的样子，像是看一个疯子，“你刚刚生过小孩，不能去做海盗。”

“生孩子都已经是两年前的事了。”她能换尿布的数量有限，用埃图皮克语纠缠别人求教的次数也有限，帮忙结网捕鱼的次数也有限，太多了就会发疯。她受够了照顾小孩，艾诺恩一直都以此为理由拒绝她——但是这理由本来就站不住脚，因为在喵坞，这种事也是大家一起承担，跟其他事务并没有什么两样。她不在的时候，埃勒巴斯特只需要把孩子带给社群里的其他妈妈们；如果她们碰巧不在，孩子饿了，茜因又有奶，也会喂养别家的小孩。又因为巴斯特承担了大部分照料小考伦达姆的任务，换尿布，唱催眠曲，逗他开心，带他玩，领他散步等。茜奈特自己也得找点事情做。

“茜奈特。”他停在装船板的中央，另一头是船舱。人们正在把成桶的饮水和食物装船，同时还装载一些稀奇古怪的东西——散桶的链条给石弩用，成袋的沥青和鱼油，一截厚重的布料作为备用船帆。当艾诺恩停步，茜奈特站在斜坡下端跟他对峙，所有活动都停了下来，当港口上传来响亮的抱怨声，他抬头瞪向四周，直到所有人闭嘴。这个所有人，当然不包括茜奈特。

“我现在好无聊啊。”她丧气地说，“这儿完全无事可做，除了抓鱼，等你和其他人抢劫回来，说闲话也都是那些我不认识的人，讲故事也都是我不了解的事！大地啊，我这辈子不是在训练就是在工作，你不能指望我整天闲坐着看水啊。”

“埃勒巴斯特就是这样做的。”

茜奈特翻了个白眼，尽管这话属实。埃勒巴斯特不看小孩的时候，每天都会爬上村庄高处的山顶，遥望周围的世界，接连几小时做一些深不可测的冥想。她知道，她观察过他做这些事。“我不是他！艾诺恩，你可以用我的。”

艾诺恩的表情有些变化，因为——哦，对了。这件事搔到了他的痒处。

他们之间不谈这个话题，但茜奈特可不蠢。在艾诺恩的船员们所做的那种航程中间，一名训练有素的基贼可以做很多事。不是发动地震或者火山喷发，她不会做，他也不会要求——但是要从周边环境里吸取一些热量，让水面温度下降，是很容易做到的，这样就可以用雾挡住船身，隐蔽地接进目标或者撤离现场。同样轻易的，是在沿海林地造成骚动，只要让地下稍有震荡，就会让群鸟惊飞，或者成群的田鼠拥入附近居民点，转移注意力。还有好多类似情形。原基力是真他妈有用，茜奈特渐渐开始明白，用途要比单纯平息地震多太多了。

或者应该说，它可以很有用，假如艾诺恩能那样运用他的原基力。但尽管魅力无敌，体格健壮，艾诺恩毕竟是野生，只有哈拉斯带他做过一点点训练——师父本人也是野生，同样缺少良师指导。她之前感觉到过艾诺恩的原基力，在他平息本地地震时，那份粗糙和低效率有时令她震惊。她也试过教他提升控制力，他会听，也会尝试，却毫无进步。她不理解这是为什么。没有那份高级技能，克拉尔苏号的船员们用古老的方式得到战利品：他们战斗，他们死亡，为了每一点微不足道的收获。

“埃勒巴斯特可以为我们做那些事。”艾诺恩说，他显得心神不定。

“埃勒巴斯特，”茜因说，试图用耐心说服对方，“他只要看看这东西，就会呕吐。”她指指克拉尔苏号弯曲的船体。传遍整个社群的笑话，是巴斯特尽管皮肤那么黑，被迫上船时，还是可以脸上发绿。茜因孕吐期间都没那么惨。“要是我别的什么都不做，只负责隐蔽船怎么样？或者只做你让我做的事？”

艾诺恩两手叉腰，一脸的嘲弄：“你现在想装出能服从我命令的样子？你甚至在床上都不听我的。”

“哦，你这坏蛋。”他只是在胡闹，因为在床上，他并没有下过什么命令。这只是喵坞的古怪习俗之一，动辄拿床上的事开玩笑。现在茜因有些明白为什么别人有那么多闲话了，看似人们每跟她说两句话，就会有一句是抱怨她跟全社群最帅的两个男人同床。艾诺恩说，别人之所以爱跟她开这种玩笑，是因为她听到之后脸色特别容易变，很有意思，老太太们讲到性爱姿势和绳结关联的玩笑时，她总是反应特别大。她还在努力适应中。“那个完全无关好吗！”

“是吗？”他用粗大的手指捅捅她胸膛。“船上不能有情人；我一直都遵守这一条规矩。一旦扬帆起航，我们两个甚至都不能是朋友。我说什么都要遵守，否则大家会一起遇难。你却习惯质疑一切，茜奈特，而在海上，并没有用来质疑的时间。”

这个……还真是很公道。茜因不安地移动身体。“我可以不加质疑地执行命令啊，大地知道我做过很多这样的事，艾诺恩——”她深吸一口气，“看在大地的分儿上，艾诺恩，只要能离开这岛一段时问，让我做什么都行。”

“而这也是个问题。”他靠近几步，压低声音，“考伦达姆可是你的儿子，茜奈特。你这样一心想着离开，对他就没有一点儿感情吗？”

“我可以确保他有人照顾。”她的确做到了。考伦达姆一直都干干净净，吃得很好。她从来没想过要孩子，但现在她已经得到了它（他），抱他，喂他，还有其他一切……她的确有那么一些成就感，也许吧，还有带着懊悔的接纳，因为她和埃勒巴斯特确实设法生出了一个美丽的小孩。她有时看到自己儿子的脸，惊叹于他居然存在，他看上去那样完整，正常，而他的父母身上却只有辛酸和破碎。她想骗过谁呀？这就是爱。她爱她的儿子。但这并不意味着她每天每小时都要跟他在一起。

艾诺恩摇头，转身朝向别处，举起两手：“好！好，好，荒谬的女人。那么你去跟埃勒巴斯特说，我们两个都要离开。”

“那行——”但他已经离开，走向斜板，进入船舱，她听见他因为另外某件事对别人喊叫，她的耳朵听不了那么清楚，因为她解读不了这种嗓门儿的埃图皮克语，尤其是有回音时。

尽管如此，她从斜板上下来时，还是有些蹦蹦跳跳，她向其他船员挥手致歉，那些人看上去有点儿烦。然后她回到社群居所。

埃勒巴斯特没在房子里，而考伦达姆也没跟瑟尔曦在一起，那个在小孩父母忙碌时最经常照顾他们的女人。茜因探头进来时，瑟尔曦挑起一侧眉毛。“他同意了？”

“他同意了。”茜奈特忍不住得意地笑，瑟尔曦放声大笑。

“那么我们就再也看不到你了，我打赌。有海浪的地方，就难免有人撒网。”茜奈特猜想，这应该是个喵坞谚语，不管它是什么意思了。“埃勒巴斯特在高处，跟考鲁一起，又去了。”

又去。“谢谢。”她说，然后摇头。真奇怪，这孩子到现在居然还没长出翅膀来。

她沿着台阶上行，到了岛上居所最高一层，然后又越过第一道山岩，他们就在面前，坐在悬崖边的一张毯子上。她靠近时，考鲁抬头看到，用小手指着她，容光焕发。埃勒巴斯特很可能已经察觉了她在石阶上的脚步声，根本就不用回头看。

“艾诺恩终于答应带你跟他们一起出海了？”等茜因接近到能听见他轻柔的讲话声时，他开口问。

“哈。”茜奈特坐在他身旁的毯子上，张开双臂迎接考鲁，小孩爬下埃勒巴斯特的膝盖，离开他坐的地方，爬到茜奈特怀里。“要是我早知道你已经知道，就不会费力爬那么老多台阶了。”

“我只是猜一下。你并不经常面带微笑爬上这里。我知道一定是有什么好事。”埃勒巴斯特终于转过身，看着考鲁站在母亲腿上，推她的乳房。茜奈特本能地护着他，实际上，他的平衡保持得很好，尽管她的腿没放平。然后茜因察觉，埃勒巴斯特观察的并不只是考伦达姆。

“怎么了？”她皱起眉头问。

“你还会回来吗？”

而这个，尽管很突然，还是让茜奈特放下两手。幸运的是，考鲁已经适应了站在她腿上的窍门，他现在咯咯笑着，自己保持平衡，而她瞪着埃勒巴斯特。“你怎么会想到——什么？”

埃勒巴斯特耸耸肩，茜奈特才发觉他眉头深锁，眼睛里似有隐忧，这时她才明白艾诺恩想说没说的话。就像要加强这份印象一样，埃勒巴斯特哀怨地说：“你已经不必跟我一起。你有了自由，像你想要的那样。而且艾诺恩也已经得偿所愿——一个基贼儿子，如果他有意外，还能管顾整个社群。他甚至托我来教育这小孩，这可比哈拉斯能做的好多了。因为他知道我不会离开。”

地下的烈火啊。茜奈特叹口气，推开考鲁的手，这让她心痛。“不行，贪心的小子，我已经没奶了。安静点儿。”因为这句话让考鲁的小脸难过得马上变了样，她又把他拉近，两臂抱着他，开始玩他的脚丫，这通常是个很有用的办法，可以转移注意力，让他不哭。这次也奏效了。看起来，小孩子们对自己的脚指头非常着迷；谁知道怎么回事？孩子安抚好了之后，她得以注意埃勒巴斯特，他现在又在看海，但恐怕也是在情绪崩溃的边缘。

“你可以离开。”她说，指出明显的事实，因为她对他总是必须这样做。“艾诺恩以前就提出过送我们返回大陆，如果我们想走。如果不做特别蠢的事，比如在一群人面前平息地震之类，我们两个很可能都可以在某个地方过得不错。”

“我们在这儿过得就不错。”大风里，其实并不容易听清他在说什么，但她实际上还是能感觉到他的言外之意。不要离开我。

“真可恶，巴斯特，你到底有什么毛病？我并没有离开的打算啊。”至少现在还没有。但他们居然会有这番对话，已经很糟糕了。她并不需要让情况变得更糟。“我只是想去个让自己有用的地方——”

“你在这里就有用啊。”现在他转过身来，正面直瞪着她，这真的让她很烦，那份伤痛和孤独，全都潜藏在他脸上那层愤怒的伪装下面。隐藏的比表面的更让她烦躁。

“不。我在这里没用。”当他失口否认时，她抢先发话，“我就是没用。你自己都说过了，喵坞现在有个十戒高手保护它。别以为我没有感觉，我们在这里那么长时间，我感知范围内一点儿异常动静都没有。你一直都在消除全部的潜在威胁，早在我和艾诺恩有感觉之前就已经解决掉了——”

然后她皱起眉头，不再继续，因为埃勒巴斯特在摇头，他嘴角挂着一丝笑意，让她心里突然忐忑起来。

“不是我。”他说。

“什么？”

“我已经大约一年没有平息过任何东西了。”然后埃勒巴斯特向小孩方向点头，他正在特别专心地观察茜因的手指头。她低头看考鲁，考鲁抬头看她，无邪地笑。

考伦达姆正是支点学院理想的小孩，在他们让她跟埃勒巴斯特配对时。他没有继承太多埃勒巴斯特的面貌特征，肤色只比茜因偏棕一点点，头发已经从最初的杂乱无章，开始显出真正灰吹发的形状；她是有桑泽血统的那方，所以这个也不是巴斯特的遗传。但考鲁真正从父亲那里继承的，是极为强大的地感能力。茜奈特之前从未想到过，她的儿子已经成熟到足以隐知并且平抑微震。这不是本能，这是技艺。

“贼大地啊。”她咕哝说。考鲁咯咯笑。然后埃勒巴斯特突然伸手，把他从母亲怀里抱走，站起身来。“等等，这是——”

“你走。”他冷冷地说，抓起他带来的篮子，蹲身，把一堆小孩玩具和折起来的尿布一股脑儿丢回去。“你走，坐你们的破船，跟艾诺恩一起找死去吧，我管不着。我会一直留在这里照顾考鲁，不管你们做什么。”

然后他就走了，两肩夹紧，步调迅捷，无视考鲁的大声抗议，甚至没去管茜因坐在下面的毯子。

地火啊。

茜奈特在山顶逗留了一会儿，试图搞清楚自己是怎样成为一个疯狂十戒高手的情感保姆的，这家伙还被困在一个鸟不拉屎的破地方，还有个强大得不像人类的小孩。然后太阳落山，茜奈特厌倦了想这些，于是她站起来，抓起那条毯子，向社群方向返回。

所有人都在集中，准备共进晚餐，但茜奈特今天不想跟人交流，只想抓起一盘食物走人。晚餐有烤图利鱼、焖三叶鱼，还有甜味大麦饭，后者一定是从某个大陆社区偷来的。她带了这些回房子，并不意外地发现埃勒巴斯特已经在那里，蜷在床上，守着熟睡的考鲁。为艾诺恩着想，他们已经换了一张更大的床。床垫吊在四根柱子上，用一种像是吊床绳索的网，舒服得出乎意料。而且耐用，尽管他们给床施加的压力和其他活动都挺多。茜因进来时，埃勒巴斯特没出声，但显然醒着；于是她叹口气，抱起考鲁，把他放在旁边较小的吊床上去睡，那张床更低，以防他夜间滚落，或者爬下床沿。然后她爬上床，躺在埃勒巴斯特身旁，只是看着他，过了一会儿，他放弃了远距离治疗，向她凑近了一点点。他这样做时，并没有看她的眼睛。但茜奈特知道他需要什么，于是她叹口气，翻身仰面躺着，然后他凑更近，终于把头枕在她肩上，他可能一直都想这样来着。

“对不起。”他说。

茜奈特耸耸肩。“别在意。”然后，因为艾诺恩说的对，这事的确是她的错，她叹口气补充说，“我会回来的。我的确喜欢这里，你也知道。我只是变得有些……躁动。”

“你总是躁动。你到底在寻找些什么？”

她摇头：“我不知道。”

但她想，几乎是在潜意识里，又不完全是：一个改变局面的方法。因为世界不该是这样。

他一直都善于猜她的想法。“你无法改善任何事情。”他沉痛地说，“这世界就是这副样子。除非你破坏它，完全重新开始，否则就不会有改变它的机会。”他叹气，用他的脸摩擦她的胸口。“你只能从这个世界索取你能得到的东西，茜因。爱你的儿子。甚至过一个海盗的生活，假如这能让你快乐。但不要再去找好于当前世界的东西。”

她舔舔嘴唇：“考伦达姆应该有更好的世界。”

埃勒巴斯特叹了口气：“是的，他应该。”他没再说更多，但没说出的话也很容易猜想：但是他不会得到。

世界不该是这样。

克拉尔苏号第二天扬帆起航。码头上的埃勒巴斯特很显眼，半个社群的人都在向船只挥手，讲些祝福的话。他没挥手，但船只出港时，的确指着他们的方向，在茜奈特和艾诺恩挥手时，鼓励考鲁挥手回应。考鲁照办，有一会儿，茜奈特有一种类似懊悔的感觉。但很快就过去了。

然后就是开阔的海面，还有要完成的工作：抛线捕鱼，在艾诺恩下令时爬上桅杆，做各种调整船帆的动作，还有一次去加固货舱里松动的桶。活儿很累，太阳刚落山，茜奈特就在船头下面自己的吊床上睡着了，因为艾诺恩不允许她跟他睡，反正她也没力气攀爬到他的船舱上去。

情况渐渐好转，随着时间逝去，她也变得强壮起来，并且开始明白，为什么克拉尔苏号的船员总是要比喵坞里的其他人更有活力，也更有趣一些。出海后第四天，左舷有人呼喊，就是水手们说的港口侧：她和其他人到了船舷边，目睹了一派神奇景象：线条优美的水花绽放在海面上，那是深海巨怪升上海面，伴着他们的船同游。其中一只冲破水面，观察他们，这东西大得不可思议，眼睛比茜因的头还要大。只要它的鳍扑打一下，就可以造成翻船。但它并没有伤害这些人类，一名水手说，这怪兽只是有点儿好奇。他似乎觉得茜奈特对巨兽的敬慕很好笑。

深夜里，他们仰望群星。茜因以前从未留意过天空；她脚下的大地一直都更重要。艾诺恩却指出了些天上群星移动的方式，并解释说，她看到的那些“星星”，其实是另外的太阳，周围也有它们的行星，也许有其他人类过着他们的生活，面对各自的抗争。她以前听过这种伪科学，比如天文测量学，知道它的信徒们会得出这种耸人听闻的结论。但现在，仰望运转不息的天穹，她能理解那些人为什么会相信那些事。她能理解他们为什么会关心，尽管天空跟大部分的日常生活之间距离那样遥远，那样无关紧要。在这样的夜晚，有一小段时间，她也会在意天空。

也是在深夜里，船员们饮酒唱歌。茜奈特说错脏话，无意中促使大家说了更多脏词，这样一来，她跟一半的船员马上成了朋友。

另外一半船员对她仍有保留，直到第七天，他们发现一个可能的攻击目标。他们之前一直在一条航线附近逡巡，航线两端是两个人口众多的半岛，主桅高处“鸟居”上的瞭望手一直在寻找值得抢劫的目标。艾诺恩一直没有下达攻击命令，直到瞭望手报告大家说，他看到一艘特别大的船，通常用来运送过重，风险过大，不适合陆路车运的货品：油料、石材、挥发性化学品，还有木材。这正是荒岛上的偏僻社群最需要的东西。这艘货船还有一只船随行，后者更小，据那些透过望远镜看过，并且能远程判断这种事的人声称，很可能载满了民兵、撞城槌和舰载武器。（也许其中一条是大帆船，另一艘是轻快帆船，这是水手们常用的称呼，但她完全分不清哪个是哪个，记起来真他妈烦，所以她还是继续用“大船”“小船”来称呼吧。）对方做了反击海盗的准备，这表明货船上一定有值得海盗抢劫的东西。

艾诺恩看看茜奈特，她露出了凶悍的笑容。

她唤起两团水雾。第一团需要她从影响范围最边缘吸取能量，但她这样做了，因为这是较小的船所在的位置。第二团水雾，她用来组成一道走廊，从克拉尔苏通向目标货船，这样，他们就可以抢在对方看到自己之前，冲到目标面前。

整个过程顺利又精准。艾诺恩的船员多数都富有经验，技能高超；那些像茜奈特一样，还不太懂得该做什么的人，在老手们备战时都被挤到了边缘。克拉尔苏驶出浓雾，另一艘船开始敲响警钟，但为时已晚。艾诺恩的手下用石弩发射链弹，将对方的船帆扯成碎片。然后克拉尔苏号从侧面贴近目标——茜因还以为两船即将相撞，但艾诺恩的操船手法相当高明，其他船员抛出挠钩，飞过两船间隙，将两艘船连接在一起，然后用占据甲板大部分空间的巨型绞盘将敌船拖近。

这个时段很危险，一名老水手让茜因下到甲板下面，因为货船上的人开始用弓箭、掷石器和飞刀攻击他们。她坐在阶梯下的阴影里，其他船员通过阶梯跑上跑下；她感觉自己的心在狂跳，手心汗湿。某个特别重的东西猛击在距离她头部不足五尺的船身上，把她吓得瑟缩起来。

但邪恶的大地啊，这真是比闲待在那个破岛上，只能捉鱼、唱催眠曲的日子好太多了。

这段喧嚣几分钟后就结束了。等到周围变安静，茜奈特有胆子上到甲板，她看到木板已经在两船之间架起，艾诺恩的手下正在沿板来回奔忙。有些人俘虏了商船船员，把他们围困在甲板一隅，用玻钢刀尖威逼他们。其他敌方船员正在投降，交出武器和值钱物品，担心人质可能被伤害。有些艾诺恩的水手进入敌方货舱，搬出木桶和箱笼，用小车运回克拉尔苏号甲板。他们会稍后再给战利品分类。现在是兵贵神速。

但突然之间，又有喊叫声，桅绳中有人疯狂敲钟——在翻滚的浓雾中，出现了那只跟商船同行的武装船。它已经冲了上来，茜奈特为时已晚地想到自己犯了错，她想当然地认定：武装船在看不清环境的情况下，会抛锚停驶，因为知道附近还有其他船只。但事实证明，人们并没有那样讲逻辑。现在，武装船正在全速逼近，尽管她能听到那艘船甲板上也有人惊慌大叫，同样意识到了危险，但他们根本不可能有时间停下，势必撞上克拉尔苏和货船……也许三艘船将会一同沉没。

茜奈特浑身充满力量，来自温热的空气和大海中无尽的波涛。她做出了反应，就像在上百次支点学院训练中学到的那样，完全不假思索。下方，穿过海水中矿物成分的奇妙黏滑感，穿过海底沉积物无用的软糯层，再一直向下。海底也有岩层，它古老，原始，听从她的指令。

在另一个空间里，她两手成爪，大叫一声，心里想着向上，突然，那武装船发出响亮的碎裂声，震颤着停止。人们不再尖叫，被吓得哑口无言，三艘船上的人都一样。这是因为突然就有一块巨大的、边缘凹凸不平的、尖刀一样的岩床，突出于武装船甲板之上数英尺，将整条船由下而上洞穿。

浑身颤抖着，茜奈特缓缓放低双手。

克拉尔苏号上的惊叫声变成参差不齐的欢呼。甚至连货船上的有些人都貌似松了一口气，一船被毁，总胜过三船同沉。

这之后，局面发展很快，武装船已经无力反抗，被整体洞穿。艾诺恩在手下报告货船搬空时找到了她。茜因回到船首，看武装船上的人们试图凿开那块巨岩。

艾诺恩停在她身旁，她抬头看，准备好被训斥。他却远不是怒气冲冲的样子。

“我以前都不知道，还有人能做这种事。”他带着一脸惊叹说，“我还以为你和埃勒巴斯特只是在胡吹大气。”

这是第一次有学院以外的人因为原基力夸奖茜奈特，如果她之前还没有爱上艾诺恩，现在也该爱上了。“其实我不该让岩石上升这么高。”她有些忐忑地说，“要是我事先考虑一下，就应该让石柱仅仅升高到足以破坏船底，这样，他们就会以为自己触礁。”

艾诺恩明白过来，头脑也清醒了：“啊，现在他们知道，我们船上有个技艺高超的原基人。”他的表情沉重起来，茜奈特不太懂是为什么，但她决定不去追问。跟他一起站在这儿感觉好满足，满心都是成功的光环。有一会儿，他们只是呆看货船被搬空而已。

然后艾诺恩的一名水手跑来，说他们干完了，船板已经抽回，绳索和搭钩也收起绕好。他们可以离开了。艾诺恩郑重地说：“等等。”

她当时几乎已经预感到随后将要发生的事。但当他看着茜奈特，一脸冷酷，还是让她感觉很糟。“让它们都沉没。”

她已经答应过，绝不质疑艾诺恩的命令。即便如此，她还是犹豫了。之前她从未杀死过任何人，从未有意这样做。她把石柱升起那么高，纯粹就是个错误。真的有必要因为她自己做了蠢事，就让别人丧命吗？他逼迫上来，她预先就已经在畏缩，尽管之前他从没有伤害过她。她的手骨还是提前感到刺痛。

但艾诺恩只是在她耳边说：“为了巴斯特和考鲁。”

这毫无道理。巴斯特和考鲁都没在这儿。但随后，他这句话的完整含义渐渐清晰——喵坞所有人的安全，都仰赖于大陆人把他们看成癣疥之灾，而不是心腹大患。这让她全身发凉，越来越凉。

于是她说：“你应该让我们远离一些。”

艾诺恩马上转身，下令克拉尔苏号扬帆起航。一旦他们到达安全距离。茜奈特深吸一口气。

为了她的家人。这感觉很奇怪，把他们当成这种角色，尽管他们就是这样的身份。更奇怪的，是因为客观存在的原因做这种事，而不是因为她接到命令要这样做。这是否意味着她已经不再是一件武器呢？如果她不是武器，那么这样做之后，她又成了什么？

这不重要。

她意念一闪，那根岩石柱从武装船船体中抽出，在船尾附近留下一个直径十英尺的大洞。它马上开始沉没，一面进水，一面船头上翘。然后，茜奈特从海面吸取更多能量，让浓雾涌起到足以阻挡几英里内的视野，她把那根石柱挪移，令其对准货船底部。快速向上攛刺，然后快速抽回。就像用短刀刺死一个人那样。那船体像蛋壳一样碎裂。过了一会儿断作两截。事情完成了。

克拉尔苏号驶离现场，浓雾遮挡了两条沉没的海船。两组船员的尖叫声跟随茜奈特很远，久久回荡在流转的白雾中。

· ✲ ·

那天晚上，艾诺恩为她破了例。之后，在船长床上坐起身，茜因说："我想看看埃利亚。"

艾诺恩叹气说："不，你不能去。"

但他还是下达了这项命令，因为他爱这个女人。船重设了新的航线。

· ✲ ·

根据传说，大地父亲最初并不仇恨生命。

事实上，在讲经人的讲述中，大地一度曾竭尽全力，促使奇妙的生命在它表面繁衍。他制造出长度均匀，便于预知的季节，让风、海浪和气温的变化足够缓慢，便于各种生物适应和发展。还召唤出能够自我净化的水体，暴风雨后总是可以放晴的天空。他并非亲手创造生命——生命只是一种偶然，但他因为生命而欣喜，为之着迷，乐于在他的表面养育如此奇异、狂野，又美丽的事物。

然后，人类开始对大地父亲做出各种可怕的行为。他们毒害水体，甚至超过了他的净化能力，还杀灭了很多生活在它表面的其他生物。人们钻透他的皮肤，刺穿他的血脉，对他敲骨吸髓。而在人类最强，也最为狂妄自大的巅峰时期，原基人做了一件连大地父亲都无法原谅的事：他们毁掉了他仅有的孩子。

茜奈特交谈过的所有讲经人，都不知道最后这个谜一样的句子是何含义。这不是《石经》，只是口头传说，有时被记录在不耐久的纸张和皮革上，过多的灾季改变了传说内容。有时候，原基人破坏的是大地心爱的一把玻钢剑；有时候是他的影子；有时候是他最钟爱的繁育者。不管那段话指什么，讲经人和专家们对原基人铸成大错的后果倒是意见一致：大地父亲的表面像蛋壳一样破裂。几乎所有的生物都被灭绝，当他的狂怒显现为第一次，也是最可怕的一次第五季：碎裂季。尽管那个时代的古人非常强大，却毫无防备，没有时间储集物品，没有《石经》来引导他们。只是借助纯粹的运气，才有足够的人类幸存，后来得以存续。而生命再也没有达到过曾经的高度。大地不断重来的狂怒不会容许。

茜奈特一直对这些故事很是着迷。其中包含着几分诗意的随兴，这是当然，先民们在试图解释他们不理解的东西……但一切传说都有一个真实的内核。也许古代原基人的确曾经用某种办法，打碎了这颗行星的外壳。不过，怎么做的呢？目前显然可知，原基力并不只是支点学院教授的那点儿功用——也许支点学院有些东西不教，也有它的道理，如果传说属实。但事实就是事实：即便用了某种方法，可以让包括婴儿在内的所有在世原基人一起被役使起来，他们还是无法破坏大地表面。这可能会让一切都结冰；但是任何地方都没有如此多的热量和动能，来形成那么严重的破坏。他们会在尝试过程中全部油尽灯枯，死于非命。这意味着故事的那一部分不可能真实。原基力不可能是大地狂怒的原因。尽管这样的结论很难被人信服，除非对方也是原基人。

不过，人类能在首次灾季的烈火中存活，还真是一件神奇的事。因为如果整个世界当时的状态，都像现在的埃利亚城一样……茜奈特有了新的感悟，知道大地父亲可能有多么痛恨他们所有人。

夜间的埃利亚城，是一片炙热的血红色死亡之地。除了一度环绕城市的火山口之外，社群已经无影无踪，即便连火山口现在也很难看清了。眯起眼睛，透过波动的红色烟雾，茜因感觉她能瞥见几座残留的建筑，还有少数街道，仍在火山口边缘的斜坡上，但这或许只是她一厢情愿的幻觉。

夜空中布满铅灰色浓云。云层下部被火光照亮。港口曾经所处的位置，如今是一个新的火山口，不断喷涌出致命的烟云，还有炙热的血红色岩浆，接连从海底喷发。它现在十分巨大，已经占满了整片凹地，而且有了后继者。又有两个喷射口在它侧面诞生，像母体一样吐出毒气和岩浆。很可能三者将会合为一体，成为一个单独的怪兽，吞没周围的群山，危及毒烟和岩浆影响下的周边社群。

茜奈特在埃利亚城见过的所有人都已经死亡。克拉尔苏号无法进入海岸五英里范围之内。更靠近的话，就要冒生命危险。要么船体会在被加热的海水中崩开，要么会被火山口持续喷出的毒气窒息。或者被正在扩张的分支喷口烤熟，它们还在附近区域扩张，像辐条一样从港口旧址向外辐射，又像水下埋藏的地雷。茜因可以隐知到每一个岩浆爆点，全是闪亮的、翻涌的浪涛，就在薄薄的地壳下面。就连艾诺恩都能隐知到它们，他已经绕过了那些近期可能喷射的地点。但当地地层极为脆弱，随时可能有新的火山口出现在船体之下，就连茜奈特也不会有时间探知并加以阻止。艾诺恩为了满足她，可是冒了相当巨大的风险。

“社群边缘住的好多人，都设法逃生了。”艾诺恩在她身旁轻声说。克拉尔苏的全体船员都到了甲板上，默然远望埃利亚城。“他们说，港口方向闪过一道红光，然后就是一系列闪电，有节奏地出现。就像某种东西……在搏动。但最初那几次冲击，就把整个该死的港口瞬间蒸干，也把整个社群较为低矮的房子全部抹平。这是大部分人的死因。之前毫无征兆。”茜奈特打了个寒噤。

毫无征兆，埃利亚可是有接近十万居民——按赤道标准来讲并不多，但是就沿海社群而言，算是很大了。骄傲，而且有骄傲的理由。他们曾经有那么远大的希望。

都去死吧。让它去死，烧毁它，在大地父亲肮脏又可恨的内脏里。

“茜奈特？”艾诺恩在瞪着她。这是因为茜因已经把双拳举到身前，就像她在抓紧一匹不听话的、躁动着的马的缰绳。也因为一条狭窄、高耸又致密的聚力螺旋面，突然在她身体周围出现。这里并不冷，而且有足够的大地之力可以让她借用。但对手很强大，即便是未经训练的基贼，也能隐知她意志力的紧绷过程。艾诺恩吸一口气，退后一步。“茜因，你这是在——”

“我不能让它这样子继续下去。”她咕哝说，几乎是在自言自语。整个地区都成了膨胀的，致命的沸点，随时可能继续喷发。火山只是第一个警告而已。大地中的多数缺口都是微小、隐蔽的小点，挣扎着想要穿透多个岩层、金属带，克服自身惰性。它们渗透，再冷却，阻塞自身去路，过段时间又向上渗透，扭曲，回旋，整个过程千折百转。但这个，是一个极为巨大的岩浆竖井，从那块方尖碑所去的不知什么地方径直涌上，将纯粹的大地仇恨导向地表。如果不加干涉，整个区域很快就会被喷上天穹，由此触发的爆炸几乎一定会引发灾季。她无法相信，支点学院会放任这样的险情不予理睬。

于是茜奈特让自己刺入翻涌的、积聚的热浪里，用她看到埃利亚时产生的全部狂怒撕扯它，这里曾经是埃利亚，人类居住的地方，这里曾经有过很多人。这些人本不应该死，只因为

我

因为他们太愚蠢，没有让沉睡的方尖碑继续沉睡，或者因为他们胆敢做梦，想要一个美好的未来。没有人应该那样死去。

这几乎轻而易举。因为毕竟，这就是原基人擅长做的事，而岩浆爆点也都非常方便她使用。事实上，危险就在于不去使用它们。如果她吸取所有的热力和动量，却不引导到其他地方，那能量就将毁灭她本人。但幸运的是（她暗自狂笑，全身为之颤抖）她有一座火山需要堵塞。

于是她单手五指握拳，用她的意志穿过火山咽喉，不是烧灼，而是冷却，用它自身的怒火来对付它自己，以此封闭每一道裂口。她迫使扩大的岩浆室缩小，缩小，下沉，下沉——在此过程中，她有意让岩层互相交叠，这样一来，每一层都可以压住下面各层，让岩浆留在地下，至少在它找到另一条较为缓慢的喷发路径之前如此。这是个精细的操作，因为整件事涉及数百万吨岩石，还有那份足以形成钻石的强大压力。但茜奈特是学院之子，而学院的确让她受到了良好训练。

她睁开眼睛，发现自己倒在艾诺恩的怀抱里，船在她脚下起伏。她惊讶地眨巴眼睛，抬头看艾诺恩，后者两眼瞪大，一派难以置信。他发觉她已经回神，脸上的解脱和恐惧既让她开心，又催她清醒。

“我跟大家说，你不会杀死我们。”他说，声音压过浪花喷涌和船员们的呼喝。她转身看，发现大家正在疯狂努力收帆，以便在突然大浪滔天的海面上继续航行。“请努把力，不要让我成为骗子，好吗？”

可恶。她太习惯在地面使用原基力，忘了考虑她的缺口封堵行动对水体的影响。刚刚发生的，是用意良好的地震，但毕竟还是地震，然后（哦，大地啊，她现在能感觉到了。她刚刚触发了一场海啸。而且——）她面露苦色，呻吟着，听到隐知盘在脑后发出响亮的抗议声。她已经消耗过度。

“艾诺恩。”她头痛如绞。“你需要……呃，用同样的力量强度推挤海浪，水下施力……”

“什么？”他的目光离开她，移到其他方向，用他的语言对一名船员喊了句什么，而她只能心里暗骂。他当然不懂她在讲些什么。他不明白支点学院的语言。

但随后，突然之间，空气中充斥着一股凉意，环绕他们周围。船身木料因为气温变化咯咯作响。茜因警觉地惊呼，但实际上，变化并不巨大。只是夏夜与秋夜之间的区别而已。尽管是几分钟之内完成的转变——而且这番变化中带有某种特质，熟悉的就像深夜里温暖的手掌。艾诺恩突然深吸一口气，他也认出了这种感觉：埃勒巴斯特。当然，他的能力范围能延展到这样远。他转眼就平息了涌来的巨浪。

等到他完成，船再次停在平静的水面上，面对埃利亚城的火山……但那火山现在已经平静、黑暗。它还在冒烟，可能会继续发热数十年，但不再喷发岩浆和毒气。头顶的天空也在变得晴朗。

勒西叶，艾诺恩的大副，走过来，不安地瞅了茜奈特一眼。他说了句话，语速太快，茜奈特无法完整翻译，但她听懂了大意：告诉她，下次想要封堵火山时，请先下船。

勒西叶是对的。“抱歉。”茜因用埃图皮克语小声说，那人嘟囔着，大踏步离去。

艾诺恩摇摇头，让她离开，大声招呼船员重新张开船帆。他向下看她一眼：“你还好吧？”

“还好。”她揉揉脑门，“就是以前从来没处理过那么大规模的东西。”

“我以为你做不到呢。我以为只有埃勒巴斯特那样的人——拥有戒指比你多的人——才能做到。但你实际上跟他一样强。”

“没有。”茜奈特笑了下，手扶栏杆，用力抓紧，以免再靠在他身上寻求支持。“我只是能做些可能做到的事。而他，平常都他妈能改写自然规律的。”

“嘿。”艾诺恩听起来有点儿怪，茜奈特惊异地看了他一眼，意外发现他脸上有一份近乎遗憾的表情。“有时候，当我看到你和他能做到的事，我甚至希望自己去过你们那个什么支点学院。”

“不，你肯定不想去。”她甚至不愿想象，如果他也被囚禁，跟他们一起长大会成为什么样。还是艾诺恩，但没了他那喧嚣的笑声，没有了超强精力和快乐，更没有朝气和自信。还是艾诺恩，但他那双优雅强壮的双手更虚弱，更笨拙，因为被人打折过。那将不再是艾诺恩。

他现在有点儿懊悔地对她笑，就像猜到了她的想法：“总有一天，你一定要跟我讲讲那里是什么样。为什么从那里出来的人，总是看起来精明强干……同时又那么恐惧。”

说完这些，他拍拍她的后背，走开去，督导船员们改变航线。

但茜奈特还留在栏杆旁，突然冷到骨髓，这跟埃勒巴斯特已经在消散的法力毫无关系。

这是因为，就在船转向，向一侧倾斜时，她回头向着埃利亚旧址看了最后一眼，被她的愚蠢行为化为废墟的这个地方——

她看到一个人。

或者她感觉自己看到了。一开始她并不确信。她眯起眼睛，还只是看出一条较浅的长条形，从南坡弯弯曲曲通向埃利亚盆地，现在火山周围的红光变暗，那里更容易看清。那显然并不是她和巴斯特一同前往埃利亚城的皇家大道，那是一段时期之前，某人还不曾铸成大错时。很可能，她看到的只是一条土路，之前由本地人使用，每次除掉一棵树，从周边森林里逐步清出，由于数十年的脚踩而持续存在。

有个小点，正在沿着这条路移动，从这么远的距离外看去，像是一个人徒步下山。但这不可能。没有人会逗留在距离活火山如此接近的地方，这里明明已经有千万人因此遇难。

她把眼睛眯得更紧些，移动到船尾，以便在克拉尔苏离开海岸时，继续朝那个方向遥望。如果她有艾诺恩的一只望远镜就好了。要是她能看清就好了。

因为有个瞬间她觉得自己真的看到了，或许是疲乏之下的幻觉，也或许是紧张之下的想象——

支点学院的元老们不会留着如此巨大的灾难风险不加理会。除非他们有非常充分的理由这样做。除非他们接到命令必须这样做。

——她觉得那个徒步行走的人，身穿一套深红色制服。

有人说大地的愤怒，
是因不想有人搅扰；
我说大地之愤怒，
是因为独居的寂寥。

——古代（前帝国时期）民谣

第二十一章

你重整旗鼓

“你。”你突然对汤基说。她根本不是什么汤基。

汤基呢，当时正在接近一面墙，一只眼睛里冒光，手里握着一把不知从哪里摸出来的小凿子，如今停下来，转身困惑地看着你。“干什么？”

时间已经到了傍晚，你很累。发现并了解地下晶体泡中本不可能存在的社群让你疲惫不堪。依卡的人把你和其他人安置在一间套房里，房间在较长的一根晶体柱中段。你们不得不走过一道绳索桥，绕过环绕晶体的木质平台，才能到达住处。房间地面是平的，尽管晶体本身不然。那些挖空这个地方的人似乎并不明白，即便把地面弄平，人们也不会忘记自己身处四十五度角倾斜的东西里面。但你也已经在试图不想这件事。

而就在环顾周围环境，放下背包，想着“在逃走之前，这里就是家”的过程中，你突然意识到自己认得汤基。你早就认识她，在某种程度上，一直都认得。

“比诺夫，尤迈尼斯的领导者。”你冷冷地说，每个词都像一记重拳击中汤基。她畏缩着，向后退开一步，然后又一步。然后第三步，直到她贴紧套房平整的晶体墙。她脸上的表情是惊慌，也许是太过巨大的悲哀，以至于跟惊慌没什么两样。情绪激烈到一定程度，其实都是一个样。

“我没料到你还记得。”她说，声音很小。

你站起身，两手按在桌面上，稳如生根：“你开始跟我们一起旅行，完全不是什么偶然。这不可能是。”

汤基试图微笑，其实是苦笑：“的确会有些看似难以置信的意外发生的……”

“在你这里不然。”这人还是孩子的时候，就能独自潜入支点学院，揭示一个重大秘密，并且最终导致一名守护者死亡。那孩子长大后成为的这个女人，绝不会屈从偶然。你对此确定无疑。“至少这么多年来，你那可恶的伪装本领的确有进步。”

霍亚此前站在套房门口（你感觉，他又在放哨），现在转过头来轮番看你们俩。也许他是在关注这场冲突的走向，以便准备你跟他之间势必也将发生的冲突，你别无选择，下一个就是他。

汤基移开视线。她在发抖，尽管轻微。“的确不是。不是偶然。我是说……”她深吸一口气，“我并没有亲自跟踪你。我是派别人跟踪你，但这还是不同的。直到过去几年，我都没有开始亲自跟踪你。”

“你派人跟踪我。接近三十年时间？”

汤基眨眨眼，然后放松了一点儿，干笑了一下，笑声听起来很辛酸。“我家人比皇帝的钱还要多。毕竟，前二十年左右的跟踪难度很低。我们十年前差点儿就跟丢你了。但是……这个嘛。”

你两手重击那张桌子，也许是你的想象吧，感觉套房墙壁的闪光变亮了一些，就一会儿。这几乎转移了你的注意力。几乎。

“我现在、真的、不能再接受更多意外了。”你说，几乎是咬牙切齿。

汤基叹口气，倚着墙瘫在那里：“……对不起。”

你那么用力摇头，以至于头发从发髻上散开：“我不想听你说抱歉！给我解释。你到底是什么人，创新者还是领导者？”

“两个都是吧？”

你真想冻死她算了。她在你眼睛里看出这种意愿，赶紧说：“我出生于领导者之家。我说的都是真话！我是比诺夫。但……”她摊开双手。“我能领导什么？我并不擅长那类事情。你见过我小时候的样子。所以毋庸讳言。我并不擅长——跟人打交道。但东西就不同啦，我很善于处理各种实物。”

“我没兴趣听你的个人历史——”

“但它很重要啊！历史永远重要。”汤基，比诺夫，或者随便她叫什么的这个人，从墙边走来，脸上带着恳求。“我真的是一名测地学家。我的确在第七大学学习过，虽然……虽然……”她苦笑，你不太懂得那种苦笑是什么意思。“结果并不理想。但我真的花了一辈子的时间研究那件东西，那个接口，我们在支点学院发现的那个。伊松，你知道那个是什么吗？”

“我不在乎。”

不过，听到这句话，汤基-比诺夫皱起眉头。“它很重要。”她说。现在她成了怒气冲冲的那个，你反而在吃惊地后退。“我花费了一生时间探求那个秘密。它至关重要。而且它对你来说应该也很重要才对，因为你是整个安宁洲仅有的少数几个能让它发挥作用的人之一。”

“看在地火的分儿上，你到底在说些什么？”

“那是那些人建造它们的地方。”比诺夫-汤基快速上前，她的脸激动得容光焕发。“支点学院里的接口。那里就是方尖碑的来源。也是一切问题的根源。”

・・※・・

汤基重新做了自我介绍。这次很完整。

汤基的确就是比诺夫。但她更喜欢汤基这个名字，这是她进入第七大学时给自己起的。事实证明，一个出生在尤迈尼斯领导者之家的孩子，并不一定要从事政治、法律或大型商业管理之类的职业。一个生为男孩的人，也并非不能变成女孩，看起来，领导者家庭并不使用繁育者，他们内部通婚，而汤基变成女性这件事，毁掉了一两个事先说定的婚约。他们本来可以安排其他婚姻，但年轻的汤基总喜欢说不该说的话，做没道理的事，让这件事成了最后一根稻草。此后，汤基的家人将她埋在了安宁洲最杰出的学术中心，给了她一个新的身份和一个假的职阶，悄无声息把她逐出门墙，完全避免了一切麻烦和丑闻。

但汤基在那里茁壮成长，除了几次跟知名学者之间的恶斗之外——这些战斗她还赢得了多数。而她的整个职业生涯，都在研究当年驱使她进入支点学院的课题：方尖碑。

“其实真正让我感兴趣的并不是你本人。”她解释说，“我是说，我的确对你感兴趣——你帮助过我，我必须确保你不会因此受折磨，这是兴趣的开始。但在调查你的过程中，我发现你有那种潜力。你是少数那些人之一，将来有一天，你可能会发展出支配方尖碑的能力。知道吗，这是一种非常罕见的技能。还有……那个，我曾希望……那个。”

到这时你们两个都已经重新落座，两人的声音都压低下来。你无法持续对这件事生气；现在手头需要处理的事情很多。你看看霍亚，他站在房间边缘，看着你们两个。他的姿态很警惕。还是要跟他谈。

所有秘密都在浮出水面。包括你自己的。

“我死过一次。”你说，“这是唯一能躲过支点学院的办法。我死过一次，以此来躲避他们，但我竟然没能甩掉你。”

“那个，是的。我的人并没使用什么神秘力量来追踪你，我们使用推导演绎法。这个要可靠得多。”汤基坐在你桌子对面的椅子上。这个套房有仨房间，这个洞穴一样的中央空间，还有两个与之相连接的卧室。汤基需要单独占一间，因为她身上又开始变臭。你只有在得到一些答案之后，才会愿意跟霍亚住一间房，所以目前，你可能要在这间洞穴住一小段时间了。

“过去几年里我在跟……某些人合作。”汤基突然显得讳莫如深，这个对她来说也很容易，“其他学者，多数是，他们也在问那些没人想回答的问题。其他领域的专家们。过去几年，我们一直在追踪那些方尖碑，我们能追到的每一块。你有没有发觉它们的移动路线有固定的模式？每当有技能够高的原基人出现，方尖碑就会缓缓向他的所在地靠近。接近那些可以使用它们的人。在特雷诺期间，只有两块在接近你，但那已经足够确定方位。”

你抬头看，皱着眉：“向我移动吗？”

“或者就是靠近另一位原基人，是的。”汤基现在放松下来，吃着从包裹里取出的一块水果干。无视你的反应，而你瞪着她，感到血液发凉。“三角测量线路非常清晰。可以说，特雷诺就是圆心。你一定在那里待了好几年，其中一块向你靠近的方尖碑，已经沿着同样的路线飞行了接近十年，从东海岸一路赶来。”

“紫石英碑。”你轻声说。

“是的。”汤基观察你的反应，“我就是因此怀疑你还活着。方尖碑……在某种程度上，会跟原基人之间形成纽带。我不知道这是怎么发生的。我也不知道为什么。但这种现象很明确，而且可预测。”

演绎法。你摇头，惊讶得无话可说，而她继续。“无论怎样，过去两到三年里，两块方尖碑加速。所以我旅行到了那个地区，装成一名无社群者，试图得到更好的碑体读数。我从未真正考虑过去找你。但之后，北方那件事发生，我开始觉得，当务之急就是要有一名支配者——方尖碑的支配者在近旁。所以……我试图找到你。我在驿站发现你的时候，正在赶回特雷诺的路上。很幸运。我当时本打算跟踪你几天，考虑下要不要向你揭示自己的身份……然后他就把一头克库萨变成了石雕。”她向霍亚的方向甩头，“所以我感觉，最好还是闭上嘴巴，先观察一段时间再说。”

有点儿合理。“你刚才说，不只一块方尖碑在向特雷诺靠近。”你舔舔嘴唇，“其实本应该只有一块。”紫色方尖碑是你唯一连接过的。现在只剩这块。

“但事实上有两块。紫色这块，还有默兹地区飞来的另一块。”那里是东北方向的一大片沙漠。

你摇头：“我从来没去过默兹沙漠。”

汤基沉默了片刻，也许是困惑，也许是厌烦：“好吧，特雷诺有几个原基人？”

曾有三个。但是。“在加速。”你无法思考，突然之间。无法回答她的问题。无法说出完整的句子。过去两三年间加速移动。

“是的。我们不知道是什么导致这种变化。”汤基停顿了一下，然后侧目睨视着你，眼睛渐渐眯起。“你知道吗？”

小仔死前两岁。接近三岁。

“出去。”你轻声说，“去洗个澡或者怎样。我需要思考。”

她犹豫一下，显然还想问更多问题。但然后你抬眼瞅着她，她马上起身离开。她离开房间几分钟后，沉重的门帘在她身后垂下（这地方的套房没有门，但门帘足以保护隐私）。你默然独坐，头脑空空，过了一阵子。

然后你抬头看霍亚，他站在汤基空出的椅子旁边，显然在等着轮到他。

“这么说来，你是个食岩人。”你说。

他点头，一脸严肃。

“你看起来……”你向他做个手势，不知该怎样说。他的样子从未正常过，不是真的正常，但他也绝对不是食岩人通常的样子。他们的头发不会动。他们的皮肤也不会流血。他们可以在瞬息之间穿过多层岩石，但走一段简单的楼梯，可能让他们花费好几小时。

霍亚微微扭转身体，把他的背包放在膝头。他摸索了一会儿，然后取出那个破布小包——你有段时间没看到它了。他解开布包，终于让你看了他一直带着的这些东西。

包里有很多小块的、粗磨过的晶体，在你看来就是这样。有点儿像石英，或许是石膏，只不过其中有些并不是乳白色，而是暗红。你并没有把握，但感觉这小包是比之前小了一点儿。他是把其中一些东西丢掉了吗？

“石块。”你说，“你一直都带着这些……石块？”

霍亚犹豫了一下，然后伸手拿起一块白色的。他拿起石块，那东西大约有你的拇指肚那样大，大致是方形，其中一面被凿下的痕迹粗糙。它看似很硬。

他开始吃那块石头。你瞪着眼睛看，而他一面吃，一面观察你的反应。他把石头放嘴里一会儿，不停变换位置，像是在找适合下口的角度，也或许是在用舌尖舔，品尝它的味道。也许那是块盐。

但随后他下颌收紧。你听到碎裂声，在静寂的房间里响亮得惊人。然后又是几声，没有那么响，但显然他咀嚼的并不是普通食物。然后他吞咽，再舔舔嘴唇。

这是你第一次看到他吃东西。

“食物。”你说。

“我。”他展开一只手，把它放在那堆石头上，带着一份诡异的温情。

你微微皱眉，因为现在的他，比平时更不可理喻。“那么那个到底是……什么？让你看起来像我们的东西吗？”你以前都不知道他们能做到这样。话说回来，食岩人从不揭示他们的秘密，也不容许别人寻根究底。你读过阿卡拉第六大学做过的尝试——捕捉一个食岩人用于研究，那是两个灾季之前。结果是迪巴尔斯的第七大学设立，建立的基础就是从第六大学的废墟里挖出了足够多的书籍。

“晶体结构是非常高效的存储媒介。”这话听起来毫无道理。然后霍亚清晰地重说了一遍：“这个就是我。”

你本来想继续追问这件事，随后改变了主意。如果他真心想让你理解，就会为你解释了。反正，这个也并不重要。

“为什么？”你问，“之前你为什么让自己变成这样？而不是直接……以你的本相出现？”

霍亚给了你一个极度怀疑的眼神，让你意识到刚才这是个多么愚蠢的问题。要是你知道他的真实身份，真的会允许他跟你同行吗？话说回来，如果你早知道他的身份，也不会试图阻止他。这他妈就没有人能阻止食岩人做任何他们一定要做的事。

“何必费力呢，我是说？”你问，“你就不能……你们这类生物可以从石头里面旅行的。”

“是的。但我想跟你一起走。”

现在我们说到问题的关键了：“为什么？”

“我喜欢你。”然后他耸耸肩。耸耸肩。跟任何小孩一样，如果你问了一个让他为难的问题，他或者不知道怎样回答，或者就是不想尝试。也许这并不重要。也许这只是一时冲动。也许他最终还是会走开，追随又一个奇想。只不过他并非孩童——他根本就不是他妈的人类，他很可能已经有几个灾季那么老，因为他来自的整个族群的生物，他们不会突发奇想，这对他们来说太他妈难——这让刚才的举止成了谎言。

你抹了把脸。你的两手拿开时沾了泥灰，发黏；你也需要洗个澡。当你叹气时，你听到他很小声地说："我不会伤害你。"

你闻言眨眼，然后慢慢放低你的手。你之前都没想过他可能伤害你。即便现在，知道了他的真实身份，看到了他能做到的那些事……你还是觉得，很难把他看作一个可怕的、神秘的、不可知的怪物。而这些，超过其他任何东西，让你了解了他对自己做出这些调整的原因。他喜欢你。他不想让你害怕他。

"很高兴知道这些。"你说，然后就已经无话可说，你们只是默然互望，待了一段时间。

"这地方不安全。"然后他说。

"感觉到了，的确。"

这句话就这样说了出来，带着压抑的冷嘲，在你来得及管住自己的嘴巴之前。但是——好吧，你现在有那么几分酸楚和愤世嫉俗，这真的意外吗？从特雷诺事件以来，你一直都对人怀有敌意，这是事实。但随后你又想起：之前你对杰嘎并不是这样的态度，对别人也都不是，在小仔死难之前。那时候你一直很小心，要表现得温柔些，平静些。永远不要冷嘲热讽。就算生气，你也不让自己表现出来。伊松不应该是那么尖刻的样子。

是的，然而，你目前已经不完全是伊松。不只是伊松。不是任何人。

"那些跟你一样的人，在这里的那些。"你开口说，但他的小脸马上紧绷了起来，显出不可能看错的怒气。你吃惊地住了口。

“他们跟我不一样。”他冷冷地说。

好吧，那么，到此为止。你问完了。

“我需要休息。”你说。你走了一整天，尽管也很想洗澡，但你并不确信自己愿意脱光衣服，在这些凯斯特瑞玛人面前表现得更容易受伤害。尤其是考虑到他们正在用不言自明，客客气气的方式，把你们扣留了起来。

霍亚点头，他开始重新收起自己那一小包石块。“我来放哨。”

“你平时睡觉吗？”

“有时候睡。比你们少。我现在并不需要睡觉。”

好方便啊。而且你相信他，超过相信这个社群里的人。这不合情理，但你的确如此。

于是你站起来，走进那间卧室，躺在床垫上。床垫很简单，就是稻草和棉花，塞进帆布套子里面，但要比死硬的地面和你薄薄的铺盖卷儿强多了。所以你倒在上面。几秒钟后就已经入睡。

你醒来时，并不确定过去多长时间了。霍亚蜷缩在你身旁，像他过去几周常做的那样。你坐起来，皱着眉低头看他；他警觉地对你眨眨眼。你最后摇摇头，站起来，自言自语。

汤基已经回到她的房间，你能听见她的打鼾声。你走出套房，意识到自己依然没有时间概念。在地面上，你至少能判断现在是白天还是黑夜，即便有浓云和落灰：要么是落灰加浓云，要么是黑沉沉的，反射红光的落灰和浓云。不过，在这里……你环顾四周，视野里只有巨大、闪亮的晶体柱。还有这座小镇，人们难以置信地建造在了上面。

你走上房外粗糙的木质平台，就在你的套房门外，眯着眼睛，朝它完全不可靠的安全护栏外面俯视。不管现在是什么时间，看起来总有几十个人在下方地面上来回忙碌。好吧，反正你也需要加深对这个社群的了解。在你毁掉它之前，这是说，假如他们胆敢阻止你离开的话。

（你无视自己脑子里那个细小的质疑声，依卡也是个基贼。你真打算跟她开战吗？）

（你还挺善于无视这类小声音的。）

找出到达地面层的方法很难，一开始，是因为这地方所有的平台、桥梁和阶梯都是用来连接晶体柱的。而晶体柱的走向杂乱无章，所以连接通道也一样。这里没有任何符合直觉的设置。你必须走一段向上的阶梯，绕过一根粗大的晶体柱，才能找到一段向下的阶梯——结果却发觉它们的尽头是一座平台，没有任何阶梯通往别处，这迫使你原路返回。周围有些人在活动，他们经过时，会带着好奇或者反感观察你，很可能因为你特别明显是新来的：他们都干干净净，而你一身风尘。他们看上去肌肉丰满，你的衣服却松松垮垮吊在身上，因为你最近几周一直在赶路，吃的也只是旅行口粮。你情不自禁看到那些人就觉得反感，所以你在问路方面的态度就变得固执起来。

不过最终，你还是到达地面。在这里，你前所未有地明显是走在巨大晶石泡的底部，因为脚下的土地微微向下倾斜，并在你周围形成一个明显的碗状，尽管非常巨大。这是凯斯特瑞玛卵圆形空间的突出点。这里也有晶体柱，但都非常短小，有些只到你胸口那么高。最高的也只有十到十五英尺。有些晶体周围有木质隔档儿，还有些地方，你能辨认出明显更粗糙、更苍白的区域，显然有晶体柱被移除，以便清理出空间。（你有点儿无聊地想知道，他们是怎么做到的。）所有这一切的结果，就是迷宫一样互相交叉的众多通道，每条都通往社群里的某个重要职能部门：一座窖窑，一间铁匠铺，一个玻璃厂，一家面包房。在有些小路旁边，你看到帐篷和宿营地，有些住了人。显然，本社群并非所有人都喜欢沿着简单连缀在一起的木板桥，走在距离地面上百尺的高处，下面还都是巨大尖锥。好好笑哦。这个。

（又来了，这种不像伊松的冷嘲态度。随它去，你已经懒得克制自己。）

路线实际上还挺好找的，因为灰绿色的石板地上有湿脚丫印下的印迹，所有湿漉漉的脚印都通往一个方向。你循迹反向而行，惊喜地发现，浴池是一大片冒着热气的清澈水池。水池比晶体球自然形成的底部高出一点点，有条水渠从池边引出，流入几根巨大铜管中的一根，那些管子通往——某个地方。在水池另一端，你能看到瀑布形的水流，来自另一根管子，还给浴池供水。水流循环的频率，大约够让水池每隔几小时彻底清洁一次，但尽管如此，浴池一侧还是有很显眼的一片洗浴区，有木质长凳，还有架子摆放各类物品。已经有不少人在那里，忙着在进入大浴池之前先把全身清洗一遍。

你已经脱光衣服，全身洗到一半，这时有个人影投射在你身上，你身体一震，跌跌撞撞地站起来，碰倒了凳子，向大地深处汲取力量，然后才觉得这反应或许有点儿过度。但之后，你还是差点儿丢落手中沾满肥皂的海绵。因为——

——来人是勒拿。

“是的，”你瞪着他的同时，他开口说，“我的确想到可能会是你，伊松。”

你继续盯视。他看上去有某种变化。更沉重了，有些吧，同时也更瘦削，跟你消瘦的方式相同；旅途劳顿。已经过去了——几星期？还是几个月？你已经开始跟不上时间。还有，他来这里干什么？他本应该待在特雷诺。拉什克绝对不会放医生离开的……

哦，对了。

“这样说来，依卡的确设法召唤到了你。我之前还不确定。”疲惫。他看似很疲惫。他下巴边缘有道伤疤，一道新月形的惨白痕迹，貌似已经不太可能恢复原来肤色。你继续盯着他，而他挪动下身体，“我居然会流落到这样一个地方……然后还遇见了你。也许这就是命运，或者世上真有大地父亲之外的神——一个真的有闲工夫关心我们的神，我是说。或者这些神也是邪恶的，而这就是他们开玩笑的方式。我他妈怎么会知道。”

“勒拿。”你说，这句话有点儿好的影响。

他垂下眼帘，你为时已晚地想起自己是全裸的。“我应该等你洗完的。”他说，很快看向别处。“我们等你洗完再说吧。”你并不在意他看到你的裸体（我 ×，你有一个孩子就是他接生的），但他这样说也是出于礼貌。这是你已经熟悉的他的习惯，总是把你当成正常人对待，尽管很清楚你是什么，这种感觉带来一种奇怪的熨帖感，经过那么多古怪经历，还有你生活中的诸多改变之后。你现在不习惯被自己已经丢在身后的生活追随。

他走开去，离开洗浴区，过了一会儿，你坐下来洗完身体。你洗浴期间，没有其他人来打扰，尽管你发觉凯斯特瑞玛人看你的眼神更加好奇。也更少敌意，但这并不让人吃惊；你看起来并不特别可怕。是肉眼不可见的东西，将来会让他们痛恨你。然而……他们清楚依卡的身份吗？那个跟她一起去过地面上的金发女人显然知道。也许依卡有什么特别之处，某种确保她不会发作的办法。但感觉上，这猜测应该不对，依卡对自己的身份过于坦诚，跟完全陌生的人说起来，也特别自然。她太有魅力，太惹眼。从依卡的做派来看，身为原基人只是又一种才能而已，只是另一种个人特色。那种态度，这种全社群范围内的接纳，此前你只见过一次。

你泡够了澡，感觉全身清爽之后，才出了浴池。你没有毛巾，只有肮脏的、粘满灰的衣服，你花时间在清洗区把它们搓洗干净。你洗完之后，衣服还是湿的，但你还没有大胆到在陌生社群赤身裸体的程度，而且反正，晶体球里感觉就像是夏天。你穿上湿衣服，觉得它们应该很快就会变干。

你离开时，勒拿已经在等着。“这边走。”他说，一面转身与你同行。

于是你跟着他，他带你走上迷宫一样的阶梯和平台，直到你们来到一根矮阔的灰色晶体柱前，它从石壁上仅仅突出二十英尺。他在这里有个套间，比你和霍亚、汤基一起住的那套更小，但你看到架子上摆满成捆的草药和折起的绑带，不难猜出，主屋里摆着的那张奇怪的凳子，应该就是临时病床。医生必须时刻准备有病人上门。他让你坐在一张凳子上，自己坐在你对面。

“我在你离开后的第二天离开了特雷诺。”他平静地说，“奥伊马尔，就是拉什克的副手，你记得他的，完全就是个白痴。他实际上正在努力发动一次投票，选举新镇长。他自己不想在灾季即将来临时，承担如此沉重的责任。所有人都知道，拉什克本来就不该选这么个家伙当副手，但他的家族对镇长有恩，涉及西部伐木区的交易权问题……”他的声音渐渐细小，因为这些都已经无关紧要。“反正呢。有一半该死的壮工喝得醉醺醺，手执武器到处乱闯，抢劫储藏库，辱骂所有其他人是基贼，或者基贼同党。另外一半也在做同样的事——只不过更隐蔽，更清醒，所以结果也更糟。我早知道，他们早晚会想到对付我。所有人都知道我是你的朋友。”

这也是你的错了，这么说来。因为你，他不得不离开一个本来可以算安全的地方。你垂下视线，很不舒服。他现在也用“基贼”这个词了，跟别人一样。

“我本来想过可以去布里林斯，我妈妈的家人来自的城市。他们几乎不认识我，但听说过我，而且我是一名医生。所以……我觉得自己应该有机会。至少好过留在特雷诺遭人所害。或者就是在那儿饿死，等到寒冷来临，而壮工们偷走了或者吃光了所有东西。而且我还想过——”他犹豫一下，抬头快速扫了你一眼，然后又低头看自己的双手。“我还想过可能在路上赶上你，如果我走得足够快。但这是很蠢的想法；我当然没有那么快。”

这就是你俩之间一直没有挑明的秘密了。勒拿是自己发现你身份的，在你住在特雷诺期间；你并没有告诉过他。他能发现这个，因为他观察你足够久，能够发现各种迹象，也因为他很聪明。他一直都喜欢你，玛肯巴家的男孩。你曾以为，随着年龄的增长，这份依恋会被淡忘。你微微挪动身体，不安地意识到，他并没有忘。

“我是深夜溜走的，”他继续说，“钻过围墙的一道裂口，靠近……靠近你之前……靠近他们曾经试图阻止你的地方。”你两臂支撑在膝头，看他握起的双手。它们大致是静止的，但他一只手的拇指，总在不停抚摩另一只手的指节，这姿势感觉像是在沉思。“跟随人流，依据我手上的一份地图……但我从未去过布里林斯。地火啊，我以前甚至连特雷诺都没怎么离开过。只有一次，实际上，就是我去希尔格完成医学训练时。反正 ，要么是地图有错，要么就是我不会看图。也许两者都有。我没有指南针。我离开皇家大道太频繁，也许……以为自己走向正南时，却去了东南方……我不知道。”他叹口气，一只手抚摩头发。“等到我搞清楚自己迷失得多么夸张时，我已经走出太远，只想沿着当时的路线走下去，看能否找到更多的去处。但在一个路口我碰到一伙人。匪徒，无社群者之类。我那时已经有一小组人同行，有位年长的男子，他胸口受过重伤，我给他治疗过，还有他的女儿，可能十五岁吧。那些匪徒——”

他停顿下来，嘴巴张开又合上。你几乎可以猜出后面的进展。勒拿不是个战士。不过，他还活着，这才是最重要的。

“马拉尔德，就是那个男人，直接扑向其中一名敌人。他手无寸铁，而那个女人手持短刀。我不知道他以为自己能做什么。”勒拿深吸一口气，“不过他当时看着我，于是、于是我……我拉起他的女儿，撒腿就跑。”他下巴绷得更紧。你纳闷儿的是居然没听到他咬牙的声音。“她后来离开了我。说我是个懦夫，独自一个人跑走了。”

“如果你没有拉她逃走，”你说，“他们就已经杀死了你和她。”这是《石经》里的话：安全才是光荣，危险时节，先求活命。宁愿活着做个懦夫，也胜过成为死掉的英雄。

勒拿的嘴唇微露嘲讽：“我当时也是这样对自己说的。后来，当她离开……地火啊。也许我做到的，只是推迟了不可避免的灾祸。一个她这样年龄的女孩，手无寸铁，独自赶路……”

你什么都没说。如果这女孩身体健康，体形合适，总会有人收留她，哪怕仅仅作为繁育者。要是她有个更好的职阶，又或者她能取得一件武器，加上补给品，证明自己的价值，也可以。的确，她跟勒拿在一起，活命的机会要比一人独行更大，但她做出了自己的选择。

“我甚至不知道他们想要什么。”勒拿在看自己的双手。也许在那之后，他一直都在这样吞噬自己。“我们当时除了逃生包，什么都没有。”

“这就够了，假如他们缺少补给品的话。”你说，然后才想到责怪自己。不过反正，他也像是没听见的样子。

“于是我继续赶路，独自一人。”他苦笑了一下，“我当时只顾着为她担心，甚至都没想到自己的处境同样不利。”这是事实，勒拿是个中纬度湿地人，跟你一样，只不过他没有继承到桑泽式的块头和身高——也许这正是他如此努力证明自己脑力突出的原因。但他的长相比较帅气，主要来自遗传中的偶然，有些人会为这样的相貌拟定繁育计划的。切拜基式的修长鼻子，桑泽人的宽肩膀和肤色，西海岸人的性感嘴唇……如果按赤道人的标准，他身上的种族特性太杂乱，但按照南中纬地区的审美，他就是个美男子。

“我途经凯斯特瑞玛时，”他继续说，“它看似已经无人居住。我当时筋疲力尽，在逃离了——那个不说了。当时，我想在其中一座空房子里过夜，也许还想在壁炉里生个小火，希望没有人察觉。吃顿像样的饭，调剂一下。躲藏足够长的时间，来想清楚下一步怎么办。”他苦笑，“然后等我一觉醒来，就已经被包围。我告诉他们自己是个医生，他们就带我下到这里来。这是大约两个星期之前。”

你点头，然后向他讲述了自己的经历，没有费心隐瞒，或者在任何事情上撒谎。整个故事，不只是在特雷诺。或许你当时有负罪感。他理应了解一切。

你静默下来一段时间之后。勒拿只是摇头，叹口气。“我之前都没想到会亲身经历灾季。”他轻声说，“我是说，我一辈子都在听人讲《石经》，跟其他所有人一样……但我一直都以为，这种事永远不会发生在自己身上。”

每个人都是这样想的。你当然也不想在所有麻烦之外，再额外应付一次世界末日。

“奈松不在这里。”勒拿过了一会儿后说。他的话声音轻柔，你却猛然抬头。他的面容变得温和起来，你脸上的表情一定很让人心痛。“我很抱歉。但我在这里的时间已经足够长，足以见到这个社群所有‘新来的’人。我知道你想要找到的是谁。”

没有奈松。现在也没了方向，没有任何现实可行的办法找到她。突然之间，你甚至失去了所有希望。

“伊松。”勒拿身体突然向前探，握起你的双手。你迟钝地意识到，刚才你的手在发抖，他的手指让你的手安静下来。“你将来一定会找到她。”

这番话没有意义。只是本能反应出的废话，目的在于安慰。它却再次打击到你，这次更严重，超过在地面上，你在依卡面前开始崩溃的那次。结束了。整个奇怪的旅程，所有的坚持，所有紧追目标的专注……全都毫无意义。奈松已经消失，你失去了她，而杰嘎也永远不会为他的罪行付出代价，而你——

你他妈又有什么重要？有谁会在乎你？好吧，问题就在这里，不是吗？曾经，你的确拥有过在乎你的人。曾经还有孩子们仰慕你，相信你说过的每一句话。有过一次（两次，三次，但前两个不算），你每天早上在他身边醒来，他在意你的存在。曾经，你住在他为你建造的围墙里面，在一个你们共同建造的家园里，在一个真正选择了接受你的社群之中。

所有这一切，都建筑在一个谎言之上。只是时间问题，实际上，这一切终将崩塌。

"听着。"勒拿说。他的声音让你眨了眼，而这就让眼泪流了下来。更多眼泪。你已经坐在那里，沉默着，流着泪，有一小段时间了。他挪到你的椅子上，你靠在他身上。你知道你不应该这样。但你就是做了，而当他伸出一只胳膊揽住你，你也从中得到慰藉。他是个朋友，至少如此。他永远都会是那个。"也许……也许这不是坏事，到达这里。你很难思考，周围如此多事。这个社群很奇特。"他苦笑，"我自己也不确定喜欢待在这儿，但目前，这儿的生活还比地面上好些。也许，有了些时间思考之后，你会想到杰嘎能跑到什么地方。"

他在很努力地说服你。你微微摇头，但你心里太空洞，无法真正打起精神反驳他。

"你有住处了吗？他们给了我这个地方，一定也给了你某个落脚点。这里有足够的空间。"你点头，勒拿深吸一口气，"那我们去那里吧。你可以介绍我认识你的同伴们。”

于是，你打起精神。然后你带勒拿离开他的房间，选了一个有可能带你们到达你寓所的方向。一路上，你有更多时间领略本社群令人难以承受的怪异之处。有一个途经的房间，镶嵌在较白较亮的晶体柱子里，里面有一排排的白色托盘，看上去像是饼干模。还有一个房间，积满尘土，好久无人使用的样子，里面摆放的，你感觉应该是酷刑用具，只不过看上去设计得并不高明；你不清楚房顶上悬挂的一对金属环能怎样伤人。然后还有那些金属阶梯——创建此地的人们修建的那些。这里还有其他阶梯，更近期建造，但它们很容易跟原有的区分开，因为原配阶梯不会生锈，一点儿老化迹象都没有，而且不完全是为了实用目的。护栏上，还有通道边缘，都有奇特的装饰：浮雕人物面像，缠绕的藤条，形状跟你认识的任何植物都不一样，还有些你感觉应该是文字的东西，只不过全都是大小不同的尖锐图形。它实际上让你摆脱了自己的愁绪，开始努力解读你看到的事物。

“这真是疯狂。”你说，手指抚过一件装饰浮雕，它看起来像一只嚎叫的克库萨。“这地方就是一件死去文明的遗迹，像安宁洲各地数十万处其他遗迹一样。遗迹就是死亡陷阱。赤道地区的社群一有机会，就会铲平或者埋没他们周围的遗迹，而这正是最为明智的做法。如果连建造此地的人都没能在此幸存，我们这些人又为什么还要尝试呢？”

“并非所有遗迹都是死亡陷阱。”勒拿正绕过平台，身体很靠近它所环绕的晶体柱，两眼直视前方。汗珠渗透到他的上嘴唇。你之前都没看出他恐高，但特雷诺本来就是个低平又无聊的地方。他刻意保持平静语调。“有传言说，尤迈尼斯就是建立在一系列死亡文明遗迹之上。”

*然后你看看他们现在的结局吧。*但这句话你没说。

“这些人啊，本来应该学其他人那样，建造一圈城墙就好。”你说的是这句，然后停下来，因为突然想起，目标是生存，而有时候，生存就意味着变化。只因为通常的战略曾经管用（建起城墙，吸收有用成员，摒弃无用之人，武装，囤积，祈祷好运），并不意味着其他办法行不通。但，这个也行吗？钻到洞底，藏在尖锐岩石组成的球形里面，跟一群食岩人和基贼混在一起？看起来非常不明智。

“而如果试图把我困在此地，他们就会学到这教训。”你咕哝说。

就算勒拿听到了你的话，也没有做出反应。

最终你找到了你们的寓所。汤基醒着，在客厅，吃着一大碗什么东西，肯定不是来自你们的背包。看似某种粥，上面有些小小的黄色颗粒，让你一开始有点儿反感——直到她把碗倾斜过来，你看出那是已经发芽的谷粒。常见的耐存储食品而已。

（你们进门时，她警觉地看着你，但在经历了今天必须面对的其他种种之后，她的反应显得如此琐碎，以至于你只是挥手打招呼，然后像平常一样坐在她对面。她放松下来。）

勒拿对汤基的态度礼貌又警觉，而她对勒拿也是一样——直到他提到，自己正在对凯斯特瑞玛的居民进行尿液和血样检测，以防出现维生素缺乏。你几乎笑出声，看到汤基探身向前，问道：“用了什么样的设备呢？”脸上完全是熟悉的贪婪表情。

然后霍亚走进房子。你感到吃惊，因为你还不知道他出了门。他冰白色的视线马上扫向勒拿，然后肆无忌惮地打量他。之后他放松下来，如此明显，让你到这时才意识到，霍亚这段时间一直都高度紧张。自从你们进入这个奇怪的社群。

但是你也把这件事放到一边，作为另一个日后再深究的怪癖，因为霍亚说：“伊松。这里有个人，你应该去见见。”

“谁？”

“一个男人，来自尤迈尼斯。”

你们三个全都瞪着他。“为什么？”你缓缓问，以防自己会错了意，“我为什么想见一个来自尤迈尼斯的人呢？”

“他要求见你。”

你决定尝试下，用耐心化解这件事：“霍亚，我在尤迈尼斯并没有认识的人。”至少现在没有了。

“他说他认识你。他一路追踪你到这里，当他意识到你正在朝这里赶路，就抢在你前面先到了。”霍亚皱眉，一点点，就像这事让他心烦，“他说他想见你，看你是否还能做到那件事。”

“做哪件事？”

“他只说‘那件事’。”霍亚的眼睛先是扫向汤基，然后是勒拿，最后才回到你身上。也许是有些话，他不想让他们听到。“他跟你一样。”

“什么——”好吧。你揉揉眼睛，深吸一口气。说出这件事，以免他以后再遮遮掩掩，“那么，也是基贼喽？”

“是。不是。跟你一样。他的——”霍亚甩甩手指，显然有些不知如何表达。汤基张开嘴，你向她狠狠示意制止。她瞪了你一眼。过了一会儿，霍亚叹口气，“他说，如果你不愿意来，就告诉你说你欠他的。因为考伦达姆。”

你惊呆了。

“埃勒巴斯特。”你轻声说。

“是啊。”霍亚说，面有喜色，“他就叫这个名字。”然后他眉头又皱了起来，这次还若有所思。“他快要死了。”

疯狂季：帝国纪元前3年—纪元后7年

基亚希低地的喷发，一座古老火山的多次活跃（同样的事件也导致了双连季，据信发生于大约一万年前），导致大量橄榄石和其他深色火成碎屑进入空中。因此导致的十年黑暗，不只像平常的其他灾季一样带来严重破坏，也导致大大高于正常比例的精神病症。桑泽军阀首领瓦里瑟征服了众多积弱的社群，通过使用心理战术，旨在促使她的敌人相信，城门和高墙并不能提供可靠的防护，而幽灵就在近处潜藏。第一缕阳光重现时，她被加冕为皇帝。

——《桑泽灾季志》

第二十二章

茜奈特，破碎的顽石

这是一场喧闹聚会之后的第二天早晨。前一晚，喵坞人纵情庆祝克拉尔苏号安全返航，还带来了若干特别珍贵的货品——高质量的石材，可以用来制作装饰雕像；芳香木料，可以用来打造家具；绝美的锦缎，价值两倍于同重量的钻石；还有好多可流通的货币，包括大面额纸币和整串的祖母绿宝石。没有抢到食物，但有了那些钱币，他们可以派出交易使者，无论什么东西都能从大陆买到，整船运回。哈拉斯开了一大坛酒劲奇大的南极米酒来庆祝，半个社群的人还没把酒劲睡过去。

距离茜奈特封闭她自己造成的火山，已经过去五天，那火山毁灭了一整座城市；八天前，她还摧毁过两艘船，里面全是人，只为让自己家人的存在不为人知。这感觉，就像所有人都在庆祝她犯下的大屠杀罪行。

她还在床上，船上货物一卸完，就躺了上去。艾诺恩还没回过家；茜因跟他说，让他去讲这次航行途中的故事，因为人们会期待他这样做，她也不想让自己的男人因为她的忧郁承受折磨。他带了考鲁同去，因为考鲁喜欢庆典——所有人都喂他吃的，所有人都爱抚他。他甚至试图帮助艾诺恩讲故事，扯着嗓子口齿不清地哇哇叫。这孩子个性特别像艾诺恩，尽管并没有什么实在的理由像他。

只有埃勒巴斯特还留在茜因身旁，在她沉默时跟她谈话，迫使她回答，在她只想停止思考的时候。他说他了解这种感觉，尽管他不肯说自己经历过什么，过程怎样。但毕竟，她还是相信他。

“你应该去庆典那里。”她最后说，“去听故事。让考鲁知道，他父母中间至少有两个人还没有废掉。”

“别傻了。他父母三人都很棒。”

“艾诺恩觉得，我是个差劲的妈妈。”

埃勒巴斯特叹口气。“不。你只是并非艾诺恩想要你成为的那种妈妈。但，你是我们的儿子需要的那种妈妈。”她转过头来，向他皱眉。他耸耸肩。“考伦达姆会很强，将来某一天。他需要强势的父母。我却……”他突然止住。你真的能感觉到他改变话题的决心。“看这里，我给你带了件东西。”

茜因叹气，撑起身体，而埃勒巴斯特蹲在床边，解开一个小小的布片包裹。当她情不自禁感到好奇，凑近来看时，发现里面是两枚宝石戒指，恰好适合她的手指。一枚是翡翠，一枚是祖母绿。

她瞪着他，而他耸耸肩说：“封闭一座活火山，这可不是区区四戒使者能做到的事。”

“我们现在是自由身。”她固执地这样说，尽管她并没有感觉到自由。她毕竟解决了埃利亚，完成了支点学院派她前去完成的任务，不管拖延了多久，过程又有多少波折。这种事，她一想到，就会笑得难以自已，所以她赶在自己发笑之前继续说，“我们以后再不用戴任何戒指。你不用再满足任何他们指派给你的女人，就跟你只是一匹种马那样。忘掉学院的事吧。”

巴斯特苦笑了一下，淡淡的：“我们不能，茜因。我们中的一个，还是不得不训练考鲁——”

“我们不必训练他做任何事。”茜因再次躺倒。她希望巴斯特能走开。“让他从艾诺恩和哈拉斯那里学点儿基础。那已经足够这里的人存活好多个世纪。”

“艾诺恩可没办法封闭那座火山，茜因。如果他尝试，可能就会让下面隐藏的热点全部爆开，导致一场灾季来临。你挣救了整个世界免遭此难。”

“那就给我一枚勋章喽，给什么戒指。”她凶巴巴地瞪着房顶。“只不过，那火山本来就是因我而存在。所以，勋章也免了吧。”

埃勒巴斯特抬手，把长发从她面前撩开。他常常这么干，自从她不再绾发髻以后。她一直都对自己的头发缺乏底气。头发是卷的，但毫无硬度，既没有桑泽直发那种硬度，也没有海湾鬈发的硬度。她就是一个中纬度地区的混血种，甚至不知道该埋怨哪位祖先给了她这样的头发。至少它们还没怎么碍事。

“我们的天性不会变。”他说，语调如此温柔，以至于让她想哭，“我们是米撒勒，不是赛姆希娜。你也听过那个故事吧？”

茜奈特手指微颤，想起曾经的痛苦：“是的。”

“你的守护者讲的，对不对？他们喜欢向小孩讲述那个故事。”巴斯特移动位置，倚在床柱上，背对她，放松。茜奈特想过赶他走，但始终没有说出来。她没有看他，所以不知道他怎么处置那个装了戒指的小布包，反正她拒收了。就她来讲，巴斯特大可以吃掉那些戒指。

“我的守护者也跟我讲过那番鬼话，茜因。可怕的米撒勒，他决定向整个国家宣战，毫无来由地就要除掉桑泽皇帝。”

茜奈特情不自禁地皱眉：“他的做法事出有因？”

“哦，贼大地啊，当然。用用你那可恶的脑子。”

这样被训斥很烦人，而这份烦躁让她的麻木又消退了一些。埃勒巴斯特这个老伙计，用惹火她的方式来逗她开心。她转过头，瞪着他的后背。“好吧，他为什么那样做？”

“世上最简单直接，也是最有力的原因：复仇。那个皇帝就是阿那福麦斯，整件事发生在獠牙季刚刚结束时。就是那个任何童园里都不会细讲的灾季。北半球有大批人饿死的那一次。他们受灾更重，因为触发整个灾季的地震发生在北极附近。灾季花了一年的时间，才影响到赤道区和南——”

“你是怎么知道这些的？”茜因从来没听过这种事，不管是在料石生课堂还是其他地方。

埃勒巴斯特耸耸肩，摇动了整张床。“我没被允许跟同年龄的料石生一同受训；他们大多数人毛都没长齐的时候，我就已经有了不止一枚戒指。教导员们任由我在元老图书馆读书，作为补偿。他们并未十分留意我在读什么。”他叹气，“别处，在我第一次出任务时，我……当时有个考古术师，他……那个男人……呃。我们深谈过，除了一起……做其他事情之外。”

她不是很懂，埃勒巴斯特为什么对自己的风流韵事这样羞涩。她不止一次旁观过艾诺恩把他搞得神志不清。但话说回来，他羞涩的或许不是性生活方面。

“反正呢。要是你把所有事实放在一起考虑，想到我们被灌输的内容之外，事情就很明显。桑泽当时还是个新生帝国，仍在扩张中，如日中天。但仅局限于北半球——尤迈尼斯当时还不是首都，而有些大型桑泽社群也不像现在这样擅长应对灾季。出于某种原因，他们失去了食物库存。火灾，霉变，地知道什么原因。为了生存，所有桑泽社群决定通力合作。攻击任何低等种族的社群。”他嘴角微撇，“实际上，那就是他们称我们为低等族群的开始。”

“也就是说，他们抢了那些族群的粮食呗。”茜因能猜到这些。她觉得这故事挺无聊。

“不。那次灾季后期，已经没人有剩余粮食了。桑泽人抢的是人。”

“人，抢人干什——”然后她明白了。

灾季期间，并不需要蓄养奴隶。每个社群都有自己的壮工，如果需要更多，总有无社群者绝望到愿意用工作换取食物。但人的肌肉还有其他利用价值，在情况足够糟糕时。

“于是，”埃勒巴斯特说，无视躺在那力努力抑制住呕吐的茜因，“就是在那个灾季，桑泽人发展出某种嗜好，爱吃某些日渐稀缺的东西。即便在灾季结束，绿色植物恢复生长，牲畜变回食草习性或者停止冬眠时，他们还在继续。他们会派出小股部队，袭击较小的社群，或者不跟桑泽人结盟的种族掌管的新社群。所有记载在细节方面大相径庭，但都同意一件事：米撒勒的家人在一次突袭中全体被抓后，他是唯一的幸存者。据说，他的孩子们被宰杀，是为了供给阿那福麦斯本人的餐桌，尽管我怀疑，这可能是为了加强戏剧效果而做的小小歪曲。”埃勒巴斯特叹口气。“无论怎样，他们都死了，而且的确是阿那福麦斯的错，而他想要阿那福麦斯偿命。就像每个人在这种情况下会做的那样。”

但基贼不是人。基贼无权愤怒，无权要求公道，无权保护他们的爱人。因为他的僭越，赛姆希娜杀死了他，并因此成为英雄。

茜奈特默默思考这件事。然后微微移动了一下身体，她感觉到他的手，把那个小包按在她手里，装戒指的小包。这次，她没有拒绝。

“原基人建造了支点学院。”他说。她几乎从未听过他用原基人这个词。“我们在全族可能被灭绝的威胁下做了这件事，我们利用学院，在自己颈子上扣上项圈，但我们自己做。我们是古桑泽帝国如此强大、如此持久的原因，也是它能够在形式上继续统治世界的原因，即便没有人肯承认。我们领悟到自己的同类可以多么神奇，如果我们学会雕琢与生俱来的天赋。”

“这是个诅咒，才不是天赋。”茜奈特闭上眼睛。但她并没有推开那小包。

“如果它让我们变得更好，那就是天赋。如果任由它毁灭我们，那就是诅咒。你自己决定这一点，不是教导员们，也不是守护者们，更不是其他任何人。”他又动了一下，床微微移动，埃勒巴斯特靠在了上面。片刻之后，她感觉到他的双唇吻在自己眉头，嘴唇干燥，带着认可。然后他重新坐在床边地板上，又说了些别的话。

“我感觉我看到过一名守护者。”她过了一会儿说，声音很轻，“在埃利亚。”

埃勒巴斯特有一会儿没回答。她已经断定他不会回应，这时却听到他说：“要是他们胆敢再伤害我们一次，我就把整个世界撕烂。”

但我们还是会受伤，她心里想。

不过，不知为什么，这话还是让人安心。她需要听到这样的谎言。茜奈特两眼紧闭，好半天没动弹。她没睡觉；她在思考。埃勒巴斯特一直都陪着她，为此，她感觉到说不出的快乐。

等到三周后世界终结，事情发生在茜奈特见过最美的一天。几英里内碧空如洗，仅有几缕白云。大海平静安逸，甚至连永不停息的风，这天也是温暖又湿润，而不是寒冷刺骨。

天气太美好，以至于整个社群决定集体登高。健壮者背负那些爬不上阶梯的人，而孩子们就在成人腿脚中间钻，险些害死所有人。轮值做饭的人把鱼肉饼、水果块和腌制好的面团放进便于携带的小罐里，每个人都带了毯子。艾诺恩带了件茜奈特从未见过的乐器，有点儿像配了吉他弦的小鼓，这东西要是传到尤迈尼斯，可能会流行得不得了。埃勒巴斯特带了考伦达姆。茜奈特带了一本特别差劲的小说，是有人从被抢劫的货船上找到的，就是那种第一页让她先是震惊，继而就傻笑的东西。然后，当然，她会继续读。她喜欢那种纯粹用来取乐的闲书。

喵坞人散开在一片斜坡上，身后有道山梁挡住了大部分海风，而且阳光普照，一片光明。茜奈特把她的毯子放在远离所有人的地方，但他们很快就凑到她旁边，把毯子紧挨着她的铺上，当她怒目而视，所有人都报以微笑。

过去三年她渐渐意识到，多数喵坞人都把她和埃勒巴斯特看成类似野生动物的角色，决定在人的居所附近求生——不可能被驯服，有点儿可爱，虽然有时惹人烦，但至少有些可爱。所以，当他们发现她显然在某些事情上需要帮助，但就是不肯开口时，他们还是会帮忙。然后他们总是宠着埃勒巴斯特，拥抱他，拉他的手，拽他跳舞，茜因感谢大家没人这样对待自己。话说回来，所有人都能看出埃勒巴斯特喜欢被爱抚，不管他装得多么独立。他在支点学院怕是没有太多这种机会，那儿所有人都害怕他的法力。也许同样的，他们感觉茜因喜欢被人提醒，她已经是某群体中的一员，做着贡献，也享受别人供养，她不再需要提心吊胆，防着所有人，一切事。

他们是对的，但这不代表她会当众承认。

然后就是艾诺恩把考鲁抛向空中，埃勒巴斯特努力装出不害怕的样子，其实孩子每次被向上丢，他的原基力都会向小岛周围的水下岩层传出微震。而赫米奥开始了某种唱诗游戏，伴着所有喵坞人看似都熟悉的音乐。奥夫家学步的小孩奥尔试图从摊开的毯子上跑过，踩到至少十个人之后，才有人抓住她，呵痒把她放倒。还有个篮子在人群中传递，里面的小瓦罐里装了某种东西，茜因闻了一下就觉得呛鼻子。还有。

还有。

她可以爱上这些人，茜奈特有时这样觉得。

也许她已经在这样做。她并不确信。但等到艾诺恩趴下去睡觉，考鲁已经睡在他胸前，等到唱诗变成了低俗玩笑竞赛，一旦喝了足够多瓦罐里的东西，她开始感觉天旋地转……茜奈特抬起双眼，看到埃勒巴斯特的眼睛。他一肘支撑起身体，在浏览那本她终于放弃的、糟糕的书。他一边扫视，一边做出或夸张或搞笑的表情。与此同时，他闲着的那只手把玩艾诺恩的发髻，看上去一点儿都不像当初长石太太派她陪同出行的那个半疯狂的怪物，在两人的旅程刚刚开始时。

他视线上挑，迎接她的眼睛，有一会儿，他眼里带着警觉。茜因眨眨眼，对这个有点儿意外。但毕竟，她是这里唯一了解他过往生活的人。他是否反感她出现在这里，不断提醒他本人宁愿忘记的过往呢？

他微笑，而她的本能反应就是皱眉。他的笑容更灿烂了些："你还是不喜欢我，对吧？"

茜奈特哼了一声："你又不在乎？"

他摇头，觉得有趣——然后他伸手抚摩考鲁的头发。孩子在睡梦里微微挪动一下身体，咕哝了一句什么，埃勒巴斯特脸上的表情更加柔和起来。"你还想再要个孩子吗？"

茜奈特吓一跳，目瞪口呆："当然不想。这一个我都没想要。"

"但他现在已经来了。而且很漂亮。不是吗？你生的孩子真美。"这可能是他说过的最疯狂的一句话。但毕竟，他是埃勒巴斯特。"下一个，你可以跟艾诺恩生。"

"也许艾诺恩应该有点儿发言权，在我们给他制订繁殖计划之前。"

"他爱考鲁，而且他是个好爸爸。他已经有两个其他小孩，他们都不错。不过，都是哑炮。"他考虑了一下，"你和艾诺恩可能会生出哑炮小孩。在这里，这也不是什么可怕的事。”

茜奈特摇头，但她想到了岛上的妇女们教她用过的子宫环。考虑自己是否应该停用。但她说：“自由意味着我们自己有权决定现在做什么，而不是别人。”

“是的。但现在，有机会考虑自己的意愿之后……”他耸耸肩，这动作看似有点儿不正经，但他看艾诺恩和考鲁的眼神十分专注。“我对生活从来都没有太多奢求。实际上，只想活得舒心一点儿而已。我不像你，茜因。我不需要证明自己。我不想要改变世界，或者帮助任何人，或者成为什么大人物。我只想要……这些。”

她明白这番话。于是她侧身躺在艾诺恩身旁，而埃勒巴斯特也侧身躺倒。他们放松，享受这份完满，这份惬意，幸福一时。因为他们可以。

当然，这无法持续。

茜奈特醒来，当艾诺恩坐起身，挡住了她的阳光。她没想睡着，却睡得很久很安稳。现在，太阳已经斜向海面。考鲁在闹，她习惯性地坐起来，一面单手揉脸，一面用另一只手摸索，看他的布尿片有没有湿。尿片没事，但他发出的声音很焦躁，在她更为清醒时，她明白了缘由。艾诺恩也坐起身，一只手臂心不在焉地揽着考鲁，但他看埃勒巴斯特时眉头紧皱。埃勒巴斯特已经站起身，全身紧绷。

“出事了……”他嘟囔说。他面朝大陆方向，但不可能看到任何东西。那道山梁挡住了视线。不过话说回来，他也没用眼睛看。

于是茜因皱眉，放出她的探测能力，担心有一场海啸，或者其他更可怕的东西正在逼近。感觉一片空无。

是一片诡异的空无。她本应该能感觉到某些东西。喵坞和大陆之间，本来就有一条板块交界带；交界地带从来都不会完全静止。他们会跳跃，扭动，震颤，有上百万种细小动作可以被基贼隐知，就像匠师们能从水动涡轮机或化学制剂桶里产生出电流一样。但突然之间，不可能发生的事出现，板块边界的隐知状况完全寂静下来。

困惑中，茜奈特开始看埃勒巴斯特。她的注意力却被考伦达姆吸引了过去，他在艾诺恩怀抱里踊跃，挣扎，哭泣，踢打，已经闹得不可开交，尽管他平时并不是会做这种事的小孩。埃勒巴斯特也在看那孩子。他的表情变得扭曲又可怕。

“不。”他说，一面摇着头，“不。不，我不会再允许他们这样做，这次绝不。”

“什么？”茜奈特瞪着他，试图无视自己内心里涌起的恐惧，感觉到而不是看到周围其他人也都站立起来，咕哝着，对他们的警觉做出反应。有几个人大步走上山梁察看动静。“巴斯特，怎么了？看在大地的分儿上——”

他发出一个声音，不是任何词句，只表示否认，然后他突然起步跑上山坡，冲向山顶。茜奈特瞪着他，然后看艾诺恩，他看起来比她自己还要困惑。艾诺恩摇头，但是，赶在巴斯特前面上山的人现在已经在呼喊，并向所有人打手势。真的出事了。

茜奈特和艾诺恩跟其他人一起快步上到山顶，他们站在那里，望向岛屿跟大陆相对方向的那片海洋。

那里出现四艘船，还很小，刚在地平线上，但显然是在逼近中。

艾诺恩说了句脏话，把考鲁推向茜奈特，后者险些没接稳，但随后就抱紧了小孩，而艾诺恩在衣兜里翻找，找到他较小的那只望远镜。他把镜子展开，努力察看一番，然后皱紧眉头，而茜奈特正在徒劳地尝试安抚考鲁。考鲁完全无法安静。当艾诺恩放下望远镜，茜奈特抓住他的胳膊，把考鲁塞给他，在他接过孩子的同时，抓过望远镜。

那四艘船现在变大了些。它们的船帆是白色，样式普通；她想不出是什么让埃勒巴斯特如此不安。然后她察觉，其中一艘船头站着一个人。

一身暗红衣装。

这冲击让她一时喘不上气。她退后一步，嘴型倒是做成了艾诺恩需要听到的那个词，但完全无力，无声。艾诺恩从她手里拿走望远镜，因为她看似要把它掉落。然后，因为他们必须要做些什么，她必须要做些什么，她集中精神，更大声地说："是守护者。"

艾诺恩皱眉："怎么——"她眼睁睁看着他也想到这意味着什么。他移开视线一小段时间，思考着什么，然后他摇头。他们怎么发现了喵坞，现在已经不重要。关键是绝不能让他们登岸。绝对不能让他们活着。

"把考鲁交给别人。"他说，倒退着离开山脊。艾诺恩的表情变得坚定起来。"我们将会需要你，茜因。"

茜奈特点头，转身，环顾周围。迪拉赛特，社群里少数桑泽人之一，正带着她的小孩快步经过，这孩子大约比考鲁年长六个月。之前她曾看护过考鲁，在茜奈特忙的时候照管他；茜奈特示意她停下，跑到她面前。"拜托你。"她说，把考鲁推进她怀里。迪拉赛特点头。

考鲁却不同意这计划。他赖在茜奈特身上，尖叫，踢打，然后——邪恶的大地啊，整个小岛突然战栗起来。迪拉赛特打了个趔趄，惊恐地看着茜奈特。

"可恶。"她嘟囔着，又把考鲁抱回来。然后背着他（他马上安静了）跑步追上艾诺恩，后者已经在跑向金属阶梯，一面大声招呼他的船员登上克拉尔苏号，让它随时准备起航。

这真是疯了。全疯了，她一面跑一面想。守护者根本就没理由发现这个地方。他们根本就没有任何道理来这个地方——为什么是这里？为什么是现在？那么多世代以来，喵坞一直都存在，一直在沿海劫掠。仅有的区别，就是茜奈特和埃勒巴斯特。

她无视那个脑海深处的小声音，它低声唠叨，他们设法追踪了你，你知道他们这样做了，你根本就不该返回埃利亚，那是个陷阱，你本就不该来这里，你碰到的一切，都将灭亡。

她没有低头看自己的双手，在那里（只是为了让埃勒巴斯特知道，她感谢他之前的姿态）她戴了支点学院授予的四枚戒指，还有他送的两枚。反正，最后两枚也不是真的。她没有为它们通过任何授戒考试。但在这世界上，在她是否值得多两枚戒指的问题上，谁又能比十戒高手更有发言权呢？而且，看在狗屎的分儿上，她可是平息了一座该死的火山，由坏掉的、里面装了一个食岩人的方尖碑造成的火山啊。

所以茜奈特决定——突然又激动地决定，她要向那些该死的守护者展示下，一个六戒持有者有多强大。

她到达社群居住层，这里已经一片混乱：人们拔出玻钢刀，推出石弩，取出链弹，从鬼知道之前在哪儿的隐藏处取出来，收集财物，往小船上装鱼叉。然后茜因跑上船板，登上克拉尔苏号。艾诺恩正在那里大声发令起锚，她这时才突然纳闷儿，不知道埃勒巴斯特跑到哪里去了。

她踉踉跄跄在甲板上停步。与此同时，她感觉到原基力突然爆发，如此深厚强大，以至于有一会儿，她以为整个星球都在战栗。一时间，整个海港里的水四处飞溅，茜因怀疑，连浮云都能感觉到这一下的威力。

突然一下，海底升起一面墙，距离港口不足五百码。那是一块极为巨大的坚硬岩石，四四方方，有似斧凿而成，大到——哦，真他妈可恶，不要啊——它封闭了整个该死的港口。

“巴斯特！地杀的你——”水声呼啸，巨石低吟，她的声音不可能被人听到，那石块足有喵坞本身一样大，埃勒巴斯特正在让它从海底升起。附近又没有地震，没有岩浆热点，他怎么能做到这个的？半座海岛理应都已经被冻结了。但随后，有件东西掠过茜奈特视线边缘，她转头就看见那块紫石英碑在远处闪现。它比此前更近。它正在飞来与他们会合。这就是原因所在。

艾诺恩在咒骂，怒发如狂；他完全清楚，埃勒巴斯特正在扮演一个保护过度的傻瓜，不管他是怎样做到的。他的怒火转化为行动。船体周围的水面上腾起浓雾，附近的甲板咯吱响着结起霜冻，他试图击碎最近处的石墙，以便让他们出海作战。墙体碎裂一部分，其后传来低沉的轰鸣，等到艾诺恩击碎的部分塌掉，后面显露出来的却是又一块巨石。

茜奈特无暇他顾，只能努力平息水中怒涛。原基力可以运用于水，只是更加困难。在如此巨大的水体旁边生活那么久之后，她终于开始掌握窍门。这也是艾诺恩真正传授给她和埃勒巴斯特的少数能力之一。海水里有足够的热力和矿物成分，她能感觉得到，而且海水移动的方式很像岩石，只是更快，她能小小控制它们一下。要加倍小心。尽管如此，她现在正在做这件事，紧紧抱住考鲁，以便确保他在自己的聚力螺旋面之内，努力集中精神向冲来的波浪送去强度恰好的冲击波，正好能平息它们。这活儿大致成功；克拉尔苏号剧烈摇摆，从锚地脱离，有一座埠头倒塌，但没有翻船，也无人丧命。茜奈特把这个算作胜利。

“可恶，他到底在干什么？”艾诺恩喘息着说，她循着他的视线，终于看到了埃勒巴斯特。

他站在全岛最高点，那道斜坡顶端。即便在这里，茜因也能看见他聚力螺旋上的酷寒，周围的温热空气随气温变化波动，吹过他身旁的风中，所有湿气都凝成了雪花。如果他在使用方尖碑，就不应该再需要周边能量，对吧？除非他做得太多，就连方尖碑也不足以支撑了。

“地火啊，”茜因说，“我必须到上面去。”

艾诺恩抓住她的胳膊。当茜因抬头看他时，见他两眼瞪大，略带恐惧。“我们去了，也只能拖累他吧。”

“我们不能干坐在这里等！而且他也……不那么可靠。”就在她说这句话的同时，感觉腹部抽紧。艾诺恩从来没见过埃勒巴斯特失控。她不想让艾诺恩看到那个。埃勒巴斯特在喵坞这里一直表现得很好，他现在几乎已经不再疯狂。但茜因感觉

破碎过一次的东西，一定还会再次破碎，而且更容易

于是她摇头，试图把考鲁交给他：“我不得不去。也许我能帮上忙。考鲁不允许我把他交给其他任何人，拜托你——”

艾诺恩骂了一句，但还是接过孩子，后者抓住艾诺恩的上衣，把拇指塞进嘴巴里。然后茜因离开，沿着社群开出的山道，一步步登上阶梯。

她越过石梁，终于可以看清山后的情形。她一时惊呆，脚步踉跄愣住。那些船只逼近了好多，就在巴斯特抬升起来保护港口的石墙后面。不过现在只剩三艘，其中一艘已经偏离航线，而且侧翻得厉害——不，它是在沉没中。她完全不知道他是如何做到的。另一艘船航行方式也很怪异，桅杆折断，船头上翘，水线清晰可见，茜奈特这时才发觉，它的甲板后段堆了好多石块。埃勒巴斯特在向那些杂种丢落石块。她完全不知道他怎样做到的，但看到这情形，让她很想欢呼。

但另外两艘船已经散开：一艘径直冲向小岛，一艘侧向偏离，也许是要绕岛航行，也许是要脱离埃勒巴斯特落石的打击范围。不，你做不到，茜因想，然后她开始尝试上次劫掠途中攻击敌船的办法，从

海底拖出一片岩床，把那玩意儿戳穿。她把周围十英尺都冻上来做这件事，而且让她和目标船只之间的海面有大块浮冰出现，但她只做到了让岩石块成形，摆脱地底，并开始上升——

然后它停住。而她积聚起来的原基力就直接……消散掉了。她剧烈喘息，感觉到热量和动力一泄而去，然后她明白了：那艘船也有一名守护者在上面。也许所有船上都有守护者，巴斯特才没能把它们全部消灭。他不能直接攻击守护者；他能做的，只是在守护者的防护半径之外抛掷巨石。她甚至无法想象这要耗费多少能量。他要是没有那块方尖碑做靠山，本身又是个疯狂好斗的十戒高手，绝对做不到。

好吧，仅仅因为她无法直接击中那玩意儿，也不代表她没有别的办法做到。她沿着山脊奔跑，不让她想要破坏的目标船只绕到岛后，确保它一直在视野里。他们是否以为还有另外一条路登岸？如果是这样，他们会非常失望。喵坞港口是全岛唯一勉强算适合登陆的地点。岛上其他区域，就是单独一座怪石嶙峋、直上直下的悬崖而已。

这让她有了主意。茜奈特冷笑着止步，然后手脚撑地，以便集中精神。

她没有埃勒巴斯特那样强大的力量。她甚至不知道在没有他指导的情况下如此跟紫石英碑建立联系——在埃利亚事件之后，她现在也害怕尝试。板块边缘太遥远，她无法到达，附近也没有地热喷射口和岩浆热点。但她有喵坞本身。所有那些可爱的、厚重的、薄片状的断层。

于是她让自己的意识深潜。深入，再深入。她在喵坞的山脊和岩层间摸索，寻找最适合破碎的地方——支点；她暗自大笑。最终她找到了支点，很好。那边，正在岛屿边缘转弯的，是那条船。好的。

茜奈特将岩石中所有的热量和微小生命全部抽取，目标集中在一个窄小区域。让湿气留下，使它们结冰，胀大。随着茜奈特迫使温度不断下降，从中吸收越来越多的能量，将她的聚力螺旋捻细，变长，以至于它像刀子切肉一样划过岩石。她身体周围出现一圈冰霜，但跟岩石里形成的长串凝冰相比，则是小巫见大巫，冰层正在撬动岩石。

然后，就在那船接近该地点时，她把岛屿给她的全部力量释放出去，将其推回源头。

一块巨大、狭长的山岩从崖面上裂开。静滞惯性让它在原处停留，只是短短一瞬间——然后伴着一声低沉、空洞的哀鸣，它从岛身剥落，在它接近水面的底边断开。茜奈特睁开眼睛，站起来奔跑，在自己的冰环上滑倒摔了一跤，她一直跑到小岛那端。她很累，跑了几步就只好减速慢行，因为身体一侧剧痛，几乎喘不上气来。但她还是及时看到了那情形：

那块手指形巨岩正正压在船身上。她畅快又凶悍地笑，眼看敌船甲板迸裂，尖叫声此起彼伏，已有多人落水。多数人衣裳式样杂乱。这么说，只是雇来的帮手而已。但她感觉自己在水下看到深红色布衣闪过，正被沉没一半的船体拖入深海。

“你*倒是*守护呀，你这食人族生养的混蛋。”茜奈特喜笑颜开，站起来，向埃勒巴斯特的方向返回。

当她从高处走下，可以看到他，一个小小身影，仍在制造自己的冷锋，有一会儿，她真有些仰慕这名男子。尽管有种种不完美，他仍是个神奇人物。但随后，突然之间，海面传来空洞的轰鸣声，有东西在埃勒巴斯特周围炸开，碎石飞舞，浓烟翻涌，冲击力惊人。

加农炮。一门可恶的*加农炮*。艾诺恩向她提起过这种东西。这是一种新发明，赤道社群几年来都在做相关实验。守护者当然会有一门。茜因开始跑，气喘吁吁，动作笨拙，以恐惧为动力。透过加农炮激起的浓烟，她看不清巴斯特的模样，但她能看出他已经倒地。

等她到达现场，知道他受伤了。冰冷的风不再继续吹，她可以看到埃勒巴斯特手脚撑地，被几码直径的一圈碎冰包围。茜奈特停在最外面那层冰后面。如果已经晕倒，他可能就无法察觉茜因进入了力量范围。“埃勒巴斯特！”

他微微移动，她可以听到他呻吟，低语。他伤得有多重？茜奈特在冰圈外围急得跳脚，然后终于决定冒险，跨步进入他身体周围没结冰的区域。他还没倒，但也是勉强支撑；他低垂着头，而她看见他身下石头上的血点，感觉腹部发紧。

“我干掉了另外一艘船。”她到达他身旁时说，希望能让他感到欣慰，“要是你还没有解决掉这艘的话，我也可以解决它。”

这是胡吹大气。她并不确定自己还有多少能量。希望他已经解决了对手。但当她抬头，心里暗骂，因为剩下那艘船还在海面上，貌似完好无损。它看似已经抛锚停泊。等待着。等什么，她完全猜不出。

“茜因。”他说。埃勒巴斯特的声音显得很焦灼。是感到恐惧，还是什么别的？“答应我，无论如何，都不要让他们抢走考鲁。”

“什么？我当然不会。”她跨近一步，蹲在他身旁。“巴斯特——”他抬头看她，有点儿失神，也许是加农炮轰炸的影响。有东西割破了他的额头，就像所有其他头部伤口一样，血流了很多。她检查他全身，触碰他的胸口，希望他没有受更重的伤。他还活着，所以那加农炮应该是险些命中，但是有一块碎石以足够的速度，击中错误的位置——

她在这时才终于察觉，他的两臂从手腕向下，他的双膝，还有他的小腿和脚踝——全都已经不见。它们并不是被切掉，或者被炮轰掉；每根肢体都齐齐整整地，在接触地面的位置消失。而且他移动的方式，就好像他是被困在水里，而不是冷硬的岩石中。他在挣扎，她迟钝地意识到。他用两手双膝着地，并不是因为站不起来，他是在被拖入地底，被强行拖入。

是那个食岩人。哦，邪恶的大地啊。

茜奈特抓住他的肩膀，试图把他向后拖回，但感觉就像扳石头一样无能为力。不知为何，他变重了。他的肌肉感觉不再像肌肉。那个食岩人让他的身体能穿过坚硬的岩石，就是用了某种办法，让他本身更像石头，而茜奈特没有办法把他拽出来。他每一次呼吸，都会在石头里陷得更深。他现在已经被埋到肩膀和臀部，而且她已经完全看不到他的双脚。

"放开他。让大地吞了你呀！"这句咒骂的讽刺之处，她只有后来才会想到。她当时、那个瞬间能想到的，就是让自己的意识潜入岩层。她试图感知那个食岩人——

那里有某物存在，但跟她此前感知过的任何东西都不一样：它太沉重。一份重负，那么沉，那么坚实、巨大，简直难以置信——怎么可能在如此狭小的空间，怎么可能如此紧凑。那感觉像是有座山在地底，正在用它的全部重量拉扯埃勒巴斯特下沉。他在抵抗那重量，这是他仍在地上的唯一原因。但他现在很虚弱，而且正输掉这场争夺。而她毫无头绪，完全不知该如何帮助他。食岩人就是太……那个了。太过分，太巨大，太强大，而且她忍不住就会退缩，感觉她刚刚险些也葬身于此。

"答应我。"埃勒巴斯特在喘息，而她继续努力拖拽他的肩膀，用尽全部力量推开脚底巨石，与那个惊人的重量对抗，对抗任何东西，对抗一切。"你知道他们会怎样对待他，茜因。那么强大的一个孩子，我的孩子，在支点学院之外养育？你知道的。"

黑暗维护站里的一具绳椅……她不能去想那种事。现在怎样都不起作用，他已经大半陷入岩石；只剩脸和肩膀还在上面，而这也是因为他竭尽全力留在石板平板线之上。她语无伦次地对他诉说，哭泣着，绝望地想找到管用的措辞，看能否挽回局面。"我知道。我答应。哦，可恶，巴斯特，求你，我做不到……我自己一个人不行啊，我做不到……”

食岩人的手从石头里面伸出，又白又坚实，指甲上带着锈迹。茜奈特猝不及防，尖叫着退开，以为那东西会攻击她——但并没有。这双手相当温柔地从背后揽住埃勒巴斯特的头。没人会希望大山温柔。但它们还是不可抵挡，那双手只一拉，埃勒巴斯特就开始下沉，他的肩膀从茜因手中滑出。他的下巴，然后是嘴巴，然后是鼻子，然后是那双惊恐的眼睛——

他已经完全消失。

茜奈特跪在坚硬、冰冷的石头上，独自一人。她在尖叫，她在哭泣。她的眼泪掉落在片刻之前埃勒巴斯特的头所在的石块上，而石块并不会吸收泪水。眼泪只会飞溅开去。

然后她感觉到了：那坠落。那拉扯。她惊讶地止住悲戚，爬起来，踉踉跄跄跑到悬崖边上，她在那里可以看到剩余那艘船。两艘船，被巴斯特用巨石击中的那艘，像是用某种办法恢复了平衡。不，办法很清楚。两艘船周围，都有水冰向四周漂散。某中一艘船上有个基贼，为守护者们工作。至少是四戒使者；她感觉到的原基力有太多精细控制。而且有那么多冰——她看到一群海豚跃出水面，快速逃离延伸的冰面，然后她看到冰面追上它们，爬上它们的身体，把它们冻结，一半在水中，一半在水面以上。

那个基贼要这么多能量做什么？

然后她看到，巴斯特抬升出来的石墙，有一段在颤抖。

“不——”茜奈特转身又开始跑，她喘不过气，隐知到而不是看到守护者一方的基贼攻击那道墙的底部。墙体为适应港口线条而弯转的地方较弱。那基贼马上就会推倒石墙。

到达社群层像是要花上无限长时间。然后还要赶到港口。茜奈特担心艾诺恩会不带她独自出海。他一定也已经隐知到了正在发生的事。但感谢岩石，克拉尔苏号还在原地，当她跌跌撞撞站上甲板，几名船员扶住她，在她崩溃之前带她找地方坐下。他们在她登船后抽掉了舷板，她能看出，大家正在扬帆。

“艾诺恩，”她气喘吁吁地说，“拜托。”

他们几乎是把她扛去见船长。他在上层甲板，一只手按着导航员的舵轮，另一只手把考鲁按在背上。他没有回头看她，全部注意力都在石墙上。墙面已经有了一个洞，位置接近顶端，就在茜奈特到他身旁时，又来一波冲击。石墙解体，大块巨石落下，让船身剧烈摇晃，但艾诺恩安之若素。

“我们要出海迎击他们。”他肃然说道，在她瘫坐在一旁凳子上的同时，船也在离开锚位。每个人都已经准备好战斗。石弩装填就绪，标枪紧握手中。“我们先把他们引离社群。这样一来，其他所有人就都可以乘坐渔船撤离。

我们并没有足够的渔船装下所有人。茜奈特想说，但没说。艾诺恩反正也知道。

然后，船已经在穿过石墙上的狭窄裂缝——守护者的原基人打开的那条。而守护者们的船几乎马上扑将上来。他们甲板上腾起一团烟，空洞的“嗖”声掠过空气，这时克拉尔苏号才刚露面；又是那门加农炮。差一点儿被击中。艾诺恩大声发令，一名石弩手还以颜色，射出一筐沉重的铁链，将敌船前帆和中桅杆击碎。然后又是一次发射，这次是一桶燃烧的黑油；击中后，茜因看到守护者船上有人满身是火，跑过甲板。克拉尔苏号快速驶过，而守护者们的船伤痕累累冲向那堵墙——喵坞岩石抬升成的墙，它的甲板现在已经是火海一片。

但就在他们能走远之前，又一团浓烟腾起，又一声轰鸣，而这次克拉尔苏号战栗着被击中。可恶，地火啊，他们到底有多少这种东西？茜奈特站起来走到栏杆旁，想看清这个什么加农炮，尽管不知道自己能对它做什么。克拉尔苏号侧面有个大洞，甲板下有人尖叫，但迄今为止，船还能动。

是那艘被埃勒巴斯特用石头砸过的船。甲板后部的有些石头已经不见，它目前能够正常浮在水面上。她没看到加农炮，但她的确看到三个人站在船头附近。两人穿暗红衣，第三人穿黑衣。在她远观时，又一个暗红衣服的人加入他们。

她能感觉到那些人的眼睛，全都盯着她本人。

守护者的船微微转向，落后得更多一些。茜奈特开始抱有希望，但随后，她就目睹了加农炮发射的瞬间。三门，又大又黑的东西，靠近右舷栏杆；它们射击时会抖动，并向后滚，几乎同步。片刻之后，传来巨大的碎裂声和一声闷响，克拉尔苏号颤抖得就像被五级海啸击中。茜奈特抬头，正好看到主桅杆碎成木片，然后一切都乱了。

桅杆嘎吱响着，像被伐倒的大树一样倒下，而它击中甲板的力量也同样巨大。有人尖叫。船在呻吟，开始向右倾斜，被掉落了拖在船后的船帆拖累，她看见两名水手跟船帆一起落水，会摔死，或被帆布、绳索和木料压迫，窒息，而大地保佑，她已经无法为他们考虑。桅杆挡在她和导航甲板之间。她和艾诺恩、考鲁被隔开。

而守护者们的船现在已经开始逼近。

不！茜奈特向水面发力，试图吸取某些东西，任何东西，到她疲惫不堪的隐知盘里。但那里什么都没有。她的头脑平静如玻璃板。守护者太近了。

她无法思考。她手忙脚乱爬过残留的桅杆，被一团绳子绕住，不得不挣扎了好久，感觉就像很多小时，为自由抗争。等她终于重获自由，每个人却都在跑向她的来路，玻钢剑和标枪在手，呼喊、号叫，因为守护者的船就在那边，而且他们在强行登船。

不。

她能听见四面八方都有人惨死。守护者带了一支部队来，某个社群的民兵，他们花钱雇来，或者强行调用，战斗双方实力差距极大。艾诺恩的人可靠，有经验，但他们通常的目标只是装备奇差的商船和客船。茜奈特到达导航甲板——艾诺恩不在那里，他一定是到下面去了，她看到艾诺恩的表姐伊赛拉用她的玻钢刀劈开一名民兵的脸。后者中刀后脚步踉跄，但随后又反击回来，用他的刀刺穿了她的肚腹。当她倒地，敌人把她推开，她压在另一名喵坞人的身上，那人也已经死难。每一分钟，都有更多敌军登船。

到处都是一样的局面。他们在失败。

她必须赶到艾诺恩和考鲁身边。

甲板之下几乎没有人。所有人都已经上甲板保护船只。但她可以感觉到那份轻颤，考鲁的恐惧带来的反应，她循迹来到艾诺恩的房间。她刚一伸手，门就自己打开，艾诺恩持刀跃出，险些刺伤了她。他停住，发愣，她看他身后，发现考鲁被绑在船艏下的一个篮子里——据说，这是全船最安全的位置。但就在她傻傻站在原地时，艾诺恩抓住她，把她推入房间。

"什么——"

"留在这里，"艾诺恩说，"我必须去战斗。做你必须做的任何——"

他没能说出更多。有人在他身后行动，快得让茜奈特来不及出声警告。一个男人，腰部以上赤裸。他两手拍在艾诺恩头部两侧，十指张开，像蜘蛛一样搭在他的脸颊上，他对茜奈特诡秘一笑，艾诺恩两眼瞪大。

然后就是——

哦，大地，就是——

她感觉到了那个过程，在它发生时。并不仅仅在隐知盘里。它就像石头刮伤她的皮肤；像裂缝贯穿她的骨骼；它就是、它就是，它就是艾诺恩内在的所有一切，他的所有力量、精神、美丽和血性，全被化为邪恶。放大，集中，然后用最恶毒的方式反噬他本人。艾诺恩没时间感觉到恐惧。茜奈特也没时间尖叫，艾诺恩就已经全身解体。

这就像近距离观察一场地震。目睹大地开裂，眼看碎片和尘屑刚刚还在一处，随即四处迸飞。只不过这次发生在血肉之躯上。

巴斯特，你从未告诉过我，你没有讲述过这情形是什么样

现在艾诺恩在地上，成了一堆。杀害他的守护者站在那里，浑身沾满血迹，仍在诡异地笑。

"啊，小东西。"一个声音说，她的血液都像是石化了，"你在这里啊。"

"不。"她轻声说。她摇头，不肯相信这是真的，退步向后。考鲁在哭。她再次向后，碰到了艾诺恩的床，她摸索那篮子，把考鲁抱进怀里。男孩紧抱母亲的身体，战栗着，特别可怜地打着嗝。"不。"

没穿上衣的守护者向侧面扫了一眼，然后他撤开一步，让另一个人进来。不。

"我们没必要搞出这类戏剧化的场面，达玛亚。"沃伦的守护者沙法轻声细语地说。然后他停住，看似有几分抱歉。"茜奈特。"

她已经几年没有见过他，但他的声音没变。他的脸也还是原来的样子。他从无变化。他甚至还在微笑，尽管当他察觉艾诺恩死去后留下的那摊杂乱血肉时，显出一丝厌恶。他扫了一眼半裸的守护者；那人还在笑。沙法叹了口气，但也向他报以微笑。然后他们就把那种特别特别可怕的微笑转向茜奈特。

她不能回去。她绝不会回去。

"还有，这位是谁？"沙法微笑，他的视线盯紧了她怀里的考

鲁。“真可爱。埃勒巴斯特的？他也活着吗？我们都想见埃勒巴斯特，茜奈特。他现在何处？”

有问必答的习惯太根深蒂固。“一个食岩人带走了他。”她的声音在颤抖。茜奈特再次后退，头抵在了舱壁上。现在已经无路可逃。

她认识沙法那么久，第一次见他吃惊地眨眼睛。“一个食岩——唔，”他清醒过来，“我知道了。这么说来，我们本应该杀死他的，在他们抓住他之前。当然，这是为他好；你都无法想象他们会对他做的事，茜奈特。啊，可怜。”

然后沙法又在微笑，而她想起了自己努力忘记的一切。她再次感到孤单、无助，像很久以前的那天，她在佩雷拉村附近时一样，迷失在可憎的世界里，无依无靠，除了一个，把他的爱包裹在痛苦里的男人。

“但他的孩子，将是个非常值得的替代品。”沙法说。

你知道，生命中的有些瞬间，会让一切都改变。

考鲁的哭号声，带着恐惧，也许甚至连小小的他，也已经懂得了父亲们的遭遇。茜奈特无法安慰他。

“不。”她又说，“不。不。不。”

沙法的笑容消退：“茜奈特。我跟你说过。永远不要对我说不。”

即便是最坚硬的岩石也可能破碎。那只是需要适当的力，用在适合的角度。一个支点，压力和弱点集中的地方。

答应我，埃勒巴斯特曾说。

不惜代价，艾诺恩曾经想要说。

而茜奈特说："不，你这混蛋。"

考鲁在号哭。她把她的手捂在孩子的口鼻上，让他安静，给他安抚。茜因会保护他的安全。她不会让这些人夺走他，奴役他，把他的身体变成一件工具，把他的头脑变成一件武器，让他的一生成为对自由的反讽。

你理解这些时刻，我觉得，本能地理解。这是我们的本性。我们生于这样的压力之下，有时候，当局面无法承受。

沙法变了脸："茜奈特——"

"混蛋，那个不是我的名字！我对你想说不就说不，你这杂种！"她这些话是尖叫出来的。唾沫从她唇边飞溅。她心里有个黑暗又沉重的空间，比食岩人还要更沉重，比一座山还要重很多，而它正在像一眼沉降井那样，吞噬其他一切。

她爱的所有人都死了。每个人，除了考鲁。如果他们抢走他——

• · ✳ · •

——有时候，即便是我们也会……碎裂。

• · ✳ · •

一个孩子，就算从未生活过，也胜过作为奴隶活着。

那样，他还不如死了。

更好的选择，是她自己死。埃勒巴斯特会因此恨她，因为留他一人独活，但埃勒巴斯特不在这里，而活着跟生活，并不是一回事。

于是她向上探寻。直上云天。紫石英碑就在那里，头顶，等待着，像死者一样耐心，就像它通过某种渠道得知，这一刻终将来到。

她现在向它伸手，祈祷埃勒巴斯特是对的，这东西的确强大得让她无法驾驭。

而随着她的意识融化在宝石色的光线和棱角分明的波动中，当沙法倒吸凉气，终于明白过来并且扑向她，当考鲁的双眼扑闪着闭合，被她的手按到窒息——

她打开自身，让远古的未知力量尽情涌入，把整个世界撕开。

• · ✳ · •

这里是安宁洲。这里是远离它东海岸的一个地方，赤道略微偏南。

这儿有座小岛——一系列不稳定的小块陆地中的一个，通常存在不过几百年。这座已经存续数千年之久，证明了居民的智慧。这是那座小岛死亡的瞬间，但至少，还有一些居民幸存，可以逃到别的地方。也许会让你感觉好一些。

那块飘在岛屿上空的紫石英碑搏动过，一次，有一大波能量在涌动，任何见证过前社群埃利亚末日的人，对此都会感到熟悉。这次搏动平息时，下方的海洋波涛翻涌，岩石海底震撼不息。石峰——湿漉漉，形如刀剑的石峰，从波涛间刺出，完全摧毁了漂浮在小岛近海的那些船只。每艘船上都有一些人（有些是海盗，有些是他们的敌人）被刺穿，他们周围的死亡丛林太过浓密。

这场剧震从这座小岛出发，沿着漫长、弯曲的路线扩展，形成一长链参差不齐的枪矛状突起，从喵坞的港口一直延伸到埃利亚遗址。一座跨海桥。尽管不是任何人愿意走的那种，但毕竟。

等到所有死亡都已发生，方尖碑恢复平静，只剩屈指可数的人还活着，全都漂浮在下方的海面上。其中一人，是个女性，在她的船的碎屑间昏迷不醒地漂浮。离她不远处，还有个更小的身形（一个小孩）也浮在水面上，但脸朝下。

跟她一起的幸存者们将会找到她，带她去大陆。她将在那里流浪，迷失路途，也在迷失自我，长达两年之久。

但并非独自一人——因为，你知道啦，我就是在那时找到了她。方尖碑搏动的瞬间，就是她的存在展示给全世界之时：一个承诺，一个要求，一份邀请，吸引力强得无法抵挡。那时，我们中的很多人都在向她的所在地集中，但是我第一个找到她。我击退其他人，一直跟踪她，监视她，守护她。我很高兴她能找到那个名叫特雷诺的小镇，并过上了一段舒心的日子，尽管不算幸福。

我最终向她做了自我介绍，那是十年之后，在她离开特雷诺的路上。当然，这不是我们做这类事的通常方式；我们通常不会寻求跟她这样的人建立人际关系。但她很特别，过去和现在皆然。你，过去和现在，也都很特别。

我跟她说，我的名字叫霍亚。这名字好得不能再好。

这就是一切的开始。倾听吧。铭记吧。世界就是这样改变的。

第二十三章

你，只需要你自己

凯斯特瑞玛有座闪亮的房子。它在巨大晶体球的最底层，你觉得，它一定是被建成的，而不是自己生长出来：它的墙壁不是削出来的晶体块，而是被开采出来的云母石片，上面镶嵌着极细小的结晶，美丽程度并不比更大型的同类逊色，尽管没有那样夸张惊人。为什么会有人搬运这么多石片到这里，用它们盖了一座房子，明明周围就有那么多现成的套房无人居住，你完全没头绪。你没问，你也不关心。

勒拿跟你一起来，因为这里就是社群的官方指定病院，而你来看的人也是他的病人。你却把他挡在门口，你脸上的某种表情一定让他看出了危险。所以在你单独进入房间时，他并未抗议。

你缓缓穿过开着的门廊，在你隔着病院宽大的主厅看到食岩人的时候停住。安提莫妮，是的；你几乎要忘记埃勒巴斯特给她起的名字了。她平静地回望你，整个人跟白墙几乎难以区分，除了她指尖的锈色，和她“头发”与眼睛处的浓黑。她跟上次见你的时候毫无区别，那已经是十二年前，喵坞被毁的那一天。但话说，对她们这类生物，十二年不值一提。

你还是对她点点头。礼貌要求你这样做，你心里还有几分是支点学院培养出来的那个女人。你可以对任何人以礼相待，不管有多么痛恨他们。

她说：“不要更靠近了。”

她不是在对你说话。你转身，并不意外地看到霍亚在你身后，他从哪里来的？他现在跟安提莫妮一样安静，安静得不自然，这让你终于察觉，他并不呼吸。他从来都不呼吸，在你认识他的所有这段时间里。可恶，你怎么会没发现这个的？霍亚看她，眼里同样是持续的怒目威胁，跟面对依卡的食岩人时一模一样。也许他们谁都不喜欢谁。这要是同族聚会，可就尴尬了。

“我对他没有兴趣。”霍亚说。

安提莫妮的眼睛移到你的方向，看了一会儿。然后她的视线回到霍亚方向。“我对她的兴趣，也仅仅是因为他。”

霍亚没说话。也许他在考虑这件事；也许这是和解的邀请，或者说划分势力范围。你摇摇头，从两人身旁绕开。

主厅后部，在一堆靠垫和毯子上，躺着一个瘦削的黑色身形，正在喘息。它微微动了下，在你靠近时缓缓抬起头。你蹲下来，正好在他胳膊够不到你的距离上，你认出他，松了一口气。一切都变了，但至少，他的眼睛还是原来模样。

“茜因。”他说，声音粗重沙哑。

“伊松，现在是。”你习惯性地说。

他点头。这似乎让他感到痛苦；有一会儿，他紧闭双眼。然后他又吸一口气，显然在努力放松，状态恢复了一些。“我早知道你没有死。”

“那你为什么没来找我？”你说。

“我也有我的问题需要处理。”他微微一笑。你真的听到他左脸上的皮肤沙啦作响——那里有一大块烧伤痕迹。他的眼睛望向安提莫妮，动作慢得像食岩人。然后他把注意力转回你这里。

（对她，茜奈特。）

对你，伊松。可恶，你最终搞清楚自己真正是谁的时候，会很高兴的。

“而且我一直很忙。”现在埃勒巴斯特抬起右臂。它中途突然就没了，从前臂中段开始。他上半身没穿任何衣服，所以你可以清晰地看出发生过的事。他的身体已经所剩不多，失去了好多个部分，而且他身上有血腥味、脓臭味，还有尿液和烤肉的味道。但胳膊上的伤，却不是他从尤迈尼斯的大火中遭受的，或者说至少不是直接遭受。他的断臂末端扣着某种坚硬的棕色物品，绝对不是皮肤：太硬，能看到的组成部分，质地也太像石灰岩。

石头。他的胳膊变成了*石头*。不过，多数都已经消失了，而那个断臂是——

——牙齿印。那些是牙齿印。你又一次看安提莫妮，想起一种钻石质的笑容。

“听说你也很忙。”巴斯特说。

你点头，终于把视线从食岩人身上掩开。（现在你知道他们吃什么样的石头了。）“喵坞之后，我……”你不确定该怎么说。这世上有些哀戚，深沉得无法承受，而你却承受过一次又一次。“我需要过不同的生活。”

这样说毫无道理。但埃勒巴斯特发出轻柔的声音表示认同，就像他能理解。“至少，你一直保有自由。”

如果隐藏自己的一切也算自由的话。“是的。”

“安顿下来了吗？”

“结了婚。曾有两个小孩。”埃勒巴斯特沉默了。他脸上有那么多烧黑的伤口，还有石灰质的棕色石头，你看不出他是在微笑，还是在皱眉。但你假设为后者，于是你补充说，“他们两个都……像我。我曾……而我丈夫……”

语言会让事件变真实，甚至连回忆都没有这样的威力，于是你停在那里。

“我理解你为什么杀死了考伦达姆。”埃勒巴斯特说，很小声。然后当你蹲在那里摇晃，真的被那句话打击到眩晕时，他又给了你致命的一下。“但我永远不会原谅你这样做。”

去死吧。他去死。你也去死。

你花了一点儿时间才能回应。

“如果你想杀我，我可以理解。”你最终吃力地说。然后你舔舔嘴唇。咽下口水。然后恶狠狠吐出后面那句话。“但首先，我要先把我丈夫杀掉。”

埃勒巴斯特发出一声嘶嘶响的叹息：“为你的另外两个孩子。”

你点头。奈松还活着，但在当前情况下，这点并不重要。杰嘎把她从你身旁强行带走，这已经是足够大的侮辱了。

“我不会杀你的，茜——伊松。”他听起来很累。也许他没听到你发出的小声音，那并不是解脱，也不是失望。“就算我能做到，也不会那样做。”

“就算你——”

“你还能做到吗，现在？”埃勒巴斯特一如既往地无视你的困惑继续提问。除了身体被重创之外，他还真是一点儿都没变。“你在埃利亚城利用过榴石碑的力量，但那块已经半死。你在喵坞一定用过紫石英碑，但那是……极端情况。你能自如使用吗，现在？”

“我……”你不想理解。但现在你的眼光被其他对象吸引，离开了这个曾是你导师、情人、挚友的可怕人物。在侧面，埃勒巴斯特身后，有个奇怪的东西倚在病院墙上。它看似一把玻钢剑，但剑刃太长太宽，并不实用。它有一副巨大的剑柄，也许因为剑刃傻长，还有个横档儿，第一次有人想用它切肉或者划开绳套，那地方就会碍事。而且它并不是玻钢铸造，或者说至少不是你见过的任何玻钢。它是粉红色，接近红，而且，

而且。你瞪着它。看透它。你感觉到它试图把你的意识吸引进去，向下深入。坠落，向上的坠落。穿过闪耀的、棱角分明的紫光组成的无尽走廊——

你猛吸一口气，警觉地收摄心神，然后瞪着看埃勒巴斯特。他又在笑，痛苦地笑。

“尖晶石碑，”他说，确定了你的震惊，“那个是我的。你有没有让它们中的任何一个属于你吗？你召唤时，方尖碑会不会来？”

你不想懂，但你的确懂。你不愿相信，但实际上，你一直都相信。

“是你扯开了北方的断裂带，”你一口气说。你的双手握成拳。“你让这片大陆破碎。你让这次灾季开启。用那些方尖碑！你做了……所有这些。”

“是的，用那些方尖碑，而且有那些站点维护者帮忙。他们现在都得到了安宁。”他带着杂音嘘出一口气，“我需要你的帮助。”

你的本能反应就是摇头，但并不是要拒绝他：“去填补它吗？”

“哦，不，茜因。”这次，你甚至懒得纠正他。你的眼睛无法离开他那张被逗笑的，几乎像骷髅一样的脸。当他说话，你察觉他的一部分牙齿也已经变成石头。他身上还有多少器官这样变化了？他这副样子还能活多久，应该活多久？

“我并不想让你去修补它。”埃勒巴斯特说，“那只是连带损失，但尤迈尼斯罪有应得。不，我想让你去做的，我的达玛亚，我的茜奈特，我的伊松，是让它更严重。”

你瞪着他，完全无语。然后他探身向前。显然这对他来说极为痛苦；你听到他的肌肉嘎吱响着拉伸，还有隐约的断裂声，应该是他身

上某处的石质器官裂开了。但当他靠得足够近，他又一次微笑，而突然之间你明白了过来。邪恶的，吃人的大地啊。他根本就不是疯子，他从来就没疯过。

“告诉我，”他说，“你以前有没有听说过一个叫作月亮的东西？”

附录一

一份完整的第五季档案，

覆盖桑泽赤道联盟成立前后全部记录，从最初到最近时期

窒息季：帝国纪元 2714—2719

可能成因：火山喷发

地点：德弗特里斯附近的南极地区，阿考克火山喷发，导致半径五百英里范围内飘满细灰组成的云团，吸入人体后可以在肺部和黏膜处结块。南半球五年没有阳光。尽管北半球受灾较轻（仅两年）。

酸季：帝国纪元 2322—2329

可能成因：十级以上强烈地震

地点：未知；远海

突然的板块漂移，导致一系列火山喷发，地点与一条主要喷流[①]重合。这条喷流因火山成分影响而变为酸性，流向西海岸，并最终环绕过安宁洲大部分。多数沿海社群都在最初海啸中被毁灭；剩余社群或者解体，或者被迫搬迁，因其舰队和港口设施被腐蚀，渔业资源枯竭。云层导致的大气成分锢囚现象持续数年。沿海 pH 不适合人类生活的状况持续至灾季后多年。

---

① 围绕大地的一条强而窄的高速气流带，集中在对流层顶或平流层，在中高纬西风带内或低纬度地区都可能出现。其水平长度达上万公里，宽数百公里，厚数公里。——译者注

沸腾季：帝国纪元 1842—1845

可能成因：大湖区水底的岩浆溢出

地点：南中纬，泰卡里斯湖联区

岩浆溢出导致上百万加仑水蒸气和颗粒物进入大气层，进而导致大陆南半部酸雨和大气层锢闭现象。但北半部未受负面影响，所以，该时期是否可算是真正的灾季，考古术师之间存有争论。

毒气季：帝国纪元 1689—1798

可能成因：采矿事故

地点，北中纬地区，赛斯特方镇

一场完全人为导致的灾季，触发事件为北中纬东北角煤矿工引致的地下火灾。相对温和的灾季，偶尔会有阳光照射，除局部地区外，未出现酸雨和灰雨现象。仅有少数社群宣布实行灾季法。赫尔汀城约有一千四百万人死于最初的天然气喷发和快速扩展的火热地陷，直至帝国原基人成功平息并封闭大火，令其不再延烧。剩余部分只能被孤立起来，并继续燃烧长达一百二十年。大火产生的烟灰沿主要风向传播后，导致呼吸问题，以及偶然的区域性窒息死亡事件，持续数十年。北中纬地区失去煤矿资源后的连锁反应，使地热和水电取暖方法更为普及。导致了匠师认证局的设立。

獠牙季：帝国纪元 1553—1566

可能成因：海底地震导致超级火山爆发

地点：北极裂谷

一场海底地震的余震导致北极点附近此前未知的岩浆热点撕裂。随之引发超强火山爆发。亲历者声称，远至南极地区都能听到爆炸声。灰尘进入大气层上部，很快飞遍全球各地，尽管北极地区受灾最重。由于上次灾季已经过去大约九百年，部分社群准备不足，导致灾季损失加重；当时社会的主流见解，以为灾季不过是传说。吃人的传闻，从北方一直到赤道区都曾出现。这次灾季结束时，支点学院设立于尤迈尼斯城，并在北极和南极设立分支机构。

菌灾季：帝国纪元602年

可能成因：火山喷发

地点：赤道西部

东赤道地区季风雨季发生一系列火山喷发，导致该地区湿度上升，并在大陆百分之二十的区域内阻断阳光长达六个月之久。尽管与其他灾季相比，这次还算温和，但其发生的时间，给菌类繁殖创造了完美的外部条件，菌类爆发式生长，从赤道一直扩展到南北中纬地区，让当时充当主食的摩罗奇（此物种当前已灭绝）全部绝收。由此造成的饥荒被载入官方测地学纪录中，将这次灾季延长到四年（菌灾两年后结束，又过两年，农业生产和食品流通体制也得以恢复）。几乎所有受灾社群都能依靠自有存粮维持生存，由此证明了帝国改革及灾季应对计划的效果。灾后，北中纬及南中纬地区的更多社群自愿并入帝国。开启了帝国的黄金时代。

疯狂季：帝国纪元前3年—纪元后7年

可能成因：火山喷发

地点：基亚希低地

一座古老超级火山的多个岩浆活跃点喷发（同样的事件也导致了双连季，据信发生于大约一万年前），导致大量橄榄石和其他深色火成碎屑进入空中。因此形成的十年黑暗，不只像平常的其他灾季一样带来严重破坏，也导致大大高于正常比例的精神病症。赤道区桑泽联盟（通常被称为桑泽帝国）就诞生于本次灾季期间。桑泽军阀首领瓦里瑟通过使用心理战术，征服了众多积弱的社群。（参见《疯狂的艺术》，多人合著，第六大学出版社）第一缕阳光重现时，她被加冕为皇帝。

［编者按：桑泽联盟建立之前灾季的很多信息，都存在互相矛盾或有待确证之处。以下是 2532 年第七大学考古大会认同的灾季］

浪游季： 帝国纪元前大约 800 年

可能成因：磁极偏移

地点：未知

这次灾季导致当时几种主流农作物灭绝，以及长达二十年的饥荒，因为地磁北极位置移动之后，很多传粉动物都陷入了混乱。

易风季： 帝国纪元前大约 1900 年

可能成因：不可确知

出于未知原因，季风方向都出现了偏转，持续多年后才恢复正常。人们公认这是一次灾季，尽管缺乏大气锢闭现象，因为只有规模巨大（并可能发生在远洋地区）的地质事件，才可能导致这种现象。

重金属季： 帝国纪元前大约 4200 年

可能成因：火山喷发

地点：南中纬近海地区

一次火山喷发（据信为伊尔戛山）导致十年的大气锢闭，安宁洲东部大范围的水银污染使情况雪上加霜。

黄海季： 帝国纪元前大约 9200 年

可能成因：未知

地点：东部和西部沿海，以及南至南极的近海地区

这场灾季的相关情况完全来自赤道地区文化遗迹中的书面记录。出于未知原因，一次大范围的细菌爆发，导致几乎所有近海生物中毒，并造成沿海地区遭受长达数十年的饥荒。

双连季： 帝国纪元前大约 9800 年

可能成因：火山喷发

地点：南中纬

根据那个时代流传下来的谣曲和口述历史材料所示，一座火山喷发导致长达三年的大气锢闭。正当这场灾害影响开始消除时，另一座火山口又随后喷发，导致大气锢闭延长三十年之久。

附录二

安宁洲全部方镇通用词汇简表

南极，南极人（Antarctics）：大陆最南端高纬度地区。也指来自该地区社群的人。

北极，北极人（Arctics）：大陆最北端高纬度地区。也指来自该地区社群的人。

灰吹发（Ashblow Hair）：一种明显的桑泽血统特征，在当前繁育者职阶的标准体系中被认为有正面作用，有此特征者被优先选择。灰吹发明显更加粗糙稠密，通常呈向上喷涌状；长度足够时，发丝会下垂到脸部周围和肩膀上。这种发质耐酸蚀，浸水后保水量少，在极端情况下，被证实具有灰尘过滤能力。在多数社群，繁育者标准只强调发质；但在赤道地区，繁育者通常还要求天然的“灰烬型”发色（铅灰色到白色之间，以出生时为准），才能得到认可。

杂种（Bastard）：出生时没有职阶的人，只有父亲身份不明的男孩才可能沦入此类。那些表现优异的人，可能在社群命名时，获准使用他们母亲的职阶。

喷射口（Blow）：一座火山。在某些沿海语言中，也被称为火焰之山。

地热点（Boil）：地热喷泉、温泉，或水蒸气喷射口。

繁育者（Breeder）：七大常见职阶之一。繁育者是因为良好健康状况和身体特征被优选出来的个人。在灾季，他们负责维护血统健康，并通过选择方法改良社群或种族。生为繁育者，而又未能达到社群职阶要求的人，可以在社群命名时选用一位近亲的职阶。

储藏库（Cache）：用于储存食物和其他补给品。社群随时保留储藏库，配置警卫并上锁，以备第五季来临。只有得到认可的社群正式成员才有资格分享储藏库中的物资，尽管成年人可以用他的份额养育未获得认可的孩童或其他人等。单个家族经常也维护他们自己的家族储藏库，同样严加看护，不给非家族成员使用。

切拜基人（Cebaki）：切拜基族人。切拜克曾是一个民族国家（桑泽帝国时代之前的政治系统，如今已经被废弃），位于南中纬地区，尽管在多个世纪之前被桑泽帝国征服之后，其领土已经重组为方镇治理结构。

沿海人（Coaster）：沿海社群成员。很少有沿海社群有钱雇用帝国原基人抬升岛礁，或用其他方式保护社群不受海啸威胁，所以沿海城市总是需要不断重建，因而比较容易缺乏各种资源。大陆西海岸人常常皮肤苍白，直发，有时双眼长有内眦褶。而东海岸居民更多皮肤黝黑，鬈发，有时双眼长有内眦褶。

社群（Comm）：社会群体。帝国统治系统中最小的社会政治单位，通常对应一座城市或者村镇，尽管很大的城市可能包括几个社群。社群中得到认可的成员，是那些有权获得藏库份额，享受保护的人，他们相应地通过纳税等形式向社群做贡献。

无社群者（Commless）：罪犯及其他未能得到任何社群接纳的人。

社群名（Comm Name）：多数帝国公民名字的第三个部分，表明他们的社群归属和权益。这个名字通常在青春期授予，作为长大成人的标志，表明此人已经被认可为社群中有价值的一员。新加入社群的移民可以要求改用新的社群名；如被接受，新社群名就将成为其名字的一部分。

童园（Creche）：因年幼而无法工作的孩童受照顾的场所，以便成人可以为社群完成必要工作。条件允许时，也是学习场所。

赤道地区，赤道人（Equatorials）：靠近并包括赤道在内的低纬度地区，沿海地带除外。也代指赤道地区社群成员。由于气候舒适，大陆板块相对稳定，赤道地区社群往往繁荣富庶，政治影响力强大。赤道地区一度是旧桑泽帝国的核心。

断层（Fault）：岩层破裂较为频繁，严重地震和火山喷发较常见的地区。

第五季（Fifth Season）：特别漫长的冬季（按帝国标准，持续时间要达到六个月以上），因地质灾害活动，或其他环境剧变而引起。也简称为灾季。

支点学院（Fulcrum）：旧桑泽帝国人建立的半军事组织，成立于獠牙季之后（帝国纪元1560年）。支点学院总部位于尤迈尼斯城，尽管在南北两极还有两座分院，以便覆盖尽可能广阔的地域。支点学院训练出的原基人（或称为"帝国原基人"）能够合法使用原基力，过程受到该组织严格规约，并有守护者严密监视；而通常来讲，这种行为是被禁止的。支点学院自主管理，自给自足。帝国原基人身着标志性的黑色制服，俗称"黑衫客"。

地工师（Geneer）：词源为"地学工程"。指从事土木项目的工程师——地热设备、隧道、地下基础设施、采矿等。

测地学家（Geomest）：研究自然界中的岩石及其分布问题的学者，有时也泛指科学家。狭义的测地学家研究岩性学、化学和地理学，这些在安宁洲都不被看作单独学科。少数测地学家专门研究原基力学——对原基力及其影响的研究。

绿地（Greenland）：多数社群保有的一片休耕地，通常在城镇围墙以内，或墙外的近处，《石经》建议设置的区域。社群绿地在任何时期都可以用来进行农业生产或牲畜养殖，或者在非灾季充当公园，闲置休耕等。个体家族也经常维持他们自己的家庭绿地或花园。

料石生（Grits）：支点学院名词，指尚未获得戒指，仍在进行基础训练的原基人儿童。

守护者（Guardian）：某组织成员，据说该组织诞生于支点学院之前。在安宁洲，守护者负责追踪、保护、制约和指导原基人。

帝国大道（Imperial Road）：旧桑泽帝国最伟大的创新之一，是一个公共道路网（有路基的大路，适合步行或乘马）连接所有主要社群和绝大多数较大方镇。公路由地工师和帝国原基人协作建造，原基人在地质活动剧烈的地区选择最稳固的路线（或者平息地质活动，如果没有稳定路线可选）。然后地工师将水源和其他资源集中在道路近处，以方便灾季旅行。

创新者（Innovator）：七大常见职阶之一。创新者是富于创意，善于用智慧解决实际问题的人，在灾季负责解决技术和物流等问题。

克库萨（Kirkhusa）：一种体形中等的哺乳动物，有时被当作宠物豢养，或用于看家、畜牧等。通常为植食性；在灾季变成肉食动物。

工匠（Knapper）：制作小型工具的人，原料包括石材、玻璃、兽骨等。在大型社群，工匠可能会使用机械设备或批量生产技术。加工金属的工匠通常能力低下，俗称“修补匠”。

讲经人（Lorist）：研习《石经》和历史传说的人。

硬皮瓜（Mela）：中纬度地区植物，跟赤道气候下的甜瓜接近。硬皮瓜是贴地生长的藤蔓植物，果实通常在地上。但在灾季，果实会在地下长成球根状。有些种类的硬皮瓜的花朵会捕食昆虫。

冶金术（Metallore）：跟炼金术和天文术一样，都是臭名昭著的伪科学，被第七大学的专家们斥责过。

中纬区，中纬人（Midlats）：大陆上纬度“中等”的地区，那些赤道区与北极、南极地带之间的部分。也指来自中纬区的人（有时也称为“中纬居民”）。这些地区被看作安宁洲的偏远地带，尽管那里出产全世界大部分食物、原料和其他重要资源。共有两个中纬区：北方（北中纬区）和南方（南中纬区）。

新社群（Newcomm）：对上次灾季结束后新兴起社群的俗称。至少熬过一次灾季的社群被认为更适合生活，因为已经证明了他们的效率和强大。

维护站（Nodes）：帝国在安宁洲各地设立的维护网络，用于平息地质事件。由于支点学院训练出的原基人相对稀少，维护站主要集中在赤道地区。

原基人（Orogene）：拥有原基力的人，无论是否经过训练。

贬义词：基贼。

原基力（Orogeny）：运用热能、动能或其他形式的能量控制地质活动的能力。

方镇（Quartent）：帝国政府体系的中层。四个地理位置接受的社群组成一个方镇，每个方镇有一位行政长官，管辖单个社群头领，而行政长官又向上级地区长官负责。每个方镇最大的社群就是它的主城；大型方镇的主城之间，有帝国道路网络连接。

地区（Region）：帝国政府系统的最上层。帝国认可的地区包括北极区、北中纬区、西海岸区、东海岸区、赤道区、南中纬区和南极区。每个地区都有一位地区长官，管辖所有本区方镇行政长官。地区长官由皇帝正式任命，尽管在实际生活中，它们往往由尤迈尼斯领导者挑选，或直接来自尤迈尼斯领导者阶层。

抗灾者（Resistant）：七大常见职阶之一。抗灾者是在饥荒与疾病威胁下拥有强大生存能力的人。在灾季，他们负责照料病弱者，以及处理尸体。

戒指（Rings）：用于在帝国原基人内部表示等级。未定级的受训者必须通过一系列考验，才能记得他们的首枚戒指。十戒是一名原基人能够达到的最高等级。每枚戒指都是用打磨过的半珍贵宝石制成。

驿站（Roadhouse）：每条帝国大道和很多稍低等级道路沿线都有的站点。所有驿站都有一个水源，而且靠近可耕种的土地、森林或其他资源。很多驿站位于地震活动最少的地区。

逃生包（Runny-sack）：一个易于携带的小包，内有补给品，多数人在家中常备，以防发生地震和其他紧急状况。

安全茶（Safe）：一种饮料，传统上被用于谈判，潜在敌对各方的首次相遇，以及其他正式商讨场合。其中含有一种植物提取液，会对任何其他添加物的存在做出反应。

桑泽（Sanze）：最早是赤道区的一个民族国家（番国——帝国时代之前存在的政治体系，目前已消失）；桑泽人的发源地。疯狂季结束后（帝国季7年），桑泽国被解散，取而代之的是桑泽人赤道联盟，包括六个以桑泽人为主体的社群，由尤迈尼斯的领导者瓦里瑟皇帝统治。联盟在灾后迅速扩张，到帝国纪元800年，最终统一了安宁洲所有地区。在獠牙季前后，联盟开始被俗称为“旧桑泽帝国”，简称“旧桑泽”。后根据帝国纪元1850年的希尔汀协定，联盟正式宣布解体，因为本地控制（在尤迈尼斯领导者阶层的指导下）被认为更能有效应对灾季。事实上，多数社群仍奉行帝国原有的政府、财政、教育及更多其他体系，多数地区长官也依然向尤迈尼斯纳税。

桑泽人（Sanzed）：桑泽种族成员。按照尤迈尼斯繁育者标准要求，理想型的桑泽人是古铜色皮肤，灰吹发，体格为健壮型或丰满型，成人身高不低于六英尺。

桑泽标准语（Sanze-mat）：桑泽族使用的一种语言，也是旧帝国的官方语言。现在是整个安宁洲的通用语。

灾季法（Seasonal Law）：军事化管理法，可以由任何一位社群首领、方镇长官、地区长官或受到认可的尤迈尼斯领导者宣布开始施行。在灾季法实施期间，方镇和地区管理职能暂停，社群作为独立的社会政治实体运行，尽管依据帝国政策，与本地其他社群间的合作是被大力倡导的。

第七大学（Seventh University）：一所著名大学，以测地学和《石经》研究见长，目前由帝国资助，坐落于赤道城市迪巴尔斯。这所大学的前身曾为私立，或接受团体管理；值得一提的有阿姆－伊莱特的第三大学（大约帝国纪元前3000年），当时被视为一个主权番国。较小的地区性大学和方镇设立的学院向第七大学缴纳贡金，以换取专业指导和其他资源。

隐知力（Sesuna）：对大地运动的感知能力。与此机能对应的器官叫作隐知盘，位于脑干位置。动词形式：隐知。

地震（Shake）：一种地质活动。

破碎之地（Shatterland）：常被严重的和（或）非常近期地质灾害扰动的地区。

哑炮人（Stillheads）：一个贬义词，原基人用来称呼缺乏原基力的人，通常减缩为“哑炮”。

食岩人（Stone Eaters）：一种罕见的人形智能物种，其肌肉、毛发等部位都像石头。人类对他们的禀性所知甚少。

壮工（Strongback）：七大常见职阶之一。壮工是以体力强壮见长的人，平时负责重体力劳动，灾季时负责安全。

职阶名（Use Name）：多数居民名字的第二个部分，表示此人所属的职阶。世上共有二十个被认可的职阶，尽管只有七种最为常见，并在当前和旧帝国时期通用。每个人都继承父母中同性别一方的职阶，理论依据是，有用的特性常常通过这种方式遗传。

致 谢

这部奇幻小说部分诞生于太空。

如果你读到原稿最后一行，可能就会发现线索。全书最早的创意，萌发于“发射台”——一个当时由NASA（美国航空航天局）资助的工作坊，我是在2009年7月参加过。“发射台”项目的目标，是让对媒体观点有影响的人士集中起来（令人震惊的是，科幻和奇幻小说作者也在其中），确保他们理解真正的科学，如果他们要在书面作品中涉及此类元素。要知道，公众对天文学的很多误解，都是作家们传播的。但是我这本书呢，却把天文学跟有感情的石头人拼装到了一起，恐怕在正确传播科学知识方面，还是乏善可陈。对不起喽，发射台的同学们。

我不能跟你们说那次激烈又神奇的讨论，让我脑子里最早播下这部小说种子的那次。（因为致谢要短小啊。）但我可以告诉大家，那样激烈又神奇的讨论，在发射台这里是常态，所以如果你也是一位意见领袖，并且有机会参与这件事，我强烈建议你抓住机会参加。

而且我必须要感谢那年一起参加发射台活动的人，他们都对这本书的最早构思有帮助，不管他们本人有没有意识到。随手一写，应该包括麦克·布拉瑟顿（工作坊总监，怀俄明大学教授，本人也是一位科幻作者）；菲尔·普赖特，那位坏蛋天文学家（听我解释哦，这只是个头衔啦，他并不是真的坏蛋，我是说……算了，自己查一下他的资料吧）；盖伊和乔·赫尔德曼；派特·凯迪甘；科学喜剧人布莱恩·马洛；塔拉·弗雷代特（现在改姓马洛了），还有高德·赛勒。

以及，深深感谢我的编辑，德维·皮莱，还有我的代理人，卢辛娜·代沃，因为他们劝服我没有放弃这部小说。“破碎的星球”三部曲是我所有作品中最具挑战性的，在《第五季》写作过程中的某个阶段，任务显得太难，压力太大，我认真想过要放弃。（实际上，我的原话应该是：“删掉这团乱糟糟的破烂儿，劈开回收站，把那里的备份也清除，然后把我的笔记本从悬崖上丢下去，再用汽车碾，然后连车带电脑一起点着，然后用反铲挖土机掩埋罪证。你开反铲挖土机要用特殊驾驶证吗？”）凯特·艾略特（另一位需要感谢的人，永远是我的导师和挚友）说这种时刻是“自我怀疑的深渊”，任何作家在重要作品完成的过程中都可能会遭遇到。我的这个，跟尤迈尼斯的地裂一样深，一样可怕。

其他帮我跨越险峰的人们：罗斯·福克斯，丹尼埃尔·弗里德曼，我的医学顾问：米基·肯代尔；我的写作组；我的日间工作老板（我不知道这位想不想被提到姓名）；还有我的猫，奥兹曼迪亚斯陛下。是的，我甚至要感谢那只可恶的猫。

要让一个作家不被作品吓得屁滚尿流，需要全村人一起努力的好吧？还有，一如既往，感谢你们所有人阅读我的作品。